"...ara ser amada e pura demais para esse mundo.
...nca entre corvos, ela surge em meio às amigas.
...ntarei tocar sua mão, para assim purificar a minha.
...té agora?

...s.

...conhecia a verdadeira beleza."

VIAJANDO COM ROCKSTARS – 3
APENAS
com você

ALINE SANT'A...

Editora Charme

CB005726

Copyright© 2018 Aline Sant'Ana
Copyright© 2018 Editora Charme

Todos os direitos reservados. Nenhuma parte deste livro pode ser utilizada ou reproduzida sob qualquer meio existente sem autorização por escrito dos editores.

Esta é uma obra de ficção. Nomes, personagens, lugares e acontecimentos descritos são produtos de imaginação do autor. Qualquer semelhança com nomes, datas e acontecimentos reais é mera coincidência.

1ª Impressão 2018

Produção Editorial: Editora Charme
Capa e Produção Gráfica: Verônica Góes
Revisão: Sophia Paz
Fotos: Depositphotos

CIP-BRASIL, CATALOGAÇÃO NA PUBLICAÇÃO
SINDICATO NACIONAL DE EDITORES DE LIVROS, RJ

Sant'Ana, Aline
Apenas com você / Aline Sant'Ana
Editora Charme, 2018

ISBN: 978-85-68056-64-6
1. Romance Brasileiro - 2. Ficção brasileira

CDD B869.35
CDU 869.8(81)-30

---

www.editoracharme.com.br

VIAJANDO COM ROCKSTARS - 3

APENAS
com você

ALINE SANT'ANA

*"Tudo tem começo e meio.
O fim só existe para quem não percebe o recomeço."*
— LUIZ GASPARETTO

Para todos aqueles que não deixaram que a vida apagasse sua capacidade de amar.

Apenas com você

PRÓLOGO

It's been raining since you left me
Now I'm drowning in the flood
You see I've always been a fighter
But without you I give up

— Bon Jovi, *"Always"*.

Depois da despedida de solteiro do Zane...

YAN

"Desempenho sexual digno de um Rockstar!"

Li o título da matéria em voz alta, indeciso entre rir e quebrar o notebook. Meus olhos sangraram quando fui para a primeira linha:

"Yan Sanders prova que o best-seller Cinquenta Tons De Cinza pode ser ainda mais animado se adicionarmos um ménage à receita."

Coloquei o nome do site na minha lista negra. Mais de cem páginas em menos de quatro horas, e eu não estava conseguindo controlar muito bem o estrago. Fiz três colunas, respectivamente nomeadas de "Sites que ainda me adoram", "Sites que querem só compartilhar a notícia" e a mais cruel: "Sites que querem me foder".

Expirei com impaciência. Logo que saímos do cruzeiro na despedida de solteiro do Zane, a bomba explodiu. Mesmo que Kizzie me garantisse que eu não tinha que administrar o dano nuclear de perto, não poderia permitir que se virassem sem mim.

Como diabos eu ia saber que aquelas garotas fariam um vídeo e soltariam na internet?

Foi no automático, sem importância. Na ocasião, claro, pareceu a ideia mais genial de todas, porque eu estava com raiva, magoado e ferido. Na minha cabeça, eu estaria pagando na mesma moeda a indiferença da minha namorada, estaria retribuindo o beijo que ela deu no funcionário do seu pai, o nosso término e a traição.

Cara, naquele segundo, parecia a coisa mais impulsivamente certa a fazer.

Eu não contava que me sentiria uma merda, pior do que já estava, e que

Aline Sant'Ana

destruiria tudo à minha volta. Beijei Kizzie; quebrei a confiança do Zane; Lua desapareceu; quase matei Christopher a socos; e as fãs me odiavam com tanta força — apesar de estarem divididas entre odiar a mim e a Lua —, que os comentários da internet vinham com julgamentos, condenações e alguns pedidos extremistas de que eu fosse castrado.

Sim, é.

Alguma porra assim.

— Você comeu?

A voz de Kizzie me tirou da letargia. No susto, abaixei a tela do notebook para que ela não visse o que eu estava fazendo, ainda que seus olhos denunciassem que ela sabia bem.

Droga, eu tinha me trancado no estúdio de gravação, achando que ficaria sozinho. Só tinha avisado ao Carter que denunciaria a noite toda sites e páginas que encontrasse com a porra do vídeo.

Pelo visto, ele me entregou.

— Sim, comi — lembrei de responder.

Kizzie sorriu devagar.

— Mentiroso. — Colocou em cima da mesa uma sacola de papel com alguma coisa que cheirava bem.

Ela cruzou os braços na frente do corpo e esperou que eu falasse a verdade.

Eu podia entender por que Zane a havia escolhido. Kizzie era o freio que ele sempre precisou.

— É, talvez eu não tenha comido — resmunguei.

— Você sabe que não precisa ficar a noite inteira denunciando essas coisas. Eu coloquei um filtro na internet que me envia por e-mail...

— Não é eficiente — interrompi, antes que ela tentasse me convencer. — Kizzie, eu estou legal.

— Ficar lendo comentários das pessoas pedindo para cortar o seu pênis não é sinônimo de legal. Aposto que você fica chateado com isso tudo.

Uma risada rouca e descoordenada saiu da minha garganta.

— Você viu?

— É o que mais tem na internet, infelizmente.

Sempre fui o cara mais certo da banda, me orgulhava de ser o centrado, o metódico, o homem que usava a razão ao invés da emoção. Eu me sentia bem sendo

Apenas com você

assim, tendo controle. E, apesar de algumas coisas terem voltado a ser como eram antes, de Zane ter me perdoado pela merda que fiz e de perceber que minha amizade com Kizzie não foi abalada pelo beijo impensado, havia coisas que eu sabia que não seria capaz de recuperar.

Como Lua.

— Yan.

— Sim?

Kizzie tirou a comida de dentro da sacola. Ela me estendeu os hashis envoltos em um guardanapo de papel e me entregou uma caixa de comida chinesa. Eu a abri e inspirei o aroma quente do yakisoba, algo com legumes e frango que fez meu estômago resmungar, me culpando por mantê-lo tanto tempo vazio.

Eu também era focado nas dietas para manter o corpo em forma. A compulsão pelo exercício físico ia além da aparência, era uma questão de necessidade. Me esforçar até cair de exaustão se tornou uma rotina diária, depois que Lua foi embora.

— Coma — ordenou.

Kizzie comeu comigo, em silêncio, ignorando as ligações constantes no seu celular até desistir e colocá-lo no silencioso. Com olhares ocasionais, vi a noiva de Zane me analisar como se estivesse estudando uma peça de arte no Museu do Louvre.

Ri.

— O que foi, Kizzie?

— Você e Shane são minhas preocupações. É como se eu tivesse dois filhos adultos e não soubesse o que fazer com eles.

Sorri com os lábios fechados enquanto mastigava. Erin dizia a mesma coisa sobre o Zane.

Eu entendia. Shane tinha certos conceitos errados; era um D' Auvray: promíscuo, impulsivo e incontrolável. Além de ter problemas com drogas, um passado conturbado e não seguia regras.

Já eu era o cara com um escândalo enorme nas costas e a mulher que amava sumida, porque decidiu fugir a enfrentá-lo em uma conversa. Além de tudo, eu havia perdido o controle de mim mesmo.

— Nós não somos sua obrigação, sabe disso — respondi, após engolir.

— São sim, na verdade.

Limpei a boca com o guardanapo e percebi que Kizzie parou de comer no meio da conversa. Os olhos castanho-amarelados perderam o brilho natural.

Aline Sant'Ana

— Eu posso me cuidar sozinho. Estou fazendo isso agora. Vou enviar os sites que encontro como prova ao advogado que livrou minha bunda estúpida daquela foto. — Fiz uma pausa, observando sua expressão ficar mais tensa. — Comigo, você não precisa se preocupar.

— Acredito que esteja tentando consertar seus erros, mas em nenhum momento consigo deixar de me preocupar. — Kizzie desceu os olhos para o meu pescoço, o colar denunciando que eu estava tudo, menos bem. — Com Shane entrando para a banda, vamos ter que apresentá-lo em algum show, e sabe o que eu acho?

— O quê?

— Ninguém está pronto para subir no palco.

— Eu já me resolvi com o Zane.

Kizzie sorriu, o que foi contraditório. Seu rosto estava triste, ainda que os lábios tivessem se erguido.

— Não é sobre você e Zane. Com isso, já deixei de me preocupar desde que fizeram as pazes.

— Sobre o quê, então?

— É sobre o seu coração. Onde ele está, Yan? Nos palcos, nas baquetas, na música? Eu acho que não.

Desviei os olhos dos dela. Admitia que sentia falta da Lua todos os dias, afinal, a prova viva era o colar pendendo no meu peito. Mas o que acontece quando se passam meses desde que a pessoa que você ama foi embora?

Pelo amor de Deus, caralho! Eu cheguei a quase trair a Lua, ainda que não considere completamente, e ela me traiu, na real, também. Tem foto dela com o filho da puta por toda a internet, assim como tem um vídeo meu indo transar com duas mulheres. Como se recupera uma relação dessas? E o mais importante: como deixar de amar alguém se o seu coração não quer isso?

— Vou ficar bem.

E eu ia. Assim como todas as pessoas ficam bem, eventualmente.

— Só que não agora, né? Eu deixei passar, não fiquei implicando com você e sei que não posso te cobrar que fique bem agora, Yan. Nem você nem o Shane, que tem seus próprios problemas.

— Você também não pode cancelar a apresentação dele como parte da The M's — recordei-a.

Ela esticou o braço e colocou a mão sobre a minha. Ficamos um tempo assim, como se, dessa forma, Kizzie pudesse tirar o peso das minhas costas e me curar.

Apenas com você

Sorri e garanti que podia ir para casa. Kizzie se afastou e levantou. Pegou a bolsa e jogou-a sobre o ombro, retribuindo, por fim, o meu sorriso.

— *Boa noite, Yan.*

— *Boa noite, Kizzie.*

— *Vá para casa também* — *alertou.*

— *Sim, mais tarde.*

Assim que a porta se fechou, voltei para a tela do computador e o bloco de notas.

Eu não sabia como consertar a minha vida.

Mas, de alguma maneira, eu entendia que precisava começar por algum lugar.

Aline Sant'Ana

Apenas com você

CAPÍTULO 1

I'm burning like a fire, will someone help my pain?
I'm drowning above the water, oh, help me breathe again.
And I, I can't let you go, so when you're ready, come back home.
I would try and be the man that I said I would.
Just come back home.

— Callum Scott, "Come Back Home".

Hoje

Lua

Depois de me acostumar com o calor da praia, independente da estação do ano, era quase surreal ter de vestir casacos grossos, acender a lareira e fugir da neve. Vinte invernos atrás, visitar o chalé dos meus avós era o meu programa favorito. As férias se resumiam a muita bagunça. Erin vinha comigo sempre que seus pais permitiam e, junto com os vizinhos, nos divertíamos como qualquer criança deveria aproveitar essa fase. Meus pais estavam sempre presentes, assim como meus avós, que faziam questão de deixar de lado as dores da velhice para correrem com as crianças.

Era reconfortante sentar no mesmo sofá em que meus avós estiveram, acender a lareira, ligar a vitrola e escutar a música favorita deles dos anos cinquenta. Eu não sabia bem o motivo de ter escolhido esse lugar depois do que aconteceu, poderia ter ficado em um hotel. Mas acho que sabia que aqui não seria julgada, sentiria meus avós e, sim, com certeza, por mais que não estivessem presentes, eu poderia tê-los vivos mais perto do meu coração.

Um bom tempo passou desde que escolhi me afastar de Miami. Com exceção dos meus pais e de Erin, ninguém sabia onde me encontrar. Liguei para ela assim que soube que estava de volta a Miami. Não poderia esconder os problemas da minha melhor amiga, então, esperei a oportunidade certa. Contei tudo que não consegui contar pessoalmente. Ela chorou, eu chorei. No final da ligação, pedi que Erin não dissesse a ninguém sobre os meus fantasmas. Tenho certeza de que ela guardaria segredo, e que sabia que não poderia deixar transparecer nada, para ninguém, nem para Carter.

Era melhor assim, eu não queria fazer ninguém sofrer.

Peguei o chá de camomila e inspirei o aroma quente e adocicado. Encarando a tela do computador, vi os e-mails chegarem. Eram apenas atualizações do status

Aline Sant'Ana

do meu pai na nova campanha, algo entediante sobre a nova agenda. Também li um ou outro da minha secretária, sobre como o meu escritório estava parado, já que não cuidava de nenhum paciente por alegar que havia tirado férias prolongadas.

Esse era um ótimo eufemismo para quem sumiu do mapa.

Dia após dia, eu acreditava que estava ficando melhor, que meu coração estava se curando, que a mágoa estava passando. Dia após dia, eu focava nisso, convencendo o meu cérebro daquilo que o meu coração não poderia fazer. Passei a acreditar que o fato de o homem que amava ter destruído o meu coração era apenas uma coisa que se podia esperar, depois do que fiz.

Afinal, eu fui embora.

Nós não estávamos mais juntos.

Eu decidi isso.

Ele só seguiu em frente.

Mas, ora ou outra, vinham os pensamentos tóxicos.

Ele interpretou uma foto de maneira errada e surtou. Não esperou qualquer explicação, não acreditou na fidelidade de um ano de relacionamento, mesmo eu jurando que não tinha nada com o Andrew. Me sufocou, alegando que estava claro que eu não tinha ido para a Europa porque queria ficar com Andrew. Depois disso, perdi a cabeça. A confiança se quebrou, o diálogo inexistiu.

Então, a consequência: encontrar as duas primeiras mulheres disponíveis e fazer um vídeo, que certamente se tornaria viral na internet, indo transar com elas.

Aquilo doeu mais do que a maldita foto do beijo.

Virei outro gole de chá, desejando que fosse vinho.

A pior parte de estar magoada é saber que isso só existe porque você ainda se importa. E eu ainda o amava. Yan Sanders foi o único homem capaz de fazer eu me entregar. Se isso não era sinônimo de que acreditava que poderíamos durar naquela época, eu não sabia o que mais poderia ser.

Mas a vida tinha outros planos.

Minha caixa de e-mails atualizou, e uma nova mensagem do meu pai apareceu na tela.

De: Riordan Tobhias Anderson <riordananderson@gov.eua>
Para: Lua Cruz Anderson <luacruzanderson@hotmail.com>
Assunto: Miami

Apenas com você

Volte para casa.
Sentimos sua falta.
Com amor,
Seu pai.

Ele sabia que eu precisava voltar, então, tentava de todas as maneiras me fazer retornar e com a cabeça erguida, dizendo para todos que eu estava ótima. Em outro estado, quatro mil quilômetros, para ser mais exata, podia sentir seus conselhos zunindo no meu ouvido.

Papai nunca aprovou Yan, como também nunca apoiou qualquer namorado, porém tinha uma implicância especial com o baterista da The M's. No fundo, apesar de parecer que o odiava pela profissão que exercia, papai tinha total compreensão de que Yan era o extraordinário homem que teria o poder de me fazer caminhar até o altar. Então, não conseguia gostar dele. O que chegava a ser engraçado, porque nunca pedi sua aprovação para nada durante a minha vida, e não seria nessa altura do campeonato que o faria.

De todo jeito, papai só queria que eu voltasse a viver. Mas o que ele não compreendia é que existem pessoas que aparecem em nossa história que são incapazes de serem removidas. Seja por desejo ou obrigação, jamais conseguiria me livrar de Yan. Eu poderia ser capaz de perdoá-lo, e a mim mesma, porém, seria incapaz de esquecê-lo.

Estiquei os dedos e encarei a tela do notebook por longos minutos antes de recuperar o humor debochado de sempre e digitar uma resposta.

De: Lua Cruz Anderson <luacruzanderson@hotmail.com>
Para: Riordan Tobhias Anderson <riordananderson@gov.eua>
Assunto: RE: Miami

Ah, papai! Não faça drama, por favor. Fica feio para um homem da sua idade.
Volto assim que me sentir preparada.
Mas não se preocupe. Não devo demorar. :)
Amo vocês.

Yan

Girei a baqueta nos dedos, fingindo que estava distraído. Meus ouvidos estavam bem atentos à discussão entre Zane e Shane, que estava beirando os socos, tamanha a agressão verbal. Ao mesmo tempo, lembrava que o guitarrista me passara a responsabilidade de cuidar do Shane depois que decidiu que lavaria suas mãos.

E o garoto precisava *mesmo* de uma direção.

— Você aparece aqui com essa porra de olho vermelho e comportamento estranho, além do cheiro! Acha que sou inocente ou estúpido? — gritou Zane, furioso.

— Eu tô tentando parar, caralho! Você acha que eu quero isso pra minha vida?

— É exatamente *isso* que eu acho. Você voltou pra essa merda, Shane? Acho que quer se acabar, ser o desgosto da nossa mãe. Não vai sossegar até matá-la de preocupação, né?

— Vai se foder, Zane.

— Ah, bingo! Seria ótimo se eu estivesse fodendo e não dando uma bronca em você, como se fosse seu pai.

Shane deu um passo atrás, como se tivesse recebido um soco. Ainda assim, sorriu.

— É tudo que você pensa: sexo. Vem dizer qualquer coisa sobre mim, mas não tem um pingo de moral ou vergonha na cara — rebateu, rindo no meio da discussão.

Uma veia saltou no pescoço do guitarrista.

Kizzie, assim como eu, estava fingindo que prestava atenção em outra coisa. Seu alvo era a tela do computador apagada. A maneira como roeu a unha do polegar denunciou sua angústia.

— Se eles não pararem, eu vou até lá — prometi baixinho.

Ela estreitou os olhos e espremeu os lábios quando Zane soltou um grito.

— Eu acho bom você ir agora.

Levantei e fui até a segunda sala, passando pela porta já aberta. O estúdio estava vazio, porque já passava das dez da noite. Íamos começar a ensaiar o som com Shane, e Carter viria depois das onze, porque só precisava ouvir como estava a nossa sincronia.

Eu precisava me intrometer.

— Zane! — chamei, sabendo que ele estava a um passo de socar o irmão. — Se afasta, cara!

Apenas com você

— Ele só me dá dor de cabeça. Só uma porra de dor de cabeça! — grunhiu, e apontou o dedo para a cara do irmão. — Estou cansado pra caralho. Fico preocupado com você durante vinte e quatro horas por dia.

Shane se limitou a cruzar os braços e sorrir.

Zane riu de nervoso.

— Shane, você pode dar uma volta por um segundo? Preciso conversar com o Zane. Leve a Kizzie para tomar um sorvete.

— A essa hora? — Shane argumentou.

Encarei-o, com pouca paciência.

— Vai.

— Mas...

— Agora!

Shane puxou o boné para baixo, cobrindo os olhos, e caminhou até Kizzie. Em seguida, pegou-a pela mão, como se ela fosse uma criança. Era o que parecia, em comparação ao tamanho do cara perto dela. Zane, se não gostou, não disse nada. Só jogou a cabeça para trás, recostando-a na parede almofadada da sala acústica, fechando os olhos.

— Eu sabia que botá-lo na banda seria terrível — desabafou. — Voltou mesmo a usar drogas. Eu achava que ele estava limpo, porra! A reabilitação e todo o dinheiro gasto com psicólogos...

— É com isso que você se importa, Zane? Com o dinheiro?

— Sabe que não — respondeu, irritado. Ele focou os olhos nos meus e estreitou-os. — Eu não deveria ser tão duro com ele, depois do que enfrentou no passado. Só que não consigo assistir meu irmão jogando a vida fora sem fazer porra nenhuma.

— Eu já te disse que violência e lição de moral não servem para nada, cara. Cacete, você precisa sentar e conversar com ele.

Zane soltou uma risada curta e resignada.

— Acha que não tentei?

— Acho que não tentou o bastante.

— Ele tem Roxanne, a melhor amiga, que o apoia e essas merdas.

Ergui a sobrancelha.

— Bem, às vezes, ele precisa do irmão mais velho pondo uma direção nele. Por acaso escutou uma palavra do que Shane disse enquanto *você* estava gritando?

Aline Sant'Ana

Zane puxou um maço de cigarro do bolso traseiro do jeans. Teve dificuldade, porque a peça era tão justa que ficava difícil saber como ele conseguia caminhar naquilo.

Acendeu o cigarro, tragou e voltou a me encarar.

— O que ele disse?

— Que quer parar, e é por aí que você precisa começar.

— Fazendo o quê? Subornando todos os traficantes da cidade para não venderem drogas? — ironizou, levando o cigarro à boca.

— Incentivando quando ele faz as coisas certas e não só apontando quando faz as erradas. Cacete, Zane, quantas vezes você bebeu cerveja na frente dele e, para tentar se controlar, depois que saiu da reabilitação, Shane se afastou para te dar privacidade e não ter uma recaída? Você esquece do quanto é difícil para o garoto ver todo mundo podendo estar viciado em coisas, menos ele?

— É diferente — resmungou, encarando o cigarro de maneira estranha.

— Não é diferente, porque ele não vê dessa forma. Shane precisa lutar todos os dias para se ver livre disso. Você realmente o ajuda?

Zane piscou, um pouco atordoado. Ele não tinha pensado nisso e me surpreendeu que Kizzie não tivesse dito nada. Por um instante, pensei que fosse continuar o assunto e tentar contorná-lo, alegando alguma coisa sobre Shane estar envolvido com drogas mais pesadas do que um simples cigarro, mas seus olhos desceram para o meu pescoço e caíram no que eu usava de pingente do colar improvisado. Zane era o único que ainda não tinha reparado. Ele levou o cigarro novamente aos lábios e, antes que terminasse, apagou-o no cinzeiro da mesa de canto.

Joguei o colar para dentro da camisa e esperei que aquela fosse uma indireta para que não tivéssemos que conversar sobre isso.

Mas que por...

— Isso é uma aliança? — Zane começou, assim que voltamos a ficar frente a frente.

— Sim, é. O assunto não é esse agora, Zane.

Ele deu de ombros.

— Senta aí.

— Caralho, cara! Estávamos falando sobre o Shane. Precisamos conversar com ele.

Desde quando isso passou a ser sobre mim e *ela*?

Apenas com você

— O assunto pode esperar.

— Esse *assunto* — enfatizei. Peguei o colar e tirei de dentro da camisa, exibindo o que estava pendente — está esperando há muito tempo. Não vai se resolver tão cedo.

Zane sentou no chão e indicou que eu fizesse o mesmo. Passei os dedos pelo cabelo longo demais para o corte habitual, jogando-o para trás, antes de escorregar as costas na parede até sentar no chão.

É, relaxei em relação à aparência, ainda que fizesse exercícios físicos como uma religião. Depois que a mídia reduziu a falação, não era tão assediado por fotógrafos nas ruas. Minha barba crescera e meu cabelo começou a cair sobre os olhos. Os ternos Armani foram substituídos por calças jeans e camisetas largas, e os sites de fofoca estavam me chamando de o novo rockstar lumbersexual do momento, fosse lá o que diabos isso significava.

Claro que não me orgulhava. Eu era vaidoso pra caralho. Só que, depois de trabalhar como um condenado para arrancar aquela porra de vídeo do ar e de receber não atrás de não do detetive particular que contratei para achar Lua, estava pouco me lixando para o meu ego.

Eu só precisava de mais algumas semanas.

E talvez alguns meses.

Ou até um ano, quem sabe.

Não estava pronto para cortar o maldito cabelo, assim como não estava pronto para falar sobre o assunto em voz alta. Nem o bilhete que Lua deixou quando foi embora foi mexido, ainda continuava sobre a cama. Não toquei nos lençóis, não entrei naquele espaço e fui dormir no quarto de hóspedes, porque, de alguma maneira, era mais confortável deitar em outra cama a tentar fingir que o perfume dela não ficou impregnado na minha.

Zane me esperou ter coragem para começar a falar. Todos esperavam que, em algum momento, eu fosse sucumbir aos surtos que dei na Europa, mas o que eles não sabiam é que, depois de ter ferrado tanta gente de uma só vez, eu tinha consciência de que não poderia perder o controle.

— Se não abrir a boca para falar o que está sentindo, vai enlouquecer — Zane iniciou, sem rodeios.

— Cara, não quero falar sobre o que estou sentindo.

— Você não quer ou não sabe por onde começar?

— Um pouco dos dois. — Fechei os olhos.

— Sou seu amigo desde a época em que você não sabia beijar na boca, e foda-se se isso é doloroso para você. As feridas geralmente não cicatrizam só depois que limpamos o machucado?

Abri os olhos, um pouco chocado com a sua comparação.

— Caralho...

— Comece, porra. Todos nós já nos apaixonamos aqui, então, o que quer que você diga, não vou achar vergonhoso.

— Nunca pensei que fosse achar. — Sorri.

— Eu sei. — Zane assentiu, com um meio sorriso.

— Vamos fazer o seguinte. — Passei a ponta da língua nos lábios. — Você vai lá para o meu apartamento qualquer dia desses, e eu me dedico a te falar as coisas. Hoje foi um dia de merda. Nós ainda temos que esperar o Carter chegar.

Ele ponderou por uns instantes, decidido a rebater, mas a porta se abriu, revelando Carter e Erin no *timing* perfeito. Assim que pôs os olhos em nós, Carter franziu as sobrancelhas.

— Por que vocês estão no chão?

— Só conversando. — Zane se levantou num pulo. Erin me lançou um olhar preocupado, e sorri para tranquilizá-la. — Vamos te mostrar algumas coisas. Shane saiu com a Kizzie, e devem voltar em alguns minutos.

— Ah! — Carter pareceu confuso por alguns segundos. — Legal. Tem certeza de que está tudo bem?

— Sim — respondi dessa vez, e me levantei. Erin se aproximou para me dar um abraço, que retribuí com carinho. Carter bateu no meu ombro em sinal de cumprimento, e me forcei a sorrir mais uma vez. — Shane deu uma ideia para uma das músicas, que podemos fazer em acústico. A gente pode ensaiar um pouco.

— Legal — Carter respondeu, mais tranquilo. — Então me mostrem.

— Sim, McDevitt. — Zane guiou Carter para o som.

Por mais que estivesse um pouco nervoso com a expectativa de ter que conversar sobre o que fugi por tanto tempo, soube que, quando falasse, de alguma maneira, tudo poderia acabar bem.

Lua

Alguns dias depois do e-mail do meu pai, uma agonia tomou conta de mim. Talvez estivesse me sentindo impulsiva — uh, que novidade! —, talvez fosse só saudade das pessoas que amava, talvez o medo tivesse sumido. A única coisa que tive certeza foi de que não podia ficar mais ali.

Precisava encarar a vida de frente.

Enfiei as roupas dentro da primeira mala que vi, consciente de que deveria esperar mais alguns dias. A neve caía lá fora e o frio estava terrível; nem em mil anos conseguiria sair até que a nevasca passasse. Precisava esperar o sol derreter o gelo.

Um som de chamada ecoou no meu notebook. O computador era a única coisa que me trazia certa distração e é claro que eu me mantinha afastada dos sites de fofoca, porque tinha tanta coisa sobre Yan Sanders com aquelas mulheres que, mesmo eu não tendo mais o direito, me dava vontade de vomitar.

O amor é uma porcaria.

Assim que cheguei à sala, sorri. O nome de Andrew apareceu na tela, como também uma foto sua em frente à Torre Eiffel, que usava no perfil. A chamada por Skype era a deixa para colocarmos a amizade em dia e, durante todo esse tempo, Andrew foi uma das únicas coisas em que pude me agarrar. Até quando não estava brigada com o Yan, quando ainda morava em Miami, sentia-me em casa contando para Drew os meus problemas. Ele também compartilhava comigo todas as coisas difíceis que enfrentou na vida, e era uma boa pessoa.

Claro que Drew era o homem que os paparazzi pegaram em um ângulo completamente errado quando me cumprimentou daquela vez. Ao contrário da fama que ganhei, não tínhamos nem nunca teríamos um envolvimento romântico. Andrew trabalhava para o meu pai e era o tipo de cara sobre o qual eu não havia sequer pensado numa probabilidade de aproximação física.

Estava apaixonada por Yan e, meu Deus, Andrew era só... *fofo*.

Com certeza esse não era um adjetivo legal para o cara que você colocaria no hall do Homens-Com-Mais-Apelo-Sexual-Do-Mundo, mas conviver com a The M's durante esse ano inteiro me fez criar uma espécie de resistência para caras gostosos. Enquanto as garotas ficavam mexidas quando Drew passava, ele era apenas o Drew para mim.

Poderia dar crédito ao descaso porque amava Yan, poderia também dizer que a paixão me cegava, porém, eu realmente achava que ver Carter zanzando de toalha para lá e para cá, Zane com a bunda de fora enquanto fumava na varanda, e Yan — que, benza Deus, era todos os deuses nórdicos reunidos em um só — fazendo aquelas coisas comigo na cama... Francamente, isso me ensinou a separar os mortais dos imortais.

Reconhecia que Drew tinha um rosto bonito. Seus cabelos castanho-caramelados espetados para cima em um ar jovial, os olhos estreitos e escuros,

Aline Sant'Ana

um maxilar proeminente e o fato de fazer mais exercício físico do que muitos no ramo da política... Bem, não era algo para se ignorar. No entanto, apesar de bonitinho, Drew era como Erin. Não havia em nenhum dos dois qualquer coisa que eu amasse além da amizade.

Me ajeitei no sofá e coloquei o notebook no colo. Assim que atendi, Andrew apareceu, já sorrindo. Usava uma touca cinza daquelas que sobram tecido na parte de trás da cabeça, como os Smurfs.

— Senhorita Anderson — brincou.

— Oi, Drew. — Sorri.

— Como estão as coisas?

— Estou ótima.

Andrew estreitou os olhos.

— Interessante você dizer isso quando consigo ver daqui uma mala com um monte de roupas em volta.

— Estou pensando em viajar para a Itália — menti despreocupadamente, percebendo que o sorriso que Drew me deu titubeou um pouco.

— Você está louca?

Comecei a rir.

— Talvez Inglaterra. Soube que tem homens gostosos por lá.

— Para, Lua.

— Ou Grécia! Ah, com certeza, Grécia. Imagina ficar naquele marzão com um homem maravilhoso do lado me dando uva na boca?

Me forcei a sorrir, esperando que ele fosse pegar a deixa leve.

— As coisas por aqui estão mais tranquilas.

Ele não precisou dar nome aos bois. Andrew estava falando que os boatos sobre Yan estavam mais brandos, por mais que todos soubéssemos que isso jamais seria esquecido.

Eu não queria me lembrar das coisas que causamos um ao outro.

— Vou para a Grécia. — Tentei sorrir, mas saiu forçado.

— É verdade, Lua. — Andrew se empertigou no sofá. — Estou proibido de falar sobre isso, eu sei. Só quero deixar claro que você pode voltar agora, sem que isso gere um escândalo. Sua família anda preocupada com você.

— Já enviei um e-mail para o meu pai. Sou uma ótima filha, você sabe, apesar de ele estar sempre ocupado.

Apenas com você

Andrew sorriu, puxou a touca da cabeça e passou a mão nos cabelos.

— Ele pode estar ocupado, sim.

— Como assim "pode estar ocupado"? Você não sabe?

— Lua...

Seu tom de aviso me fez ficar preocupada.

— Me explica isso, Drew. O que aconteceu?

Ele suspirou fundo, relutante em dizer.

— Seu pai me afastou do cargo.

— O *quê?* — gritei.

— Não é bem assim...

O sangue começou a subir para o meu rosto, e senti minhas bochechas ficando vermelhas de raiva.

— Por que ele fez isso com você? Depois de tudo o que passou, Andrew!

— Ele não quer ninguém da sua equipe envolvido em um escândalo. — Deu de ombros. — Apesar de se tratar da filha dele, de nós dois, e de você saber muito bem que ele adora a ideia de termos algum envolvimento, mesmo que seja na fantasia dele, seu pai não é burro. Ele está concorrendo ao governo, Lua. Não pode passar pelo furacão que aconteceu sem perder votos.

— Ele...

— Está se preservando — Andrew completou, ainda sorrindo. — Relaxa, Lua. Quando chegar a hora, ele vai devolver a minha posição.

Fiquei um tempo absorvendo tudo o que Drew disse. Fazia sentido. Meu pai o adorava, ele não media palavras para deixar isso claro. Reprovava Yan, aprovava Andrew, como se eu estivesse no início do século XVIII e precisasse de consentimento para casar e ser feliz.

Confesso que a atitude absurda do meu pai me deixou com um pé atrás antes de iniciar uma amizade com Andrew. No entanto, quando percebi que Drew, ao invés de se sentir atraído por mim, como papai adorava imaginar, só me via como uma irmã mais nova, não me prendi mais a preconceitos.

Eu só torcia para que ele fosse reconhecido pelo ótimo profissional que era, e não por ser o sonho dourado do meu pai.

— Espero que ele entenda a burrada que fez.

— Ele vai — Andrew assegurou e inclinou o queixo em direção à minha direita. — Então, você pretende voltar, né?

Aline Sant'Ana

— É, nada de Grécia para mim.

— Bem... — Andrew riu e abriu os braços, se afastando da câmera. — Miami te espera, senhorita Anderson!

Acabei rindo e puxei outra conversa com Andrew. O problema é que, por mais que quisesse fingir que não me preocupava, os olhos cinzentos de Yan Sanders atropelavam minha memória.

Ele ainda me machucava, na mesma proporção em que ainda me fazia amá-lo. Era como se o tempo não tivesse passado, como se, em um piscar de olhos, ele fosse aparecer na minha frente, segurar meu rosto e me beijar, no meio do mar, com as arraias à nossa volta, como da primeira vez. E era como se eu pudesse fechar os olhos e, de repente, visualizar aquele vídeo horrível, vez após vez, até que a mágoa me engolisse.

Não estava pronta para voltar a vê-lo. Nunca estaria.

Só que isso não significava que precisava parar a minha vida para cuidar de um coração quebrado.

Eu era Lua Anderson, pelo amor de Deus. Isso deveria significar alguma coisa.

Yan

> Isso é algum jeito moderno de me pedir em casamento? Me trair, fazer eu procurar minhas roupas nas suas gavetas para ir embora e acabar encontrando uma aliança no meio das meias?
> Se for, você fez errado.
> L. A.

O bilhete que Lua deixou ainda estava sobre a cama quando Zane apareceu com Carter no meu apartamento. O que me incomodava era ter que falar sobre o bilhete, sobre Lua, sobre a aliança que usava como pingente; uma recordação bem dolorosa do que não aconteceu.

Eu ia pedi-la em casamento.

Estava nos meus planos. Assim que voltasse de viagem, ia levá-la para o aquário de alguma cidade próxima e a faria passear por todos os lugares até chegarmos nas arraias. Então, ela ficaria encantada ao se lembrar do nosso primeiro beijo, e eu me ajoelharia e perguntaria se ela queria ser minha pelo resto das nossas vidas.

Esse era o plano, até tudo desmoronar.

— Você poderia começar explicando o motivo de estar usando o anel de noivado como um pingente, Yan.

Soltei uma risada, por já saber que Zane não enrolaria porra nenhuma.

— É para se torturar, é isso? — continuou, e se jogou no meu sofá. Carter foi até a cozinha buscar cerveja.

Sentado, apoiei os cotovelos sobre os joelhos, inclinando-me para a frente.

— Quando cheguei em casa depois da viagem, a primeira coisa que vi foi o bilhete da Lua. — Observei Zane me analisar a cada palavra. — Ela deixou um recado irônico em cima da cama e a aliança que encontrou quando foi procurar as roupas nas gavetas. Eu sabia que ela não mexeria na cômoda específica em que coloquei a aliança... Bem, até eu fazer o pedido, pelo menos.

Zane piscou, imóvel. Carter se sentou e estreitou os olhos quando me entregou a bebida. Peguei, sentindo a garrafa gelada na ponta dos meus dedos quentes. Tomei um longo gole e precisei respirar fundo mais uma vez antes de continuar.

— Foi difícil para mim porque, de repente, meu mundo caiu. Sei que tenho uma culpa enorme nessa porra toda, sei que fiz merda, mas...

— Você usa a aliança para se lembrar dela? — Carter questionou, com tranquilidade.

— Não preciso disso para me lembrar. — Tirei a corrente do pescoço e segurei o pequeno anel de compromisso com a mão livre. — Eu uso porque preciso saber o que perdi. Deixei Lua escapar pelos meus dedos e sei que não posso mais perder o controle. Se eu tiver uma chance, uma única que for, não vou permitir que as coisas se percam de novo.

Aline Sant'Ana

Minha voz saiu mais autoritária do que eu queria. Carter virou a cerveja na boca e me encarou com preocupação. Zane estava agitado, balançando a perna direita.

— Hum, interessante teoria. Como você vai fazer isso? — o guitarrista questionou.

Deixei minhas costas tombarem no sofá e terminei a cerveja em três longos goles.

— Não tenho um plano.

— Não tem? — Carter pareceu surpreso.

Enfiei o colar de volta no pescoço.

— Não.

— Então... — Zane exigiu continuidade.

Sorri.

— Vou deixar que as coisas aconteçam. A única certeza que preciso é que não posso perder o controle.

— Você, a personificação de uma agenda, deixando as coisas acontecerem? — Zane não se aguentou.

— Bom, às vezes, não ter um plano é a melhor estratégia. Deixar as coisas acontecerem — aconselhou Carter. — Sei lá, acho que vai dar tudo certo. Tenho um pressentimento otimista.

Olhei para Zane, que estava com uma expressão um tanto sombria.

— O que houve?

— Tem alguma coisa que não encaixa.

— No quê?

— Na sua história com a Lua. Ela não é o tipo de mulher que tem medo. Quando a vi... ela parecia... — Zane se levantou e foi em direção à janela. De lá, a vista de Miami era espetacular; uma das coisas que Lua mais gostava. — Conseguiu achá-la através do detetive?

— Não. Nenhum sinal — resmunguei. — O que você acha que está acontecendo, Zane?

— Não sei, cara. É só que alguma coisa não parece se encaixar mesmo.

Disposto a tentar compreender melhor o ponto de vista do Zane, eu ia continuar a conversa, mas meu telefone tocou. Um número restrito apareceu na tela e pedi licença para atender.

Apenas com você

— Yan Sanders? — uma voz feminina e doce soou.

Franzi o cenho.

— Sim?

— Me chamo Scarlett Sullivan, sou do escritório do senhor Riordan Anderson. Ele exige uma reunião com você imediatamente.

Virei o relógio de pulso para ver as horas.

— São seis da tarde, o trânsito está caótico. Devo demorar um pouco.

— O Sr. Anderson te aguarda. E, ah, vista um terno — aconselhou, e desligou logo em seguida.

Não podia ser coisa boa. Durante esse tempo, o Sr. Anderson me odiou com todas as forças. E não que ele não tivesse razão, ele tinha, porra! Mas a maneira como estava jogando comigo era um pouco cruel demais.

Ele dava declarações na televisão, quando perguntavam, deixando claro que nunca aprovou o envolvimento da filha comigo. Evidente que poderia gerar uma revolta se ele desse a opinião verdadeira: que era humilhante para sua filha, com todos os idiomas que ela sabia, todos os cursos que fizera e a universidade de primeiro mundo, estar em um relacionamento sério com um cara "sem futuro profissional estável". Essa porra de opinião me corroeu durante todo o ano que passamos juntos. Seu pai fazia questão de me lembrar disso a cada jantar, a cada almoço, a cada evento social, e, por mais que Lua lutasse por nós, isso me impediu de ser mais livre, de me sentir mais à vontade ao lado dela e, principalmente, da sua família.

Caralho, eu não queria me comparar a ninguém, eu não desejava ser nenhuma pessoa além de mim mesmo, mas, quando Lua tornou-se amiga do funcionário do pai, confirmando a teoria do Sr. Anderson de que ela merecia algo melhor, nosso relacionamento começou a desandar. Era a porra do falatório na minha cabeça do quanto o Almofadinha era excelente, dos cursos que fizera, dos lugares do mundo que viajou a negócios. O endeusamento de um homem que tinha tudo para ser o que Lua precisava, quem seu pai queria: o par perfeito.

Então, o ciúme e a preocupação só de imaginar que ela poderia se apaixonar por ele me consumiram nos últimos meses. Caralho, eu fiquei mal quando Lua deixou claro que não poderia viajar comigo durante as onze noites pela Europa. Em algum lugar da minha alma, eu esperava que ela fosse me trair com Andrew. E o seu pai não poderia estar mais feliz com aquela maldita foto do beijo, que foi espalhada por todos os cantos, contra a qual minhas fãs se revoltaram e até fizeram explicações gráficas de que havia ocorrido o tal beijo. Assim como também existia parte das fãs que creram que aquilo era apenas um ângulo infeliz.

Aline Sant'Ana

Eu não sabia o que pensar.

Forcei meus pés a irem para o quarto, tomei banho e vesti a porra do terno. Inventei uma desculpa para Carter e Zane, e peguei a chave do meu novo 4x4 em cima da mesa. Antes de as portas do elevador se fecharem, recebi um olhar preocupado dos meus melhores amigos, porque, por mais que eu não tivesse dito uma maldita palavra, eles pareciam saber: para onde quer que eu estivesse indo, não era questão de escolha.

— Porra — soltei o palavrão baixinho quando cheguei ao estacionamento.

Definitivamente, nada de bom saía de uma reunião entre um Sanders e um Anderson.

Não depois de tudo que aconteceu.

Apenas com você

CAPÍTULO 2

Don't have to end up where you started
Heaven loves the broken hearted
You learn from your mistakes
Bones grow stronger where they break
Who says that scars don't fade

— *Bon Jovi, "Born Again Tomorrow"*.

Yan

Assim que entrei no prédio empresarial e subi pelo elevador, a angústia veio. A última vez que vi Riordan, pai de Lua, foi em um jantar beneficente antes de viajar para a Europa, no qual ele falou sobre economia, política e assuntos que eu não dominava, rindo por trás do guardanapo a cada merda que eu errava. Lua brigou com ele naquela noite. Apesar de saber que aquilo era para me afetar, não tornava a situação menos desagradável, e Lua ficava puta. Se não fosse ela e Raquel Anderson, sua mãe, para desconversar, eu teria pulado no pescoço dele.

Respirei fundo, focado em me controlar, antes de passar pela porta.

Não havia qualquer outra pessoa além dele me esperando. Riordan estava na recepção, sentado no sofá da elegante antessala, com uma bebida alcóolica amadeirada lhe fazendo companhia. Os olhos castanhos e frios me mediram, julgadores, mas isso era algo que eu estava acostumado.

Até aqui, nenhuma surpresa.

Não sorrimos, não nos cumprimentamos, não fizemos nada além de nos olharmos.

E eu esperei.

— Já tentei todos os artifícios possíveis para minha filha voltar, mas ela não retorna — iniciou, com a voz tensa, mas controlada.

Pedi que o detetive Green tentasse ter acesso a alguma informação através do Sr. Anderson, mas o homem era impenetrável. Mesmo assim, só o fato de saber que ele tinha alguma comunicação com Lua me fez soltar o ar de alívio.

Riordan notou a reação, ficou rígido no sofá e virou o resto da bebida em um só gole.

Aline Sant'Ana

— Sabe de uma coisa, Sanders?

Riordan sempre me chamava pelo sobrenome e nunca me permitiu chamá-lo de qualquer coisa a não ser Sr. Anderson, e, claro, eu odiava essa porra de formalidade. Era tão estúpido ele querer me tratar como um dos seus políticos rivais que, porra, isso me deixava maluco!

— Não, eu não sei. — Era o que ele queria ouvir. Eu não sei de nada, tenho o QI abaixo da média, sou um otário que não tem inteligência suficiente para fazer qualquer outra coisa além de segurar uns pauzinhos e batê-los num tambor.

Foda-se esse preconceito estúpido.

— Isso tudo que está acontecendo é culpa sua. Não que já não saiba. — Deixou a raiva transparecer. Apoiou o copo vazio sobre a mesa e se levantou. — Eu consigo sentir daqui a autopiedade. Mas, só para reforçá-la: você fez minha filha passar por uma humilhação pública, fez Lua duvidar que existem pessoas no mundo além de você para apoiá-la. Fez Lua se apaixonar e, para quê? Para traí-la com as primeiras mulheres que decidissem abrir as pernas?

Você não pode socá-lo, você não pode socá-lo, você não pode...

— Olha, garoto, francamente, eu tenho mil formas de fazer você sumir e diversas ideias passam pela minha cabeça. — Sorriu.

Apertei os punhos ao lado do corpo, segurando-me para não fazer besteira. O Sr. Anderson era o tipo de pessoa que se achava superior às outras, apenas por ter intelecto. Não fazia ideia como Lua e Erin podiam amá-lo tanto. Elas certamente não conheciam o lado sombrio desse homem como eu.

— E o que você fez, Sr. Anderson? Atrapalhou o nosso relacionamento sempre que pôde? Fez Lua se aproximar de outro homem só porque achava que ele era melhor do que eu?

— Sim — confessou, sem remorso.

— Vou te contar uma novidade. — Me aproximei. — Eu sou o melhor para a Lua, porra!

— É esse seu linguajar...

— Sou o tipo de homem que a ama mesmo depois de tudo o que enfrentamos, que se arrepende todos os dias por tê-la perdido — continuei. — Como o senhor acha que me sinto sem ter a chance de poder me desculpar, de poder consertar as coisas?

— Andrew é melhor para ela. Precisa aceitar isso e deixá-la ir!

— Nunca.

Apenas com você

— Precisa parar com essa paixonite adolescente e inútil, que só leva a minha filha para o fundo do poço. Você precisa esquecê-la, e é por isso que te chamei. Tire esse idiota do detetive Green de perto dos meus assuntos! — gritou, perdendo a paciência.

Ah, ele sabia do detetive Green. Não me surpreendia o fato de o homem não conseguir encontrar Lua. Ele deve ter subornado o detetive com qualquer coisa além de dinheiro. Afinal, a matemática não mente, e nossa situação financeira era parecida. Deve ter sido alguma ameaça, qualquer coisa que seres humanos normais não teriam coragem de fazer, se sentissem empatia.

Percebi que estava na frente dele quando era *quase* tarde demais. Estava perto de esmurrá-lo, de fazer algo que poderia me arrepender. Meu cérebro travou, meu corpo também, e inspirei um ar quente de revolta e raiva que fez meus pulmões queimarem.

— Eu nunca vou desistir da Lua. Pode tentar manipulá-la o quanto quiser. — Soltei as palavras devagar. — Posso ter errado, mas a amo e vou lutar muito duro para tê-la de volta.

O Sr. Anderson riu.

— Lua nunca mais vai te ver, Sanders. Aliás, você já percebeu? Ela te deixou, é evidente que não te ama mais.

Caralho...

— Não sabe o que dizer, Sanders?

— Você não pode me afastar dela.

— Ah, mas você não sabe com quem está lidando.

— Não, Sr. Anderson. *Você* é que não sabe com quem está lidando.

Fui embora antes que pudesse fazer uma estupidez. Bati a porta e desci apressado pelo elevador. Ele demorou a chegar no térreo, porque estávamos no último andar. Minha cabeça estava aérea, revivendo o inferno que foi essa discussão. Eu precisava voltar para casa, me destruir no boxe e esperar que fosse suficiente.

Mas meus planos de sair dali correndo foram interrompidos.

Um líquido marrom manchou minha camisa branca assim que saí do elevador. Quente pra caralho, fiz uma careta quando foi além da camisa e queimou minha pele. Olhei para a frente, apenas para me deparar com os olhos castanhos arrependidos de uma mulher.

— Ah, eu sinto muito! Fui buscar o café que o Sr. Anderson me pediu e estava correndo, porque atrasaram e... não importa! Meu Deus, você se queimou?

Aline Sant'Ana

Estreitei os olhos, ainda mais irritado do que já estava.

— Sim.

— Nossa, eu sou uma tonta mesmo! — Ela sorriu, mas o lábio inferior e cheio estremeceu pelo nervosismo. — Sou Scarlett Sullivan, a secretária.

— Sei. Bom, preciso ir embora.

— Não! Eu não posso deixar a sua camisa desse jeito! Me deixa te levar para a lavanderia. É aqui na frente e...

— Eu vou jogá-la fora.

Scarlett suspirou.

Ela usava o cabelo liso, escuro e bem escorrido nas costas, além de uma franja tão escura quanto seus olhos. A pele bronzeada e o corpo curvilíneo chamavam atenção no vestido ousado. Tudo em Scarlett parecia um pouco demais. A voz era alta e doce demais, o cabelo liso demais, os olhos, pedintes demais e a boca, cheia demais. Era bonita, mas não consegui enxergá-la no meio de tanto excesso.

— Não, por favor.

— Não tenho tempo para isso — repliquei.

Fui dar um passo à frente, mas ela segurou meu braço com delicadeza.

— Olha, Yan, nós começamos com o pé esquerdo. Sinto muito se arruinei a sua camisa.

— Tá.

— M-mas eu sou fã da The M's desde que era mais nova e, mesmo trabalhando para o Sr. Anderson, nunca tive a oportunidade de falar com você pessoalmente — continuou, com a voz baixa. — Me dê a chance de, pelo menos, pagar a lavagem da camisa do meu baterista favorito.

Caralho, eu não quis ser rude com ela, mas Scarlett me pegou em um péssimo momento. Eu só queria ir para casa e esperar que esse dia terminasse.

— Desculpe, Scarlett...

— Só me deixa pagar pela lavagem e nós vamos conversando no caminho. O Sr. Anderson não facilitou a conversa, né?

Me limitei a sorrir.

— Não.

— Ele nunca facilita. — Sorriu de volta. — Por exemplo, que pessoa toma café quase no começo da noite? Ele faz isso para me enlouquecer.

Apenas com você

Um brilho estranho pareceu passar pelos olhos dela. Não me senti confortável, algo não estava certo. Porém, concordei com o convite, já que não queria ser um ogro. Se era uma fã, merecia todo o carinho que eu pudesse dar, mesmo em um dia ruim. E não me custava nada dar um pouco de atenção.

— Não posso demorar. — Abri a porta para que ela fosse na frente.

— Ah, eu também não. Preciso buscar outro café para o Sr. Anderson no caminho.

— Certo.

— Obrigada, Yan — Scarlett agradeceu, mas a maneira que me chamou pareceu muito empolgada, assim como cada parte dela desde o momento em que coloquei meus olhos nos seus.

Lua

Fechei a última mala e agora sabia que não tinha volta. A nevasca cessara, a passagem estava comprada e nada mais me prendia a Salt Lake City, exceto a preocupação. Soltei um suspiro e joguei a mochila nas costas. Verifiquei pela última vez se o chalé estava organizado, se não deixara nada ligado, se as janelas estavam trancadas.

Quando voltei para a porta, arrastando as malas, a campainha tocou, me assustando.

Surpresa, olhei pela janela e precisei piscar diversas vezes para ter certeza de que não estava imaginando coisas.

O sorriso dele ao notar que o tinha visto me fez sentir um alívio imediato.

Abri a porta e seus braços me rodearam; a mochila caiu no chão. Por um minuto, eu só ri, porque não sabia que precisava tanto de alguém, até Andrew aparecer na minha porta. Ele murmurou palavras de incentivo enquanto eu o apertava forte demais e, meu Deus, a solidão pode fazer as pessoas enlouquecerem! Tanto tempo longe de um abraço, e tudo que eu queria era reviver esse gesto.

Minha mente vagou para Yan e a maneira que ele nunca me deixava no chão quando o apertava dessa forma. Eu adorava como meus pés saíam do tapete felpudo da nossa sala e como eu dobrava os joelhos até bater os calcanhares na bunda. Adorava a maneira como ele me rodava e como me beijava até que o ar faltasse nos meus pulmões.

Quando me afastei de Andrew, sua testa franziu.

Aline Sant'Ana

— Abraços apertados são os meus favoritos.

— Sim, eu percebi.

— O que você está fazendo aqui, criatura?

Andrew deu de ombros debochadamente.

— Vim descobrir se você tinha ou não sido engolida por ursos polares.

— Claro, Andrew. Lutei contra ursos polares, dei uma de Indiana Jones e sou uma sobrevivente.

Ele riu.

— Não tem ursos polares na cidade — completei.

Ele se inclinou para mim.

— Você jogou isso no Google? — sussurrou.

Bati no seu braço de brincadeira, e ele pegou minha mão e me puxou para mais um abraço. Depois de me soltar, o olhar brincalhão evaporou.

— Como você está lidando com tudo?

— Estou preparada para voltar. Sinto falta da minha mãe, do meu pai, da Erin e até dos meninos, inclusive... — deixei a frase no ar. — Só sei que preciso retomar a minha vida, participar da campanha dos Anderson e voltar ao consultório. Tenho pacientes, pessoas que dependem de mim, e não posso ser egoísta por tanto tempo.

— Você não estava sendo egoísta.

— Sim, eu estava.

Drew passou o peso de um pé para o outro e estudou cada canto do meu rosto como se pudesse extrair mais.

— Vamos? — Não deixei que ele questionasse.

Peguei a mochila do chão e a joguei nas costas. Andrew pegou as malas e esperou que eu dissesse alguma coisa.

— Você já quer ir embora?

— Quero.

— Já tenho passagem de volta, mas reservei para a madrugada. Se você quiser, trocamos a sua para o mesmo horário que a minha e damos uma volta pelo aeroporto, já que estamos no final da noite. Parece bom?

— Não sei, eu estou adorando só o fato de ter companhia. — Sorri.

Voltar para Miami era sinônimo de muita confusão de sentimentos.

Apenas com você

— Vamos. Eu te compro um chocolate quente no caminho.

— Acho que agora eu preciso de um vinho.

Andrew não sorriu com a boca, mas sim com os olhos.

— Será vinho, então.

Parei antes de dar um passo além do que deveria. Precisava fazer uma coisa antes de partir.

— Andrew?

— Sim — ele atendeu ao chamado, um pouco curioso.

Engoli em seco.

— Eu sinto muito se atrapalhei a sua vida e os seus planos. Sei que almejava algo além, e que a política é importante para você.

— Lua, você não precisa...

Toquei seu braço, em um pedido silencioso para que me deixasse continuar.

— Meu pai te adora e eu o amo, mas sei que ele pode ser um homem muito manipulador quando quer. Por ser protetor, acaba vendo as coisas somente por um ângulo, sem se importar com as pessoas ao redor. Isso que ele fez é puro instinto, só que não é justo.

— Você não pode pedir desculpas por ele.

Sorri.

— Mas posso pedir por mim. Aquela foto, se não estragou seus planos, pelo menos atrasou-os um pouco.

— Relaxa, tudo vai se ajeitar no tempo certo. E, vamos ser honestos? O afastamento do emprego não foi nada perto do que você passou. Sei o quanto foi difícil, caramba, você fugiu da cidade, Lua. Não tente pegar os problemas dos outros, se você já tem o suficiente. Não se sinta culpada por tudo que aconteceu. Se você se punir, vai ser ainda mais difícil superar.

— Eu me culpo.

— Não temos controle sobre a vida, Lua.

Me segurei para não chorar. É algo que disse tanto para Yan...

— Acho que vou precisar mesmo daquele vinho.

Andrew riu e carregou minhas malas, ajudando-me a trancar a porta do chalé. Me levou até o carro alugado e, em seguida, dirigiu pelas ruas geladas e iluminadas de Salt Lake.

Aline Sant'Ana

A cada quilômetro mais longe do meu refúgio, conseguia dar a mim mesma uma dose nova de coragem. Sabia que do outro lado haveria muitos problemas para lidar, o estrago que causei, mas já estava na hora de colocar um ponto final nas sentenças que se separavam apenas por vírgulas.

Yan

Olhei para a camisa limpa, meio em choque. Scarlett ficou comigo ontem à noite até a lavanderia prometer que entregaria no dia seguinte. E lá estava eu, às oito da manhã, recebendo a entrega na portaria do prédio. Não sabia se ficava aterrorizado por ela saber o meu endereço, já que não falei, ou inquieto, por Scarlett ter sido excessivamente prestativa.

Encontrei Zane no meio do caminho. Ele estava com olheiras e cansado, tão desarrumado que duvidei que tivesse dormido, já que vestia um short de tecido frio e regata preta. Não disse nada para mim, apenas apontou para suas costas, avisando que queria sair para dar uma volta.

Entramos em seu carro, e vesti a camisa social sobre a calça de moletom. Não me importei com não combinar, ainda que o meu lado organizado estivesse dizendo que essa merda não casava. Suspirei fundo e fechei os botões, ao som de Johnny Cash.

A cidade ficou às nossas costas, e o silêncio reinou por quase uma hora.

Zane não precisou falar, eu sabia que seu comportamento era por causa de Shane. A cada dia, isso me preocupava um pouco mais, porque ele tinha colocado a responsabilidade do garoto sobre mim. Tudo ou nada, foi o que Zane disse. Ou Shane tomaria jeito ou ficaria perdido de vez.

Paramos em um bar do subúrbio. Pensei que não o encontraríamos aberto, por ser tão cedo, mas as portas se escancararam para Zane, iluminando o cômodo escuro. Meia dúzia de pessoas estava jogando sinuca, e o ambiente fedia a cigarro e bebida barata, mas Zane não se importou. Ele se sentou no bar e pegou um segundo banco de madeira, convidando-me a sentar.

— Duas tequilas — pediu, irritado demais para diminuir o sotaque britânico.

O barman era provavelmente o dono do bar. Vestia jaqueta e calça de couro, e uma regata. Seu olhar era de poucos amigos.

— Oi, D'Auvray.

— E aí? — cumprimentou.

Apenas com você

— Sal e limão? — questionou, me medindo com desconfiança.

— É, alguma porra assim — Zane respondeu, sendo atendido em questão de segundos.

Ele não me esperou tomar a dose nem fazer a tradição do limão e sal, apenas virou o pequeno copo e pediu mais uma.

— Odeio ter te sequestrado só para falar da merda da minha vida e da preocupação com Shane, sabendo que você tem um mundo de coisas para lidar. Mas não posso falar com o Carter, porque ele está relativamente feliz e eu não quero foder a cabeça dele, assim como não tenho coragem de falar com Erin, porque tem o lance da Lua. Não quero preocupar a Keziah, porque sei que ela vai tentar fazer um encontro e consertar as coisas. Você foi a minha última opção. Não consigo lidar com essa merda sozinho, Yan. Mesmo sendo egoísta desabafar meus problemas com você, eu só preciso de cinco minutos.

Bebi a dose, sentindo-a descer rasgando pela garganta.

— O que houve?

— Shane saiu ontem de casa e não voltou. Roxanne me ligou para perguntar se ele estava por perto, porque tinha ido até a casa dos meus pais e o cara não atendeu. Foda-se, a garota estava preocupada, ela sempre me liga assim. Eu acho que foram poucas as vezes que escutei Roxy falar comigo ultimamente sem que estivesse apreensiva.

A segunda dose foi servida. O barman perguntou se eu queria mais uma, e eu disse que sim, por mais que meu estômago não tivesse nada além de ar.

Viramos o copo na boca.

— Achou ele?

— Chegou em casa totalmente louco. Até Snow, seu cachorro, parecia quieto demais com preocupação. Saí do apartamento correndo quando soube que tinha chegado, fiquei a noite inteira acordado, tentando ligar para o celular dele. Shane fedia a sexo, drogas e álcool. É o tipo de mistura que dá vontade de vomitar, porra.

— Por que ele estava tão fodido?

— O dia... ontem foi o dia que... Merda, eu nem deveria estar tão puto com ele. Shane ainda não sabe lidar com o que aconteceu.

Era difícil até para Zane falar sobre aquilo, então me mantive em silêncio, esperando que continuasse.

— Eu não sei se meu irmão vai conseguir, cara.

— Vamos fazer um show para anunciá-lo oficialmente?

Aline Sant'Ana

— Sim. Kizzie está escolhendo a cidade. Ele tá pronto pra tocar, Yan. Ele é fantástico. É só...

— Ele é mesmo fantástico.

O menino tinha talento pra caralho. Era um baixista excepcional. Por mais que Zane tenha tentado diminuí-lo para que o sonho não crescesse, quando o escutei tocar pela primeira vez, vi o dom natural em cada corda. Não foi o treino, a vontade de ser um rockstar, ou qualquer coisa parecida. Shane nasceu para isso.

— Shane ainda revive os problemas, ele tem tantas lutas internas, que não consigo ir além. A cabeça do cara é um labirinto, e eu estou cansado de mentir para a minha mãe, falar que ele está se recuperando, enquanto sei que ela só ora por ele todos os dias, acreditando que isso o está salvando. Meu pai está desolado, porra. A fisionomia dele... Cara, nunca vi meu pai tão preocupado em toda a minha vida. E o Shane? Merda, ele não liga. Está preso na dor, nas coisas que aconteceram no passado, não dá a chance de eu me aproximar para ajudá-lo.

— A responsabilidade com a banda pode ajudá-lo, Zane.

— Não, acho que ele precisa de um exemplo. Acho que precisa ver que alguém consegue ser forte, mesmo estando na merda. Shane não acredita em finais felizes, ele precisa ver um acontecer.

— Já te viu se apaixonar por Kizzie, o que parecia ser impossível.

A terceira dose foi servida. Zane bebeu e pediu a quarta. Eu vacilei, inseguro de tomar mais uma. Alguém teria que dirigir de volta, certo?

— Não é disso que estou falando, cara. Se apaixonar é o tipo de coisa que Shane nunca mais quer sentir na vida. Ele precisa de um exemplo real de superação, ele precisa de um modelo, um espelho. Eu não sei, pensei em levá-lo a uma das casas que ajudamos, pensei em incentivá-lo a fazer caridade comigo. Faria bem pra ele.

Batuquei os dedos na bancada.

— Você quer que eu converse com ele? De homem para homem?

— Sei lá o que eu quero. Só sei que preciso ver esse garoto bem antes de enlouquecer. Sabia que a Kizzie está vendo os preparativos para o nosso casamento? Nem consigo pensar com ela, no meio de tanto caos.

Sorri.

— Você realmente foi enlaçado, cara.

— É, porra. Não poderia ser diferente.

— Eu sei.

Apenas com você

Peguei o celular e liguei para o Shane. Ele demorou a atender, mas, quando o fez, não enrolei. Disse que precisávamos conversar e dei o endereço de um local perto de onde estávamos, não o bar. Zane me disse que havia um restaurante que abria cedo. Lá era mais adequado do que, bem, a porra de um ambiente cheio de bebidas. Como Shane não sabia onde era, demos o endereço. No final da ligação, por mais que ele estivesse relutante, concordou em me encontrar.

— Vou deixar você fazer isso sozinho — Zane resmungou, já se levantando para me levar até o restaurante.

Assenti uma única vez.

Essa conversa seria definitiva.

Lua

Quase sete horas de voo e mais cinco presos no aeroporto, devido a um atraso absurdo que tivemos que enfrentar. Nessa bagunça, só consegui chegar em Miami no início da tarde do dia seguinte. Andrew estava exausto, e a viagem, que já era traumatizante por si só, se tornou um tormento quando cheguei na área de desembarque e vi tudo que meus pesadelos criaram nesses meses.

— Lua! — gritou um.

Como eles me acharam?

— Senhorita Anderson! — falou outro.

Como sabiam que eu estaria aqui a essa hora?

— Você está namorando esse rapaz?

— Ele é o cara da foto do beijo! — completou o colega.

— Você já viu o vídeo de Yan Sanders com aquelas meninas? — perguntou a mais ousada repórter. — O que tem a dizer sobre isso?

Meu Deus.

— Você se envolveu com drogas? Esteve em reabilitação?

— E o cabelo novo? Você está seguindo a tendência da Jennifer Lawrence?

Flashes me cegaram de uma maneira que não pude caminhar sem que meus olhos piscassem como uma árvore de Natal. Perguntas evasivas, empurrões, pessoas me tocando. De óculos escuros, consegui esconder meus olhos cheios de fúria, mas não pude controlar a boca dos inúmeros palavrões que soltei.

— Me dá licença, merda! — gritei, empurrando o paparazzo à minha direita.

Andrew tentou me proteger, mas um homem só não seria suficiente. Não havia um maldito segurança para me ajudar, e fiquei tão nervosa que comecei a rir.

— Por que está rindo, senhorita Anderson? Quer provar para o Yan Sanders que está feliz com o novo namoro?

— Ela não vai dar qualquer declaração para vocês. Podem me dar licença? — Andrew levou o celular à orelha e começou a conversar com alguém.

Ele usava outra língua para que não soubessem o que estava dizendo, mas eu conseguia entendê-lo. Estava pedindo para alguém vir nos buscar.

Graças a Deus.

— Por que não quer que ela fale, senhor Andrew Travor? Estão escondendo o relacionamento de vocês?

Flashes de humilhação, mídia tendenciosa, mentiras. Eu não conseguia suportar a ideia de eles estarem inventando uma história, mas não podia deixar para falar agora sobre a minha vida. Eu só queria ir embora, só precisava voltar para casa, e depois pensar sobre a repercussão que isso teria. Pensar que poderia atrapalhar a campanha do meu pai me apavorava, e ficava ainda mais angustiada ao imaginar Erin vendo isso tudo, sabendo o que agora sabia. Sempre a protegi do caos, porém, não poderia proteger agora nem a mim mesma.

E Yan...

Meu Deus, ele pensaria ainda pior de mim. Mas, também, o que eu queria? Ele já aproveitou aquelas garotas e eu só imaginava quantas mais passaram por sua cama nesse tempo.

Fiquei enjoada.

— Lua, você está comigo? — Andrew questionou, em italiano, me puxando pela mão.

Mais flashes.

Ele não percebeu que aquela era a deixa que os fotógrafos e repórteres precisavam para provar que estávamos juntos.

— Drew! — Soltei sua mão bruscamente.

— Confia em mim. — Ainda falando em italiano, apontou com o queixo para a esquerda, voltando a segurar minha mão.

Seguranças do aeroporto!

Corremos com as malas e fomos protegidos, dessa vez, por cerca de cinco homens de terno. Na saída do aeroporto, rumo ao estacionamento, entramos no

Apenas com você

carro sem muitos estragos. As malas foram praticamente jogadas no porta-malas e o motorista do meu pai, que dirigia para nós desde sempre, me deu um sorriso paternal.

— É bom ter você de volta, Lua.

— Eu não sei se foi uma boa ideia estar de volta — resmunguei, cansada.

Andrew me encarou com preocupação, assim como o motorista. Dei de ombros e pedi que desse partida no veículo.

Silêncio.

Talvez não tivesse nada a dizer, depois de termos enfrentado o que provavelmente seria a volta do escandaloso caso amoroso de Lua Anderson.

Apenas com você

CAPÍTULO 3

This is no mistake, no accident
When you think the final nail is in, think again
Don't be surprised, I will still rise

— Katy Perry, "Rise".

Lua

O apartamento cheirava a ambiente fechado, mesmo que eu tivesse deixado as chaves com a moça que o limpava quinzenalmente. Tudo permanecia no mesmo lugar de quando decidi fazer as malas e me mudar para a casa do Yan.

Suspirei fundo e abri as janelas.

Estava sozinha. Andrew foi para casa e agora era a minha chance de visitar Erin. Então, tomei um banho e voltei aos meus saltos altos. Me arrumei, de fato, como não fazia há um tempo.

Sim, eu estava bem.

Peguei o carro e liguei o celular, ainda estacionada no subsolo. Inúmeras mensagens e ligações foram surgindo, atrasadas há semanas. O número do meu pai e de Yan apareceram tantas vezes que perdi a conta. Meu coração apertou ao ver o nome do Yan na tela. A última mensagem foi do celular do papai, questionando como eu tinha retornado e não dito a ele. Além disso, como eu estava em um relacionamento sério com Andrew e não o tinha avisado. Disse que estava feliz por mim, e que precisávamos comemorar.

— Ah, claro — rebati, sozinha.

Abri uma página de notícias.

"Lua Anderson, filha do político Anderson e ex-namorada do baterista da The M's, retorna a Miami de mãos dadas com Andrew Travor, ex-líder de relações públicas do pai e novo namorado."

Os urubus do inferno.

Eles achavam que podiam me vencer pelo cansaço, que podiam brincar comigo. Que eles pensassem que eu seria derrotada por essa manchete, como acabaram com a minha vida naquela foto ao lado de Andrew, assim como expuseram a intimidade do Yan, da mesma forma que quiseram derrubar a carreira do meu pai, como também se achavam no direito de apontar com quem eu deveria me relacionar.

Que eles pensassem...

Eu ia me reerguer.

E precisava começar agora.

Acelerei mais do que o permitido. Cortei ruas e deixei o vento do vidro aberto bater no meu rosto. Me senti viva pela primeira vez em muito tempo. Cheguei ao prédio dos meninos antes do normal, angustiada pela possibilidade de encontrar Yan no meio do caminho. No entanto, sabia que, com Erin namorando Carter, cedo ou tarde, eu teria que vê-lo e lidar com o sentimento que não consegui diminuir.

Avistei o porteiro, que, já me reconhecendo, me deixou entrar com facilidade. Ainda tinha uma chave do apartamento de Yan, que fui passando entre os dedos a cada segundo que chegava mais perto.

A nostalgia, somada à ansiedade, preencheu cada parte do meu coração.

— Você consegue — incentivei a mim mesma.

Fechei os olhos, enfiei a chave de Yan e apertei o andar de Carter e Erin, que dava o mesmo acesso. Durante o percurso, fui prendendo a respiração à medida que os números aumentavam. Quando, enfim, as portas se abriram, vi Erin, de frente para mim, deixando o copo de vidro com água se espatifar no chão pelo susto.

Nossa ligação era única. Erin era como se fosse a minha protegida. Por saber coisas sobre sua família que nem ela sabia, sempre a mantive embaixo das minhas asas. Frágil emocionalmente, Erin Price se tornou sangue do meu sangue. Então, vê-la depois de tanto tempo, depois de tudo o que passei, foi como um balde de água fria sobre minha cabeça.

Mas eu sorri.

Sorri como se nada tivesse acontecido, mesmo que ela soubesse o inferno que passei.

Erin sorriu de volta, e eu dei alguns passos.

— Será que eu posso entrar, Fada McDevitt?

Ela usava um vestido branco, daqueles de alcinha fina que tanto adorava. Os cabelos vermelhos soltos em torno do rosto angelical pareciam os mesmos, porém os olhos bem azuis traziam certa mudança que eu não esperava reconhecer.

Apenas com você

Força.

— O seu cabelo está maravilhoso.

— Eu sei! Ficou tão a minha cara. — Sorri.

Antes que pudesse dizer algo mais, Erin veio ao meu encontro. Me abraçou com toda a sua força e, diferente do que eu esperava, não me bombardeou com mil perguntas. Não... Ela só me abraçou, me provando que não me cobraria nada, que não me questionaria em busca de respostas que eu não estava preparada para dar.

Desde que ela soubesse a verdade, tudo estava bem.

— Você quer um chá gelado? — perguntou, quando se afastou.

Secou as lágrimas discretamente quando virou de costas para mim, e eu também limpei as minhas.

— Sim, querida. Nossa, eu não aguento esse inverno disfarçado de Miami! — reclamei.

Erin riu, e eu a acompanhei.

Ela me ofereceu o chá, depois de limparmos o copo quebrado, e me fez sentar no sofá elegante da sua casa, me perguntando sobre o cabelo e os saltos; o tipo de pergunta fácil que eu poderia responder sem precisar voltar muito ao passado.

Sim, meu Deus!

Era ótimo estar de volta, não era?

YAN

Shane apareceu no restaurante para conversamos, com a fisionomia fechada e a contragosto. Zane, antes de sair, não acreditou que ele viria, mas o moleque veio. Pedi algumas coisas para beliscarmos e não enrolei para puxar um assunto sério com ele. Decidi não o pressionar além do limite, porque eu bem sabia como era perder o controle, e não queria que Shane conhecesse esse lado invertido do mundo. Fui firme sobre suas responsabilidades, disse que a banda era um compromisso sério, algo que não pode desmarcar ou faltar, como um emprego qualquer. Disse todas as coisas que Zane queria dizer, mas colocava tantos palavrões que pareciam insultos ao invés de conselhos.

Ele ouviu tudo. Assentiu, sem rebater, enquanto comia. Disse que ia melhorar, que ia se esforçar, que ia fazer diferente, que já estava tentando. Eu sabia que Shane parecia imaginar que isso estava acontecendo, embora suas atitudes dissessem o contrário.

— Fazer parte da The M's é mais do que ser um integrante de uma banda, cara. Somos uma família. Se um fica mal, todo mundo fica. Eu enfrentei alguns problemas fodas, pensei que não ia conseguir sobreviver a mais um dia, mas tenho sorte de ter o seu irmão e o Carter ao meu lado, além de suas garotas, que são incríveis como eles — continuei, percebendo que Shane baixara a cabeça. — O que eu quero dizer é que você não está sozinho.

— Tô ligado.

— Você pode conversar comigo, se não quiser falar com outra pessoa.

— Eu só sinto que não tem ninguém que entenda tudo que enfrentei. Nem Roxanne, nem meu irmão, nem meus pais. Eu só recebo julgamentos, e caralho...

— Tudo tem o tempo certo, Shane. Ninguém espera que, de um dia para o outro, você melhore.

— Mas eu não sei se *quero* melhorar, entendeu? Fico tentando e tentando e é um ciclo sem fim, eu sempre volto pra essa porra e não quero sair.

Franzi as sobrancelhas e esperei-o dizer mais.

— Desde que tudo aconteceu, eu só quero esquecer, me deixar ir.

— Se deixar morrer? — Minha voz saiu grave, porque era exatamente isso que ele estava dizendo.

— Não, cara. Não faça tempestade em copo d'água. Caralho!

— Você está me dizendo que quer ficar nas drogas e não quer sair. Bem, temos dois cenários, Shane: ou você acaba morto ou preso. Então, "se deixar ir" é ficar atrás de umas barras estúpidas ou ficar confortável dentro de um caixão?

É, fui duro, e Shane ficou surpreso. Eu era diferente do Zane porque não partia para a agressão física ou verbal, eu mostrava a realidade nua e crua. Doeria? Com certeza, mas ele precisava enxergar o que estava fazendo consigo mesmo.

— Eu sabia que não era uma boa ideia vir.

Segurei Shane antes que ele pudesse se levantar. O garoto, que só tinha tamanho em músculos e não em idade, me encarou com os olhos bem abertos e incrédulos.

— Não quero te forçar a entrar na The M's, Shane. Zane falou que esse era um sonho seu e, até então, ele estava relutante em te colocar no meio da gente. Cara, só quero saber se você está dentro ou não. Eu, sabendo do esforço da Kizzie na administração, não posso permitir que façamos um anúncio se você não estiver pronto.

Apenas com você

— Eu estou — resmungou.

— Vou deixar bem claro: estar na banda é se esforçar para melhorar e querer melhorar, não dizer isso para as pessoas, só porque elas querem ouvir. Se você quiser ficar conosco, vai ter que abandonar as drogas e melhorar seu comportamento. Você já fez isso antes, vai conseguir de novo. Vamos te ajudar em cada passo dessa escada íngreme e fodida. Não vai ser fácil, mas você não é o tipo de homem que é o primeiro a soltar a arma em uma guerra, é?

Seus olhos me mediram e um músculo saltou do seu maxilar. Ele pegou um petisco da mesa, mastigou com calma e não me respondeu.

— Shane?

— Eu quero muito estar bem para a banda. Quero muito fazer parte dela, então, sim, vou me esforçar.

— Você acha que precisa de mais ajuda do que está tendo? Acha que consegue sozinho?

— Sozinho, não. Eu vou voltar para o psicólogo e tal. O cara me ajudava a compreender melhor as coisas, e eu conseguia controlar a compulsão. Quero voltar para as reuniões também, para o pessoal que estava em reabilitação.

O primeiro sorriso sincero depois de meses surgiu no meu rosto.

— Estou feliz de ter conversado com você.

Shane deu um sorriso e mordeu o piercing do canto do lábio.

— Posso ser sincero, Yan?

— Sim, pode.

— Não surta, tá?

— Não vou.

— Se o Zane tirasse a banda de mim... Se ele, Carter ou você achassem que era melhor eu me afastar, acho que não encontraria motivos para mudar. Hoje, francamente, não tem nada na merda da minha vida que me faça levantar todas as manhãs. A banda e talvez Roxy, mas nossa amizade é algo complicado, enfim, porra... eu só queria te mostrar a importância que a The M's tem para mim. Não é só uma banda, cara. É a minha salvação.

Eu sabia bem o que ele estava dizendo. Às vezes, você não consegue encontrar forças para viver, mas ainda existe algo, uma coisa ou duas, que te mantém na corda, mesmo que bamba.

Assim que Lua foi embora, a perspectiva de ter mais uma chance foi o que me manteve. Mesmo que fosse uma expectativa ilusória, não pude deixá-la ir.

Aline Sant'Ana

— Você já está na The M's. Ninguém vai te tirar isso.

Shane sorriu e deixou o gesto tomar conta do seu rosto. Observei-o por um tempo, prestando atenção no exato segundo em que a felicidade surgiu no garoto. Ele reluzia quando estava feliz, era quase como se toda a obscuridade da sua personalidade sumisse num piscar de olhos.

Meu celular vibrou no bolso, e tirei-o para saber quem era. Um número confidencial surgiu na tela, e soltei um gemido impaciente. Sabia que era do escritório do Sr. Anderson.

— Yan?

O tom informal da secretária dele me fez piscar.

— Sim.

— Ah, oi. É a Scarlett.

— Eu sei.

— Oh...

Ela ficou um tempo em silêncio. Pude ouvir sua respiração acelerada e esperei. Como não disse nada, arrisquei o assunto.

— É algo sobre o pai da Lua, senhorita Sullivan?

— Pode me chamar de Scarlett.

— Hum.

— Sei que não devo me meter em seus assuntos particulares, sei que mal nos conhecemos, mas eu quero te ajudar.

— E como acha que pode fazer isso?

— Eu posso te ajudar em relação à Lua, claro.

Foi a minha vez de acelerar a respiração.

— Conheço Lua há mais de um ano — continuou. — Tenho algumas informações sobre ela, mas prefiro te mostrar pessoalmente. Existe alguma possibilidade de nos vermos?

Desesperado, foi como me senti. Tudo em torno de mim começou a rodar. Depois de meses longe da Lua, era surreal a ideia de Scarlett ter alguma informação. Que porra de burrice! Eu jamais tive a ideia de perguntar a alguém do meio do Sr. Anderson. Óbvio que a secretária dele era a pessoa mais próxima das informações que ele tinha.

O estranho era que Lua nunca tinha me falado dela.

— Sim, estou em um restaurante e... — Pensei que o bairro não era o melhor

Apenas com você

para me reunir com Scarlett. — Me encontre na frente do seu escritório. Lá tem um cybercafé, sabe qual é?

— Claro! Em quanto tempo você chega aqui?

— Quarenta minutos.

Desliguei o telefone, e Shane me encarou com certa curiosidade. Contei para ele a verdade. Shane deu de ombros, porque não compreendia bem a história como um todo.

— Vou te deixar lá — Shane falou, apertando o alarme do seu carro. Só então me dei conta de que eu tinha vindo de carona com Zane, e ele levara o carro.

— Você pode ligar para o Zane e explicar?

— Sim, com certeza — respondeu, dando partida, e fomos pelas ruas suburbanas de Miami.

Lua

Rever Erin foi como voltar a um tempo em que tudo era fantástico. Ela me contou as novidades sobre a banda, mas ocultou respeitosamente Yan dos assuntos. Falou sobre a contratação nova, o fato de que Kizzie conseguiu convencer os meninos de que seria mais do que útil ter um braço direito atuando junto com ela, como um segundo empresário, tendo em vista que Oliver, seu melhor amigo, era um excelente profissional e havia largado o antigo chefe adolescente abusivo. The M's com dois empresários, meu Deus! Fiquei feliz em saber que estavam crescendo e que em grande parte se devia a Kizzie.

Falou também sobre Shane e o problema sério que ele tinha com as drogas, além de me avisar que os meninos estavam sempre pensando em fazer um show de abertura para apresentar Shane na banda e as partes técnicas. Contou, com orgulho claro na voz, que Zane estava mesmo com Kizzie, noivo e feliz. Não me surpreendi. Havia algo em Zane, um desafio claro que ele mesmo se impunha de que nunca seria conquistado. É claro que isso ia dar errado. Sempre dá. Eu fui a prova viva, quando pensei que não poderia me apaixonar por Yan, mas aconteceu mesmo assim.

Disposta a levar o assunto para o inevitável, soltei o ar dos pulmões e encarei Erin. Aquilo não era divertido, eu não estava pronta para falar, mas o suspense estava me matando.

— Você conseguiu esconder o segredo, desde que te liguei?

Aline Sant'Ana

— Sim — Erin garantiu. — Fiquei triste, claro. Mas, para eles, era apenas por sua ausência.

Segurei a mão da minha melhor amiga.

— Eu queria ter te contado antes da viagem para a Europa, mas estava apavorada. Você foi a primeira pessoa que soube, além da minha família. Confio em você com a minha vida, Erin. Foi difícil dizer ao telefone.

— Entendo e não julgo — disse, com um sorriso triste. — Só queria ter estado lá por você.

— Como te expliquei, você não poderia. Eu precisava fazer isso sozinha.

— Lua, você não pode proteger todo mundo.

— O que importa é que estou no final disso — desconversei.

— Vou com você, caso queira.

— Eu sei. — Suspirei e criei coragem. — Então, como o homem mais gostoso da The M's está?

Ela sorriu.

— Carter?

Rolei os olhos.

Erin riu.

— Você realmente quer saber?

— Sim, quero.

— Tudo?

— Eu posso lidar com isso.

Erin colocou uma mecha ruiva atrás da orelha.

— Durante as primeiras semanas, Yan não saiu do apartamento nem para comprar comida. A depressão e a culpa foram mais fortes do que a vontade de viver. Fizemos tudo o que pudemos para que ele saísse dessa. Conseguimos. Mas todas as tentativas falharam quando Yan descobriu que o vídeo com as meninas estava na internet. Primeiro, aquela foto. Depois, o vídeo. Você sabe sobre isso?

A pontada de ciúme me fez lembrar que eu sabia perfeitamente bem.

— Hum, foi uma cena e tanto. — Sorri, triste. — Sim, eu sei.

— Felizmente, Kizzie já estava trabalhando para que o vídeo saísse do ar, mas o Yan não parou de pensar nisso. Ele saiu finalmente do quarto, com uma nova perspectiva, se matou na academia e enfim... — Suspirou. — Yan foi pego

Apenas com você

desprevenido e, não estou tentando justificar, Lua, mas realmente foi algo armado para ele. As fotos do beijo que ele deu em uma das meninas na festa saíram por toda a mídia e logo depois teve o vídeo.

— O que você está querendo dizer?

— Nada, eu só... Bem, Yan trabalhou duro para que o vídeo saísse do ar. Tirando isso, o seu pai não facilitou as coisas para ele.

Me acomodei melhor no sofá e semicerrei os olhos.

— O que ele fez?

— Falou várias coisas na mídia que deveriam ser mantidas em privado, como a reprovação dele sobre vocês dois. Não deixou as coisas mais fáceis para o Yan e, querida, ele sofreu.

Não estava preparada para descobrir isso.

— Erin...

— Não quero que você pense que estou escolhendo um lado, Lua. Não escolhi, tanto que não disse uma palavra a ele sobre seu sumiço ou o motivo real de ter ido embora, apesar de me doer muito ter que mentir. O que o Yan fez foi tão errado que não posso nem listar. Se fosse comigo, eu provavelmente pegaria minhas coisas e me mudaria para o Alasca. — Erin pegou minhas mãos nas suas, os olhos azuis intensos medindo os meus. — Eu não imagino o que você passou. A única coisa que quero é que você reflita que eu estive durante todos esses meses assistindo Yan sofrer por amor. Não foi uma coisa bonita de se ver, e sei que você também sofreu. Além do amor, por você mesma.

Eu saí para evitar justamente isso: que as pessoas sofressem. O que mais estava doendo era que acreditei mesmo que Yan lidaria com o término do relacionamento de forma mais natural, como todas as pessoas lidam. Se eu contasse a verdade, achei que Yan sofreria mais.

Eu estava errada?

Segurei-me muito para não chorar e ter de dizer para Erin que tudo estava bem.

— Eu sofri pelo Yan, mas me segurei para não precisar magoá-lo. Agora, ouvindo isso, parece que o machuquei de toda forma, né? E, como você mesma disse, não foi fácil lidar com a foto, o vídeo. Ele terminou comigo por telefone, Erin. Ele falou para o Andrew que tudo estava acabado. Eu achei que seria melhor assim, do que ele me ver, e caso eu não...

— Lua. — Erin segurou minhas mãos de forma mais forte, porque precisei respirar fundo para continuar a falar.

Aline Sant'Ana

— Yan me machucou agindo como agiu, mas não sou o tipo de mulher que deixa transparecer, que se entrega. — Em contradição às lágrimas que queriam sair, sorri e semicerrei os olhos. — Não vou dar nem um centímetro a mais de mim para essa história, Erin. Preciso ser forte. Entende o que estou dizendo? Se for fraca, a vida vai me engolir.

— Eu não duvido da sua força. O que quer que pretenda fazer, vou apoiá-la. Só não deixe de lembrar daquela frase que sua mãe sempre dizia para nós duas, quando aparecíamos com o coração partido.

— Qual?

— Às vezes, precisamos passar por certas provações para que o amor valha a pena.

— Não. Isso vai além, Erin.

— Eu entendo e respeito sua decisão.

— Mas? Sempre tem um mas, não é, amada? Você sempre me dá um porém...

Erin riu baixinho.

— Só não coloque uma armadura, ok?

— Ah, não se preocupe. Não vou me vestir como um cavaleiro.

— Lua...

— Estou falando sério!

— Eu também — Erin rebateu.

Suspirei.

— Linda, já é tarde demais para você me pedir para não me proteger. Nesse exato momento, pense em mim como a maldita máfia.

— Ah, amiga...

— É tarde demais — reforcei. — Nos machucamos muito. E ainda não sei como termina a minha história.

— Vai dar tudo certo.

— Será?

Apesar de ainda amá-lo, não havia como remediar o que já foi feito.

Apenas com você

YAN

Scarlett estava sentada de costas para a porta, na bancada do cyber, que descobri também ser um bar. A secretária do Sr. Anderson usava um vestido curto vermelho-sangue justo como se não houvesse espaço para respirar. Os cabelos negros e excessivamente lisos dançavam em suas costas, beirando o final da coluna. De pernas cruzadas e salto alto creme, atraía todos os olhares para si, desde as mulheres até os homens.

Exalei com pesar.

Me sentei ao seu lado e os olhos escuros me avaliaram, quase escondidos pela franja reta. Scarlett sorriu quando percebeu que eu estava todo disfarçado com óculos escuros aviador e boné da Nike. Em seguida, perguntou se eu ia beber alguma coisa e não me chamou de Yan, mas sim de Sanders, para evitar que alguém me reconhecesse.

— Não, eu estou bem.

— Como não sou de ferro, já pedi o meu drink. Então, vamos conversar?

— Primeiro, antes que você diga qualquer coisa, preciso saber por que está fazendo isso.

Ela se virou e seus joelhos rasparam na minha perna de propósito. Estreitei os olhos, meio puto.

— Desculpa — Scarlett pediu, sem qualquer remorso na voz. — A verdade é que eu quero algo em troca, sim.

— O quê?

— Eu disse que sou fã da The M's, certo? — cochichou.

A aparente timidez de Scarlett, que vi no primeiro dia que a encontrei, parecia ter desaparecido depois de um drink. Provocativa e ousada, não era ela. Ou, talvez *essa* fosse ela, e eu só não soubesse.

— Sim, você disse.

— O que quero é simples: preciso conhecer os meninos, inclusive o novo integrante que vocês estão escondendo da mídia. Só quero um tempo com eles, algumas fotos e autógrafos.

— É só isso?

Ela piscou duas vezes e colocou o copo entre os lábios antes de beber um gole.

— Uhum. — Pousou a bebida sobre a bancada de madeira. — Não é pedir muito, é? Inclusive, vou te dar informações que poderiam ser confundidas com

Aline Sant'Ana

fofoca, mas não sou mentirosa ou espalhafatosa, Sanders. Você pode confiar em mim. Vou dizer apenas a verdade, afinal de contas. Mas preciso saber se está preparado.

— Vou te levar para ver os caras. Me diga o que sabe, Scarlett.

Caralho, eu precisava saber onde Lua estava e a parte da história não explicada. Scarlett parecia ter acesso a essas informações. Eu não tinha escolha.

— Então, preciso dizer que sou uma faz-tudo para o Sr. Anderson. Ele me pede para cuidar desde os assuntos mais particulares até os profissionais. Dessa forma, me tornei amiga da Lua, que ia quase todos os dias ao escritório do pai auxiliar na campanha. Bem... O Sr. Anderson nunca aprovou você, acho que já não é surpresa essa parte. Ele sempre tentou deixar Lua perto de Andrew. Para esse garoto, ele é só elogios.

— Eu sei disso.

— Lua se aproximou do Andrew, acho que você sabe que se tornaram amigos. Eu não quero ser rude, então não vou aprofundar o que sei da relação deles, mas são íntimos. São muito amigos, entende? Andrew compreende Lua. Não foi apenas uma vez que ela chegou um pouco desolada no escritório e ele a aconselhou. Lua parece o tipo de mulher inabalável, mas, em alguns momentos, ela precisava de um amigo e Andrew estava lá.

Ah... caralho.

Eu não sabia se ia conseguir ouvir isso até o final.

— Não sei qual é o nível de amizade, mas, bem, é o que eu te contei. Lua, então, acabou desaparecendo, depois do término de vocês, mas eu sei aonde ela foi. Ficou no chalé dos avós esse tempo todo, sei disso porque intermediava os e-mails do pai dela e alguns até fui eu quem digitei. Lua ficou por lá, tirando umas férias longas, para espairecer...

Em algum momento da sua narrativa, prendi a respiração. Meu cérebro começou a processar que Scarlett sabia onde Lua tinha estado. Mas, cara, se ela estava falando no passado, para onde Lua foi?

Me levantei do banco num pulo, assustando Scarlett.

— Porra, onde Lua está agora? — praticamente gritei e voltei ao tom normal quando chamei muita atenção. — Por favor, me diga onde ela está.

Scarlett semicerrou os olhos e deu um sorriso fraco.

— Você realmente a ama, não é?

A pergunta me pegou desprevenido. Cacete, é claro que eu a amava! Depois de tudo que passamos, havia dúvida? *Claro, porque eu a traí,* minha consciência

Apenas com você

alertou. *Sim, essa era a merda da questão.*

Scarlett puxou sua bolsa grande do banco ao lado e tirou de lá um notebook. Ela colocou o computador sobre a mesa e o esperou ligar.

Meu celular começou a tocar, mas o ignorei.

— Sente-se — Scarlett pediu.

Sentei e esperei.

— Como eu disse, eu não sabia o nível de relacionamento do Andrew com a Lua, mas posso te dar mais detalhes. Vou te mostrar uma coisa agora, que, cedo ou tarde, você descobriria.

A tela do notebook ligou e uma página de notícias abriu.

— Leia a matéria com calma, Yan.

Fotos deles de mãos dadas apareceram, com Lua sorrindo enquanto as câmeras registravam o momento. O Almofadinha que a acompanhava, parecendo incomodado por algum motivo, estava tenso. Meus olhos correram pela notícia de que Lua estava de volta a Miami.

"Lua Anderson, filha do político Anderson e ex-namorada do baterista da The M's, retorna a Miami de mãos dadas com Andrew Travor, ex-líder de relações públicas do pai e novo namorado."

— Depois, quero receber o que pedi em troca — Scarlett salientou.

Meu celular voltou a tocar.

No mesmo instante em que meu coração voltou a sangrar.

— Eu... — A raiva que subiu em minhas veias foi tão ácida que me fez levantar mais uma vez do maldito banco. Senti meus olhos quentes e fui perdendo o controle a cada respiração.

Calma, pensei comigo mesmo. *Você precisa ter calma.*

Lua está de volta, está com outro cara e parece feliz por ter voltado.

A chance de fazer tudo dar certo, era nisso que eu precisava focar, e não no ciúme e na possessividade que senti por Lua desde o segundo em que a fiz minha.

Minha.

O caralho que eu não ia reivindicar isso.

— Você está bem?

— Eu preciso de uma bebida.

Aline Sant'Ana

Apenas com você

CAPÍTULO 4

**Acting like we're not together
After everything that we've been through
Sleeping up under the covers
How am I so far away from you?**

— *Maroon 5, "Cold"*.

Yan

Disse para Scarlett que precisava beber e, lá no cyber, acabei pedindo um drink. Não estava raciocinando e dizer a ela que precisava de álcool não foi um convite para que continuasse comigo. Mesmo assim, Scarlett ficou.

Naquele momento, eu só queria esquecer das malditas fotos.

E do quanto Lua estava linda sorrindo ao lado de outro cara.

Virei uma dose de qualquer coisa, escutando Scarlett dizer algo sobre eu controlar os meus impulsos. Abri um sorriso tão irônico e ácido que me surpreendeu o fato de ela não se assustar.

— Quero a garrafa inteira — avisei à menina que servia a mim e mais três pessoas em reuniões informais de trabalho, distantes o suficiente para não encherem a porra do saco.

Os olhos da barwoman se arregalaram.

— Mas, senhor...

— Só faça isso, linda. — Fiz uma pausa. — Beleza?

Quando cheguei na metade da garrafa, percebi o erro. Quase bêbado, sem razão, sem emoção, sem nada que me definisse, eu estava uma junção de pensamentos malucos, de ações lentas, de vazio. Olhei para Scarlett quando ela tocou no meu rosto.

— Yan, entendo que esteja mal, eu deixei você beber metade da garrafa. Agora chega, certo? — Tirou a garrafa de mim. Relutei, mesmo sabendo que aquilo era errado. Ela jogou-a no lixo próximo a nós e depois voltou para o banco. — Seu celular não para de tocar. Pode me dar para eu atender?

— Não.

Aline Sant'Ana

— Você vai deixar todo mundo preocupado?

— Não.

— Então, atenda você mesmo.

Encostei a cabeça no balcão. Tudo em torno de mim girou, e dei graças a Deus por não estar mais de boné e óculos. De olhos fechados, puxei o celular do bolso e, meio atrapalhado, atendi.

— Onde foi que você se meteu? — Ouvi a voz do Carter do outro lado da linha, meio furioso.

— Tô bebendo.

— Está de dia ainda, cara.

— Foda-se, não importa.

— Temos uma festa para ir à noite. Sabe, a contratação do Oliver e o aniversário do cara.

— Aham.

— Você precisa estar lá.

— Quando foi que falhei em um compromisso? — respondi, a língua enrolando. Fiquei irritado com Carter por pensar que eu seria irresponsável.

— Quando você está bêbado.

— Eu vou.

— Às dez da noite, espero que esteja sóbrio. Quer que te busque? Quer que o Zane vá até aí?

Não poderia deixar que Zane soubesse do meu estado, sabendo todas as merdas que disse para ele ser um exemplo para Shane. Carter, talvez, fosse uma boa solução, mas o que eu precisava agora era voltar para casa, dormir e esperar que essa merda de ressaca passasse.

Esperar que eu esquecesse Lua.

— Estou bêbado, não louco. Zane não pode me ver assim. Vou para casa dormir.

— Nem fodendo que você vai dirigir.

Olhei de relance para Scarlett.

— Não estou sozinho.

Carter ficou em silêncio.

— Merda, Yan.

Apenas com você

— Não estou fazendo besteira, porra. Confia em mim.

— Se você diz...

— Carter, em tantos anos convivendo comigo, você já deveria saber. Não sai uma merda de palavra da minha boca que eu não tenha certeza. Te vejo à noite.

Desliguei o celular.

Encarei Scarlett.

— Preciso que me leve para casa.

Ela assentiu, mas não sem antes olhar o celular para ver se tinha algum compromisso.

— Estou livre. Vou resolver essa sua bebedeira irresponsável.

Fuzilei-a com o olhar enquanto tentava me levantar.

Cambaleei.

— Não sou irresponsável.

Scarlett sorriu.

— Você parece um adolescente.

— Não me lembro de ter pedido sua opinião, moça.

— Engraçado você ficar na defensiva quando bebe. — Tentou passar meu braço em torno dos seus ombros, para que eu pudesse me apoiar. Bufando, segui seus passos, fomos pela porta e demos de cara com um táxi.

Scarlett chamou, pedindo ajuda. Me senti inútil quando me enfiaram no banco de trás, tomando cuidado para que minha cabeça não batesse em algum lugar.

— Esse cara é grande — o motorista resmungou, fechando a porta com cuidado antes de entrar no veículo. Scarlett sentou-se ao meu lado e encarou o fato de que a minha cabeça tocava o teto do táxi.

— Nem me fala — concordou ela.

— E por que ele está bebendo tão cedo? — continuou o motorista, ignorando a minha presença, como se eu não fosse capaz de responder.

Talvez não fosse.

— Mulheres — Scarlett respondeu, sucinta.

O homem me encarou pelo retrovisor, abrindo um sorriso complacente.

— Sempre são elas, não?

Fechei os olhos.

Aline Sant'Ana

Lua apareceu sorrindo na minha mente. Nua, os cabelos bagunçados, a luz da manhã entrando pelas janelas. Sua cara atrevida, me instigando a não dominá-la, enquanto se enrolava nos lençóis e no meu corpo. Me acendendo, me atiçando, me queimando vivo, me fazendo perder a razão pouco a pouco enquanto meu corpo e mente aceitavam só querer a ela e a mais ninguém.

— Ela — balbuciei três letras: a mesma quantidade que as do seu nome.

E caí na escuridão.

Lua

Hoje era aniversário de Oliver, e ele daria uma festa para todos os amigos, integrantes da banda e relacionados. Essa festa, além da comemoração de mais um ano de vida, era sua entrada oficial na equipe The M's, como segundo empresário. A permanência de Erin na festa era obrigatória e, quando veio o convite para que eu fosse também, uma bola de beisebol entrou na minha garganta e desceu pelo estômago.

Claro que me fiz de fina e fingi para a minha melhor amiga que estava tudo bem, embora ela compreendesse.

O convite, na verdade, era o passe para reencontrar Yan, de modo que, mesmo que eu quisesse demais ir a uma festa, dançar até o dia amanhecer, sentir os músculos doerem, esquecer dos meus problemas, sabia que vê-lo de novo seria difícil. Talvez por medo, receio, insegurança.

Por ser cedo demais, também.

Talvez porque não suportava fingir que não o amava mais, apesar de tudo que me causou.

Eu tinha o não na ponta da língua. Estava preparada para falar todos os contras de ir a essa festa, porém Erin foi mais rápida, apresentando os prós, dizendo que fazia tempo que não ficávamos juntas, que eu devia isso a ela, que todos estavam com saudade de mim, que eu precisava ver os meninos, me enturmar mais com Shane, e dentre tantas frases de incentivo. Me vi presa e, junto a isso, senti a necessidade de aceitar.

Bem, às vezes, amar a Erin era um pequeno probleminha.

— Esse vestido deve servir — murmurei, observando meu reflexo no espelho.

Deveria haver um aconselhamento de moda ditando qual é roupa você deve vestir para ver o ex. Ninguém ensina essas coisas, né? Mas pressupõe-se que seja

Apenas com você

algo no estilo *femme fatale*. É o mínimo que merecemos para nos banharmos com uma dose inabalável de autoestima. Não que eu tenha qualquer problema em relação a isso, sei a mulher que sou, porém, depois de tudo... É, a percepção muda um pouco.

Terminei de passar batom e avisei Erin, por telefone, que estava a caminho, ignorando a chamada em espera do meu pai. A festa começara às dez e já era meia-noite quando terminei de me arrumar.

— Estou chegando.

— Você nem saiu do apartamento ainda, né?

Ri.

— Não.

— Venha. — E desligou.

Meu pai desistiu de esperar e parou de ligar.

É, agora eu precisava sair.

A ansiedade, quando percebi para onde estava indo e o que estava prestes a fazer, consumiu meu corpo. Precisei respirar fundo, repetidas vezes, e não sei por quantos minutos e quantas vezes fiz isso, até ser interrompida por uma mensagem no celular.

Andrew.

Respondi, voltando a ser a Lua de sempre, brincando sobre a festa. Andrew enviou um emoticon surpreso. Sorri um pouco e mandei o endereço para ele. Digitei algo parecido com: "Se quiser, só vem!".

Girei a chave na porta, mas, antes de definitivamente sair, recebi a resposta de Andrew.

"Te vejo lá."

Ah, meu amor. Mesmo com toda a merda que estava acontecendo... Se não é para causar, eu nem saio de casa.

Yan

Acordei com um cheiro forte de café, pensando em quem deveria estar na minha cozinha. Minha primeira reação foi ficar irritado com a possibilidade de ser Carter ou Zane. *Ninguém mexia lá.* Eu precisava ver que horas eram e estar preparado para lidar com as repercussões do que quer que tenha feito depois de virar metade de uma garrafa de álcool.

Encarei o relógio no meu pulso.

Meia-noite.

Ah, cacete!

Minha cabeça rodou porque levantei rápido demais. Tropecei em um travesseiro que estava jogado no chão e estava tão furioso e apressado que esbarrei em uma pessoa no meio do caminho. Nem me dei conta de quem era.

— Uau! Você sempre acorda parecendo que está fugindo do fim do mundo?

— Porra, Scarlett.

Ela riu e me entregou um dos meus copos térmicos, com café.

— Toma. — Me deu o café e um analgésico. — E engole isso também.

— O café vai potencializar o efeito do remédio.

— Só toma, Yan.

Em um primeiro momento, tentei me recordar se dei essa liberdade a ela. Devo ter feito uma cara de merda, porque a assisti morder o lábio inferior, insegura.

— Estou mandona, mas é só em prol da sua saúde.

— Não suporto que mandem em mim.

— Não?

— Não.

— Ok, Yan. Você é um homem adulto, apenas estou tentando te ajudar.

— Me ajuda o café, mas o comprimido não. — Ultimamente, os sentimentos das pessoas em relação a mim eram indiferentes. Fui meio grosseiro mesmo. — Agora, agradeço por ter me trazido, mas tenho um compromisso e estou atrasado.

— E aí está a pergunta de um milhão de dólares: a The M's estará lá?

Sua sobrancelha direta se ergueu sugestivamente.

E então, me recordei. Devia a ela conhecer os caras. Meu celular vibrou no bolso da calça; devia ter dormido com ele. Era uma mensagem de Kizzie.

"Onde foi que você se meteu? O aniversário do Oliver está rolando há horas. Estamos te esperando para o pronunciamento oficial!"

Que porra!

— É uma festa — avisei Scarlett, sem enrolação. — Está pronta?

Apenas com você

— Isso é um convite?

— Não. Você vai. Assim resolvemos nossa pendência.

— Sem espaço para discussão? — indagou, sorridente.

Ela não tinha noção do perigo, tinha?

— Parece que eu tô te dando espaço, Scarlett? — rebati, sem paciência.

— Bem, me dê dez minutos.

— Eu vou precisar de mais tempo do que isso. Preciso tomar banho. Me espere aqui — pedi, já arrancando a camisa e caminhando em direção ao banheiro.

A ducha foi rápida. Esperei que o álcool saísse de vez dos meus poros enquanto pensava que ultimamente só vinha sendo uma decepção para Kizzie e todo o resto.

Prometi que estaria lá.

De forma automática, me sequei, peguei o primeiro terno azul-marinho Armani que encontrei no guarda-roupa e ignorei Scarlett sentada na minha sala. Odiando ter que pensar com pressa no que vestir, achei um colete do mesmo tom do terno. Tranquei a porta assim que a toalha caiu no chão. Vesti uma boxer, e me enfiei nas calças e na camisa social branca bem passada. Encarei-me no espelho, para abotoá-la de forma perfeita. Deixei três botões abertos próximos ao pescoço, exibindo parcialmente o colar com o anel de noivado de Lua.

Fechei os olhos por alguns segundos antes de tomar fôlego e terminar de me vestir.

O perfume escolhido foi Jean Paul Gaultier clássico. Peguei o melhor Rolex prateado da minha coleção e fui atrás das meias para o sapato azul-marinho. Assim que os calcei, fui em busca de algo para o cabelo. Passei uma pomada própria para domar os fios lisos, deixando-os com um ar comportado, jogados para trás, bem diferente do que usei nos dias que fiquei na merda.

Apesar de não estar me sentindo pronto para me vestir como Yan Sanders, não pude deixar de abrir um sorriso pela confiança que um bom terno dava. Com os cabelos domados, a barba feita, o perfume que gostava, um bom Rolex e o terno com um caimento quase perfeito — estava um pouco apertado, porque meus músculos cresceram nesse tempo —, me senti bem.

Saí do quarto. Scarlett estava mais maquiada do que antes.

Me mediu de cima a baixo.

— Vamos — chamei.

Peguei a chave do carro, sem espaço para elogios. Coloquei no GPS do meu

Aline Sant'Ana

celular o endereço da festa, sabendo que meu novo 4x4 sincronizaria. Scarlett não disse uma palavra, parecendo estar consciente de que eu não queria papo. Enviei uma mensagem curta para Kizzie, avisando-a de que estava chegando.

Meu coração apertou um pouco quando chegamos ao destino.

Esperava que não fosse uma angústia repentina.

Ou, pior: um presságio.

Lua

O lugar estava lotado e a música, muito alta. No instante em que saí do carro, meus olhos foram diretamente para um homem de costas. Ele era imenso em tamanho e largura, uma parede maciça de músculos e tatuagens. Vestia uma calça preta, justa demais para o bom senso de qualquer mulher, uma camisa social branca, dobrada na altura dos cotovelos, e, o mais chocante de tudo, um boné, desfazendo todo o look social em que ele tinha se enfiado.

Shane D'Auvray, não havia dúvidas.

Estava escutando alguma coisa no celular e dando risada. Pelo que pude perceber assim que me aproximei, havia a voz de uma mulher no fundo. Deveria ser um áudio do WhatsApp ou qualquer coisa assim. Esperei-o parar de ouvir para tocá-lo no ombro.

Assim que se virou e me deparei com a heterocromia, meus lábios se ergueram em um sorriso de familiaridade.

Apesar de não o conhecer tão bem, era bom ver um rosto amigável.

— Oi, fujona. — Shane pareceu surpreso por me ver, mas não chocado o suficiente para evitar uma piada, aparentemente.

— Oi, menino-problema. Como estamos hoje?

— Pelo visto, rotulando um ao outro. — Ergueu a sobrancelha, provocativo. — Minha fama já chegou até você?

— Como não chegaria, Shane?

— Já estamos íntimos a esse ponto? — jogou outra pergunta, molhando os lábios com a língua e, em seguida, sorrindo.

Ele era um D'Auvray, coitado. A culpa não era dele. Flertar era um hobby para essa família. Nunca dava para saber se eles estavam dando em cima de verdade ou apenas sendo gentis.

Gentileza para esses irmãos era quase um convite sexual.

Apenas com você

— Olha, meu amor. Íntimos, nós nunca seremos.

Shane soltou uma risada espontânea e melodiosa.

— Já tinham me alertado da sua língua afiada, Lua.

— Surpreso?

— Nunca. Estou sempre preparado. — As covinhas apareceram quando sorriu. — Você vai entrar?

Soltei um suspiro.

— Preciso, na verdade.

Shane me ofereceu o braço.

— Então vamos.

Foi questão de sobrevivência tirar Yan Sanders da minha mente naqueles segundos que antecediam minha entrada na realidade. Foi questão de necessidade ignorar o frio na barriga e os joelhos trêmulos. Foi decisão unânime entre o cérebro e o coração de que eu precisava me manter sentimentalmente afastada de tudo. Então, apesar do incrível visual, o que tinha de fazer mesmo era estampar o melhor sorriso e simplesmente brilhar, porque a escuridão me engoliria.

Shane foi me guiando por entre pessoas que eu não conhecia. Acabei percebendo que aquilo tudo de gente era apenas a equipe que Keziah Hastings contratou enquanto estive fora e todas as coisas que ela realizou desde que eu e Yan estávamos separados. Meu Deus, quanta coisa, quantas pessoas, quanta evolução! Era como se eu tivesse parado no tempo, por ter me afastado, enquanto o mundo continuou a rodar.

— Você está bem? — Shane perguntou no meu ouvido, um pouco antes de chegarmos a dois terços da banda The M's e suas respectivas mulheres.

Lancei um olhar para aquele grupo de pessoas.

Zane estava com a mão na cintura de Kizzie enquanto ela ria de alguma besteira que ele estava contando para Carter. O namorado da minha amiga estava segurando o riso com uma cara cínica de quem esperava qualquer coisa vinda de um D'Auvray, assim como Erin, que era capaz de brilhar e parecer uma fada, ainda que quisesse se esconder por trás dos cabelos vermelhos.

— Eu estou bem.

Queria abraçá-los. Ao mesmo tempo em que a saudade deles era imensa, o alívio por ver que Yan não estava ali também era. Seria constrangedor cumprimentá-lo na frente de todo mundo. Seria constrangedor vê-lo de qualquer forma. *Seria... difícil.*

Aline Sant'Ana

— Vou te levar até eles.

— Vamos.

Demos passos lentos, como se eu fosse uma noiva sendo carregada em direção ao altar. Assim que cheguei perto o bastante, Erin foi a primeira a virar-se para me olhar. Seus braços me rodearam como se ela não tivesse certeza de que eu estava em pé ali. Agradeci em silêncio aquela troca de energia, porque, pela primeira vez, senti, francamente e do fundo do coração, que Erin poderia ser forte por nós duas.

Interrompendo o abraço, uma mão tocou levemente a lateral da minha cintura. Os olhos verde-uva de Carter me miraram como se estivessem fazendo uma análise minuciosa, como se indagassem se havia um fio de cabelo fora do lugar. O receio em receber uma revista tão crítica era que o vocalista da The M's fosse capaz de descobrir todos os meus segredos e expô-los de uma maneira silenciosa refletida em pena.

Ele não o fez. Apenas me abraçou como se o alívio por eu estar ali e bem fosse maior do que qualquer erro que houvesse cometido.

— Você está mais magra. — Foi seu cumprimento.

— Eu sei. — Foi minha resposta.

Kizzie me cumprimentou como se não tivesse certeza de como se portar. Imagino que fosse por ela ter acompanhado Yan durante esse processo, por terem se tornado amigos. Kizzie deve tê-lo visto quebrar.

O problema é que ninguém tinha me visto desmontar em mil partículas no ar.

Mas tudo bem. Eu a abracei, pedindo em silêncio que ela confiasse em mim.

De todas as situações mais estranhas que poderiam acontecer, sem dúvida, a reação de Zane foi a mais chocante. Assim que meus olhos encontraram os dele, foi como se minha alma estivesse nua e à disposição do guitarrista. Como se ele soubesse o motivo, a razão, os porquês e absolutamente tudo a respeito do meu afastamento. Como se entendesse o meu lado, como se aceitasse e não julgasse, como se fosse um amigo de outras vidas e compreendesse meus carmas.

Ele não precisou dizer uma palavra. Apenas me puxou pela mão e me abraçou.

— Você está bem? — indagou baixinho, assim como fez seu irmão segundos antes de me aproximar deles.

— Estou ficando bem. — Não consegui omitir dele por alguma razão.

— Eu sei. — E se afastou.

Apenas com você

Bem, aquela era a hora de conversarmos como se nenhum problema tivesse acontecido. Com a tranquilidade, a espontaneidade e a amabilidade de sempre.

Então, pus-me a sorrir, antes de soltar um comentário típico.

— Agora que eu cheguei, quero uma bebida. Vamos começar a festa?

Bebemos, conversamos e fui puxada para a pista de dança como se o mundo fosse acabar amanhã. Tempos depois, senti uma mão rodear a minha cintura, puxando-me para um cumprimento com beijo no rosto. Assim que vi quem era, soltei um grito. Tudo bem, já estava um pouco bêbada, mas nada que Andrew não estivesse acostumado a lidar.

— Mentira que você veio!

— Não, Lua. É uma projeção da minha imagem em 3D.

Ri.

— Palhaço!

Andrew me deu um beijo na bochecha e abriu um sorriso para mim. Não usava nada além de uma calça jeans justa branca e uma camisa social preta. Tinha aquele cabelo bem arrumado, mas ao mesmo tempo bagunçado. Seus olhos estavam espertos, como se ele soubesse que eu estava um pouco fora de mim pelo álcool.

— Há quanto tempo está bebendo?

— Desde que cheguei.

— E está sozinha dançando na pista por quê?

— Erin foi fazer algo com Carter, provavelmente uma coisa sensual demais para o público.

— E o resto das pessoas?

Apontei para Shane, irmão de Zane, que estava dançando com uma moça e, no instante seguinte, pegando outra em seus braços.

— O irmão do Zane está sendo um D'Auvray. Zane e Kizzie estão ao lado do aniversariante e futuro braço direito da The M's...

— Uau, essa eu não sabia.

— Bem, Oliver é o responsável pela festa. Já o conheci. É um amor de pessoa.

Andrew se aproximou, entrando no ritmo da música comigo. Suas mãos foram para as laterais do meu quadril, enquanto Drew preguiçosamente colocava suas pernas entre as minhas, quebrando no ritmo. Foi natural dançarmos juntos.

— Me conta enquanto dançamos.

Aline Sant'Ana

Fui falando para o meu amigo sobre as novidades. Por sorte, Drew não citou o ocorrido de mais cedo, a quantidade absurda de fotos nossas que já deviam estar na mídia. O assunto foi tranquilo, e a dança, ainda mais. Fiquei cerca de cinco músicas conversando com Andrew, dançando com ele, me perdendo no copo de vodca que estava em minha mão até finalizá-lo.

No meio das luzes que não paravam nunca, vi por reflexo algo que me fez voltar a encarar aquele ponto determinado. Uma pessoa. Uma que eu desejava não ver tão cedo. Meu coração perdeu um compasso, meus joelhos fraquejaram, minha boca ficou seca. Andrew, no mesmo segundo, percebeu que havia algo errado. Institivamente, segurou-me com mais firmeza, enquanto meus olhos não saíam da entrada da festa.

O terno azul-marinho era perfeitamente ajustado em seu corpo. Mas tinha algo diferente, talvez mais músculos. Impecável, como sempre era. Ilegível, como nunca poderia deixar de ser. A expressão em seu rosto era de visível desinteresse, quase como se estar ali fosse um tédio. Mesmo assim, não conseguia, nem com uma sobrancelha erguida em descaso, esconder sua beleza. Os olhos cinzentos, iluminados pela festa e escondidos no mistério, me lembraram do motivo pelo qual me apaixonei por ele tão depressa. Os lábios desenhados, provocativos. O queixo anguloso. O rosto de modelo internacional. Os cabelos com fios mais claros do que os naturalmente castanhos.

Aquele homem todo, inclusive o fato de ele ter um poder imenso de dominação sobre mim, me fez recordar a razão de ter me entregado para ele de corpo e alma. Ao mesmo tempo, a mesma beleza endeusada revestida de um coração ainda mais bonito, me deu um vislumbre do motivo pelo qual me afastei, a razão por trás do distanciamento, o fato de que eu não poderia estragar um homem tão maravilhoso com os meus fantasmas.

Não, eu não poderia estragá-lo.

Eu o estraguei?

Apesar de que, pela companhia de Yan Sanders, pensei, amargamente, encarando a secretária do papai, ele não precisava de ajuda para fazer aquilo que estava fazendo sozinho.

Fechei os olhos.

— Tá tudo bem?

Abri-os.

Yan Sanders ainda estava lá.

— Não — respondi a Andrew.

CAPÍTULO 5

What's left to say?
These prayers ain't working anymore
Every word shot down in flames
What's left to do
With these broken pieces on the floor?
I'm losing my voice calling on you

— *Celine Dion, "Ashes".*

Antes

Lua

Mesmo com o chuveiro ligado, pude escutar Yan gritando por causa do futebol. Ri sozinha, terminando de tirar o condicionador do cabelo. Inspirei o aroma do sabonete de Yan assim que o peguei. Eu adorava sentir Yan em mim, mesmo quando não estava por perto.

Passando o sabonete pelo corpo, parei um momento ao sentir algo sob a pele. Franzi as sobrancelhas, achando muito estranho. Era como se um volume não natural tivesse se formado em uma região específica. Abandonei o sabonete e, encarando o grande espelho que tinha dentro do box, comecei a me tocar. Ergui o braço acima da cabeça, dobrando-o, fazendo um autoexame básico como de costume. A região era próxima ao seio esquerdo, quase no limite entre a mama e a axila.

Meu coração começou a acelerar.

Era alguma coisa. Tinha certeza pela quantidade de vezes que o tateei. A água caiu em meu corpo, morna o bastante para fazer me sentir viva, mas nada ali parecia mais o mesmo. Com a pulsação na garganta, parei de me tocar, deixando os braços caírem.

Fechei os olhos, tentando controlar a respiração.

O vidro do box foi aberto. Dei um pulo pelo susto, e um Yan nu, sorridente, lindo e maravilhoso me puxou para ele. Tentei processar o que estava acontecendo um instante antes de sua boca grudar na minha. Não consegui retribuir o beijo, porque meu cérebro estava longe do corpo, e o homem dos meus sonhos se afastou para me dar espaço.

Aline Sant'Ana

— Gatinha, está tudo bem?

Pense em uma resposta.

Rápido.

— Sim.

Merda.

— Estava pensando sobre o nosso jantar. — Foi a desculpa que dei. — Não vou me oferecer para fazer, você sabe.

Yan abriu um sorriso malicioso.

— Vou pedir comida pronta, porque não quero passar um segundo longe de você esta noite.

— Algum motivo especial?

— Duas horas de futebol. Duas horas sem Lua Anderson. Preciso compensar.

— Gostei da resposta.

Aquele homem altíssimo me pegou no colo e me colocou contra o seu grande espelho no box. Eu sabia que ele podia ver o seu reflexo, mas seus olhos não saíram dos meus. Havia posse, controle, todas as coisas que me excitavam ali. Seu corpo quente e receptivo tentou se acomodar ao meu, enquanto sua boca trabalhava na minha para que um beijo quente nos consumisse.

Meu corpo estava ali, mas meu cérebro estava a quilômetros de distância. Tentei dispersar a razão, deixar a emoção de ter Yan ser mais forte do que o caroço que encontrei, mas foi difícil.

Yan me manteve contra ele somente com a força do seu corpo e das minhas pernas. As mãos grandes pegaram meus pulsos e os colocaram sobre a cabeça, em uma dominação clara. Me ouvi suspirar um instante antes do seu membro duro, imenso e grosso me invadir, bem lentamente, quase em movimentos tortuosos.

Cerrei as pálpebras, tentando não fazer daquele momento uma espécie de memória, tentando não pensar no pior.

Era só um maldito grão de arroz.

Lágrimas começaram a cair pelo meu rosto, e me odiei por senti-las. Yan estava atento demais ao movimento de quadris para se dar conta de que eu estava chorando. Não era sua culpa; a água do chuveiro omitia bem. Fechei ainda mais os olhos, lutando entre o prazer e os pensamentos confusos. Com cuidado, Yan mordiscou a minha orelha, beijou o lóbulo e gemeu baixinho.

— Eu amo você — sussurrou.

Apenas com você

Me soltou de suas amarras invisíveis, e pude agarrar seus ombros com as unhas. Deixei meu rosto cair no vão entre o pescoço e o ombro, sentindo lágrimas falhas e longas se derramarem entre a minha pele e a sua.

Yan parou de repente, me assustando.

Seu rosto se afastou e ele me encarou, parecendo preocupado.

— Tá tudo bem?

Ah, droga!

Respirei fundo e, mesmo em meio à angústia, precisei estampar um sorriso malicioso no rosto e convencê-lo de que tudo estava bem.

— Com um homem desses nu na minha frente?

Ele sorriu e, por alguns segundos, achei que não se convenceria.

Mas, então, eu o puxei para a minha boca e engoli todo o seu questionamento.

O prazer de tê-lo precisou ser mais forte.

Ainda assim, pela primeira vez, ele chegou ao orgasmo antes de mim.

Pela primeira vez, me senti perdida por tê-lo.

E, pela primeira vez, tive consciência de que nunca estive tão sozinha, mesmo que o homem que eu amava estivesse me mantendo em seus braços.

Aline Sant'Ana

Apenas com você

CAPÍTULO 6

My name was safest in your mouth
And why'd you have to go and spit it out?
Oh, your voice, it was the most familiar sound
But it sounds so dangerous to me now

— Camila Cabello, "I Have Questions".

Yan

Que caralho de festa cheia! Todos os funcionários da equipe da The M's estavam bebendo e se divertindo. Uma música de um DJ conhecido tocava ao fundo. Procurei com os olhos uma alma conhecida e não demorei a avistar Zane e Kizzie conversando com Oliver. Meu primeiro impulso foi caminhar em direção a eles, porém, Scarlett me tocou no braço.

— Eu vou pegar um drink para mim.

Virei para ela.

— Bom, não esperarei aqui. Você consegue ver Zane?

— Não. Onde?

Apontei na direção do cara e ela franziu as sobrancelhas em concordância.

Encarei-a.

Estranho para uma fã, já que não ficou nervosa ao conhecê-lo pessoalmente.

— Estarei lá. É só seguir o fluxo.

— Tudo bem. Te vejo em alguns minutos. — Saiu, desinteressada.

É, bem curioso.

Fui caminhando pelas pessoas e não demorei a alcançar o grupo. Todos estavam bem, e Oliver parecia contente por ter conseguido essa oportunidade. Passei a confiar no discernimento da Kizzie. Cara, se ela acreditava que Oliver tinha vindo para somar, quem era eu para falar o contrário?

— Ah, Yan! — Kizzie foi a primeira a me cumprimentar. Não levou mais de meio segundo para perceber que havia algo errado com ela. Seu rosto estava confuso, como se não me esperasse ali. Justo ela, que cobrou a minha vinda? — Como você está essa noite?

Veja bem, eu sou um cara observador. Não preciso de muito para perceber as coisas.

— O que houve? — Fui direto.

Zane se colocou entre nós, me dando um abraço meio forçado, meio inseguro.

É, porra. Tinha alguma coisa errada, sim.

— Zane, que merda tá...

— Yan, fiquei feliz que veio! — anunciou Oliver, interrompendo o assunto.

Ninguém ia me deixar falar, certo?

— Feliz aniversário.

— Obrigado — disse Oliver.

— Peguei a sua conta nos arquivos da empresa e depositei uma quantia, espero que possa aproveitar para fazer uma viagem ou comprar algo que queira — expliquei, indiferente, olhando ao redor para ver as pessoas, preocupado com o que quer que tivesse causando problemas para Zane e Kizzie.

— Você depositou dinheiro na minha conta? — o cara inquiriu, confuso.

Virei o rosto para olhá-lo.

— Não sei dar presentes. Prefiro que seja em dinheiro.

— Nossa, eu não sei como agradecer.

— Não precisa. O valor não chega a ser 0,13% do que recebo em uma semana. Não me fará falta. Por via das dúvidas, se precisar de mais alguma coisa, pode me pedir.

— Yan! — Kizzie interrompeu.

— O que foi? — Semicerrei os olhos.

— Ele é uma pessoa normal, não um multimilionário! Oliver ficará feliz se for cem dólares. O que importa é que deu de coração.

— Ah, eu também depositei dinheiro na conta dele — avisou Zane.

— Meu Deus! — Oliver suspirou alto, pegando o celular para, provavelmente, ver sua conta.

— Vocês não podem simplesmente depositar dinheiro na conta das pessoas. A mãe de vocês não deu educação alguma? — Kizzie pareceu chateada.

— Não complique o descomplicado, Kizzie. Somos homens, tratamos de presentes como se fosse um negócio. Oliver, não me entenda mal... — comecei a falar, mas percebi que o cara estava roxo.

Apenas com você

— Eu... não posso aceitar... essa quantia que vocês depositaram.

— Ah, foda-se, cara. — Zane abriu um sorriso moleque. — Não sei quantos por cento isso que coloquei aí é referente ao que ganho em uma semana, mas não faz cócegas. Aproveita sua vida e vai transar, viajar pra Índia nas suas férias, comprar uma Ferrari, sei lá.

Eles continuaram conversando, com Oliver querendo devolver o dinheiro, mas, em meio às olhadas casuais que dei para as pessoas na pista de dança, uma em específico chamou minha atenção.

Franzi os olhos, tentando enxergar além do que podia ver.

Minha pulsação acelerou muito antes de o meu cérebro processar quem estava me atraindo tanto. Com o mesmo pressentimento de antes, um arrepio involuntário subiu das minhas costas até a nuca.

Observei a pessoa dançar como se não houvesse amanhã. Eu reconheceria aquela mulher mesmo que estivesse pintada de azul, porém a incerteza de passar tanto tempo sem vê-la me alertou de que, muito provavelmente, meu cérebro estava pregando uma peça.

Caralho, só que não estava.

Ela se virou de frente para mim e, como se já tivesse me visto antes e a minha presença não fosse uma surpresa, continuou a olhar fixamente em meus olhos, sem perder o balanço dos quadris. Minha perna direita foi a primeira a se mover, um passo para a dúvida virar certeza.

Meu Deus!

Cacete.

Por todos os santos...

Seus cabelos estavam curtos, molhados de suor, apesar de o tempo não estar quente o suficiente para isso. Os lábios entreabertos foram cobertos por seu batom vermelho favorito. Os olhos clareavam e escureciam, conforme as luzes da festa a iluminavam. O vestido, que abraçava cada curva que já descobri com a boca, parecia ser apenas uma segunda pele. Era transparente e com bordados em renda que só escondiam o necessário.

Nunca a vi tão segura, por mais que isso fosse difícil para Lua Anderson. Ela era como a rainha da selva, sempre preparada para a guerra ou para uma rave de cinco dias seguidos. No entanto, uma força não habitual estava em seu semblante. Nos olhos, a convicção de que nada a abalaria me intimidou.

E eu não era facilmente intimidado.

Aline Sant'Ana

Mãos envolveram sua cintura.

Senti o sangue subir do meu coração até a garganta.

Andrew estava com ela.

— Yan. — Ouvi Kizzie me chamar, mas, antes que pudesse pensar um segundo mais sobre ser racional, meus pés estavam se movendo em direção à catástrofe.

Pense, pedi a mim mesmo. Tomei fôlego no meio do caminho e obriguei-me a não fazer uma besteira.

Já havia feito várias.

Agora seria o homem que sempre me senti honrado em ser.

O cara por quem Lua Anderson havia se apaixonado um dia.

Lua

Meu primeiro diálogo interno quando vi Yan caminhando em minha direção como um touro vendo vermelho foi: "Puta merda, eu não deveria ter vindo!". E, sem seguida: "Claro que deveria ter vindo!". Lembrei-me da minha dignidade, do lado Lua do qual me orgulhava, e sorri.

Iríamos ser maduros sobre isso, certo?

É claro que sim!

— Andrew, pode me dar licença? — pedi quando vi Yan a cerca de dez pessoas de nós.

Ele deu um beijo breve na minha bochecha, por mais que eu estivesse de costas para ele e, sem dizer nada, se afastou.

Andrew sabia de todas as coisas. Não havia julgamento.

Meu coração trotou como um louco no peito assim que Yan ficou frente a frente comigo, seu perfume me atingindo da mesma forma. Seu cabelo estava maior. Ele parecia mais forte, mais intimidante e... mais gostoso. Obriguei-me a lembrar da foto e do vídeo, que o motivo de ele ter se afastado foi porque preferi negligenciar o nosso relacionamento e não o manter por perto quando precisava lidar com os problemas. Eu tinha que protegê-lo. Pensei em todas as coisas racionais, no entanto, ao ouvir sua voz, meu estômago deu uma cambalhota adolescente estúpida.

— Lua — disse, soando grave acima do som.

Meu Deus, por que ele era tão bonito?

Por favor, se quiser um conselho: não se envolva com nenhuma espécie de deus nórdico. Eles são uma afronta ao lado racional de qualquer mulher.

Encontrei a voz tarde demais.

— Yan.

Seus olhos foram para cada centímetro do meu vestido curto e ousado demais até para mim. Depois, desceram para os meus sapatos da mesma cor gelo da renda, salto quinze.

As pálpebras semicerram quando seus olhos voltaram a encarar os meus.

— Você está bem? — perguntou.

— Estou ótima, e você?

— Bem. — Mordeu o lábio inferior. — Está em Miami há muito tempo?

Parecia que ele já tinha a resposta. Eu conhecia Yan o suficiente.

— Retornei hoje.

— Fico feliz que tenha voltado. — Colocou as mãos nos bolsos da calça social e, por mais surpresa que aquele gesto poderia me deixar, decidiu fazê-lo mesmo assim.

Ele sorriu.

Meu coração bateu forte, querendo sair do peito para abraçá-lo.

Era o mesmo sorriso de interesse, com um leve toque provocador, que Yan me deu antes de nos beijarmos pela primeira vez. Aquele tentador sorriso, que me fez recordar todas as coisas maravilhosas que passei ao lado dele. O mesmo levantar de lábios que me dava quando eu bagunçava seu cabelo, sua cama, sua agenda, sua vida. O mesmo gesto que me fazia dizer "eu te amo" em seguida. O tempero que permitiu que eu me apaixonasse por ele, sem demora, naqueles poucos segundos que o trovão precede o raio.

Desviei o olhar.

— Estou feliz por estar de volta.

Ele se aproximou um passo.

— Lua, sei que esse não é o momento, mas sou direto. Você me conhece bem e sabe disso. — Olhei para aqueles mares cinzentos que pareciam determinados. — Precisamos conversar.

Ele não perguntou se eu estava interessada, apenas deixou claro o que queria.

Aline Sant'Ana

Característica típica de Yan.

— Não estou preparada.

— Eu imaginei que fosse dizer isso.

— Temos tempo — garanti a ele, por mais que não soubesse, por mais que mentir me matasse. — Há coisas a serem ditas, mas não crie expectativas, Yan. A conversa... não vai resolver nada.

Precisei deixar claro, mesmo que em cada palavra a incerteza vacilasse minha voz.

Yan moveu o peso de um pé para o outro, sinal claro de que o tirei da zona de conforto.

— Não preciso de garantias. — Seu tom era tranquilo, porém machucado. — Só preciso ser honesto sobre o que aconteceu durante aquelas onze noites.

Imagens do vídeo que vazou junto com a foto dele com aquela menina começaram a pipocar no meu cérebro.

Jesus, como me machucava.

— Preciso buscar uma bebida — interrompi o assunto. — E procurar Erin. — Me afastei um passo. — Tenha uma boa festa, Yan.

Olhei além do seu ombro, vendo a mulher que atiçava todos os meus sentidos de alerta se aproximar de nós. Ela estava estonteante no vestido vermelho, parecendo o próprio Lucífer com todas as más intenções.

— E aproveite sua companhia. — Virei as costas, antes que Yan pudesse rebater.

A música estava alta.

Então fingi que não fui chamada.

Respirei fundo uma porção de vezes até ser forte o bastante para não deixar sequer uma lágrima cair.

Eu o amava com a minha alma.

Mas havia descoberto que, até para se entregar a esse sentimento, havia duas linhas tênues mais conhecidas como bom senso e, a mais importante, amor-próprio.

Apenas com você

Yan

Puta que pariu!

Não havia qualquer parte minha que queria assistir Lua virando as costas e indo embora. O instinto me fez chamá-la, enquanto meu cérebro avisava idiotamente que ela precisava de tempo. Gritei seu nome mesmo sabendo que era errado. Ao menos, meu corpo respondeu ficando estático, sem mover um músculo, a razão e a emoção me fazendo lutar entre aquilo que eu queria e o correto. Por Lua, fui pelo caminho mais centrado.

A companhia da qual Lua se referiu tocou meu braço e, sinceramente, eu não queria ter ficado irritado, ter sido grosseiro ou qualquer alternativa ridícula que justificasse o meu comportamento. Só que, cara, naquele segundo, Scarlett foi a pessoa responsável por afastar Lua. E eu queria muito mais do que aquela conversa que durou pouco mais de cinco minutos.

— Você viu com quem eu estava falando?

— Sim, com a Lua. — Scarlett pareceu confusa com meu tom de voz e me entregou um copo. — Trouxe uma bebida para você. Fui até o Zane e, quando não te achei lá, decidi te procurar. Como você é alto, não foi difícil, mas...

— Scarlett, eu esperei tempo demais para ver a Lua novamente.

— Entendo, mas...

— Você poderia ter respeitado e me esperado terminar de falar com ela.

— Eu deixei vocês conversarem! — rebateu. — Estava afastada e só me aproximei quando Lua me viu!

— Porra!

— Não, escuta aqui! Eu te ajudei a saber sobre a Lua. Cuidei da sua bebedeira depois de ficar indignado por causa da sua ex-namorada. A única coisa que pedi em troca foi que você me apresentasse aos meninos da banda, mas acontece que você tem me tratado mal desde o momento em que colocou os olhos em mim. Não sei se é implicância, se é raiva acumulada pelos problemas que passou, mas não vou deixar você ser tão... grosseiro. Se tem problemas, ótimo, todo mundo tem. Só pare de descontar suas frustrações nas pessoas, como se elas fossem culpadas pela sua existência. E seja um pouco mais simpático! — Ela gritou a última frase, me fazendo piscar e compreender que, sim, porra, eu estava sendo bem idiota.

— Vou te apresentar aos caras — resmunguei.

— Uau, esse é o seu pedido de desculpas? — Riu, ainda irritada.

Tomei o negócio que ela me deu, percebendo que era uma batida de frutas vermelhas sem álcool.

Aline Sant'Ana

— Foi mal, mas realmente foi um péssimo momento.

Scarlett abriu um sorriso, suavizando todos os traços do seu rosto. Era como se ela fosse de demônio a anjo em segundos.

— Tudo bem. — Passou o braço pelo meu, e rapidamente o tirei. — Nossa, calma. É só um apoio.

— Não quero dar uma impressão errada.

— Jamais — Scarlett falou, parecendo bem sincera.

Fomos até Zane quase no mesmo instante em que Carter se aproximou com Shane. Foi automático procurar Lua com os olhos, mesmo que eu tivesse que cumprimentá-los. Não levou mais de um minuto para achá-la. Estava no bar, a poucos metros de nós, conversando com Erin.

Respirei aliviado.

— Pessoal, essa é Scarlett, uma fã da The M's. Encontrei-a no escritório do Sr. Riordan Anderson e decidi trazê-la para a festa. — Não expliquei a dívida, a bebedeira e a razão para ela estar ali.

Tarde demais, percebi que o que disse soou errado.

— Uma acompanhante para *essa* festa, Yan? Sério? — Kizzie pareceu irritada e não escondeu isso quando mediu Scarlett de cima a baixo.

— Espera, quando você foi se encontrar com o pai da Lua? — Carter quis saber ao mesmo tempo.

Zane ficou em silêncio, observando a mulher ao meu lado.

Shane, diferente do irmão, tinha cobiça nos olhos ao encarar Scarlett.

— Kizzie, é mais complexo do que isso. E outra, vocês não me disseram que Lua estava aqui. — Fiz uma pausa. — Carter... foi quando saí mais cedo da nossa conversa, porque tinha algo para resolver com ele.

— E resolveu? — Carter pareceu inquieto.

— Nunca será resolvido. — Foi minha resposta.

Ficamos em silêncio até Scarlett se apresentar em definitivo.

— Bem, sei que é uma surpresa eu estar aqui, mas sou fã de vocês desde o primeiro CD e...

A secretária do Anderson continuou falando, atraindo a atenção de Shane, muito além de Carter e Zane, apesar de ela não saber que ele fazia parte da banda, por não ter sido anunciado. Ignorei tudo. Minha mente estava avoada demais. Lua, estando no mesmo ambiente que eu, simplesmente atrapalhou toda a porra

Apenas com você

do meu poder de raciocínio.

Não consegui parar de lançar olhares para ela, não consegui parar de observar o quanto estava linda com o cabelo curto, o vestido sexy pra caralho, aqueles saltos que poderiam muito bem estar na minha bunda, como já estiveram diversas vezes quando eu entrava lentamente em seu corpo quente.

Ah, é. O desejo nunca morreria.

Respirei fundo e continuei hipnotizado por Lua, a cada segundo em que ela estava no meu campo de visão. Percebendo que eu não pararia de olhá-la, abriu um sorriso antes de arrastar Erin para a pista de dança. Assisti seu rebolar, como se quisesse me provocar, e precisei tomar mais uma série de respirações, tentando controlar a reação do meu corpo quando via o dela.

Era instintivo.

Aquela mulher era completamente minha.

As batidas do meu coração começaram a acelerar, senti minha vista ficar embaçada e, até o momento, achei que fosse algo relacionado à Lua.

Não era.

Meus pensamentos se tornaram um pouco incoerentes e os movimentos, lentos. No meio da roda de amigos, pedi licença, precisando me sentar. Ninguém pareceu perceber que tinha alguma coisa errada, a não ser Shane. Só que, cara, não tive muito tempo para olhar para ele.

Minha língua enrolou assim que cheguei ao bar, e não consegui pronunciar a palavra água. Uma mão firme segurou a parte interna do meu braço, me levando embora dali. Deixei que me levasse, porque algo não estava certo. Não sei quanto demorou para eu começar a passar mal. Tive um vislumbre claro de um rosto confuso na minha frente.

Shane.

— Que porra você usou?

Tentei responder, mas não consegui.

— Cacete, Yan! Você quer ser um mentor do caralho e tá se drogando, porra?

Resmunguei.

— Mas que caralho! Se o Zane souber disso, ele te mata!

Senti algo embrulhar meu estômago. Antes que pudesse pensar, estava vomitando sobre o terno. Shane soltou uma série de palavrões, antes de me deitar em algum lugar e começar a tirar minhas roupas, garantindo em voz alta que homem não era sua praia. Eu riria, mas não pude. Então, peguei o celular,

Aline Sant'Ana

sem pensar muito, e comecei a digitar uma série de coisas para Lua, declarando sentimentos que ainda conseguia formular com coerência. Shane quis tirar o aparelho de mim e, antes que ele pudesse, escutei a porta se abrindo. Meus olhos foram para a mulher que parecia preocupada comigo.

— Meu Deus! — Reconheci a voz de Scarlett.

Shane começou a conversar com ela, e agradeci mentalmente por ainda estar de cueca quando a secretária do Anderson entrou.

Não levou mais de cinco segundos. Escutei-os conversando, e Shane soltando uma aparente cantada, mesmo que eu estivesse fodido na cama.

O celular vibrou com uma resposta das mensagens que enviei, mas meu cérebro apagou antes de conseguir lê-la.

Lua

Esquecer dos problemas, das limitações do seu corpo e mente: é isso que acontece quando você dança como se ninguém estivesse vendo. Fechei os olhos para o mundo, para os sentimentos e para todas as vozes que gritavam na minha cabeça e me tornei apenas movimento.

Exceto quando meu celular começou a vibrar com inúmeras mensagens. Pensei que fosse meu pai, mas, assim que surgiu na tela o nome de Yan, parei de me mexer.

"Não estou bem para digitar. Mesmo assim, não consigo parar de pensar em você."

"No quanto estava linda esta noite."

"Em como mexe comigo."

"Meu Deus."

"Minha cama ainda tem seu perfume, depois de todo esse tempo."

"Eu não durmo nela, porque não faz sentido sem você."

"E o bilhete ainda está lá, também."

"Não posso pedir para me perdoar. Da mesma forma que você não pode me impedir de continuar te amando."

"Todos os dias, durante toda a minha vida, não há como remediar."

"Porque, te falo isso: certezas são feitas da ausência de dúvidas."

"E eu tenho poucas certezas, Lua."

Apenas com você

"O meu amor por você é uma delas."

Lágrimas surgiram. Meu Deus, como é difícil amar quando aquilo te machuca. Parece que não há reservas nem bom senso, ainda que doa.

Respirei fundo e digitei:

"Conversaremos depois. Tenho certeza de que foram apenas mensagens bêbadas. Se cuida, Yan."

— Erin?

Ela se virou para mim.

— Leia isso, por favor?

Minha melhor amiga leu. Pedi que ela passasse para Andrew também. Ambos me encararam como se o chão tivesse se partido em dois e ninguém soubesse o que fazer.

— Você acha que vale a pena adiar essa conversa? — Andrew questionou. — E, por favor, me fala o que houve no encontro de vocês.

— Foi tenso. Não acho que valha a pena, porque ele já bebeu. A propósito, nem sei onde ele está. Vou conversar com Yan esta noite? Ele veio acompanhado...

— Lua, não acho mesmo prudente conversar agora — Erin pareceu pensar alto. — E aquela mulher... o que ela estava fazendo com ele?

— Não quis perguntar. A secretária do meu pai não é flor que se cheire, mas, como meu pai é teimoso, não me meti. E Yan, bom, já é adulto, sabe as consequências do que faz e quem leva para a cama.

— Não acho que a leve para a cama — Andrew opinou.

— Ah, para! — Comecei a rir, com ciúmes. — Não o defenda, Drew.

— Tudo bem. — Ele ergueu as mãos, em sinal de rendição. — Vou pegar mais um drink.

— Querida — Erin me chamou assim que Andrew saiu. — Eu sei que te fiz vir aqui, sei que você enfrentou muitas coisas esta noite. Se quiser ir para casa, peço para Carter te levar. Já estou um pouco cansada também.

Era melhor ir.

— Vou ao banheiro e já nos encontramos no bar. Estou de carro, não se preocupe. Volto sozinha mesmo.

Erin me deu um beijo no rosto antes de eu caminhar por entre a multidão, procurando qualquer pessoa que soubesse o mapa do casarão.

Aline Sant'Ana

— Ah, Oliver! — gritei assim que o vi. Ele se espantou com o grito, mas abriu um sorriso amigável quando me viu. — Pode me dizer onde encontro um banheiro?

— Subindo as escadas. Onde estão os quartos. Os banheiros desse andar foram fechados para evitar bagunça.

— Perfeito. — Sorri, e me aproximei para dar um beijo em sua bochecha. — Feliz aniversário.

Oliver piscou um olho para mim.

— Está sendo agora.

Ri da sua cantada e parti em direção à parte interna da mansão.

Havia pessoas preparando comida na cozinha, então me esquivei e fui para a sala. Me deparei com uma escada imensa e, me sentindo preguiçosa, a subi. Escutei vozes na parte de cima e pensei que, pelo menos, alguém estava se divertindo em um dos quartos. Quando estava perto do banheiro, uma das portas se abriu escancaradamente.

Scarlett.

Completamente nua.

Andando na ponta dos pés.

Me escondi atrás de uma das poltronas decorativas do corredor, observando-a. Ela foi para outro quarto, recolheu as roupas e os sapatos, vestindo tudo às pressas. Havia um sorriso de conquista em seu rosto.

Meu sangue ferveu depressa.

Ela havia dormido com Yan, e eu não sabia o que fazer com essa informação, com essa raiva. Ridículo ele ter me enviado mensagens depois de ter transado com a secretária do meu pai! Puta que pariu! Eu queria gritar, pular em cima dele e arrancar seus cabelos.

Scarlett desceu as escadas, e eu levantei em um rompante. Não pude controlar a fúria que me dominou, muito menos a impulsividade. Senhor, naquele momento, não havia uma célula racional em mim.

Ouvindo o coração nos tímpanos, mesmo que não tivesse direito de estar puta da vida, fui até o quarto do qual ela saiu.

Meus olhos marejaram, e meu coração parou mesmo de bater. Como se ele não pudesse aguentar mais essa decepção, ainda que, no fundo, já soubesse.

Yan estava dormindo de bruços, completamente nu. A bunda estava de fora, bem branquinha, em contraste com a pele bronzeada do sol. Seu cabelo bagunçado cobria parte dos olhos, e seu corpo, sem dúvida alguma, estava ainda mais musculoso do que me lembrava. As tatuagens que abraçavam sua pele haviam aumentado. Ele tinha adicionado uma coisa ou outra, porém, parecia que sempre estiveram ali.

Nostalgia e mágoa.

Como foi difícil respirar.

O banho de água fria que tomei me deixou catatônica. Não consegui me mover, nem brigar com ele ou acordá-lo.

Para quê?

Tarde demais, a razão apareceu.

Dei passos para trás, fechei a porta e esbarrei em alguma coisa que me segurou forte o suficiente para que eu não caísse.

Um D'Auvray sem camisa, com os olhos destoantes, me encarou surpreso. Pareceu esperar qualquer pessoa ali, menos eu. Shane abriu um sorriso confuso e franziu a testa.

— Fujona.

— Shane, eu preciso ir — murmurei, segurando-me com força para não chorar.

— Nossa, o que aconteceu?

Ele se afastou de mim, e foi aí que desci os olhos para o seu corpo, percebendo que estava com uma cueca boxer branca que não escondia absolutamente nada. Havia um piercing *ali*, que parecia ousado demais até para um D'Auvray, além do tamanho absurdo e incontido. Me senti uma tia vendo o sobrinho pelado e cobri os olhos com a mão direita.

— Argh, Shane! — repreendi-o. — Por que diabos você está seminu?

— Estava transando há alguns minutos, até minha companhia sair de fininho. Queria um segundo round e vim procurá-la. — Pausou. — Qual é a sua desculpa? — perguntou, desconfiado.

— O quê? — Destampei imediatamente os olhos, tonta. — Saindo de fininho? Quem?

— Scarlett, aquela gostosa que o Yan trouxe. Ela é boa. — Sorriu de lado. — Me deu mole, e eu não sou idiota. Porra, como soube que não estavam juntos de verdade...

— Espera, Shane! Você não está fazendo sentido.

— O que está confuso? — Ergueu a sobrancelha. — Transei, fiz nheco-nheco,

Aline Sant'Ana

comi, fodi, trepei... com a Scarlett. Não estou entendendo por que você está aqui em cima e parecendo que viu um fantasma. Veio ver se Yan está melhor?

— Espera. — Respirei fundo e peguei Shane pela mão, como se ele fosse uma criança. Abri a porta do quarto do Yan, escancarando-a com força, e apontei em direção à figura desmaiada do homem que eu amava. — Vi Scarlett saindo desse quarto faz poucos minutos! Como ela transou com você se Yan está pelado ali? O que está acontecendo, Shane? Vocês revezaram, é isso?

Shane abriu a boca, chocado.

— O quê? — Balançou a cabeça. — Yan passou mal. Achei que fosse alguma droga, pela reação que teve. Sei lá, só sei que eu mesmo tirei a roupa vomitada dele, coloquei-o na cama e o vi capotar. Scarlett apareceu, perguntando do Yan, e, não levou um minuto, começou a se jogar para cima de mim. Eu pedi que ela esperasse em um quarto e terminei de tirar a roupa do Yan. Não me orgulho dessa porra. Eu e Scarlett estávamos transando por todo esse tempo. Ela saiu do quarto não faz cinco minutos.

— Então, me explica por que a vi sair do quarto do Yan.

A fisionomia de Shane ficou dura como pedra, a desconfiança dançando em seus olhos bicolores.

— Ela entrou mesmo no quarto dele? — perguntou, a voz grave e baixa.

— Sim — respondi minimamente.

Shane passou pela porta e fuçou todo o quarto do Yan, procurando alguma coisa que eu não sabia o que era. Depois, verificou seu companheiro de banda.

Meu coração ainda estava doendo pelo susto.

— Yan está na mesma posição em que se deitou quando saí desse quarto. O celular dele está na mão, preso como se pertencesse ao corpo — Shane apontou. — Vê? Ele estava mandando mensagens para alguém. — Respirou fundo. — Scarlett é gostosa pra caralho, mas não parece ser confiável. Estou tentando entender a razão de ela entrar aqui escondida e ir embora como se tivesse culpa pelo que fizemos.

Shane começou a massagear as têmporas, e meu coração foi voltando a bater normalmente.

— Lua — me chamou, sua voz sombria.

— O que foi?

— Ela planejou transar comigo só para ter esses minutos no quarto com Yan desacordado — falou direto. Virou-se para mim, mostrando suas costas arranhadas. Depois, voltou a me encarar. — A prova de que transei com ela está

Apenas com você

aqui. Te dou a minha palavra de homem que Yan não tocou um dedo nela em nenhum momento. Se pareceu que eles transaram, é porque foi premeditado.

— Ela não sabia que eu estava subindo as escadas. Ela não me viu — ponderei, meu corpo inteiro arrepiado em alerta.

— Então é algo além disso. — Shane cruzou os braços, suas tatuagens brincando de brilhar na penumbra do quarto em contraste com a luz do corredor. — De qualquer forma, vamos descobrir.

Aline Sant'Ana

Apenas com você

CAPÍTULO 7

And I am not afraid to try it on my own
I don't care if I'm right or wrong
I'll live my life the way I feel
No matter what I'll gonna keep it real
You know
Its time for me to do it on my own

— **Whitney Houston, "Try It On My Own".**

Antes

Lua

O resultado estava em minhas mãos enquanto as palavras do médico giravam na minha cabeça. Abri a porta do carro, ligando o som alto, esperando que abafasse o que minha mente recriava constantemente.

Lágrimas inundaram meu rosto, enquanto eu chorava como uma mulher desesperada ao saber que o marido foi para a guerra. Nunca, em toda a minha vida, chorei com tanta dor. Naquele momento, chorei por mim, por ninguém além de mim.

Chorei porque sabia que teria que lidar com aquilo sozinha.

A primeira pessoa que veio em minha mente foi Yan Sanders.

Sua carreira estava em ascensão. Ele estava cheio de problemas para lidar até que a empresária estivesse cem por cento na banda. Em pouco menos de um mês, viajaria para a Europa, para uma turnê internacional. Além disso, havia o sentimento de pena que surgiria. Yan me trataria como se eu fosse quebrar e largaria a vida, a carreira, o mundo inteiro por mim.

Não só ele.

Todos se compadeceriam...

E eu não podia suportar.

Eu precisava protegê-los.

Meu cérebro começou a bolar uma estratégia.

Segundo o médico, a melhor clínica de tratamento era em Salt Lake City.

Aline Sant'Ana

Meus avós tinham um chalé nas redondezas, mais como uma casa de campo, que foi passada, quando faleceram, para o nome dos meus pais. Eu poderia ir para lá e me cuidar sem que ninguém soubesse. Se tudo desse certo, eu voltaria. Poderia dizer para o Yan que não iria com ele na viagem para a Europa porque estava focada no trabalho como nutricionista e em auxiliar o meu pai. Não atrapalharia Yan, nem seus planos. O problema é que sou uma pessoa extremamente transparente, e ele com certeza notaria que algo estava errado antes da viagem. Talvez fosse me perguntar...

Eu não poderia falar a verdade do que estava acontecendo comigo sem que isso interferisse diretamente na vida dele. Não era como se eu pudesse chegar no meu namorado e dizer: "Amor, estou com câncer, por favor, não mude sua vida por mim. Eu vou me tratar sozinha, você viaja para a Europa e, quando eu voltar, tudo estará bem". Não poderia, porque eu não tinha garantia alguma de que tudo, de fato, ficaria bem.

Em relação à minha saúde.

Em relação a nós dois.

Quase bati o carro quando um homem veio na contramão. As lágrimas pararam de cair, porque meu lado racional se sobressaiu. Talvez, as únicas pessoas que devessem saber eram Erin — mais para a frente — e meus pais, pois não poderia enrolá-los e simplesmente abandonar o barco da campanha do papai sem que ele percebesse que algo muito ruim estava acontecendo comigo.

Mas, com eles, eu saberia lidar.

Com o homem da minha vida querendo pegar os meus problemas para si, abandonando a sua vida por mim, não.

Eu tinha um problema que precisava de solução. Conseguiria me recuperar, porque, diabos, eu sou uma Anderson! E por mais que a minha vida ficasse de ponta-cabeça, por mais que Yan talvez não fosse entender a minha mudança comportamental, que seria inevitável, eu seguiria o dia a dia. Depois da cirurgia, tudo estaria bem. Levaria um tempo, mas eu retornaria, e nós dois poderíamos ter essa pausa sem nos afetar tanto. Isso era o certo a fazer.

Parei de chorar.

E prometi a mim mesma que, a qualquer custo, não deixaria ninguém mais ser prejudicado.

A vida tem umas reviravoltas absurdas.

Mas Deus não nos dá uma cruz que somos incapazes de carregar.

Apenas com você

CAPÍTULO 8

'Cause here I am
I'm giving all I can
But all you ever do is mess it up
Yeah, I'm right here
I'm trying to make it clear
That getting half of you just ain't enough

— James Arthur, "Naked".

YAN

— Lua! — gritei, abrindo os olhos.

Quando recuperei a consciência, flashes do que aconteceu na noite passada tomaram conta de mim. Não soube como havia passado mal, porém, lembrava de Shane me livrando das roupas e algo relacionado a Scarlett acontecendo depois.

A porta do quarto se abriu, e Shane apareceu. Me cobri melhor com o lençol. Sua feição não estava das mais amigáveis, ele parecia intrigado com algo e não era por eu estar sem a boxer.

— Esperei você acordar. A festa já acabou — avisou. — São dez da manhã.

Semicerrei as pálpebras.

— Me esperou acordar? Todo esse tempo?

— Estava no quarto ao lado, jogando alguma merda no celular — resmungou, e puxou uma cadeira para perto da cama. — Precisamos conversar.

— Acho que eu que deveria falar isso.

Shane abriu um sorriso.

— Não hoje, Yan.

Zane não dava crédito ao moleque, por ser mais novo e ter feito muita bagunça na vida, só que, naquele instante, Shane me pareceu um homem adulto, preocupado com o próximo.

Curioso.

— O que aconteceu ontem?

— É relacionado a Scarlett e Lua. — Suspirou. — Vou começar do início.

— Porra, por favor.

Aline Sant'Ana

— Acho que fui o único a perceber seu estado de merda, Yan. Não sei o que bebeu ou usou, mas você estava muito louco quando te peguei e praticamente te carreguei aqui pra cima. Você lembra de algo sobre isso?

— Só me lembro de passar mal.

— Não usou droga, certo?

Fiquei irritado.

— É óbvio que não, cacete!

— Tudo bem, vamos seguindo. — Shane se remexeu na cadeira, desconfortável. — Eu te trouxe pra cá, você vomitou em todas as suas roupas caras e estava fedendo, então, tirei tudo. Mesmo louco, você não parava de mexer no celular, digitando várias coisas que não vi para quem foi, porque você não deixou que eu o tirasse de você. Quis te proteger do tipo: não vou deixar o cara mandar mensagem pra ex e falar merda. Só que você não me deu moral.

— Eu enviei as mensagens?

Vasculhei a cama, procurando o celular, e o encontrei.

Sem bateria.

— Ah, cara. Não preciso ver você pelado de novo, porra!

Peguei o lençol e me cobri.

— Acabou a bateria do meu celular — resmunguei.

Meu coração começou a acelerar. Será que enviei algo para a Lua?

— Bom, a parte da mensagem é a menos importante. O problema é o que veio depois. — Shane bocejou e se recostou na cadeira. — Enquanto estava cuidando de você, Scarlett apareceu no quarto. De homem pra homem, ela é gostosa pra caralho e, como não estou mais em um relacionamento, porra, eu só... ela se jogou em mim.

— Scarlett? — Fiquei surpreso.

— É, bem, foda-se. Ela se jogou em mim, começou a passar a mão no meu corpo, levantando minha camisa. Pensei que seria errado te deixar sozinho, que talvez pudesse avisar ao Zane, mas sabia que ele ia criar uma tempestade do caralho por causa disso. Então, bem, meu pau funciona, sabe? E eu te larguei aqui.

Sentei na cama, inquieto.

— Tá. Vocês transaram?

— Sim, nós fodemos. Eu sabia que você não tinha nada com ela, então, espero que não ache que te traí de alguma maneira...

Apenas com você

— Cala a boca, Shane — interrompi. — Eu não teria nada com nenhuma outra mulher além da Lua.

— É, eu sei. — Inspirou forte e, depois, apertou os olhos com o polegar e o indicador, quase como se tivesse uma dor de cabeça repentina. — Mas sinto que fiz merda levando Scarlett pra cama, porque tudo me leva a crer que eu era parte de um plano.

— Shane, do que você tá falando?

— Transamos e, quando acabamos, ela se levantou quase como se estivesse com alergia de mim. Disse que ia ao banheiro e saiu às pressas com as roupas na mão, nua. Acontece que, na hora, eu sequer cogitei, apenas deixei que fosse. Só que ela não voltou. Então, saí do quarto para procurá-la. Foi quando encontrei a sua Lua.

— *O quê?* — gritei.

— Sim, o que aconteceu foi que Scarlett entrou nesse quarto, em que você estava. Ela não foi ao banheiro porra nenhuma. Lua estava subindo e viu a mulher que você trouxe para a festa saindo pelada do *seu* quarto. A sorte é que saí naquele segundo, e que...

Levantei em um rompante, ouvindo meu coração bater duro nos tímpanos. Atordoamento, indignação e ira me engoliram como uma enchente vermelha. Enrolei o lençol na cintura, dando várias voltas e um nó de qualquer jeito, e peguei o celular. Abri a porta do quarto, ouvindo Shane atrás de mim como uma sombra.

— Yan, caralho, espera!

— Sorte o quê? — Virei-me para ele. — Estou tentando reconquistar a mulher da minha vida, e ela vê a secretária do pai dela saindo da porra do quarto em que eu estava pelado? E como diabos Lua soube que eu estava aqui? Ah, claro, ela deve ter entrado para confirmar o que estava óbvio. Que porra, Shane!

Ele me parou com um empurrão, de modo que acabei batendo as costas contra a parede pela força. Pisquei, atordoado.

Eu deveria socar a cara desse D'Auvray.

— Expliquei tudo pra Lua! Cada. Maldito. Segundo. Você acha que eu a deixaria acreditar em uma mentira? Mostrei minhas costas arranhadas do sexo, disse que *eu* que transei com a Scarlett e que a única coisa que não entendia era o motivo de ela ter mentido que ia ao banheiro, sendo que foi ao seu quarto. — Suas palavras saíram com indignação, e meu coração parou de acelerar como louco. — Lua acreditou em mim, porque viu que você estava desmaiado como se estivesse morto. Aliás, ela acreditou em mim, porque não havia como refutar nada. O que quero te dizer é: está tudo bem com a Lua, cara. O problema, na verdade, é essa

Aline Sant'Ana

Scarlett e o que ela queria no quarto com você. Entende quando digo que me sinto como parte de um plano?

 Respirei fundo pela primeira vez desde que acordei.

 — O que ela poderia querer comigo?

 — Eu acho bom você colocar essa mente brilhante para funcionar, antes que essa mulher te foda de alguma maneira. — Shane se afastou, me dando espaço. — E, se eu fosse você, mandava uma mensagem pra Lua e marcava um encontro, sei lá. Vocês precisam resolver as coisas, cara. Precisam, pelo menos, conversar sobre o que houve ontem.

 — Isso, sem dúvida alguma, vou fazer. — Encarei Shane, buscando o que estava em sua mão. — Porra, me empresta o seu celular?

 — Beleza. — E estendeu o aparelho para mim.

Lua

 O café estava sendo coado na cafeteira e, assim que acordei, decidi tomar um banho e conversar com meus pais para tirar a cisma de que tinha chegado em Miami sem dar satisfações. Escutei tudo que não queria ouvir de papai, sobre mim e Andrew estarmos prontos para dar início a um relacionamento, sobre as abobrinhas fantasiosas que ele criava. Claro que neguei tudo, odiava quando ele começava a dar uma de louco. Quando cansou, questionou sobre a minha saúde, mas apenas no final. Deixei claro que ainda tinha coisas para resolver. Mamãe foi doce e suave, como sempre. Toda vez que conversava com os dois, ficava claro que ela era a calmaria e ele, a tempestade.

 A caneca fumegando o aroma único do café me fez criar coragem de ligar para Andrew.

 Veja bem, a perspicácia é uma virtude. O sexto sentido, também.

 — Oi, Lua. Bom dia — disse Andrew, despreocupado, do outro lado da linha.

 O notebook estava na minha frente com todas as redes sociais de Scarlett Sullivan abertas: Instagram, Facebook e Twitter. Fotos suas em festas, com amigas, tendo uma vida normal. Tudo parecia bem convincente.

 — Bom dia, querido. Posso te perguntar algumas coisas sobre Scarlett, a secretária do papai?

 — Isso tem algo a ver com ela ter ido com Yan na festa de ontem? — Bocejou. — Lua, não fique paranoica. Não vá começar a olhar as redes sociais dela e...

Apenas com você

Fechei rapidamente as abas do computador.

— Ah, pelo amor de Deus, Andrew! Pareço o tipo de mulher que fica fuxicando a vida dos outros? Que quer saber da mulher que está saindo com o ex? Faça-me o favor. Isso vai muito além de ciúme bobo. Eu preciso saber sobre Scarlett, porque algo me diz que tem alguma coisa sobre ela que não fecha. Aliás, na noite passada, a dúvida virou certeza.

Escutei um farfalhar de lençóis do outro lado. Drew estava na cama ainda.

— Como assim?

Contei para Andrew o ocorrido. Escutei seus sons de choque, murmúrios de insatisfação e, por fim, silêncio.

— Entende o motivo de eu acreditar que ela está bolando algo contra alguém?

— Yan, você quer dizer.

— Não sei, Andrew. Pode ser contra mim. Como vou saber o que se passa na cabeça dessa maluca? — Suspirei. — Você lembra quando ela foi contratada?

— Sim. Seu pai meio que se encantou pelo currículo impressionante de Scarlett. Ela tinha umas cinco cartas de recomendação. Lembro de ter ligado para todos e confirmado que ela trabalhou durante anos com todas essas pessoas. Gente da alta sociedade, Lua.

— Ela já cometeu algum erro?

— Sim, alguns. Seu pai sempre a perdoou, alegando que coisinhas pequenas não o fariam demiti-la. Uma das vezes, ela enviou um e-mail errado que o prejudicou. Fui altivo e disse que ela deveria ser mandada embora, mas Riordan me peitou e me acusou de estar perseguindo-a.

Interessante. Não ficava muito no escritório do meu pai, justamente por trabalhar com nutrição e ajudá-lo à distância. Falei poucas vezes com Scarlett no telefone e a vi todas as vezes que visitei meu pai. A questão é que me lembrava de ela parecer ter alguma coisa errada, mas só agora com a atitude mal-intencionada em relação a Yan — ou a mim — pude sentir que alguma peça desse quebra-cabeça realmente não encaixava.

— Andrew, se eu e você achamos que tem algo estranho nessa história, não pode ser cisma. Shane também está assim, só não sei Yan.

No momento em que citei seu nome, meu celular vibrou com uma nova mensagem. Vi o número e não reconheci; não estava na lista de contatos. Pedi um minuto para Andrew, dizendo que ligaria de volta. Desliguei a chamada e encarei o visor.

Aline Sant'Ana

"Lua, é o Yan. Estou enviando uma mensagem do celular do Shane. Você pode ir ao meu apartamento? Acabei de descobrir umas coisas e precisamos conversar."

Senti meu sangue acelerar nas veias. Como aquele homem mexia comigo! Não estava pronta ainda para conversar com ele, mas quando estaria?

"Oi. Não sei se esse é o momento certo."

Ele rapidamente digitou uma resposta.

"Por favor, Lua. Não te chamaria se não fosse importante. É sobre ontem."

Suspirei fundo e fechei os olhos. Abri-os quando uma dose de coragem me tomou.

"Pode ser depois das três da tarde? Tenho umas coisas para fazer."

Eu quase pude sentir sua felicidade quando a resposta veio.

"Te espero às três."

O que eu estava fazendo, meu Deus? Prometi para mim mesma que não voltaria a conversar com Yan, que o pouparia dos meus problemas, justamente por ele não merecer passar por nada sem que eu tivesse certeza de que estava bem. Além do mais, tinha tudo o que ele me fez sofrer. Mas lá estava eu, usando uma desculpa idiota de que tinha cismado com Scarlett para conversar com meu ex-namorado. Claro que tinha algo errado com essa mulher, mas eu queria protegê-lo ou me proteger? Não era como se ela fosse o Freddy Krueger ou qualquer coisa do gênero. Pelo amor de Deus, isso era desculpa esfarrapada, sim!

Abaixei a tela do notebook e digitei uma mensagem para Andrew, sem avisar para onde ia, mas alertando-o de que tudo estava bem e que iria passar no meu consultório.

Lancei um olhar para o quarto, pensando na roupa que vestiria para dizer à minha secretária que estava voltando à ativa. A falta de coragem de reiniciar minha vida quando tudo estava um turbilhão me tomou com força.

Mas, novamente, por Deus.

Eu não ia me abater.

YAN

As horas se arrastaram. Mesmo tomando banho, dando uma arrumada no apartamento, ligando para Zane e Carter para dizer que ainda estava vivo, nunca esperei tanto o relógio passar. Ansiedade era um porre e obriguei-me a respirar fundo quando, às quinze horas em ponto, Lua avisou que estava subindo até o meu andar.

Nosso andar.

Ao menos, era.

A porta do elevador se abriu, revelando a mulher que invertia meu mundo e meus conceitos.

Nós não éramos aquele casal que sabia de coisas superficiais um do outro, conhecíamos as profundezas, os lugares onde nunca nenhum outro alguém foi. Eu sabia a razão da sua pequena cicatriz nas costas, eu tinha convicção dos seus medos, tinha certeza de quem Lua era quando ninguém poderia vê-la. Naquele canto escuro, em um quarto abafado. Até as músicas brasileiras que ela gostava de escutar quando se sentia sozinha, maratonar filmes de terror ou a mania de comer chocolate quando ficava nervosa com seu pai.

Sabia o tom dos seus gritos, suas risadas e seus diferentes gemidos. Eu era quem a dominava na cama e se rendia a Lua e seus caprichos fora dela. Eu era o homem que andava lado a lado junto com seus planos e não a completava, porque ela sempre foi autossuficiente demais para ser uma metade.

Sempre fui e, no instante em que coloquei meus olhos nos dela, reconheci que sempre seria o único a estar além do seu coração, e também embaixo da sua pele. Como um perfume que não sai após o banho, como uma tatuagem que não pode ser removida com álcool, como alguém que, por mais que ela tentasse, jamais sairia de onde sempre pertenceu.

Assim como Lua estava em mim, durante todos os segundos, enquanto eu respirasse.

— Oi — falou, neutra.

Só percebi um pouco de insegurança quando batucou os dedos na coxa, me fazendo reparar em algo além dos seus olhos castanho-esverdeados.

Cacete, ela estava linda.

Os saltos eram vermelhos, assim como o batom. O short jeans escuro que vestia, apesar de não estar tão calor, era de cintura alta. O cropped nada mais era do que um sutiã vermelho que descia em renda até o primeiro osso da costela. Sobre ele, um suéter preto e quente dizia que essa mulher tinha classe e entendia de moda, mesmo que embaixo houvesse uma peça tão ousada como um de seus sutiãs bonitos que cansei de rasgar.

Engoli devagar, respirando fundo em seguida, disposto a não passar uma imagem errada.

— Oi, Lua — disse, e me aproximei.

Perto, tão perto.

Pude sentir o cheiro doce do seu perfume de pêssegos, do seu creme e da sua pele. Toquei de leve sua cintura, por dentro do suéter, sentindo a textura da ausência de roupa ali, o que a arrepiou. Desci o rosto tão devagar que os segundos pareceram horas. Com toda a calma e o controle que só eu sabia ter, levei os lábios até sua bochecha. Com um beijo vagaroso, levemente úmido e quente em sua bochecha, a deixei ir.

— Você pode se sentar, se quiser — avisei-a, o timbre baixo.

Lua ficou estática por alguns segundos.

— Sim. — Fez uma pausa. — Obrigada.

Sentei ao lado dela, observando cada centímetro que pude. Devagar, admirei os quadris largos, as coxas nuas, o colo valorizado. Sexy pra caralho. Lua colocou a bolsa no colo e soltou um sonoro suspiro. Abri um sorriso discreto ao notar que eu era o causador da sua inquietação.

— Eu te chamei aqui para esclarecer o que aconteceu ontem — iniciei, e procurei seu olhar. Travei meus olhos naquela terra pintada de esmeralda e fiquei ali. Umedeci os lábios, buscando as palavras certas. — E até antes do que houve ontem. Quero que entenda que não há nada entre Scarlett e mim, começando do princípio.

— Yan. — Sua voz se tornou mais doce, porém o tom de alerta estava lá. — Não acho que me deva satisfações de como conheceu Scarlett ou do porquê a levou à festa. Afinal, terminamos.

É, Lua sabia ser direta.

— Soube, por Shane, que o que vi foi um mal-entendido. E, de qualquer forma, não me diz respeito. O que queria te avisar, e esse foi o motivo de eu vir, é que tem algo sobre Scarlett que não parece certo. Conversei com Andrew e...

Ela continuou falando, mas, no momento em que escutei o nome do Almofadinha, parei de ouvi-la. Esse cara era o responsável por todos os problemas que tivemos. Vê-lo na festa já foi difícil, mas escutar Lua falando sobre seu novo namorado, ou seja lá que diabos ele fosse, era demais até para um cara que buscava ser sempre racional, como eu.

— Yan?

— Oi — respondi automaticamente.

— Você está vendo que estou falando, mas não está me escutando. O que houve?

Encarei-a, tentando não demonstrar o que havia me afetado.

— Só me perdi na história.

Lua sorriu.

— Bom, o que eu estava dizendo é que meu pai parece ter uma ligação estranha com Scarlett, e eu nunca fui próxima ou tive motivos para confiar nela. Na verdade, depois de ontem, criei apenas motivos para desconfiar, né? Ela ter entrado no seu quarto foi uma surpresa e tanto.

— Não sei qual foi a intenção dela.

— É, realmente, nem eu — Lua murmurou, pensativa.

Cada vez que ela mexia os lábios, parecia que suas palavras eram formadas de beijos. Quando se movia no sofá, seu perfume subia para o meu nariz. *Que saudade.* Seu corpo, naquelas roupas justas, pedia que eu arrancasse tudo e o deixasse livre para beijá-lo, torturá-lo e provocar seu prazer.

Me aproximei um pouco, sentando mais perto, de modo que nossas pernas pudessem se tocar. Me arrependi de estar vestindo calça jeans quando um pedaço da perna dela tocou meu joelho. Lua olhou para o pequeno contato e franziu as sobrancelhas. Ela pareceu perdida em outro mundo, até que seus lábios se mexeram e começaram a cravar uma adaga em meu coração.

— Não fui honesta com você sobre o verdadeiro motivo de não ter ido para a Europa. — Inspirou forte e, em seguida, buscou meus olhos. Nos dela, havia angústia. Nos meus, dor. A conversa que há tanto fora adiada. — Quero deixar claro que não foi pelo meu trabalho e muito menos por Andrew.

— Lua...

— Aquela foto que você viu foi um ângulo infeliz — continuou, me ignorando. *O quê? Eu surtei por causa de um ângulo errado?* Apertei os punhos com força. Deixei, então, que ela falasse — Achei que você acreditaria em mim, mas não aconteceu.

Seus olhos tremularam, e percebi que ela estava segurando as lágrimas. Ela tocou meu joelho, chamando atenção para suas palavras, enquanto eu permanecia

Aline Sant'Ana

em choque.

— Eu me afastei e você só pensou o pior. Não achei que faria aquilo com as meninas, apesar da insegurança que meu pai colocou em você, e eu o odeio por isso. Mas tudo... o que você fez, me julgando, achando que estava me apaixonando por outra pessoa quando, tantas vezes, deixei claro que era só um amigo.

Porra!

— Yan, senti que faltou diálogo, senti que faltaram muitas coisas, até porque eu não pude te contar tudo. Isso é culpa minha. — Soltei os punhos e coloquei a mão sobre a sua, que se apoiou na minha perna. Quando entramos em contato, um suspiro audível saiu de Lua antes de ela continuar. — Você passou a projetar o nosso relacionamento no de Carter e Erin, me cobrando coisas que eu não podia oferecer. Você desejou que eu viajasse para os quatro cantos do mundo e acompanhasse a sua vida, sem pensar que eu já tinha a minha, antes de conhecê-lo. Minha melhor amiga tem uma profissão que permite que ela faça concessões, mas eu não.

Cara, que merda. Eu fui imaturo e era verdade. Senti inveja do que Carter e Erin tinham, porque era fácil e eles podiam se dedicar um ao outro. Não entendia os motivos reais de Lua não ser daquele jeito, talvez por não estar pronto para me relacionar com uma mulher tão independente.

O que foi que eu fiz?

— Eu também cometi muitos erros. Achei que estava te poupando de tanta coisa, mas, quando voltei e Erin me contou como você ficou, eu... fiz tudo errado. Queria me proteger, queria te proteger.

Lágrimas começaram a descer dos olhos dela.

Lua as secou rapidamente.

E sorriu, triste.

— Mesmo sendo leonina e orgulhosa demais, eu assumo isso. E talvez esse tenha sido o motivo de eu não iniciar essa conversa antes, com medo de que fosse uma disputa para saber quem errou mais, quem negligenciou mais, quem trouxe mais problemas para a nossa bolha cor-de-rosa.

Sua mão saiu da minha e também do joelho.

Suas pálpebras semicerraram.

— Eu e Andrew não temos nada. É puramente amizade. Nunca Andrew encostou um dedo em mim, por mais que meu pai quisesse. Nunca, durante todos os momentos em que trabalhamos juntos, Andrew deu qualquer sinal de que estava interessado.

Apenas com você

— Hum, bem... Como você disse quando iniciamos essa conversa, não quero ser invasivo a ponto de te questionar se está com Andrew ou não. Mas obrigado por esclarecer.

Apesar de eu querer muito saber. Agora, eu sabia. Ela estava sozinha. Havia uma chance. Meu Deus, eu precisava dizer a ela o que pensava.

— Está pronta para mim?

Lua abriu um sorriso pelo que eu disse.

Meu coração bateu como louco no peito.

Aquela era a abertura que esperei tanto tempo para tê-la.

Lua

Dizer tudo aquilo para Yan foi mais difícil do que eu esperava. Mostrar que eu tinha um problema escondido e que não estava pronta para dividi-lo foi um passo além. Não sei o que me deu para iniciar uma conversa que queria protelar. Quando vi, já estava dando satisfações, coisa que pedi que Yan não desse a mim.

Sua mão foi em busca da minha mais uma vez. Yan observou nosso contato, entrelaçou seus dedos nos meus, reparando no encaixe. Percebi que ele estava pensando em suas palavras. Essa era uma característica muito forte dele: estudar, analisar e agir. Nunca a ação vinha antes da razão. Por isso, fiquei chocada quando soube que tomou uma atitude impulsiva e beijou a garota naquela festa, além do vídeo.

Ele acabou com as nossas chances, porque tinha acreditado na foto com o Andrew.

Por que as pessoas sempre duvidam de mim?

— Tenho coisas a esclarecer sobre aquela viagem que fiz para a Europa. O beijo que você viu. E, além disso, o vídeo que foi vazado. Ainda não é o momento de trazer à tona toda a verdade. Eu só preciso que me enviem um arquivo, para que você possa ver com seus próprios olhos. Minhas palavras não vão adiantar, quando houve quebra de confiança. — Ele fez uma pausa.

Aqueles olhos nublados pareciam mais determinados do que nunca.

— Eu não soube respeitar o seu espaço, Lua. O seu trabalho, os seus afazeres, a sua vida longe da minha, e comparei nós dois a Carter e Erin. Tive ciúmes pelo simples fato de você ter algo para fazer além de mim. Insegurança, né? Ridículo para um homem tão controlado. Só que seu pai sempre teve problemas comigo,

Aline Sant'Ana

você estava estranha, Andrew pareceu presente a todo momento. Porra, eu pirei.

— Eu entendo.

Deus, eu entendia. Cada uma daquelas palavras que Yan finalmente teve coragem de dizer. Francamente, como poderia sequer sentir isso? Um homem como Yan Sanders tinha o meu coração mesmo sem precisar pedi-lo.

— Obrigado. — Pausou. — Há coisas sobre nós dois que não foram esclarecidas. Com o passar do tempo, fomos escondendo os nossos problemas e usando o sexo como reconciliação, mesmo antes de ter uma briga. Talvez, esse tenha sido nosso principal erro: nunca brigamos, nunca esclarecemos nossos problemas, nunca tivemos uma conversa decente. Lua, por que você não me deixou entrar?

Porque eu quis te proteger.

— Eu nunca assumi meus medos, você nunca disse o que te incomodava — continuou. — Aquela época em que estava trabalhando feito um maluco, tenho certeza de que isso te afastou de mim. Ou quando você estava passando por algo, que sequer cogitei ser outra coisa além de claro-que-Lua-está-me-traindo. Que porra! Eu queria ter sido mais maduro sobre nós dois. Queria ter visto que o nosso relacionamento ia muito além de sexo compensatório pela falta de compreensão e diálogo. Uma pena.

Meu Deus, a sinceridade de Yan estava toda ali.

— Yan, você também precisa me perdoar. É uma via de mão dupla.

Vi-o engolir devagar.

— Na real? Não tem o que perdoar. Às vezes, não podemos remediar o irremediável, mas queria saber se, mesmo depois de tudo que passamos, podemos ter uma amizade, recomeçar. Não com o objetivo de ter um relacionamento ou reatar. Só... quero estar junto de você, Gatinha.

Sorriu de leve.

Aquele sorriso capaz de tirar a sustentação de uma pirâmide milenar do Egito.

Aquele sorriso que tirava todos os pilares da minha muralha de frieza.

Aquele sorriso que sempre vinha acompanhado do apelido que ele me deu.

Aquele sorriso bobo, meio moleque, que o fazia parecer mais novo do que realmente era.

Aquele sorriso que fazia seus ternos parecerem inapropriados para sua malícia.

Apenas com você

— Esse apelido...

— Eu sei, foi demais. — Sorriu de novo. — Me desculpa.

— Não, tudo bem.

Yan Sanders não tinha parecido mesmo arrependido.

Sua mão se soltou da minha, e na mesma hora senti falta do contato. Yan me deu espaço, levantou e foi até a geladeira. Abriu a porta e questionou, de costas para mim, com seu tom de voz suave e quente:

— Quer algo para beber enquanto pensa na resposta?

Eu não podia, eu sei, mas olhei a bunda dele, tão maravilhosa, em um jeans que parecia feito sob medida. Yan jamais usaria uma calça que não fosse feita para ele, que não contornasse suas coxas, panturrilha e quadril da forma mais apropriada. Era quase inapropriada, na verdade, porque agarrava partes do seu corpo que o deixavam...

Ele estava mais forte, mais cabeludo e mais intimidante.

Deus, como era difícil.

— Aceito água com gelo. Obrigada.

— Tudo bem.

Ele pegou para si uma long neck de sua cerveja favorita e me trouxe um copo de água com seis cubos de gelo. Yan tinha um pequeno TOC com coisas pares. Era como se não pudesse lidar com nada ímpar. Achei fofo que isso não havia mudado. Quer dizer, como mudaria? Não foi tanto tempo assim.

Uma eternidade.

Peguei o copo e beberiquei um gole. Seus olhos não pareceram sair dos meus enquanto ele analisava a forma que eu bebia. Os meus olhos queriam escorregar para sua boca e a forma que ficava para receber a cerveja.

Acabei olhando.

Como seríamos amigos, se a atração ainda existia?

— Acho que temos que manter uma relação bem tranquila. Não sei se amizade seria a palavra certa. Precisamos nos dar bem, afinal, nossos amigos são namorados e vão ficar a vida inteira juntos. Não posso me afastar da Erin, só porque ela está com o Carter. Só quero que saiba que vamos ter um bom relacionamento, Yan. Vamos conversar, ser sociáveis um com o outro, só não sei se há espaço para darmos trégua a algo que está claro que ainda existe.

— A atração, né?

Aline Sant'Ana

Não sei por que me surpreendia. Nós dois nunca fomos de enrolar.

— É muito errado — falei, por fim.

— Sou um homem que controlo meus instintos. Enquanto estávamos juntos, acho que te dei várias provas disso. — Bebeu sua cerveja, sorrindo por trás da boca da garrafa antes de dar um longo gole.

Ah, claro que deu! O fato de Yan conseguir ficar horas excitado, sem gozar, era uma prova incrível mesmo.

Não que eu estivesse com cenas sexuais de nós dois passando pela minha cabeça.

Longe disso.

— Yan, você precisa se comportar.

Eu preciso me comportar.

Talvez eu me amarre num porão.

— Eu vou. — Sorriu de novo. Dessa vez, sem a cerveja escondendo o gesto sexy. — Vamos nos dar bem como amigos, colegas ou conhecidos. Enfim, o que quer que você deseje, Lua. Estarei pronto para te dar.

Ah, Deus.

Fala sério!

— Tudo bem — falei, um pouco instável. Me levantei repentinamente e olhei para a porta que me tiraria de lá. — Preciso ir, Yan.

Ele se levantou também. Com calma, colocou a long neck sobre a mesa de centro. Percebi que ainda havia uma foto nossa no porta-retratos que sua mãe nos deu no Natal anterior. Tentei não olhar ao redor, procurando por mais fotos, mas foi impossível. Todas estavam lá. Inclusive, o meu sapato no canto e as almofadas no sofá.

Meu Deus, meu coração descompassou.

Perdi toda a força dos joelhos.

Yan segurou meu pulso, tirou o copo de água ainda cheio da minha mão e me puxou para si.

Não me surpreendi quando nos vi abraçados de forma intensa, coração com coração, ainda que eu sequer alcançasse o seu. Minha cabeça ficou em seu peito, ouvindo as batidas fora de ritmo, assim como as minhas estavam sem começo, meio e fim. O abraço era reconfortante. Como se pudéssemos aconselhar um ao outro pelos erros, como se pudéssemos apagar as memórias ruins.

Apenas com você

Suas mãos quentes foram para a minha cintura, e uma carícia lenta começou no instante em que minhas mãos instintivamente acariciaram os cabelos mais curtinhos do começo da sua nuca.

Como senti sua falta.

Escutei Yan respirar fundo.

Me ouvi respirar fundo.

Ele se afastou e, com toda a calma, soltou meu corpo e levou as palmas para as laterais do meu rosto. Encarou-me com os olhos colados nos meus. Todo o sentimento que podia manter afastado desvaneceu como um dia ensolarado calaria a neblina. Yan desceu seu rosto devagarzinho, tomando cuidado ao se aproximar. A pontinha do nariz fez um contorno doce em minha bochecha, me arrepiando, antes de sua boca depositar um beijo igualmente calmo ali.

— Obrigado por ter vindo — a voz de barítono sussurrou contra a minha pele.

E ele se afastou.

Já mais distante, toquei com a mão direita o lado onde seu coração batia forte.

Sorri e o admirei por um minuto ou dois antes de pegar a minha bolsa, a chave do carro e partir dali como se nunca tivesse estado lá.

Irônico, pensei, enquanto dirigia de volta para casa.

Aquele apartamento tinha a minha digital, como se eu não pertencesse a nenhum lugar além dele.

Aline Sant'Ana

Apenas com você

CAPÍTULO 9

I'd live and I'd die for you
I'll steal the sun from the sky for you
Words can't say what love can do
I'll be there for you

— Bon Jovi, "I'll Be There For You".

YAN

Recebi um e-mail pela manhã com a agenda de shows e não fiquei surpreso ao ver que Shane estava incluído para ser apresentado oficialmente como parte da The M's no primeiro evento, que seria em Nova York. Dei uma olhada nas cidades em que passaríamos, nos locais que visitaríamos: três shows espaçados, mas o bastante para avisarmos que estávamos ativos e que tínhamos um novo integrante.

Respondi a Kizzie e, no início da tarde, decidi que seria melhor convidar Shane para vir aqui em casa.

Depois de conversar com Lua, era como se nuvens carregadas tivessem se dispersado e eu finalmente conseguisse ver a luz do sol. Estava preparado para trabalhar em cima de Shane, para resolver todas as pendências com Lua e disposto a conseguir a prova que precisava para que ela pudesse compreender a verdade por trás daquelas onze noites mal-entendidas.

Minha vida finalmente estava começando a voltar aos trilhos.

— Shane, a primeira coisa que você precisa aprender antes de começarmos essa pequena turnê é: quando eu disser a hora exata, você tem de chegar antes dela. É questão de comprometimento com a banda e com o cronograma que você terá de seguir.

Esticado no meu sofá, como se já fosse de casa, Shane abriu a lata de refrigerante e bebeu um longo gole.

Cruzei os braços, sentado na poltrona de frente para o sofá, observando seu jeito.

— Sério isso?

Suspirei fundo e decidi seguir o fluxo, dando mais algumas informações antes de concluir:

Aline Sant'Ana

— Você vai ter que cumprir uma agenda, fazer parte da banda de coração e entender que nem tudo é do jeito que você sonha. Porra, sua vida será vinte e quatro horas por dia a The M's, mesmo quando estiver descansando em casa. O outro item dessa lista, que já foi organizado, é mais um aviso.

Esperei que Shane demonstrasse que estava entendendo. Quando o fez, continuei.

— Você vai morar aqui nesse prédio. Um andar abaixo de nós. Zane comprou o apartamento para você, disse que é um presente de boas-vindas da banda. É seu irmão e torce pelo seu sucesso. Pega leve com ele, beleza?

Joguei a chave que estava em meu bolso, estudando a cara de choque de Shane enquanto analisava sua nova vida e pensava sobre ela.

— Sei que é muita coisa, Shane. Mas você precisa entrar nesse ritmo e entender que, assim que subir naquele palco, você será um roqueiro mundialmente conhecido. Nada mais será o mesmo. Você não poderá ir ao Starbucks todas as manhãs tomar seu café do jeito que fazia, não poderá frequentar os mesmos clubes, nem andar sem ter vários seguranças com você. As coisas vão mudar. Cara, isso não é novidade, sabe como seu irmão leva a vida.

O D'Auvray caçula franziu as sobrancelhas.

— Zane sempre foi o Zane. Ele nunca mudou comigo ou com a nossa família por ter virado um cara famoso. Claro que eu acompanhei os seguranças, as fãs histéricas, já fui assediado só por ser irmão dele. Mas nunca passei por nada assim. Então, sei lá, vai ser estranho. — Suspirou. — Mas eu quero isso. Muito. Então, foda-se. Estou preparado.

— Não é apenas isso, tem toda a mídia caindo matando em cima da sua vida pessoal. Falando nisso, você realmente já terminou aquele quadrado amoroso maluco em que tinha se enfiado? É oficial?

Shane gargalhou, bebeu mais refrigerante e me respondeu com um sorriso.

— Estou oficialmente solteiro.

— Não pense que isso não é negativo também, cara. Cada passo que der ainda será criticado. Se você for pego com uma famosa, então, espere o pessoal iniciar uma coisa chamada *ship*. As fãs ficam torcendo por você e uma determinada pessoa, mesmo que não tenha nada a ver contigo. Enfim, é complexo pra caralho. Com o tempo, você vai pegando.

— Kizzie disse que você ia me preparar para o começo da The M's, mas não imaginei que fosse com uma conversa sobre fãs e o problema com a mídia.

Apoiei os cotovelos sobre as coxas e me inclinei para olhá-lo melhor.

Apenas com você

— No treino, você está cem por cento. Não existe um erro ou falha na sua habilidade como baixista. Já vi homens levarem anos para o que você pegou em semanas, Shane. Sua capacidade de entrosamento com a banda é compreensível, porque te conhecemos a vida toda, mas nunca vou desmerecer o crédito de que é um dos baixistas mais talentosos que já tive o prazer de conhecer. Caralho, você é foda.

— Vindo de você, um cara que admiro... obrigado.

Sorri para tranquilizá-lo.

— Agora, sobre os bastidores, ainda há muita coisa a ser conversada. Te chamei aqui, mas te passei um e-mail com mais de cinquenta itens que você precisa levar em consideração. A parte mais importante, sem dúvida, é sobre sua reabilitação. Você precisa estar em dia com a saúde. Não podemos arriscar uma recaída. Não por não podermos lidar com um escândalo, mas sim porque não queremos ver você, realizando seu sonho, ainda abraçado aos seus fantasmas. Você quer conversar sobre isso?

— Tive uma recaída naquele dia, você sabe. — Baixou a cabeça, parecendo culpado. — Isso não vai mais acontecer. Estou comprometido dessa vez. Não quero falhar.

— Não é questão de querer. Você tem que me dar a sua palavra de homem de que não vai falhar.

— Eu não vou falhar — prometeu.

Levantei e fiquei em frente a Shane, esperando que ele entendesse que também deveria ficar de pé. Ao invés de dar a mão para selar um acordo, o abracei. Na mesma hora, lembrei da minha irmã mais nova, de como ela parecia vulnerável não tendo a minha experiência de vida. Claro que ela calou a minha boca, viajou pelo mundo e, hoje, deve saber mais do que eu. Shane me lembrava dela antes dessa experiência: um pássaro aprendendo a voar. Só que eu tinha uma confiança nesse moleque, uma crença de que ele não iria me decepcionar. Além disso, não iria decepcionar a si mesmo.

Afastei-me do abraço e coloquei a mão em seu ombro.

— Cara, vá pra casa e leia o que te enviei por e-mail. Passei a madrugada pensando nisso e digitando. Não estava com sono, então, não se dê tanto crédito.

Ergui só uma sobrancelha que geralmente botava medo nas pessoas, mas Shane só riu, arrumou a aba do boné e deu dois tapas leves na lateral do meu rosto.

— Ah, antes de ir, como estão você e Lua?

Pisquei, surpreso.

Aline Sant'Ana

— Curioso?

— Talvez.

— Conversamos. Decidimos por amizade.

— E você vai deixar assim, cara?

— Eu vou lutar por ela. Por exemplo, vou tentar ir à academia que ela frequenta. É por volta desse horário, então...

Shane abriu um sorriso sincero.

— Stalker!

Ergui a sobrancelha.

— Não tão stalker.

Shane riu.

— É, você é sim. Mas, relaxa, eu faria o mesmo. Então, isso quer dizer que não vamos malhar juntos? Pelo menos, você vai correr atrás dela. Isso é bom.

— Eu só vou desistir quando a certeza de que ela não me quer mais aparecer em seus olhos. — Fiz uma pausa. — Até lá, vou me esforçar pra caralho, mesmo que seja a última coisa que eu faça.

— Boa sorte, cara.

— Vou precisar.

Lua

— Pai, não quero conversar sobre isso — disse ao telefone.

— Mas vamos ter que conversar cedo ou tarde. Quando vem me ver?

— Combinei com a mamãe um jantar. Vou por volta das dezenove horas.

— Então, te aguardo aqui. — Desligou.

Suspirei, impaciente, quando arrumei o cadarço do tênis antes de entrar na academia, pensando na conversa com papai. A sorte é que tinha acabado de ver Erin, conversado com ela sobre como as coisas estavam, além de matar um pouco a saudade da minha melhor amiga. Vê-la todos os dias não compensaria todo o tempo que passei ausente.

De qualquer maneira, eu queria fazer algum exercício, me sentir útil e extravasar a energia pós-conversa com o Yan. Não que eu pudesse fazer muitos exercícios, mas... fazer qualquer coisa era melhor do que nada.

Apenas com você

O local continuava o mesmo. As mesmas pessoas, os mesmos aparelhos e a mesma recepcionista agradável. Conversei com ela sobre a minha mensalidade, que, graças à eficiência da minha secretária, estava em dia. Abri um sorriso no final da conversa e fui para a esteira. Quando pensei em voltar, porque tinha deixado a bolsa na bancada, e me virei, senti alguma coisa fora do lugar ali. Meus olhos pousaram em uma figura masculina que tinha atormentado os meus pensamentos desde a conversa que tivemos. Ele estava despreocupado, apoiado no balcão, trocando palavras com a recepcionista como se fizesse isso todos os dias. Como se não soubesse que aquela academia era a única que eu gostava de frequentar, como se não soubesse que esse era o horário que eu adorava malhar por achar que o rendimento era melhor.

Senti ódio.

Senti amor.

Era possível desejar bater em uma pessoa com a mesma intensidade que deseja beijá-la?

Fui até ele, com os passos duros. Recuperei a bolsa antes disso e pedi para a recepcionista guardá-la. Yan abriu um sorriso quando seus olhos pousaram nos meus. Ele já esperava a minha cara de brava, e não tinha medo algum dela.

— O que você está fazendo aqui?

— Vim te ver — respondeu, e colocou a mão na minha cintura, guiando-me em direção aos aparelhos. — É óbvio.

— Yan, meu Deus, a gente vai começar a criar situações... delicadas?

Eu me sinto atraída por você.

Eu ainda amo você.

Por favor, não me obrigue a fazer isso.

— Malhar sozinho é uma merda. Então, pensei: porra, por que não ir à academia que a Lua frequenta? Por que não pagar uma diária e acompanhá-la? — Seus olhos cinzentos pousaram nos meus lábios quando paramos em frente à esteira. Um arrepio percorreu cada centímetro do meu corpo ao ver a maneira quente que ele me admirava. Precisei engolir a saliva devagar. Todo o autocontrole que nunca fui muito fã surgiu. — Fiz mal?

— Preciso de espaço.

Ele deu um passo à frente.

— Precisa?

Me ajuda a resistir, senhor Jesus! Esse homem é gostoso demais!

Aline Sant'Ana

Além desse porém, Yan Sanders é como o trecho do hino do meu Brasil: "Gigante pela própria natureza".

Em tudo, se é que você me entende.

Ele sorriu e se afastou.

— Se vamos ser amigos, se vamos ter que nos ver na frente de outras pessoas e se temos de ser leves um com o outro, por que não tentamos quando estamos sozinhos primeiro?

— Achei que íamos lidar com isso da forma mais madura possível.

— E estamos sendo maduros. Ou não? — Ergueu a sobrancelha, sugestivo. — Não estou pedindo para ir pra cama comigo, Lua. Só quero sua companhia.

— Acho que você não veio aqui pra me ver.

Ele estreitou os olhos, confuso.

Sorri, porque eu era a rainha em fugir de situações constrangedoras com sarcasmo.

— Veio causar um infarto nas velhinhas da ginástica. Olha lá.

Yan olhou para trás. As dez mulheres da terceira idade alunas da senhora Dalila estavam paradas em suas bicicletas ergométricas. Até a professora delas parou a música. Todas encarando-o, chocadas com sua beleza.

Ele voltou o olhar para mim e começou a rir.

— Ah, Lua.

— Se alguém desmaiar aqui, não diga que não avisei. — Sorri. — Vamos malhar.

Subi na esteira e decidi que brincar seria mais seguro do que dizer em voz alta que estava tudo bem ele ficar por perto. Claro que não estava nada bem! Havia sentimento envolvido, muito sentimento. Meu Deus, só de olhá-lo, meu coração se abria inteiro, como se Yan pudesse entrar quando quisesse. Não deveria ser assim, sempre fui sensata com meus relacionamentos. Só que, claro, aquele homem precisava ser a exceção da minha vida.

Regulei a velocidade e iniciei um trote rápido, mas moderado, perto do que normalmente fazia. Yan colocou sua velocidade no nível máximo. Tentei não olhar para ele, mas era meio difícil. Yan corria como um verdadeiro atleta. Sua respiração era regular. Inspirava pelo nariz, exalava pela boca. Suas bochechas começaram a ficar rosadas, e suor pingava do rosto para o resto do corpo. Em poucos minutos, a camiseta branca ficou molhadíssima.

Cristo, eu tinha que me concentrar em outra coisa.

Apenas com você

Olhei para a frente, determinada.

As velhinhas me distrairiam.

Mas aí Yan desligou o aparelho e fez uma pequena pausa. Pela visão periférica, o assisti tirar a camiseta, colocando-a no apoio para mãos da esteira. Voltou a correr, como se não tivesse feito nada demais.

Eu queria ser mais forte, veja bem, eu queria *mesmo*, só que meus olhos deslizaram discretamente para o lado. Sua tatuagem principal, uma escrita imensa que ia da primeira costela até o quadril, se movia junto com os músculos, dançando. Por um segundo, me perdi, lembrando do momento em que a lambi pela primeira vez. Respirei depressa e observei todo aquele suor escorrendo por sua pele bronzeada e musculosa, agarrando-o como se não quisesse ir.

Não vou tocar, é só uma olhadinha.

Decidindo ser fraca, porque não havia outra opção, sequei as tatuagens novas, que pintavam seu braço e também eram escritas. Havia outra, que não consegui ver toda, porque ia em direção à base do short, terminando em um lugar que eu não deveria desejar ter acesso. Subi os olhos, admirando o profundo V que se movia junto com o esforço de Yan, seus quadrados no abdômen, o peitoral definido...

No entanto, algo reluzindo em seu pescoço chamou minha atenção. Continuei correndo, ainda que meus passos estivessem confusos, assim como minha mente.

O pingente do colar era um anel.

Ah, meu Deus!

Mas o que...

O anel que ele me daria de noivado se tudo não tivesse desmoronado.

Caramba, foi difícil escrever aquele bilhete idiota, sendo que eu estava chorando por perdê-lo. Ter um futuro com uma casa linda de cerca branca nunca tinha sido meu sonho dourado, no entanto, quando Yan surgia na equação, parecia a coisa mais certa e perfeita. Saber que ele planejava aquilo para nós fez meu coração sangrar.

Saber que o colar em seu peito era uma recordação do que poderíamos ter sido me fez parar de correr.

Yan lançou um olhar para mim, confuso por eu ter feito tão pouco exercício. Ele sabia que eu gostava de correr por quarenta minutos em uma velocidade muito maior. Tentei não fazer disso um problema, porque não estava pronta para perguntar o significado do meu anel preso rente ao seu corpo. Então, sorri para o meu ex-namorado, garantindo que tudo estava bem e que não tinha notado

Aline Sant'Ana

aquele pequeno segredo.

Enquanto caminhava para a bicicleta ergométrica, pensei: *Yan Sanders ainda me ama.* O que era difícil demais de admitir depois de tudo o que aconteceu, embora não menos doloroso do que reconhecer que o sentimento era recíproco.

YAN

Ela não fez o exercício da forma que fazia e estranhei. Lua era mulher de carregar pesos e fazer loucuras na academia. Eu geralmente era seu freio, quando resmungava que poderia prejudicar sua saúde.

Lua saiu de perto de mim. Quando fui para a área dos pesos, tive mais uma vez que ficar ao seu lado, porque ela estava fazendo abdominais no chão dentro daquela área. Confuso ao ver Lua tão despreparada, vesti a camiseta e me agachei perto dela. Segurei seus pés, para que não se movessem quando ela retornava para cima. Era aquele abdominal básico, coisa que Lua nunca foi muito fã de fazer.

Seus olhos estavam fechados e ela tinha fones de ouvido nas orelhas. Quando toquei a parte de cima dos pés, ela rapidamente abriu as pálpebras e tirou os fones. Seus olhos brilharam para mim, e Lua não resistiu a abrir um sorriso.

Que mulher linda.

— Você me assustou!

Mordi o lábio inferior.

— Por que está fazendo exercícios mais leves do que geralmente faz?

A pergunta a pegou desprevenida. Vi Lua relutar antes de responder.

— Faz muito tempo que não faço nada. Fiquei parada e perdi o jeito.

Parecia uma resposta plausível, exceto que eu sabia que era mentira.

— Você está bem?

— Estou ótima!

— Em relação à sua saúde, quis dizer.

Lua perdeu peso desde que a vi pela última vez. Não apenas uns cinco quilos, mas por volta de dez. Para uma mulher de um e setenta e pouco de altura, era muita coisa.

— Estou ótima, de verdade. Pleníssima, como sempre.

— Lua...

Ela se ajoelhou no colchonete e prendeu os olhos nos meus. Em seguida, segurou meu rosto com as duas mãos. *Caralho!* Meu sangue circulou mais rápido, meu coração implorando para tê-la de volta. Tentei focar em outra coisa, então vi que a faixa que segurava seus cabelos curtos mantinha-os longe do rosto. Encarei bem aquela íris: mistura de mel e esmeralda, enquanto permanecia perdido na maneira que ela me olhava. Intensa e determinada, como tudo em Lua Anderson.

Cacete, eu queria beijá-la.

— Estou bem, Yan. Só com pouco condicionamento físico — garantiu. — Você parece preocupado.

Fechei os olhos, tentando me controlar com Lua tão perto de mim, e respirei fundo. Inclinei o rosto para a frente, sem ver. Quando suas pálpebras se ergueram, ela estava encarando meus lábios. Passei a ponta da língua na boca e precisei de muito esforço para não estragar tudo.

— Estou preocupado. — Desviei dos olhos para a boca rosada da única mulher que mexia comigo. — Sempre vou me preocupar com você. Quando vai entender isso, Gatinha?

Ela ia dizer alguma coisa, mas meu celular tocou. Tirei-o do bolso, odiando o timing. Sequer olhei para o visor antes de atender.

— Yan Sanders — falei, impaciente.

— Olá, Yan — ronronou uma voz feminina do outro lado.

Scarlett.

Encarei Lua e não quis esconder dela o que estava acontecendo. Era uma surpresa a secretária do seu pai ter ligado. Ainda mais por saber da sua visita estranha ao quarto. Quer dizer, talvez Scarlett não soubesse o que, de fato, eu sabia.

Mexi os lábios para Lua, avisando sobre a ligação.

Ela rolou os olhos. Precisei me segurar para não rir.

— Do que você precisa, Scarlett?

— Preciso ver você. Tenho um assunto para tratar.

— Acho que já resolvemos tudo.

— Ainda não.

— Eu te ligo de volta. Pode ser? — pedi.

— Com certeza. — Desligou.

— Ela está te perseguindo. — Lua não escondeu a irritação.

Aline Sant'Ana

— Eu não sei o que ela quer, mas não preciso saber.

— Você não precisa, mas eu sim — Lua anunciou. Essa mulher jamais se cansaria de me surpreender? — O que ela quer? Se encontrar com você?

— Cara, não parece certo vê-la de novo.

— Então não vá, mas acho que, se for esperto, pode tirar muita informação. Inclusive, sobre o que ela está fazendo sendo secretária do meu pai e por que cismou com você.

— Não quero saber nada relacionado ao seu pai, Lua.

Ela sorriu, embora tristemente.

— Eu sei que a relação com meu pai não é das melhores. De qualquer maneira, não precisa ir, Yan. Scarlett não parece ser uma pessoa boa. Não que eu queira te dizer o que fazer, e não quero te falar que ela...

Coloquei o dedo sobre seus lábios.

— Shh. Eu sei — garanti. — Não quer me dizer o que está pensando, porque acha que vai ultrapassar um limite. Não se preocupe, Gatinha, sou bem grandinho. Mas isso você já sabe.

Sorri de lado.

A provocação fez Lua rolar os olhos e, em seguida, rir.

— Bom, preciso ir tomar um banho e resolver a vida. — Levantei e estendi a mão para que Lua tivesse um apoio. Quando subiu, seu corpo bateu no meu.

Calor, saudade e amor.

Talvez tenha levado uns segundos a mais para soltá-la.

— Eu vou tentar uma coisa agora. Você sabe, sou corajoso.

— Yan... — murmurou, em tom de aviso.

Ri suavemente.

— A The M's fará um show em Nova York. Será o primeiro com Shane sendo integrante oficial da banda. Sabe, eu tô cuidando do garoto, tentando colocar naquela cabeça um pouco de juízo. — Sorri e vi que Lua desviou o olhar para o gesto. — Sei que Nova York é uma das suas cidades favoritas do mundo e sei também como você gosta de nos assistir no palco. Vai ser uma experiência boa e, como não teve a oportunidade de ir para a Europa, quem sabe dessa vez?

— Eu não acho...

— Prudente, eu sei — respondi. — Vou te deixar pensando sobre o assunto e, depois, te cobro uma resposta.

Apenas com você

— Eu não ia usar uma palavra como "prudente", mas...

Ri e calei-a quando me aproximei. Peguei sua cintura suada e trouxe seu corpo para perto, sorrindo antes de aproximar os lábios para dar um beijo lento em sua bochecha. Acontece que, mesmo sendo um cara com uma noção matemática ótima das coisas, errei o alvo por alguns centímetros e acertei o canto de sua boca.

Foi de raspão, só um toque suave e salgado, porém, foi como se eu pudesse ir do inferno ao céu em segundos. Meu estômago revirou, meu corpo se acendeu: um fósforo perto da gasolina. Me afastar foi difícil; tentar controlar o tesão, ainda mais complicado. Respirei fundo, mordi meu lábio inferior e precisei de coragem para dar um passo atrás.

— Me dá a resposta depois, tá? Tenha um ótimo dia, Gatinha.

Pisquei para ela, virei e fui embora.

O desejo era ficar.

Para sempre.

Lua

— Eu tinha que ser mais forte, Erin! — praticamente gritei, mesmo que estivesse no fone e não precisasse ser tão enérgica.

Ela riu do outro lado da linha, enquanto eu terminava de fechar o zíper do vestido.

— Não acho que dê para resistir. Não quando ainda há sentimento e desejo.

— Você me ajuda tanto, querida.

— Estou apenas elucidando o problema. Se quiser tirá-lo da sua vida, vai ter que encontrar uma maneira de se apaixonar por outra pessoa e desejá-la mais intensamente do que deseja Yan.

— Isso não vai acontecer.

— Hum, eu sei.

— Ah, Erin. Quando você ficou tão insuportavelmente dona da verdade?

Ela riu mais alto dessa vez.

— As coisas são simples. Os seres humanos que complicam.

Escutei a voz de Carter do outro lado, avisando que o jantar estava pronto.

Aline Sant'Ana

— Falou a pessoa que ficou não sei quantos anos apaixonada por um cara e nunca teve coragem de dizer em voz alta.

— Golpe baixo.

— Trago verdades, amor. Apenas verdades. Vai lá jantar, escutei seu namorado te chamando.

— Já vou. — Pude escutar o sorriso em sua voz. — Bom, meu conselho de amiga é: não adianta fugir do que vocês têm. Já foi conversado e decidido que serão somente amigos. Não que eu concorde com isso, sabendo da sua história e do quanto vocês eram felizes juntos. De qualquer maneira, se é isso mesmo que você quer, imponha limites. Tente controlar as ações dele.

— Ele é controlador por si só! Como controlar alguém como o Yan? Vou amarrá-lo e prendê-lo em um porão?

— É, quando ele está com algo não cabeça, não tira até que seja resolvido. Se é você que ele quer, e eu sei que sim, ele vai fazer o impossível para tê-la.

— Serei mais forte. Até, pelo menos, estar cem por cento curada.

— Lua...

— É o caminho certo, amor.

— Eu nunca vou concordar com isso.

— Eu sei, e é por isso que te amo. Sei que você quer me ver feliz, mas também preciso poupar Yan.

— Esse discurso está semelhante ao meu. Adiar o inadiável é besteira.

— Tudo tem o momento certo.

— Também usei essa desculpa — Erin murmurou.

— A situação é diferente. Eu queria ter uma garantia de que tudo ficaria bem, só que não sei até onde isso pode desestabilizar Yan. Só preciso de uma afirmação médica. Quando tiver, vou poder me abrir com ele. De todo jeito, já o machuquei. Ai, Erin... o que eu faço?

— Eu voto sempre pela sinceridade, custe o que custar. Mas sei que, enquanto isso, vai fugir do menino como o diabo foge da cruz.

— Eu vou tentar. Acho que posso usar um cordão de alho, aquele de espantar vampiros. Ou quem sabe uma machadinha, tipo, para matar zumbis.

Erin gargalhou.

— Ele não é um zumbi, nem um vampiro, amiga. É um deus nórdico.

— Hey! — Escutei Carter repreendendo-a ao fundo.

Apenas com você

— Vou jogar no Google: como escapar da ira de um deus.

Erin riu de novo.

— Tudo bem. — Tomou fôlego em meio às risadas. — Me ligue quando chegar em casa, depois desse encontro com seus pais. Mande um beijo para eles.

— Mando, sim. Não que o meu pai esteja merecendo qualquer afeto no momento.

— Isso vai passar, querida.

— Assim espero. Mande um oi para Carter. E depois o beije para provar que você não acha apenas o Yan um deus. Te ligo quando voltar.

— Pode deixar. Boa noite, amiga. — Desligou.

Levou menos de trinta minutos para cuidar do meu rosto de modo que as olheiras não aparecessem tanto e as bochechas tivessem uma coloração saudável. Ficar em Salt Lake City me fizera perder quase todo o bronzeado de anos morando em Miami. Além do tratamento, dos medicamentos e de tudo que passei.

Bem, não era algo que queria recordar esta noite.

Em frente à casa dos meus pais, percebi que se tratava de uma mansão imensa, e eu tinha me esquecido do seu esplendor. Vivi boa parte da vida ali, mas agora parecia um luxo desnecessário, ainda mais para só mamãe e papai. Respirei uma porção de vezes antes de tocar a campainha e criar coragem para enfrentar o que quer que o meu pai tivesse para me dizer.

A porta se abriu e o rosto angelical da mamãe, com poucas rugas de expressão para sua idade, surgiu junto com um sorriso. Eu a abracei sem pensar duas vezes. Pulei em seus braços como se fosse uma criança carente de carinho. Ela acariciou minhas costas e murmurou diversas palavras em português, me tranquilizando. Foi maravilhoso ouvi-la de perto, e ainda mais doce poder vê-la depois de tudo que enfrentei. Levou alguns minutos para me afastar, beijar seu rosto e pedir sua bênção.

— Deus te abençoe, menina. Entre, por favor, não quero que pegue uma friagem aí fora.

— Não está frio, mãe.

— Sempre está frio para uma mãe que vê sua filha em um vestido de seda. — Sorriu.

Meus olhos mal tiveram tempo de ver ao redor antes de dar de cara com meu pai. Ele se aproximou, com deleite estampado em seu rosto astuto, um sorriso pintando seus lábios. Sua presença sempre me passava tranquilidade, segurança e certeza, mas, algumas atitudes suas, especialmente em relação a Yan e Scarlett,

Aline Sant'Ana

me deixaram com um pé atrás.

 Eu o abracei. Seu perfume trouxe um toque nostálgico, remetendo à infância. Ele ainda usava o mesmo aroma, como se já fizesse parte de quem ele era. Vestindo um terno, ainda que fosse um jantar informal para a família, me irritou um pouco o fato de ele não sair do modo trabalho nem quando precisava de um tempo para si mesmo.

 — O jantar está servido, vamos? — Ele me guiou gentilmente para a sala de jantar.

 — Como vocês estão? — questionei, assim que me sentei à mesa, alternando olhares entre meus pais.

 — Eu estou ótima e feliz que você está em casa. Lua, minha querida, por favor, coma sem moderação. Você perdeu muito peso.

 — Estou bem, mamãe — disse, me servindo do purê de batatas. — Quero saber de vocês. De mim, já sabem tudo.

 A conversa foi tranquila até a sobremesa ser servida. Nina, nossa funcionária, que, por sinal, cuidou de mim durante muitos anos até que eu pudesse ser mais independente, deu um beijo na minha testa e abriu um sorriso emocionado quando murmurei que a amava, em espanhol.

 Só que tudo estava muito tranquilo. Papai não havia citado Andrew, para minha total felicidade. Talvez mamãe tivesse colocado alguns freios naquele homem, afinal de contas. Me senti leve até o final da noite, pelo menos, até que mamãe disse que ia buscar algo para mim e me pediu para ficar a sós com meu pai no escritório.

 Seu olhar se tornou quase rigoroso quando ela se afastou e nos deixou lá. Eu senti, naquele segundo, que discutiríamos. Se ele falasse mais uma vez de Andrew, eu perderia a cabeça.

 — Preciso te perguntar algumas coisas. Se importa de responder? — Aproximou-se. Sua fisionomia se tornou pouca coisa mais suave. Pouca.

 — Se for sobre o Andrew...

 — Não é sobre ele.

 — Se for sobre a minha doença...

 — Não é — interrompeu pela segunda vez.

 — O que é, então, pai?

 Ele andou em minha direção, com passos determinados e controlados. Segurou meus ombros e encarou meus olhos, quase como se quisesse me

Apenas com você

chacoalhar.

— Por que está vendo Sanders de novo?

Pisquei, atordoada por sua pergunta.

— O quê?

— Você me ouviu. — Soltou meus ombros e começou a caminhar de um lado para o outro. O nervosismo se tornou visível quando puxou os cabelos, quase como se quisesse parar de pensar. — Depois de toda a humilhação que ele te fez passar, depois de ter sido jogada na sarjeta como se não valesse mais do que um dólar. Depois, inclusive, de ele dormir com duas mulheres. O que quero entender é: por quê? De todos os homens que existem no mundo, você foi se apaixonar por um que tem uma expectativa de vida curta, que não tem responsabilidade. Nunca me intrometi, porque achei que era uma paixão sem pé nem cabeça e que duraria pouco tempo, só que agora eu vejo que, mesmo ele sendo um canalha da pior índole, você ainda se derrete por...

— Espera aí! — interrompi com um grito raivoso. — Você está supondo que passei um tempo com o Yan e me acusando de não ter amor-próprio, é isso?

— Não estou acusando, eu sei!

— Sabe o quê? O que te dizem? Ou pagou alguém para me seguir, pai?

O silêncio foi a resposta.

— Não acredito que foi capaz de fazer isso! — vociferei. — Está me controlando a esse ponto? Que obsessão é essa que criou para cima de mim?

— Eu só quero o melhor para você! Não consegue enxergar o quanto esse relacionamento é tóxico? O cara não tem o mesmo nível cultural que você, não sabe falar de política, só te envergonha na frente das pessoas. Fez o que fez e, ainda assim, você morre de amores por ele como se fosse uma qualquerzinha.

Me aproximei, ficando cara a cara com meu pai.

— Eu ainda o amo, mas não é por isso que vou defendê-lo. Ele agiu como um cafajeste, sim. Fez muita coisa errada. Mas eu também tenho culpa. Não fui honesta, porque quis protegê-lo, e advinha? Yan se machucou de todo jeito! Acontece que, de todas as ofensas que você diz, disfarçadas de sinceridade, a única coisa que senti pegar no seu ego é o fato de que Yan Sanders, um roqueiro, não fica bem nas suas reuniões políticas. Você não tem orgulho de apresentá-lo às pessoas, porque ele não vai estar na mesma página que vocês. E Yan, por mais que tenha agido de modo imaturo e impulsivo no final do nosso relacionamento, nunca me envergonhou antes disso. Agora, ele seria uma vergonha eterna para você, um homem que busca a presidência um dia. Mas, uh, claro! Isso não pode ser

Aline Sant'Ana

dito em voz alta. Os Estados Unidos da América jamais aceitariam um presidente preconceituoso, principalmente um que não gosta do fato do genro não ser um senhor-sabe-tudo-perfeito, certo?

— Não ouse falar nesse tom comigo!

— Da mesma forma que você ousou decidir, do nada, começar a tomar conta da minha vida? Nunca falou nada sobre o Yan, mas sempre deixou claro que o odiava. Como isso não foi intromissão? Sempre o fez se sentir deslocado, fez questão de desestabilizar toda a segurança que ele tinha em nós dois, a cada almoço e jantar de família. Engraçado você falar isso, pai. Engraçado você comentar sobre ousadia, quando tudo que vejo é falta de privacidade ao contratar um idiota para me seguir!

Meu sangue circulou ainda mais rápido quando mamãe entrou na sala, provavelmente ao escutar os gritos. Ela tinha uma caixa nas mãos, com um embrulho bonito e um laço de fita dourado. Seu cenho ficou franzido quando se deu conta da razão da discussão. Ela amava Yan, sempre torceu por nós e, mesmo conhecendo bem o marido que tinha, ela não reconhecia essa atitude do papai.

— Você havia me prometido que não discutiria esse assunto, Riordan. — Seu tom de voz foi impositivo, nada apaziguador. Colocou o presente em uma das poltronas e se aproximou de mim, com a mão no meio das minhas costas. — Peça desculpas para sua filha agora mesmo!

— Não vou pedir desculpas por dizer a verdade.

— Você foi rude e insensível. Sim, você vai pedir desculpas. Lua tem o direito de se envolver com quem quiser, mesmo que não seja do seu agrado.

— Tá tudo bem, mãe. Não precisa me defender. Já deixei bem claro o meu ponto de vista.

— Filha... — mamãe murmurou, tentando buscar uma solução.

— Não que te diga respeito e sei que não devo satisfação, pai. — Olhei para ele quando lhe dirigi a palavra. — Mas Yan Sanders não está comigo. Estou vendo-o, sim. E sinto muito, mas continuarei fazendo-o. Yan é integrante da banda do namorado da minha melhor amiga e isso, você gostando ou não, não irá mudar. Tire esse traste que você contratou de cima de mim e peça para ele tomar conta da sua própria vida. Aconselho você a fazer o mesmo.

Me virei, beijando o rosto da mamãe.

— O presente é um cordão, para usar e ter boa sorte.

Peguei o presente e ignorei os protestos do meu pai quando percebeu o que eu faria.

— Obrigada, mamãe.

— Eu te amo.

Respirei fundo antes de decidir ir.

— Ah, antes que eu esqueça: devolva o emprego a Andrew. Ele não merece ser colocado de escanteio porque você está sendo covarde. Ele é o melhor líder de relações públicas que você já teve. Se não tomar uma atitude em relação a isso, eu juro por Deus que consigo um emprego para Andrew com o seu concorrente na disputa do governo ou eu não me chamo Lua.

Virei as costas e fui embora.

Assim que entrei no carro, tirei o celular da bolsa e digitei uma mensagem para Yan:

"Nova York, certo? Me avisa o dia que vocês vão. Estarei lá."

Yan

Recebi a mensagem com um sorriso surpreso no rosto, embora não tivesse, naquele momento, motivo para estar feliz. Conversara com Zane, Shane e Carter a respeito do que estava acontecendo em relação a tudo, especialmente a Scarlett. Pedi, após confirmar um encontro com ela, que um dos três fosse de forma oculta. Zane optou por ir, e Shane quis também. Eles escolheram um lugar bem afastado, acima da mesa que marquei com Scarlett. O local dava a ambos a visão perfeita. Do lado de fora, nossos seguranças, incluindo Mark, estavam escoltando o lugar para privacidade.

"Tô feliz em saber disso, Lua. Vou pedir para Kizzie te mandar as informações. Se importa de ir no avião com a gente?"

Em menos de um minuto, veio a resposta.

"Sem problema. Estou ansiosa para ver a The M's pela primeira vez como um quarteto. ;)
Boa noite, Yan!"

Digitei e enviei:

"Boa noite, Gatinha. :)"

Aline Sant'Ana

— Distraído?

A voz de Scarlett me fez guardar o celular no bolso. Me lembrei de ser o mais indiferente possível e agir como se não desconfiasse dela.

— Um pouco. — Sorri. — Quero entender o motivo de precisarmos conversar mais uma vez.

— Minha presença te desagrada?

— Não, claro que não.

— Então, não precisa haver um motivo específico.

— Você me deu um.

— Sim, é verdade. Eu quero conversar com você a respeito de algumas coisas que descobri sobre o sumiço de Lua Anderson.

— Por quê?

— Acho que nos tornamos cúmplices de descobertas, não é? Você me ajudou a conhecer os meninos. E, realmente, acho que não foi justa a nossa troca. Só te dei uma informação que você iria descobrir cedo ou tarde.

— Não acho que tenha mais nada para descobrir.

Ela riu.

— Ah, querido, você está enganado.

Scarlett pegou uma pasta de dentro da sua imensa bolsa e a colocou sobre a mesa. Parei um segundo para observar como ela estava vestida: muito decote, exibição das pernas e uma saia que mostrava muita pele. Desviei o olhar, abri a pasta e tentei assimilar os arquivos que estavam à minha frente.

— Lua já estava planejando sumir muito antes da briga de vocês. — Engoli em seco devagar e comecei a olhar. Os papéis eram trocas de e-mails entre Anderson e a filha. — Ela explicava que não queria que ninguém soubesse que ela ia viajar, não até chegar o momento certo. Bem, *ainda* não sei sobre o que Lua estava falando, mas o pai do amor da sua vida sabia de tudo.

Tentei não pirar. Lua tinha me dito que ainda não estava preparada para me contar o que tinha acontecido e a razão por trás de tudo, mas não imaginava nada disso, com planos de viagem para Salt Lake City e perguntas se estava tudo bem usar o chalé dos avós.

— O pai pareceu insistir para ela não ir. Como se Lua fosse fazer algo que o desagradasse. O político Anderson é controlador quando se trata da filha. Não consigo entender a insatisfação dele ao perceber que ela estava se afastando de você — Scarlett pensou alto.

Apenas com você

Nos e-mails, Anderson dizia para a filha que ela não teria que fazer nada sozinha se não quisesse. Lua garantiu que não queria arrastar ninguém para seus problemas. Eu não consegui pensar em nada que a fizesse se isolar do mundo a ponto de não desejar nem a família por perto.

Continuei a ler, ainda sem compreender.

— Nesse e-mail — ela puxou um papel de dentro da pequena pilha de cerca de quinze folhas —, Lua deixa claro que quis te proteger, mas que precisa resolver o problema. Isso foi para a mãe, que também tem uma conta lá no escritório.

No corpo do e-mail, a mensagem dizia:

Mãe, eu preciso protegê-lo. Não dá pra fazer isso jogando na cara dele esse problema. Não agora. Ninguém estava pronto para isso, mas eu consigo resolver sozinha. Agora, eu só quero ficar bem. E, nesse segundo, me sinto péssima. Por favor, me entenda.

Meus olhos pousaram em Scarlett.

Eu não acreditava em uma palavra ou prova que saía da sua boca, mas, naquele segundo, minha certeza vacilou. Lancei um olhar para cima, sem me conter. Zane e Shane não estavam à vista mais. Eu os procurei, sem sucesso.

— Yan, quer saber a minha opinião?

— Não sei o que pensar. — Voltei a olhar para ela.

Scarlett abriu um sorriso.

— Hum, eu sei.

Um entendimento, que ia além do que poderia ser considerado um pensamento racional, mas sim intuitivo, fez os pelos do meu corpo se levantarem. Meu coração sobressaltou, o medo engolindo cada célula minha.

Pavor.

Dor.

Ansiedade.

Ela levantou e me puxou da cadeira, de modo que eu ficasse perto do seu corpo, em pé. Não entendi o que ela queria, até que sua boca, em questão de segundos, colou-se na minha. Demorei para compreender que porra estava acontecendo, mas, assim que caiu a ficha, me afastei de forma grosseira.

Mesmo com a recusa, ela continuou a sorrir.

Fiquei puto.

Aline Sant'Ana

— Você tá louca, Scarlett? — gritei.

— Lua não te merece — garantiu. — Não tendo feito o que fez com vocês dois. Ou melhor: com vocês três.

Assisti seu corpo em um vestido ousado sair de perto de mim. Ela abriu a porta do restaurante sem olhar para trás. Sem reação, não senti que meus joelhos fraquejaram, não até Zane e Shane segurarem meus braços.

— Não estávamos escutando o que ela disse, então descemos. Ela não nos viu, só que a gente ouviu essa merda. É mentira, Yan. Lua nunca faria isso, porra! Ela nunca faria mesmo! — Zane continuou falando, determinado a me incutir um pouco de razão.

Eu sabia que ele estava certo em algum ponto.

Mas por que meu coração estava sangrando como se um pedaço meu tivesse sido arrancado do peito?

CAPÍTULO 10

**Mas é claro que o sol vai voltar amanhã
Mais uma vez, eu sei
Escuridão já vi pior, de endoidecer gente sã
Espera que o sol já vem**

— **Legião Urbana, "Mais Uma Vez".**

Antes

Lua

Yan tinha viajado, e eu estava me preparando para ir para Salt Lake City. Apesar de ele estar inseguro em relação a nós dois, e mostrar isso a cada telefonema, tentei engolir a dor de sentir que o perderia. Recebi uma ligação de Andrew, querendo me encontrar. Não estava bem. Mesmo assim, me preparei para vê-lo, porque alguma coisa ou outra da campanha do meu pai precisava ser resolvida antes de eu ir embora.

Peguei um táxi. Estava me sentindo melancólica, até um pouco depressiva. Não estava conseguindo comer direito. Estar sem Yan e ir para uma cidade que desconhecia quase todos, ainda mais para tratar um câncer... bem, altos e baixos que a vida tem. Tentei com muita força ignorar sua ausência, sentindo o perfume dele nas camisas que foram deixadas no apartamento, admirando seu rosto nas nossas fotos em cada canto da casa, relembrando em sonhos os momentos que tivemos. Não queria que soasse como uma despedida, porém o medo gritava alto em meus ouvidos a cada dia que amanhecia mais perto de fazer a cirurgia.

E se eu não conseguisse?

Andrew abriu a porta do táxi para mim, sem que eu percebesse que já tinha chegado. Ele deu-me um sorriso acolhedor, sem pena, que era exatamente o que eu queria. Pagou a corrida e, quando saí, seus braços me rodearam com força.

— Quer entrar para conversar?

— Quero te abraçar por mais alguns segundos, aqui na calçada mesmo, se não se importar — murmurei, ainda abraçada a ele. — Estou me sentindo tão...

— Só?

— Com medo.

Aline Sant'Ana

— Você não sente medo, Lua. Você é uma Anderson.

Drew me fez sorrir, o que era bom, quando o sentimento maior era o pavor. Ele me deixou abraçá-lo pelo tempo que eu precisava. Quando me afastei, tocou meu rosto e me deu um suave beijo na bochecha. Foi tão carinhoso e familiar, que fechei os olhos. No entanto, no instante em que os abri, senti um flash de luz vindo do outro lado da rua. A princípio, achei que era reflexo de alguma iluminação, mas... não. Notei que havia um homem levantando e baixando a cabeça.

Em frente ao rosto, uma câmera com uma lente comprida capturava nossos movimentos.

Fiquei rígida e, entre surtar e agir com racionalidade, decidi cochichar para Andrew, ainda que o homem não pudesse nos ouvir.

— Fomos fotografados.

— O quê?

Encarei os olhos de Andrew, bem consciente de que as imagens estariam na mídia no segundo seguinte. Pânico, misturado com raiva, engoliu cada parte do meu ser.

— Andrew, isso estará na mídia daqui a pouco.

— Ele está atrás de você?

— Sim.

Andrew encontrou o homem com o olhar, que pegou a câmera e desatou a correr pelas ruas agitadas de Miami. Assisti, ainda abismada, Andrew correr como um louco atrás do paparazzo. O problema era que o cara era atlético, parecia ser mais alto do que Andrew e corria muito mais rápido. Percebendo que Andrew jamais o alcançaria, gritei seu nome, só que não fui ouvida.

Me sentei no chão.

Na calçada.

Andrew voltou minutos depois, ofegante e suado. Negou com a cabeça a pergunta que havia em meus olhos. Não, ele não conseguira recuperar as fotos.

— Andrew... — murmurei, tão cansada que minha voz saiu como se tivesse oitenta anos.

Ele se sentou, colocou o braço em torno de mim e beijou minha têmpora.

— Você acha que ele pegou algum ângulo comprometedor?

— Você só me beijou na bochecha, mas uma edição em cima disso... já seria o suficiente.

Apenas com você

— Para perder o Yan, né?

— Não consigo ter forças para lutar contra qualquer coisa agora. Preciso viajar daqui a alguns dias, começar o tratamento. Estou estressada, sem perspectiva de nada. Depois disso, sei que posso falar em todas as línguas do mundo para Yan que eu e você nunca tivemos nada. Ele nunca vai acreditar.

— Posso ligar para ele — Andrew afirmou, bem seguro. — Posso contar tudo. Confessar como eu e você nunca poderíamos ter alguma coisa.

Toquei seu rosto, e uma lágrima solitária caiu no meu.

— Você é um líder de relações públicas, querido. As pessoas não aceitam os outros como são nesse meio. Por mais que digam que é bom ter liberdade, a maldade virá. Eu não posso e nunca vou prejudicar a sua carreira. O meu pai te demitiria na mesma hora. É terrível dizer isso, mas infelizmente é a verdade.

— É do homem da sua vida que estamos falando. O que eu tenho é só um emprego.

— Sei das suas ambições, Drew. E, não, por favor, não vou te obrigar a fazer algo que ainda não está pronto para fazer. Você precisa se estabelecer. Quando tiver segurança, sei que vai contar. Agora só... eu não sei se estarei viva amanhã.

Seu abraço foi ainda mais forte dessa vez.

Naquela calçada, naquele instante, depois da maldita foto, eu soube que eu e Yan estávamos destinados ao fim.

Eu só precisava ser forte o suficiente para que aquele término não fosse o meu próprio também.

Aline Sant'Ana

Apenas com você

CAPÍTULO 11

**Everyday I wake up with my back against the wall
Anytime you get up someone wants to see you fall
If you're afraid to lose it all, you're never gonna win**

— *Bon Jovi, "Knockout".*

YAN

Estávamos nos preparando para a primeira viagem com Shane. Seguindo meus conselhos, o menino foi o primeiro chegar depois de mim, embora estivesse meio puto porque sua amiga não pôde ir. Tivemos uma conversa sobre o que aconteceu no restaurante e, pelo visto, eu teria que conversar com o outro D'Auvray também.

— Yan, você sabe que aquela mulher tá tentando te foder, né? Porra, tá visível que ela quer separar você e a Lua.

— E o que ela ganha com isso?

— Vou refazer essa pergunta: o que ela *ganha* trazendo informações para você? Se realmente forem verdadeiras, qual é o retorno?

— A minha confiança.

— Presta atenção antes de tomar qualquer atitude de merda. Não vai presumir as coisas como fiz com a Kizzie. Me arrependo de ter escutado aquele bosta do ex dela, sem conversar direito. — Zane suspirou, passou os dedos entre os cabelos compridos e me encarou com intensidade. — Seja qual for o problema que Lua enfrentou e precisou lidar sozinha, não é o que parece. Isso eu posso apostar.

— Sei que você tá preocupado pelo surto que tive na Europa, mas não dou um passo sem ter certeza de onde estou pisando. Essas coisas que Scarlett falou têm até algum sentido, só que não do jeito que ela disse. — Fiz uma pausa, olhando para Zane, que parecia angustiado como eu. — Caralho, não sei se fico mais preocupado por não saber o que é ou por perceber que Lua precisou lidar com uma porra enorme de problema sozinha, achando que ninguém poderia ajudá-la.

— Não foi um bebê, Yan.

— Não, não foi. Um bebê não seria um problema para ela, tenho certeza.

Aline Sant'Ana

— O quê, então?

— Eu não sei. — Suspirei, acabado.

Entre conspirar e ter certeza absoluta existe uma longa estrada. Provas foram jogadas na minha cara, mas acontece que eu já aprendi com o passado. Na real, as coisas não são como aparentam. Quando Lua estivesse pronta para se abrir sobre o motivo de ela ter planejado algo antes da viagem para a Europa e, o mais importante, a razão de ter feito tudo sozinha, eu estaria pronto para ela.

— Oi, meninos. Bom dia! — Kizzie nos livrou da conversa tensa, abrindo um sorriso para Zane. Em seguida, deu um beijo rápido na boca do seu noivo, antes de virar a atenção para mim. — Oliver está finalizando os preparativos para vocês viajarem. Carter e Erin estão chegando junto com a Lua. — Pausou. — Você a convidou?

— Sim.

— Tudo bem. — Kizzie pareceu um pouco incomodada. — Posso só falar uma coisa?

— Aham.

— Espero que a presença da Lua não seja uma distração para você em um sentido negativo, Yan. Esse é o primeiro show do Shane como integrante da banda, eu preciso de vocês concentrados e sem problemas à vista. — Foi direta e sincera, como a boa empresária que era.

Sorri.

— Não vou discutir a relação com a Lua durante essa viagem, prometo.

Kizzie suspirou.

— Graças a Deus! — Fez uma pausa. — Então, amor, preciso tirar uma foto sua para colocar no Instagram avisando que o show está próximo. Vem comigo.

Ela o puxou para a parte de trás do avião, já com o celular a postos. Ficamos apenas eu e Shane. Observei-o. Ele estava sentado em uma das poltronas do confortável avião, com o boné cobrindo os olhos, além de fones de ouvido enormes retumbando algum rock pesado. Embora estivesse com a música alta, sabia que, àquela altura, estava cochilando. Pelo visto, esse horário era cedo demais para ele. Além de tudo, Roxy não veio. Ele estava puto.

— Fala, Yan! — Carter me cumprimentou, de braços dados com Erin, entrando de supetão.

Meus olhos automaticamente procuraram Lua em suas costas.

Ela estava ali.

Era absurdo e surreal demais para mim o quanto essa mulher era incrível. Caralho, totalmente linda. Parece que foi desenhada a próprio punho por um artista talentoso, como se não pudesse ser minimamente imperfeita em qualquer traço. Desde a forma que seu nariz arrebitava na ponta, ao contorno dos lábios cheios, como também a maneira que seus cílios eram volumosos e mais escuros que o tom loiro dos seus cabelos.

Desci os olhos para sua roupa, mas uma coisa gritou por atenção.

Lua usava seus saltos rosa-choque, meus favoritos.

Ah, porra.

— Você está me ouvindo, Yan? — Carter indagou, com um tom zombeteiro em sua voz.

— Aham.

— Então repete o que eu disse cinco minutos atrás.

— Passaram-se cinco minutos?

— Deixa ele, Carter. — Erin sorriu e se inclinou para me dar um beijo na bochecha. Seus olhos azuis sondaram meu rosto, como se ela estivesse buscando algo. — Você está bem?

— Acho que sim.

— Tudo bem, então.

Carter se inclinou na minha direção. Pensei que fosse me dar um abraço ou qualquer coisa parecida, mas ele apenas se aproximou para dizer algo em meu ouvido:

— Não sei o que tá pegando, vou conversar com o Zane se não puder me contar agora. Se precisar de mim, vou estar nos fundos.

— Eu sei — disse para ele, assim que se afastou.

— Qualquer coisa, Yan — Carter reiterou, sério.

— Sempre, cara.

Ele foi com Erin para os fundos. Escutei Kizzie rir quando a porta se abriu. Provavelmente Zane estava fazendo palhaçada e deixando a sessão fotográfica bizarra. Não era uma surpresa.

Me levantei da poltrona, já dispersando os pensamentos. Meus olhos grudaram em Lua. Ela parecia segura de si mesma, altiva e muito disposta. Não havia uma parte que relutava sobre estar ali. Sem saber o que a fez parecer tão diferente da última vez que a encontrei, me aproximei.

Aline Sant'Ana

Nada foi dito.

Eu não vou resistir.

Próximo o bastante, segurei sua cintura com uma mão, trazendo-a para perto de modo que nossos corpos colidissem devagar. O encaixe era perfeito, nunca deixaria de ser. Hipnotizado, quase sem controle, deixei o rosto cair no vão entre seu pescoço e ombro. A ponta do meu nariz tocou sua pele quente e aproveitei para inspirar o perfume de pêssegos.

Fechei os olhos, meu corpo acendendo.

Senti quando Lua se arrepiou, quase no mesmo instante que aconteceu o mesmo comigo.

Devagar, levei a boca à pele descoberta daquela área gostosa. Lua segurou meus ombros com força, dividida entre me puxar para mais perto ou me afastar.

Ela suspirou.

Dei um beijo vagaroso em seu pescoço. Meu lábio inferior fez uma carícia na área febril e, em seguida, o superior fechou o contato, beijando-a com a ponta da língua também. Eu queria fazer isso em sua boca, em cada centímetro do seu corpo, tendo Lua amarrada na cama sem poder bloquear meus movimentos.

Apertei as pálpebras ainda mais forte, a memória me punindo. Quase senti dor quando a afastei alguns centímetros.

Suas pupilas negras admiraram meu rosto.

Caíram na minha boca.

Eu sorri de lado, preguiçoso e com vontade dela.

— Oi, Lua.

Lua

Atração física é uma coisa bem maldita, se você pensar bem. É quase como se você não tivesse controle das suas ações quando ela aparece fazendo um escândalo nos seus ouvidos. Yan Sanders, então, o rei da libido, o homem que, se tivesse um poder, seria o de controlar mentes e seduzir mulheres... Bem, era muito difícil respirar quando ele me pegava pela cintura como se eu não pesasse nada e colava o corpo malhado no meu.

Era difícil não se arrepiar quando beijava meu pescoço como quando beijava minha boca.

Apenas com você

Suspirei fundo, tentando recobrar a consciência. Tentei me lembrar das minhas mil razões. Com sorte, me afastei do seu contato e sorri.

— Oi, Yan.

— Ansiosa com a viagem? — Seu tom de voz estava mais denso que o habitual.

Yan admirou meus lábios, quase como se quisesse roubá-los para si. Umedeci-os com a língua.

— Ansiosa para ver vocês tocarem. — Lancei um olhar para trás, observando Shane. Ele parecia estar dormindo. Voltei para Yan. — Shane está preparado?

Cometi o erro de descer os olhos para Yan enquanto esperava uma resposta. Ele estava com uma calça social creme, insuportavelmente justa em cada parte importante. O cinto marrom, contrastando com a camisa social branca estrategicamente colocada para dentro e milimetricamente bem passada, me fez respirar rápido. Um homem vestido assim, uma mistura de social e casual, era atrativo demais para mim.

Quando Yan colocava seus ternos completos, então, nenhuma mulher conseguiria resistir.

A camisa foi dobrada na altura dos cotovelos. Alguns botões estavam abertos, e a sua pele bronzeada se destacava na roupa. O colar, que eu já sabia do que se tratava, embora estivesse escondido, ainda estava lá. Quis passar os dedos até que sua camisa fosse arrancada. Quis correr a ponta das unhas e assistir seus pelos se levantarem para mim. Quis...

Como se soubesse o rumo dos meus pensamentos, Yan abriu o sorriso mais convencido de todos os tempos.

— Ele tá preparado. Fiz o que pude durante esse tempo. Quis ser mais presente, mas acho que vou acabar orientando-o melhor depois. Meu poder de controle é bom em situações de crise. Espero que Shane não passe por uma. Enfim, estamos bem.

Cruzou os braços na altura do peito. E pensa em um problema imenso! Então, multiplica por dois! Era assim que eu me sentia quando aqueles músculos estavam prestes a rasgar a costura da camisa.

— Crise?

— É mais complicado do que parece.

Shane pareceu sereno dormindo e tentei me concentrar nele, mas senti quando Yan deu a volta e se acomodou às minhas costas. Ele passou a ponta dos dedos pelo meu braço nu e sua voz soou como um sussurro.

Aline Sant'Ana

— Você ainda gosta do vinho daquele produtor, um pinot noir, de Henri Jayer, certo? Foi uma das coisas que pedi na lista que Kizzie sempre faz. Quer beber uma taça comigo?

Meus lábios salivaram com a ideia de degustar o vinho de uma safra antiga e francesa. Era um dos meus favoritos da vida e Yan sabia disso.

— Claro. E qual vai ser o tópico da conversa? — Preocupada que fosse dizer sobre nós dois, desejei que tudo o que Yan falasse fosse a respeito de qualquer pessoa, menos as duas envolvidas nesse convite para um vinho.

— Vou te contar um pouco a história do Shane. — Movimentou-se pelo avião ainda parado, sem pressa de decolar. Yan parou próximo à pequena adega e retirou a garrafa que esperava por nós. Seus olhos foram até os meus. Yan não sorriu, mas havia uma curvinha na lateral dos olhos que denunciava felicidade. — Quem sabe você me dá um norte, Lua.

— Por quê?

— Você sempre foi sensitiva, sempre teve um tino para as coisas. Uma intuição que eu, um homem prático, nunca experimentei.

Respirei aliviada quando percebi que Yan tinha compreendido a deixa para não falarmos sobre nós dois. Abri um sorriso, deixando as emoções me guiarem um pouco. Yan serviu as duas taças e se sentou ao meu lado, em uma das poltronas imensas da parte da frente do avião.

Como estávamos mais maduros, como estávamos diferentes.

— É uma viagem curta — disse a Yan, no instante em que o piloto entrou para avisar que decolaríamos em alguns minutos.

— Pena, não?

Yan

Quando girei as baquetas, no início do show e senti as luzes sobre mim, pensei que não poderia estar em qualquer outro lugar. Os problemas foram excluídos da minha mente. Estava frio em Nova York, a temperatura não chegava a dez graus, no entanto, de alguma maneira, pareceu que eu tinha acabado de abraçar uma manta quente.

Bati com força nos pratos, dando início à música mais antiga da banda. Uma introdução, como se tecesse uma linha do tempo. Era uma viagem que todos nós curtíamos, principalmente por termos chegado onde chegamos.

Apenas com você

Gritos histéricos, por causa do meu rosto no telão, fizeram um sorriso se abrir na minha boca. Apesar do intenso esforço físico que era tocar uma bateria, era foda sentir o carinho do público. Ouvir as pessoas cantarem quando Carter sequer tinha entrado no palco era a prova viva de que a The M's fazia parte de suas histórias.

O show foi iniciado comigo. Gritos, pessoas pirando só pelo fato de estarem ali. Porra, surreal! Escutei meu nome em suas bocas, em coro, mostrando o quanto era admirado. Em seguida, veio Zane. Ele fez um solo tão foda que a multidão enlouqueceu. Berros mais tarde, foi a vez de Carter aparecer. Com um microfone na mão, o palco como sua segunda casa, o homem que dava voz ao nosso sonho cantou a primeira canção de sucesso da banda.

Não conseguíamos ver as pessoas, apenas sabíamos que vendemos mais de cinquenta mil ingressos. Depois de suar, me esforçar e fazer a bateria falar, lancei um olhar para o lado, procurando uma pessoa. A música foi encerrada e escutei Carter anunciar que a The M's teria uma surpresa.

Abri um sorriso para o caçula dos D'Auvray.

Shane estava nos bastidores, vestido como o seu *personal stylist* pediu: jeans rasgado, coturnos, camisa social branca de manga curta, com um colete por cima, cheio de botões abertos. Em sua cabeça, um chapéu daqueles que o Justin Timberlake usa fez de Shane uma peça única para a The M's. Nós nunca usamos nada assim e imaginei que o objetivo era formar sua própria personalidade.

Percebi que ele estava ansioso. Carter continuou dizendo várias coisas sobre sermos uma família, sobre apoiarmos uns aos outros, e chamou Zane. Passou o microfone para o irmão mais velho de Shane, que, mesmo sendo um dos caras mais duros que conheço, vi a voz grave vacilar.

— Eu vi o talento do meu irmão crescer junto com a sua vontade de ser parte de algo maior. Assisti-o dedilhar o baixo como se fosse uma extensão do seu corpo. Não é porque ele é o caçula, não, mas esse cara tem um talento foda. — Sorriu, junto com o grito dos fãs histéricos. Zane estava emocionado. — Como Carter disse, a The M's é uma família e, porra, sempre foi. Mesmo ela sendo completa, sempre sentimos que algo faltava. Não é mesmo, caras?

Aproximei a boca do microfone que ficava por ali, quando precisava ser a terceira voz.

— Com certeza — eu disse, sorrindo.

Mais gritos.

— É com um imenso orgulho no peito, com a porra da emoção andando por mim como se não pudesse me conter, que eu anuncio: Shane D'Auvray, o único baixista que a The M's poderia ter e o único que ela terá!

Em seguida, o público ficou ensandecido.

Vi Erin dar um beijo na bochecha de Shane, assim como Kizzie e... Lua. Ela o abraçou antes de ele entrar e me procurou com os olhos, com um sorriso imenso no rosto. Levantei da bateria, desejando caminhar para Lua ao invés de ir para a frente do palco, como tínhamos combinado. Lua apontou para o público e, em seus lábios, vi seu pedido silencioso: *Mostra como se faz, Yan!*

O incentivo de Lua, durante o ano inteiro que passamos juntos, se tornou um dos combustíveis para eu continuar tocando. A bateria sempre foi a minha paixão, porém, quando via Lua com aqueles olhos brilhando por qualquer coisa relacionada à banda, era como se um estalo acontecesse e tornasse tudo ainda mais especial.

Fiz o que ela pediu, desejando tanto abraçá-la que meu estômago deu um salto. Acabei me encontrando com Shane no meio do caminho ao palco. O holofote estava sobre nós e os caras. Passei o braço em seu ombro, o abraçando de lado e levando-o ao público. Seu semblante era uma mistura de descrença com euforia.

Porra, muitos gritos!

Shane foi recebido com uma emoção ainda mais histérica do que eu, Carter e Zane recebemos anteriormente. Foi ovacionado como se todos os fãs esperassem esse dia chegar. O vocalista foi o primeiro a abraçá-lo, apertando-o e dizendo palavras em seu ouvido antes de soltá-lo. Zane, com os olhos marejados, trouxe o irmão para perto. O abraço deles durou alguns minutos, o público não conseguiu parar de gritar, e eu senti que, por mais que Shane estivesse enfrentando vários problemas, a The M's era o seu lugar.

— Vem cá, moleque.

Puxei-o para mim, percebendo que Shane estava se segurando muito para não chorar. Zane já tinha perdido a batalha. E Carter? Ele tinha um sorriso imenso de satisfação no rosto.

— Esse é o começo da sua vida, Shane. É a oportunidade que você queria para começar de novo e da maneira certa. Essas pessoas acreditam em você, eu acredito em você, sua família acredita em você, o seu irmão acredita em você. E, mais importante do que todas essas pessoas, Roxanne também tem fé nesse cara que eu tô abraçando agora.

Shane ficou rígido no abraço. Se afastou e piscou.

— Agora toca esse baixo e deixa a banda te guiar.

— Yan, porra...

Apenas com você

— De nada — falei. — Ao trabalho.

Dei dois tapas em suas costas e acenei para o público antes de voltar à bateria.

Olhei para a lateral do palco, onde o público não podia ver.

Lua, Erin e Kizzie estavam com lágrimas escorrendo pelo rosto.

Admirei Lua por um minuto ou dois.

Mas havia alguém ao lado delas.

Ah, sim.

Nossa família estava completa.

Lua

Toda vez que eu assistia aos meninos tocarem, era uma emoção diferente. Mas, naquela noite, foi mais do que especial. Eu e as meninas deixamos as lágrimas caírem, porque a energia foi impressionante. Desde o anúncio de Shane até o momento em que Roxanne apareceu escondida nos bastidores — um plano dela e de Kizzie — falando que está namorando e o menino é meio ciumento, então, precisou mentir para estar ali. Além de tudo, surpreenderia Shane no segundo em que ele saísse do palco. Escondidas com Roxy, vimos Carter homenagear Erin com *Masquerade*. Zane cantou uma música e disse o nome da Kizzie ao invés de baby. Shane brilhou no baixo, fazendo uma performance inesquecível, e, os meninos, Carter e Zane, estavam iluminados também.

E tinha Yan.

Meu Deus, havia uma aura em torno dele.

Yan parecia imbatível, como se nada pudesse contê-lo. Sua força no palco foi descomunal, o baterista da The M's era irresistível. Tentei não me concentrar nos braços imensos, não ficar imersa na magia apaixonada que era estar encantada por um homem como ele. Tentei, de verdade, não me lembrar de como éramos perfeitos juntos, cacei todas as desculpas que inventei para mim mesma, lutando para não deixar meu coração acelerar por Yan Sanders.

Acontece que eu já estava apaixonada por ele desde o momento em que me beijou no meio das arraias, em que me prometeu com os olhos que faria coisas incríveis comigo. Eu sempre amaria Yan Sanders. Passasse o tempo que fosse, as circunstâncias que ocorressem... o que era difícil saber e reconhecer, depois de toda a dor que proporcionamos um ao outro.

Aline Sant'Ana

— Meninas — Erin chamou, puxando-me pela mão em direção ao camarim.
— Eles estão prontos.

Kizzie foi na frente, Erin, em seguida e eu, atrás com Roxy. Me perdi no meio de um labirinto de corredores estreitos e uma equipe imensa lidando com a repercussão de um dos maiores shows que a The M's já fez em Nova York. A noiva do Zane abriu a porta e, assim que o fez, escutamos as risadas dos meninos. Eles tinham tomado banho, e havia um cheiro maravilhoso da junção dos seus perfumes masculinos. Kizzie foi abraçar Zane, e Erin fez o mesmo com Carter. Em seguida, Roxy saiu de trás de mim e, para a surpresa de todos, correu até Shane. Foi uma cena que eu não esperava. Ela pulou no colo dele, passando as pernas em torno da sua cintura, e o abraçou tão apertado que Shane não teve alternativa a não ser colar as mãos na bunda dela, enquanto ria de felicidade. Escutei um: "Caralho, o que você tá fazendo aqui, Querubim?", antes de Roxy sair do colo dele e dizer: "Eu vi todo o show. Puta merda, foi incrível! Mas vou te contar tudo, só não tenho muito tempo". Em seguida, puxou-o para longe.

Uau!

Depois da chuva de emoções, fiquei parada na porta, admirando quem fazia meu coração acelerar.

Yan estava sem camisa; era o único que ainda não tinha colocado toda a roupa.

Meus olhos desceram para seu corpo, as tatuagens, os músculos perfeitos nos quais ele trabalhou durante a minha ausência. O V profundo descia para a calça social preta e baixa, com um cinto de couro. Descalço, com os cabelos bagunçados, úmidos e mais escuros do que geralmente eram, seus olhos claros se destacavam. Ainda tinha aquele sorriso branco e perfeito que eu adorava.

Ah, Yan Sanders me faz desejar ter um ventilador portátil na bolsa.

Ao invés de eu ir até ele, Yan veio até mim. Seus passos estavam calmos, calculados, era como se ele soubesse o que fazer comigo. Engoli em seco devagar, procurando a racionalidade em meio a essa noite intensa. Era como se o fato de ser um roqueiro mundialmente conhecido tornasse as coisas mais difíceis, o deixasse menos humano e mais endeusado. Impossível ser contido. Impossível não ser desejado.

Yan colocou a mão na lateral do meu rosto quando chegou perto o bastante. Seu polegar traçou a minha bochecha, seus olhos estudaram meu rosto. Não fechei as pálpebras para sentir, como eu queria. Apenas encarei Yan, esperando pelo que viria a seguir.

Fraca.

Apenas com você

Louca por ele.

Sua respiração saiu pelos lábios, tocando meu rosto. Ele tinha cheiro de menta, misturado ao seu perfume intenso com um fundo de sândalo.

Um arrepio subiu pela minha nuca.

— Gostou do show? — indagou baixinho.

Escutei a risada de Shane em algum lugar. Meus olhos desviaram para o grupo, e todos estavam entretidos demais para prestarem atenção em nós.

— Eu achei mágico. — Deus, Yan Sanders era bonito demais para o bem de qualquer pessoa. — Vocês foram incríveis. A apresentação do Shane foi tão emocionante. Fora as músicas que vocês tocaram, todos os sucessos, com solos de baixo para focar nele. Foi lindo, Yan. Estou feliz de ter visto isso de perto. E vocês estavam muito gostosos. — Brinquei no final, de leve.

Ele não gostava de receber elogios. Quer dizer, gostava, mas não sabia o que fazer com eles. Então, suas bochechas adquiriam um leve tom rosado, o que era tão contraditório quando me lembrava do que esse homem era capaz de fazer entre quatro paredes. Acabei dando um sorriso quase ao mesmo tempo em que Yan sorriu também.

Memórias do nosso passado vieram à tona. Eu juro que não quis ser impulsiva, mas não consegui. Yan, durante o nosso relacionamento, sempre foi o mais certinho. Eu fui a louca que fazia bagunça. Por um segundo, não pensei em nada, só desejei ser a Lua de antes, a mulher por quem ele tinha se apaixonado, a mulher que não tinha se quebrado. Mesmo que não pudéssemos agora, mesmo que não tivéssemos nos recuperado, eu ousei.

Puxei o seu celular do bolso, desbloqueando com a senha que eu já sabia. Yan não tentou me impedir, apenas riu e balançou a cabeça. Acessei sua agenda e encarei seus olhos. Ele tinha que responder umas perguntas para uma revista, depois ler um contrato da banda e ver sobre os patrocínios que a Kizzie conseguira.

Apaguei todos os afazeres do dia.

Yan abriu os lábios, chocado como sempre ficava quando eu fazia essa rebeldia. Para ele, um homem tão regrado, era difícil não ter um planejamento do que fazer em seguida.

— Você apagou a minha agenda de hoje?

— Não é a primeira vez que faço isso.

— Não, não mesmo. — Ele riu. Aquela risada melodiosa e gostosa, que você até colocaria no toque do celular. Me encarou incrédulo, os olhos da cor de céu nublado brilhando como se tivessem acabado de ver o sol. — Meu Deus, Lua.

Aline Sant'Ana

— Coloque uma camisa. Nós vamos sair daqui — avisei.

Yan se aproximou, tocou minha cintura e colou os lábios na minha testa.

Fechei os olhos.

— Eu iria para qualquer lugar com você, Lua Anderson — falou, rouco e baixinho, todo o sentimento brincando nos tons da sua voz.

Quando moveu os lábios, senti uma leve cócega pela vibração, além do beijo suave que deixou ali.

Meu sorriso se alargou quando Yan avisou aos meninos que íamos sair. Antes que ele pudesse me arrastar dali, a porta se abriu, e o que eu vi me fez abrir um sorriso ainda maior.

Os pais de Zane e Shane estavam ali.

— Mãe, caralho! — Zane gritou e quase pulou nela. Depois, foi para o pai, com a mesma empolgação.

Eles começaram a rir.

Shane, parecendo ter escutado a movimentação, veio ofegante pela surpresa. Roxy estava com um sorriso no rosto e nada chocada com os D'Auvray. Quando ela me olhou, entendi tudo. Ela sabia que eles viriam.

— Mãe, pai? — Shane murmurou, emocionado.

Zane se soltou da mãe e deu espaço para o irmão receber o carinho das pessoas que mais o amavam.

— Não poderíamos perder o seu primeiro show. Você estava lindo! — Charlotte, mãe dos meninos, disse.

— Eu não poderia estar mais orgulhoso de você, filho — o papai D'Auvray falou, com lágrimas descendo por seu rosto.

Shane abraçou os dois ao mesmo tempo, enquanto chorava.

Vi ali o quanto a aprovação dos pais era importante para ele. Contra todas as coisas que Zane já disse, a respeito de Shane não se importar com ninguém além de si mesmo.

— Eu amo vocês pra caralho — Shane finalizou, a voz trêmula.

Eu e Yan ficamos parados ali, namorando aquela cena. Só saí do transe quando vi Yan puxar a camisa, pegar chave com um dos seguranças e entrelaçar nossas mãos.

— Vamos?

— Sem dúvida.

Apenas com você

Yan me arrastou para fora.

Foi aí que percebi que seríamos apenas nós dois.

E eu não conseguia parar de sentir meu coração bater com força no peito.

Felicidade ou medo?

Um pouco de cada, por favor.

Aline Sant'Ana

Apenas com você

CAPÍTULO 12

So hold me when I'm here
Right me when I'm wrong
Hold me when I'm scared
And love me when I'm gone

— 3 Doors Down, *"When I'm Gone"*.

Antes

Lua

Sentada no sofá da nossa sala, observando tudo arrumado e limpo, além das malas prontas para a viagem a Salt Lake City, pensei sobre como tudo era passageiro. O ano que estive ao lado de Yan — bagunçando seu cabelo, seus ternos caros, sua vida — foi de um aprendizado maravilhoso. Nunca pensei que pudesse amar alguém assim, como também nunca pensei que pudesse ir contra o meu pai apenas porque queria lutar por um relacionamento. Sempre agi da forma que todos esperavam. Mesmo sendo meio rebelde, fazendo algumas coisas impulsivas, fui regrada em uma série de atitudes que não passavam daquilo. E agora eu estava deixando tudo de lado, toda a luta que enfrentei por Yan, porque eu não podia deixá-lo estragar sua vida por minha causa.

Eu queria ficar bem. Sem isso, como poderia me doar para outra pessoa? Como poderia fazer o relacionamento dar certo? Como poderia jogar Yan na mesma incerteza que eu estava?

Meu celular tocou. Era Erin. Atendi, sentindo que ela estava preparada para me dar um sermão de horas.

— Amiga, o que está acontecendo? — *Foi sua pergunta direta e angustiada.* — Você e Yan não vão se entender?

— Como podemos nos entender quando ele viu uma foto minha com o Andrew, e, sem sequer me perguntar, já saiu beijando a primeira menina que encontrou?

— Lua, a insegurança dele tem cabimento e base.

— Eu sei que tenho culpa, mas.... Por favor, Erin, se for para me crucificar, eu prefiro que a gente mude de assunto.

— Só preciso entender o que está acontecendo com você.

Aline Sant'Ana

Suspirei fundo, disposta a contar pelo menos um pouco o que eu estava enfrentando.

— Descobri uma coisa que, quando você voltar para Miami, será a primeira pessoa a saber. Não me sinto bem para conversar sobre isso agora. — Fiz uma pausa. — O meu comportamento em relação ao Yan, durante as últimas semanas, tem tudo a ver com o que estou enfrentando, Erin. Não digo que estou agindo certo, escondendo dele, de todo mundo, mas também sei que não quero deixar todos preocupados com algo que nem sei como irá se desenrolar. Não quero ninguém carregando um problema que não lhe pertence, e isso inclui você.

— Meu Deus! — Ela suspirou, horrorizada. — O que é? Vou largar tudo para ir até você! Onde já se viu...

— Erin, pare aí. Eu te contei, porque confio em você. Não disse tudo, porque sei que precisamos de tempo para conversar, e eu vou te ligar para falar, mas quero que saiba e que entenda que preciso fazer isso sozinha.

— Não consigo entender. — Pude ouvir que ela começou a chorar. Mordi meu lábio inferior, soltando lágrimas tardias também. — Não consigo entender por que não deixa as pessoas que te amam te ajudarem e cuidarem de você.

— Preciso passar por isso sozinha, meu amor. Preciso me resolver. Preciso arrumar a minha saúde, a minha vida, e, nesse momento, eu perdi o Yan de qualquer jeito. Seria mais fácil ele lidar com o término do que com a possibilidade de...

— Saúde? Lua, você está me deixando apavorada!

— Querida, sei que é difícil, e sei que você me ama. Eu também amo você. Mas preciso que me prometa que não vai deixar transparecer que sabe de alguma coisa, para ninguém. Também preciso que me prometa que não virá até Miami voando, porque eu quero que você siga a sua vida e que... cuide do Yan por mim. Enquanto eu estiver fora, não deixe que ele fique mal. Preciso que seja mais forte do que eu, mais forte do que o Yan, preciso que o seu amor por mim não a deixe ser irracional, como fez durante sete anos em que se absteve da sua própria vida porque achava que a minha felicidade era outra.

— Lua...

— Não, Erin. Não vou permitir que mova um músculo por isso. Você já fez demais, já se doou demais. Não apenas por mim, mas por tantas pessoas. Nesse momento, quero que pense em você, na vida incrível que está tendo, no homem maravilhoso que tem ao lado e no seu amigo Yan. Quero que pense que você precisa ser a âncora que segura todos juntos, porque eu sei que você é.

Estávamos as duas chorando. Era difícil para ela, e era difícil para mim também.

Apenas com você

— Você está me pedindo para mentir para o homem que te ama. Também está me pedindo que minta para Carter. E Zane, meu Deus...

— Não quero que minta, apenas omita o que sabe.

— Eu... comentei que você emagreceu demais, mas aparentemente ninguém está focando na parte da sua saúde... Eu... eu...

— Emagreci pela alimentação, juro pra você... Vou ficar bem, meu amor. Vamos entrando em contato. Mas me prometa que vai agir como se essa ligação não tivesse existido. Ou que, pelo menos, nós nunca falamos sobre o que realmente conversamos. Quando eu te ligar, se estiver perto de uma pessoa, fale comigo como se a ligação fosse a primeira que recebeu, tudo bem?

— Eu prometo, Lua.

Fechei os olhos, grata por tê-la em minha vida.

Desde criança, eu a protegia dos insetos, dos meninos malvados, das garotas invejosas, das situações adversas. Acontece que, naquele momento ao telefone, por mais que nós duas estivéssemos mergulhadas em lágrimas, senti que minha melhor amiga conseguiria. Que ela protegeria a si mesma, como a mim também.

— Eu não poderia enfrentar esse monstro sem a minha melhor amiga.

— Eu prometi, mas ainda não compreendo, Lua. E, não, você não vai enfrentar nada sozinha. Mesmo que não me permita estar com você, saiba que ficarei sempre em pensamento.

Desligamos depois de mais alguns minutos. Erin encerrou a ligação sentindo a mesma angústia que eu. Em seu pensamento, a incerteza sobre o porquê eu estava afastando todos ao meu redor devia ser gritante. Erin era inteligente, poderia adivinhar e eu não me livraria tão fácil.

Senti-me romper e abrir mais uma rachadura.

Ir embora com um coração partido por Yan Sanders e a falta que Erin e as outras pessoas que eu amava fariam em minha vida... era demais para suportar.

Aline Sant'Ana

Apenas com você

CAPÍTULO 13

**After my picture fades
And darkness has turned to grey
Watching through windows
You're wondering if I'm ok
Secrets stolen from deep inside
The drum beats out of time**

— *Cyndi Lauper, "Time After Time".*

Yan

Depois de tudo que enfrentamos, vê-la agindo comigo como se ainda tivéssemos algo fez meu coração bater como louco.

Havia sentimento e, porra, eu queria aproveitar hoje como se não houvesse amanhã.

Lancei um olhar para o lado enquanto dirigia, rumo a Times Square. Lua estava ansiosa. Sua perna esquerda subia e descia rapidamente e seus dedos batucavam sobre ela. Coloquei a mão em sua coxa, parando o movimento. Ela virou para me olhar, apoiou a cabeça no encosto do carro e sorriu para mim.

— Você está bem?

— Estou. Não quero pensar muito sobre o que estamos fazendo.

— Não vamos pensar, então — afirmei.

— É difícil para você, né? Sempre foi. Agir por impulso — Lua pensou alto.

Aproveitei que pegamos um sinal vermelho e admirei seus olhos. Tirei a mão do volante e coloquei seu rosto apoiado na palma, traçando carícias com o polegar. Lua era pequena perto de mim, sua face cabia inteira na minha mão. Seu sorriso se alargou, mas percebi que havia certa tristeza em seus olhos.

— Já contei o verdadeiro motivo de eu ser assim? Controlador?

— Não. — Lua parou o olhar no meu, atenta. — Também acho que não perguntei.

O sinal abriu e, sorrindo como um idiota, me desvencilhei do seu contato. Mesmo que meus olhos não estivessem mais nos dela, pude sentir Lua me observando.

Aline Sant'Ana

— Quando era pequeno, meus pais trabalhavam fora. Antes de irem para o serviço, sempre escutei algo como: cuide bem da sua irmã. Ela era cinco anos mais nova do que eu. Nunca tivemos babá ou qualquer porra assim, porque sempre fui uma criança bem pra frente da minha idade. Larguei os brinquedos cedo demais e fui para os números. Cara, eu tinha tudo para ser um engenheiro ou qualquer coisa relacionada a isso, mas o rock falou mais alto. Eu faço por amor.

— Você era um menino prodígio?

— Não sei. Me lembro de pedir de aniversário de doze anos uma agenda, porque queria começar a organizar minhas coisas. Desde então, sempre segui um cronograma, sempre me organizei em relação ao meu dinheiro, ainda que fosse uma mesada mínima, como também o tempo que dedicava para assistir TV, estudar, treinar bateria e cuidar da minha irmã. Um dia, para mim, rendia, sabe? Era chato pra caralho com o horário para comer, até para dormir. Dedicava um espaço do meu dia para aprender algo novo, também. Por isso consigo cozinhar.

— Nossa, você era uma criança diferente.

Arrisquei uma olhadela para Lua. Ela estava sorrindo. Estranho nós nunca termos tido uma conversa sobre isso.

— Meus pais nunca acharam ruim esse controle. Acabei passando a ter mais responsabilidade. Era aquele filho que lembrava se mamãe tinha de tomar um remédio, se papai tinha uma reunião importante, se a caçula dos Sanders precisava entregar um trabalho na escola. Passei a gostar de ter as coisas do meu jeito.

— Você sempre foi assim, então.

— Sempre.

— Agora a pergunta que não quer calar...

— Qual?

— E durante o sexo? Por que o controle?

— Como?

— Gato, você me ouviu.

Precisei fechar os olhos por alguns segundos. A voz de Lua dizendo a palavra sexo era foda para o meu autocontrole. Respirei e estacionei o carro próximo ao metrô que pegaríamos para a Times Square.

— Não existe uma explicação, acho. É uma questão de gosto. — Virei para olhá-la e desliguei o motor. — Gosto de dominar, de descobrir limites sexuais e desvendá-los até que tenham o máximo de orgasmos comigo. Não acho que sexo seja só atrito, sei lá. Acredito que seja um descobrimento do corpo um do outro

Apenas com você

e, principalmente, do que a mulher é capaz de fazer quando encontra seu limite. Porra, eu gosto é disso — sussurrei. — De ver uma mulher perdendo seu bom senso e descobrindo do que ela é capaz de fazer quando está ensandecida por mim. Tão louca que é capaz de gozar com um toque.

— Por que só a mulher? — indagou, a voz já afetada. — Por que nunca você?

Abri um sorriso malicioso e desci os olhos para seus saltos.

— Eu já conheço os meus limites, Lua.

— E ninguém mais vai conhecer? — A voz parecia ainda mais pesada, assim como suas pálpebras.

Deus, eu era somente um homem.

Carne, osso e amor por essa mulher.

Desafiveli o cinto e me inclinei para ela, tomando seu rosto nas mãos. Lua não esperava por isso. Ela abriu os lábios e soltou um suspiro, no mesmo instante em que meu corpo, da forma que podia pelo pouco espaço no carro, se conectava ao dela. Meu nariz raspou em sua pele, inspirando, antes de a minha boca encostar na sua para que eu a fizesse me entender.

— Na cama, eu sempre tive domínio sobre você, porque sei que nasceu para ser minha submissa. Isso não significa que nunca conheceu meus limites, que nunca desvendou meu corpo. Mesmo eu te dominando, você foi a única mulher com quem ultrapassei todas as minhas ressalvas, todas as imposições que criei, todas as paredes que fechei ao redor de mim mesmo. Então, sim... alguém, uma pessoa, pôde conhecer os meus limites: você.

— Yan...

Minha boca estava perto da dela, com saudade da sua língua na minha. Em seus olhos fechados, vi toda a rendição de que aceitaria que eu fizesse o que bem entendesse com ela. Cara, meu pau estava duro dentro da calça, não porque havia somente tesão ali, mas saudade de ter Lua e seu corpo quente ao redor do meu.

Porra, pude imaginá-la de olhos vendados, amarrada em uma cama, se contorcendo. Sua boceta molhada, rosa e exposta, pedindo que eu entrasse com meu pau bem ali, devagarzinho. Tudo que eu poderia dar a ela seria a espera, a tortura, uma brincadeira que envolveria alguns tapas, mordidas e beijos em cada área que ela sentia tesão que eu conhecia, apenas para Lua aprender como foi difícil viver em sua ausência todo esse tempo.

— Nós entramos em um acordo, e eu meio que discordo — murmurei e, com o sangue quente de tesão, passei a ponta da língua em seu lábio inferior. *Ah, que mulher suave.* Estudei suas reações: a respiração profunda, o corpo arrepiado, a

Aline Sant'Ana

boca entreaberta. — Eu seria apenas um amigo, um homem que não poderia te tocar. Certo?

Seus olhos abriram, me desafiando.

— Isso que está se passando agora entre nós não pode acontecer de verdade.

Levei a mão da sua nuca até os cabelos curtos e macios. Entrelacei os dedos nos fios grossos, puxando um pouco. Fiz o queixo de Lua apontar e, provocativamente, mordisquei. Em seguida, provoquei a língua em sua pele, sentindo seu corpo se aquecer.

Lua estremeceu e gemeu. Sorri, vitorioso.

— Não pode acontecer?

— Não *vai* acontecer — murmurou, ofegante.

— Amigos, é?

— Uhum.

Lua destravou a porta do carro de uma só vez e me deu um leve empurrão para sair. Apesar de ela não conseguir me afastar, dei espaço para que conseguisse. Apoiei o cotovelo no assento em que ela estava antes, assistindo à porta do carro bater na minha cara. Através do vidro aberto da janela, vi-a abrir um sorriso enigmático, querendo parecer forte, mas eu sabia. Toda corada, com a respiração acelerada e os bicos dos seios brigando com a blusa de manga comprida... ela me queria.

— Vamos? — Foi sua última pergunta antes de eu fechar o carro e dar o fora dali com ela.

Cara, eu teria que respeitar o seu espaço.

Mas o que a gente faz quando nosso corpo é puro incêndio?

Lua

Deus que me perdoasse.

Eu queria Yan Sanders. Talvez o medo de machucá-lo, a parte racional, não quisesse. Mesmo assim, Yan estava lá, em todos os lugares, em cada parte minha, me aquecendo, me moldando. Cada olhar que ele me dava, cada gesto, cada toque inocente, cada sugestão em seus olhos acizentados.

Os homens dominadores têm uma *coisa*.

Você sabe que o sexo com eles vai ser diferente.

Apenas com você

Está no olhar.

Tentei me concentrar no passeio. Admirei os telões da Times Square, ri com os cosplays que ficavam nas ruas e fiquei feliz em fazer algumas compras e deixar tudo no carro dele depois. As horas passaram se arrastando ao invés de voarem, porque o tesão não saía do meu corpo. Tentei relaxar e não pensar no quanto seria difícil se me deixasse levar.

Acontece que era complicado quando nossos dedos se encostavam, quando Yan se aproximava para falar algo em meu ouvido, quando ele me tocava na cintura para me guiar para um lugar ou outro.

Eu vou conseguir.

Me senti vitoriosa quando pegamos o metrô de volta até o carro, conversando sobre trivialidades, a vida, músicas, e o tempo. Aliviada por ter resistido, nem acreditei quando vi Yan dirigir em direção ao hotel em que todos estavam hospedados. Pensei que poderia correr até o meu quarto, me trancar ali, ligar o ar-condicionado e fingir que a temperatura gelada era para aproveitar ainda mais o frio de Nova York no inverno e não para sair correndo do calor que Yan me dava.

Olá, banho frio. Quanto tempo. Como vai?

Entramos no elevador.

Meu Deus, faltava tão pouco.

— Amanhã voltaremos para Miami. — A voz de Yan estava grave demais.

— Sim.

Ele ficou em silêncio.

Me obriguei a olhá-lo.

De frente para mim e de costas para as portas do elevador, encarando-me sério, seus dedos compridos e grossos começaram a desabotoar a camisa social. Um botão por vez. Seu semblante não denotava nada além de determinação e coragem. Yan umedeceu os lábios com a ponta da língua quando a última casa se foi, exibindo o peitoral e sua barriga perfeita.

Pensei, por um momento, que aquilo era fruto da minha imaginação. Sabe quando você imagina um cara gostoso fazendo um strip-tease? Parecia surreal demais! Yan Sanders, todo controlado e regrado, tirando a roupa dentro de um elevador, em um hotel caríssimo, que com certeza tinha câmeras de segurança?

O sexto andar piscou e continuou a subir.

Caramba, o homem enlouqueceu!

E se alguém aparecesse?

Aline Sant'Ana

Com os lábios abertos em choque, assisti Yan desafivelar o cinto como se soubesse o tempo exato que o elevador levaria para chegar ao andar reservado à banda. Não duvidava que soubesse mesmo. Era como se ele tivesse certeza de cada passo, porque o cinto se foi, serpenteando no chão, não se importando com seu destino.

Um instante depois, o baterista da The M's se desfez da camisa e ficou com o torso nu e bronzeado à minha disposição para olhar. A frase de Nietzsche em seu ombro me fez recordar do instante em que ele me contou sobre ela.

"E AQUELES QUE FORAM VISTOS DANÇANDO FORAM JULGADOS INSANOS POR AQUELES QUE NÃO PODIAM ESCUTAR A MÚSICA."

Da mesma maneira que o trecho de Romeu e Julieta, de Shakespeare, em sua costela. Lembrava-me perfeitamente que, depois de transarmos pela primeira vez, eu a li em voz alta.

"ELA É BELA DEMAIS PARA SER AMADA E PURA DEMAIS PARA ESSE MUNDO. COMO UMA POMBA BRANCA ENTRE CORVOS, ELA SURGE EM MEIO ÀS AMIGAS. AO FINAL DA DANÇA, TENTAREI TOCAR SUA MÃO, PARA ASSIM PURIFICAR A MINHA. MEU CORAÇÃO AMOU ATÉ AGORA? NÃO, JURAM MEUS OLHOS. ATÉ ESTA NOITE EU NÃO CONHECIA A VERDADEIRA BELEZA."

Encarei-o, sem saber o que fazer.

Yan retirou o cartão de acesso ao seu quarto do bolso, como também a carteira e o celular. Me estendeu, para que eu segurasse, em um aviso silencioso de que não ia parar tão cedo. Seu próximo movimento: o botão da calça foi aberto por seus dedos ágeis. Sem tirar a pupila dilatada da minha, antes de puxar a peça para baixo, Yan arrancou seus sapatos. Suas roupas foram se acumulando no chão do elevador.

Vigésimo quinto andar.

Minha sanidade se perdendo peça a peça...

Ele estava excitado e muito pronto quando desceu o zíper e exibiu seu corpo seminu, em uma cueca boxer vinho. Pude finalmente ver as tatuagens novas. Não consegui prestar atenção em todas, era informação demais vê-lo de cueca. Para que existe um homem tão gostoso assim? Engoli em seco devagar, perdida em uma mistura de extâse, fascínio e dúvida.

A porta do elevador se abriu.

Trigésimo sétimo andar.

Apenas com você

O nosso.

Yan deu um passo atrás, sem se preocupar com as roupas. Ele percorreu os dedos pelo cabelo, jogando-o para longe dos olhos. Com um sorriso safado, apoiou as duas mãos na abertura do elevador, impedindo-o de fechar. O barulho suave do bipe, avisando que o caminho estava ocupado para o elevador seguir seu destino, me tirou um pouco do transe.

— Estou te dando a chance de controlar o que vai fazer em seguida. Você pode descer por esse elevador, esfriar a cabeça na recepção e fingir que isso nunca aconteceu. Tomar um drink e pedir para a recepcionista chamar as meninas para te acompanharem, também. Se fizer isso, eu nunca mais vou encostar um dedo em você. Serei seu amigo, seu colega, seu conhecido ou qualquer porra assim. — Suspirou fundo, a voz intensa, e ainda segurando as portas metálicas. — Agora, você pode me seguir, me deixar tocar você, torturar você bem gostoso, beijar, morder e prender você. Descobrir novos limites e ultrapassá-los. Permitir que eu seja o homem no controle do seu corpo e o único capaz de transformá-la em uma junção de orgasmos dos quais perderá a conta. E, com isso, eu poderia mentir, dizer que, se aceitasse o convite, ainda me manteria afastado. Mas não sei se consigo garantir uma mentira. Sou sincero, Lua. Se você vier comigo, eu ainda vou lutar por você. Nem que seja a última coisa que eu faça.

Yan se afastou da porta e, alguns segundos depois, ela se fechou devagar.

Tentei processar tudo que ele disse em questão de segundos, passando pelas partes mais importantes depressa, com medo de tomar a decisão errada.

E se tudo der errado?

E se eu o machucar?

Apertei o botão que abria o elevador. Meus olhos se conectaram aos de Yan. Era como se ele não tivesse dúvida do que eu responderia, mesmo que seu sorriso tenha se alargado ao me ver, ainda que tenha prendido a respiração por um segundo.

Ele não vacilou.

Estendeu a mão.

— Você vem?

Sem pensar, segurei.

E fui.

Aline Sant'Ana

YAN

Meu Deus!

Em silêncio, caminhei com Lua até o meu quarto. O corredor estava silencioso e o tapete, confortável embaixo dos meus pés. Pensamentos de que essa era a primeira vez em tempos que teria Lua, podendo amá-la, podendo demonstrar que nada entre nós dois estava perdido, surgiram como uma avalanche.

Medo.

Ansiedade.

A certeza de que eu não queria ninguém nesse mundo além dela.

Lua me entregou a chave de acesso, e destranquei a porta. De costas para o quarto, virei-me para ela, analisando seu comportamento, prestando atenção se havia algum traço de arrependimento.

Não havia.

Lua fechou a porta às suas costas e sabia que dali não havia mais volta.

— Senti falta de muitas coisas, Lua. Mas te beijar, sem dúvida, foi a mais gritante delas — murmurei.

Estudei com o olhar seu corpo. Lua estava respirando rápido, as bochechas coradas, os lábios entreabertos. Quase fui capaz de ouvir as batidas altas do seu coração. Pude acompanhar o ritmo acelerado do seu sangue circulando, bem naquele ponto doce do seu pescoço.

Ela estava excitada, entregue, perdida por mim.

Aquela mulher altiva se tornava tão minha, tão rápido.

— Então me beija.

Porra!

Os passos foram poucos, porém suficientes para alcançá-la. Uma mão foi para sua cintura, puxando-a para perto. *Deixa-me te sentir.* Com a outra, tracei a linha do seu maxilar com o nó do indicador. *Você é linda.* Sua respiração bateu nos meus lábios quando seu rosto subiu, todo o controle sexual sendo necessário para não tomá-la como um louco.

Puxei seu lábio inferior para baixo, abrindo sua boca. Lua manteve os olhos abertos, a vontade brincando em suas pupilas. Ela passou a ponta da língua no lábio superior, enquanto seu inferior se manteve preso ao meu polegar. Me inclinei em sua direção e, tão lento quanto o ponteiro dos minutos, tracei a abertura da sua boca com a minha, beijando de leve. *Que saudade dessa boca.* Sua temperatura era quente, a ponta do seu nariz estava gelada, e a contradição fez cada pelo do

Apenas com você

meu corpo se erguer em alerta.

Como fiquei tanto tempo sem essa mulher?

Minha língua não esperou sequer um segundo para saborear a dela. *Seu sabor.* Escutei Lua soltar um suave gemido quando a ponta pediu permissão para entrar. Dei a primeira volta em nosso contato, me arrepiando inteiro ao senti-la, ouvindo meu coração nos tímpanos. Molhado, doce, delicioso. Nunca quis tanto alguém em toda a minha vida. *Eu te perdi. Mas você está aqui.* Beijei-a, como da primeira vez, traçando nossas línguas em um círculo profundo e lento, relembrando-a da nossa química.

Mordi sua boca e a senti derreter em minhas mãos, na língua. Lua não esqueceu como é me beijar. Ela sabia bem. Eu ditava o ritmo, ela cumpria as promessas. O amor zanzava entre nós em espiral, por baixo, por dentro, fazendo nossas línguas brincarem uma com a outra. Mordi-a nos lábios. Em seguida, suguei sua língua com os meus, beijando-a tanto e tão doce...

Quase sorri.

Meu pau estava latejando e pedindo para que eu não demorasse como sempre fazia. Pude sentir, como ondas, o tesão descendo do umbigo, acariciando as bolas e pairando na cabeça do membro, contorcendo-me com um prazer gostoso, um prazer de pura saudade.

Era como se fizesse décadas. A saudade tornou o beijo quase agonizante para mim, junto à vontade de tê-la. Segurei-a mais forte. Minha língua foi mais fundo, tomando tudo, não escondendo nada. *Sou todo seu.* Uma agonia de desejo misturado com desespero de jamais permitir que Lua fosse embora dos meus braços. Eu sabia que não poderia levar esse pensamento adiante, porque essa era uma noite de prazer sem garantias. Lua só precisava do meu corpo, e não do homem que ela chegou a amar.

— Yan? — sussurrou no meio do beijo, me procurando.

Fechei os olhos com força, emocionado, e beijei-a com tudo de mim, segurando sua nuca com os dedos apertados, guiando-a para o lado, de modo que pudesse tomá-la mais profundo. Minha boca consumiu a dela, o barulho do nosso beijo estalando pelo quarto, só parando quando mordiscava seu lábio inferior para provocá-la. Puxei a carne macia entre os dentes, ouvindo Lua gemer com mais força, e a calei quando minha língua novamente procurou a sua, rondando e tomando.

Quente com quente, úmido com úmido.

Ela colocou as mãos nos meus ombros, tentando me tocar, e eu delicadamente as tirei dali, prendendo seus pulsos entre meu indicador e polegar acima da sua

Aline Sant'Ana

cabeça. Perdido com sua língua brincando com a minha, mudamos a posição do beijo, e caminhei com Lua de costas para a parede, prensando-a.

Cacete.

Sem conseguir parar de provar sua boca, nossos corpos bateram um no outro. E o dela, em seguida, na parede.

Escutei-a arfar e fui beijando-a, levando os lábios por toda a pele até alcançar o lóbulo.

— Você não vai me tocar até que eu permita.

— Yan...

— Você sabe as regras, Lua. Não me faça repeti-las.

Afastei os lábios da sua orelha para encarar seus olhos.

— Tudo bem?

— Aham.

— Boa menina. — Sorri e me inclinei para beijá-la mais uma vez.

Por mais que quisesse me perder em seu sabor e na maneira que Lua fazia eu me sentir, precisei voltar à racionalidade para fazer tudo do jeito que repassei em minha mente diversas vezes. Porque, se ela se permitiu essa noite comigo, precisava ser, no mínimo, a melhor noite da sua vida.

Eu não aceitaria menos.

Coloquei a mão dentro da sua blusa, puxando-a vagarosamente para cima enquanto beijava sua boca. Lua arfou, apoiou a cabeça na parede e fechou os olhos. Fui tocando sua pele febril e aveludada, e me afastei do beijo apenas para olhar o caminho que passei a traçar com os dedos. Seu umbigo perfeito, sua pele macia e arrepiada, a cintura delicada... Quando cheguei à base do sutiã, senti que Lua ficou rígida, e não de uma maneira boa. Afastei o rosto um pouco do seu, perdido.

— Vou precisar te fazer um pedido estranho.

— O quê?

— Quero ficar com o sutiã, e você não vai poder tocar nos meus seios. Eles estão doloridos porque vai chegar o meu período... Então, ficam sensíveis e, ao invés de prazer, eu vou sentir dor.

Ela nunca precisou de nada assim. Encarei-a, tentando descobrir o que parecia tão errado em um pedido tão simples.

— Yan?

Apenas com você

Eu precisava responder alguma coisa.

— Tá tudo bem?

Segurei a barra da sua blusa e puxei-a por sua cabeça. Voltei a beijá-la, inseguro sobre falar qualquer coisa em voz alta que não soasse como uma pergunta. Optei, então, por me perder em seu corpo, na sua boca, no beijo que sofri tanto tempo por não sentir. Decidi fazer o que tinha prometido. Eu me preocuparia com as repercussões depois.

Beijei-a mais uma vez e mais outra, prometendo que tudo estava bem.

Ainda sinto tanto a sua falta.

Lua

Se Yan tirasse o sutiã, ele saberia que eu tinha feito uma cirurgia, ele saberia o que tinha acontecido comigo, e eu ainda não estava pronta.

Quando voltou a me beijar, me fez acreditar que não questionaria.

E meu cérebro ficou em branco.

Meu corpo voltou a se acender, enquanto o dele pareceu pegar fogo. Fechei as pálpebras, imersa nas sensações de prazer. Seus dedos eram metódicos e diretos, assim como ele, mas seus beijos pareciam carícias que ninguém jamais me ofereceu. Tão lânguidos, quentes e sexuais. Românticos, com aquela língua deliciosa e macia, me garantindo uma eternidade de beijos assim. Ainda que o contato fosse dominante, sempre com Yan ditando o ritmo das nossas línguas, em cada beijo, eu era capaz de experimentar um amor que nós nunca encaramos de frente.

Yan desabotoou minha calça, puxando-a para baixo sem esforço. Ele foi abaixando-se junto com a peça, encarando-me, enquanto beijava a pele exposta, a boca raspando em todos os lugares certos, me molhando. Soltei um suspiro quando Yan trilhou meu umbigo com a língua e se ajoelhou para beijar a borda da calcinha rendada.

Eu queria tocá-lo.

Cheguei a mover minha mão direita para segurar seus cabelos, mas seu olhar de alerta me fez recuar. Essa era uma das torturas que mais gostava, quase como se, para tê-lo, eu precisasse merecê-lo.

— Sua pele ainda é doce. — O tesão varreu sua voz rouca. Passou a língua na parte interna da coxa, e eu me contorci. Um choque de prazer desceu até a

Aline Sant'Ana

calcinha, deixando-a pesada. — E quente. — Lambeu mais uma vez. Em seguida, beijou, como fazia na minha boca e como já fez em outras partes do meu corpo. A lembrança fez meu corpo pulsar por inteiro.

Meu clitóris latejou e xinguei baixinho. Se ele fosse qualquer outro homem, e não Yan Sanders, teria me tocado e me dado um orgasmo com os dedos. Mas não. Yan estava beijando cada pedaço de pele que encontrava, estudando o que mais me fazia contorcer, o que fraquejava meus joelhos. Isso sem precisar tirar a calcinha dali, sem precisar arrancar toda a minha roupa.

Mordeu a lingerie, bem no meio, sem pegar a pele. Com os dentes, Yan puxou-a para a frente, de modo que o tecido entrou e tocou o meu clitóris. Me perdi no formigamento gostoso, quase vendo estrelas quando Yan começou a movimentar o tecido para cima e para baixo. Ousei encará-lo, percebendo que seus olhos cinzentos foram consumidos pelo preto. Gemi alto e, quando Yan se afastou, quase corri até ele.

Ficou de pé, a ereção atrás da boxer totalmente incontida. Yan era gigante em todas as partes do corpo, e vê-lo excitado, com todos aqueles músculos e as bochechas vermelhas pelo esforço em se conter, me fez abrir um sorriso e pensar por um momento na mulher sortuda que eu era.

Nossos olhares se encontraram.

— Vá para a cama, Lua — exigiu, com a voz baixa. Molhou a boca com a pontinha da língua e sorriu diabolicamente. — Está na hora de amarrar você.

CAPÍTULO 14

**Just let
Let my love adorn you baby, hey
Le-le-le-let it dress you down
You gotta know, baby
Oh, you gotta know
Know that I adorn you**

— *Miguel, "Adorn".*

Yan

Ela deitou, e eu me aproximei da beirada, observando-a. Tirei um tempo para admirá-la. Os cabelos loiros e curtos estavam espalhados no lençol branco, suas pernas, se movimentando, ansiosas por mim. Seus olhos não saíram dos meus, em um pedido misturado à súplica de me sentir. Inclinei-me em direção a ela e raspei nossos lábios, instigando-a. Tirei seus saltos, beijando seus pés, e enganchei os dois polegares nas laterais da sua calcinha, tirando-a completamente.

Cara, aquele corpo...

Nunca me cansaria de Lua. As dobras suaves da sua entrada molhada, o declive em seu quadril, as curvas das suas coxas, a cintura fininha, as costelas que eu queria beijar...

Com o corpo fervendo pra caralho, fui até o guarda-roupa e fiquei feliz em encontrar um lençol. Peguei-o e o abri por completo. Coloquei o lençol entre os dentes, ajudando a puxá-lo com as mãos, e rasguei-o, formando tiras. Lua não pareceu compreender o que eu estava fazendo, e não cheguei a explicar para ela. Não até conseguir quatro tiras perfeitas e confortáveis.

Subi na cama e passei as pernas para cada lado do seu quadril, sem apoiar o peso sobre Lua, me mantendo em meus joelhos. Ela umedeceu os lábios, e aproximei meu rosto. O colar desceu e beijou sua boca.

Congelei.

Era quase como se o destino quisesse que Lua visse a aliança. Aquele lembrete de que não ferraria tudo dessa vez me deixou vacilar por um segundo, não mais que isso. Porra, tê-la embaixo de mim era um pedido muito tentador para ignorar.

Aline Sant'Ana

Ela desceu os olhos para o colar e eu preferi não a assustar. Tirei a corrente, colocando-a sobre o criado-mudo. Quando a encarei, a pergunta estava ali.

— Yan?

— Shh. — Colei nossas bocas de novo.

Girei nossas línguas em um ritmo lento e perigoso. Lua mordeu meu lábio e ondulou o corpo para cima, buscando o meu. Meu maxilar endureceu, porque estava determinado a não entrar em seu corpo agora, a não dar o prazer que Lua queria. *Você me tem a noite inteira. A vida toda, se quiser.* Engoli seu murmúrio abafado, o pedido de *por favor* que saiu dos seus lábios, me desejando tanto que esqueceu de uma coisa.

— Você esqueceu, Gatinha. — Raspei meus lábios nos seus inchados pelos beijos. — Quanto mais implorar, mais demorado vai ser.

— Você não pode fazer isso.

— Porra, eu posso fazer pior, você sabe.

Lua quis rir e mordeu o lábio. Sorri e comecei a amarrar os pulsos sobre sua cabeça, prendendo as faixas na cabeceira da cama. Inclinei o corpo, beijando seus braços, passando a língua nas partes mais sensíveis da sua pele, assistindo-a se contorcer para mim, se arrepiar. Inspirei forte quando alcancei o pescoço. Agarrei seus cabelos entre os dedos em uma pressão suave e levei a boca para o ponto doce, sugando tudo que coubesse, e deixei um chupão ali. Continuei a descer, indo para suas costelas, vendo seu corpo se render quando raspava meus dentes e a língua.

Suas pernas não paravam de se mover, lembrando-me de que precisava amarrar seus calcanhares. Continuei beijando sua pele suave e já levemente salgada pelo calor, caminhando em direção ao lugar que desejava muito beijar, porém ainda não era o momento. Fui descendo as mãos, sentindo-a. *Caralho, às vezes, meu autocontrole era uma tortura até para mim.* Meu pau estava fervendo, o sangue circulando rápido, mas esse era só o começo.

Beijei suas coxas, alternando, indo para a parte interna e externa, ouvindo Lua gemer com força. Que tesão! Sem tocá-la, já sabia que sua boceta estava toda úmida, tão pronta, e eu queria prová-la. Rosnando, desci ainda mais os beijos, indo para os joelhos, me sentindo mais duro por vê-la tão pronta. Precisei sair da cama, e Lua imediatamente me procurou com o olhar. Foi a vez de amarrar seus calcanhares.

— Você ficou muito tempo sem mim — murmurei, passando as tiras e amarrando-as. — Você está bem para esta noite?

Lua ergueu uma sobrancelha.

Apenas com você

— Eu sempre estive pronta para seus castigos, Gigante.

Peguei um dos seus pés e iniciei uma série de beijos na parte de cima. Ela gemeu.

— Isso que faço com você não é um castigo.

— A espera é torturante.

Abri um sorriso malicioso.

— Hum, acho que vou ter que te recompensar.

Lua

Estava completamente presa, grata por meus olhos poderem ver Yan Sanders andando de um lado para o outro no quarto. Ele não tinha pressa. Aquele homem gostava do controle que exercia sobre mim. Além disso, ele sabia o poder que tinha. Com aquele corpo todo gostoso, com o toque na medida certa, com seus beijos lentos, me deixava tão pronta, de forma que todos os nervos do meu corpo obedeciam aos seus comandos. Eu era apenas uma marionete em suas mãos: onde ele tocava, eu respondia.

Observei Yan se aproximando com uma tira nova do lençol que rasgou. Ela parecia mais grossa e mais comprida. Fiquei imaginando o que ele faria com ela, já que eu estava toda presa. Prendi a respiração quando chegou perto o bastante da cama. Seus olhos cinzentos estavam cheios de tesão e percebi ali o quanto senti falta dessas duas vertentes da sua personalidade. Yan Sanders podia ser dois homens na cama: o romântico, que passa horas beijando cada parte do meu corpo, adulando, idolatrando; e o implacável homem que não me deixa ter um orgasmo antes que diga que é a hora certa.

Não vou mentir, eu amava os dois da mesma maneira.

Senti tanta saudade dele.

Eu não quero te machucar.

Com um pedaço da tira comprida presa na mão direita, Yan passou a ponta dela pela minha pele. O toque suave como uma pena me trouxe mais uma série de arrepios. Minha mente se calou. Me apertei de prazer por dentro à medida que Yan descia vagarosamente a faixa do meu pescoço, o meio dos seios, a barriga... até o local em que mais precisava dele. Quando chegou aos lábios, percorrendo-os com vagarosidade, dei um solavanco nas amarras.

Com o cérebro nublado de prazer, fechei as pálpebras e implorei.

Aline Sant'Ana

— Por favor...

— Você gosta disso?

— S-sim.

— Olhe para mim.

Vi-o transformar a faixa de tecido em uma espécie de cinta dobrada. Suas pupilas estavam concentradas e quentes. Todos os músculos do seu corpo pareciam tensos, preparando-o para o que ia me oferecer.

— Você tem sorte que eu não trouxe nada nessa viagem. — Yan estava falando da sua lista de utensílios sexuais. Me remexi. — Porque você estaria com tantas coisas em seu corpo que nem saberia de onde viria o prazer.

Gemi com a expectativa e as lembranças que isso me trouxe. Yan desceu seu rosto para o meu, com um sorrisinho de lado ali, até poucos centímetros restarem. Ele beijou minha boca e entreabriu-a com sua língua, desvendando com o sabor doce.

Razão, nunca nem vi.

Então, me entreguei.

Fechei os olhos, o prazer varreu meu corpo e a espera se tornou quase insuportável. O pedaço de pano percorreu meu corpo, principalmente a área úmida no meio das minhas coxas, provando que sua leveza e suavidade seriam capazes de me provocar, porém não o suficiente para me causar um orgasmo.

Sem aviso, Yan mordeu meu lábio inferior, mantendo-o entre seus dentes. A sensação de tê-lo preso me fez abrir os olhos, me deparando com os dele. Um segundo depois, senti uma chicotada forte na coxa, que me fez soltar um grito surpresa. Meu corpo respondeu ao açoite com uma vibração no clitóris, como se um coração batesse ali. Cada célula gritou por ele. A ardência ondulou até minha vagina, apertando-a. Yan estreitou os olhos, estudando-me, enquanto eu me contorcia.

— Sua pele fica linda assim. — Sua voz soou mais grave e arrastada. — Um.

Senti seus dedos passearem pelo meu corpo até chegarem à área ardida que o tecido havia tocado. Depois da carícia, que pareceu gelo sobre fogo, seu rosto desceu em direção à coxa direita. Os lábios tocaram a zona sensível. Sua língua dançou por lá, beijando com os lábios também. Gemi alto.

— Quer que te ouçam? As paredes não são tão grossas.

— Yan...

Ele riu e veio de novo. Outra chicotada. Dessa vez, na coxa esquerda.

Apenas com você

— Dois.

Estremeci por inteiro e não tive tempo de me recuperar, porque Yan deu outra, próxima demais do clitóris. Gritei de prazer, sem me conter, e o assisti, com lentidão, levar seus dedos ásperos para lá e espaçar minha vagina.

Quando ele me tocou...

— Três. — Suspirou. — Você responde tão bem. Vê? Molhadinha.

Mordendo seu lábio inferior, ele colocou o dedo médio na minha entrada, como se estivesse me conhecendo pela primeira vez. Estudou o espaço apertado, a maneira que eu o sugava para dentro, ansiosa para tê-lo. Não sabia a magia que Yan fazia, usando seus chicotes, seus brinquedos, sua dominação evidente, mas era mais difícil controlar o prazer quando brincava com minha sanidade assim. Era quase impossível saber quando o orgasmo viria, porque qualquer toque parecia ser suficientemente gostoso para me fazer gozar com força.

Sexo nunca foi assim com outra pessoa.

Só Yan sabia me tocar.

No instante em que seu dedo deslizou para fora, depois para dentro, imitando uma suave penetração, busquei-o com os olhos, dizendo-lhe em silêncio que estava perto. Gemi, e Yan estalou sua língua, em negativa.

— Quatro. — A voz veio no ambiente à meia-luz. O tecido bateu em minha pele, na lateral da barriga. — Cinco. — Mais uma, eu estava tão perto. — Você está inchada, toda vermelhinha. Vai gozar logo, logo. Isso tudo é saudade?

— Muita... m-muita...

Seu dedo saiu de dentro de mim, e o chicote improvisado caiu no chão do quarto. Yan subiu sobre mim, todo intenso, com aquela boxer não ousando esconder o volume imenso da sua ereção. Ele começou a me dessamarrar com pressa, e eu queria tanto pular em seu corpo que acredito que tenha ficado visível em meus olhos.

Pude ouvir nossas respirações ofegantes por todo o quarto.

— Puxe minha boxer para baixo — pediu, com um sorriso safado, passando a mão direita pelos fios suados do cabelo.

Mesmo que estivesse mole e excitada demais para ter controle dos meus movimentos, enganchei os dedos em sua cueca e tirei-a, dando de cara com seu imenso e pesado sexo. Eu quis tocá-lo, mas meus olhos percorreram seu corpo com toda calma, namorando os músculos duros e nos lugares certos, o bronzeado da sua pele, a maneira que sua ereção desvendava o caminho do grande V que descia por seu quadril. Seu pau era uma visão maravilhosa; ele era o maior

Aline Sant'Ana

homem que já tive na cama. O membro completamente reto, com algumas veias grossas abraçando a pele rosada, além da glande vermelha e inchada de prazer, levemente molhada...

Eu queria beijá-lo ali.

Yan se levantou por alguns segundos apenas para se livrar do resto da boxer. Curiosa, encarei a nova tatuagem que descia em direção ao seu sexo. Era a sombra de algum desenho. Em torno, uma série de escritas que não consegui ler preencheram minha visão.

— Está curiosa para ler? — Yan perguntou com a voz grave, puxando meu queixo para cima.

— Um pouco.

— Fiz depois que você se foi — falou com seriedade, passando o olhar por todo o meu rosto. — E estou preocupado se for vê-la agora. Especialmente pelo significado desta noite.

— Qual é o significado?

— Exatamente. Há um? — murmurou.

YAN

Eu sabia que não poderíamos nomear o que estava acontecendo ali. Porque, se o fizéssemos antes de nos resolvermos, seria o fim. Era sexo, por mais que eu tivesse certeza de que, se Lua me aceitou por esta noite, ela sabia que eu não desistiria.

Soltei seu queixo, deixando que ela decidisse. Por mais louco de tesão que eu estivesse, eu me seguraria. O desenho era um retrato da Lua e do Sol, se complementando. Em volta da imagem contornada, havia um trecho de Hamlet. Vi quando Lua optou por ler, por saber. Ela traçou a tatuagem com a ponta do dedo, me deixando ainda mais duro, arrepiado, e seus olhos correram pelas linhas que eram destinadas a ela.

> "DUVIDA TU QUE AS ESTRELAS SÃO FOGO,
> DUVIDA QUE O SOL SE MOVA,
> DUVIDA DA VERDADE, QUE SEJA MENTIROSA,
> MAS NUNCA DUVIDES QUE EU A AMO."

Quando voltou a me olhar, seus olhos estavam carregados de lágrimas que não ousaram cair. Ela ficou em frente a mim, de joelhos, nua. Não me tocou, mas desceu o foco por cada pedaço meu, sondando a minha alma e a verdade por trás daquelas palavras, ainda que Lua estivesse deixando claro que não havia dúvida.

Ela acreditava.

Tomei seu rosto nas mãos e guiei minha boca até a sua. Quando nossos lábios se tocaram, vi que o beijo não poderia ser calmo, tinha gosto de sexo, lânguido e com luxúria, mas, quando nossas línguas provavam uma à outra, o amor imperou.

Sua boca trabalhou na minha sem pressa. O tesão foi se acalmando naquela mulher, como se ela se entregasse ao que eu acreditava ser melhor para nós dois. Desci as mãos do seu rosto com calma para sua linda bunda, apertando-a com força de deixar marca, trazendo seu corpo durante o beijo, quase a montando sobre mim. Suas mordidas suaves fizeram um estrago na vontade que, a cada segundo, me deixava mais louco. Meu pau foi para o meio das suas pernas. Senti o quanto Lua estava molhada de prazer à medida que sua boceta me lambuzou todo, tocando o meu comprimento. Indo e vindo devagarzinho, sem entrar nela, apenas brincando com seus lábios, tomei o cabelo de Lua na mão, puxando. Seus olhos reviraram por trás das pálpebras. A razão mandou eu me foder e partiu.

Meus sons estavam altos, eram gemidos roucos, assim como os dela.

— Yan. — Enquanto cavalgava meu pau, buscando outro beijo com a boca, ela se perdeu no meu nome.

— Me toca. — Minha voz saiu como se minha garganta tivesse queimado no inferno.

Não levou nem meio segundo para ela agarrar meus ombros, descer para o meu peito e tocar minha pele. Ser sentido por seu toque macio era um dos meus maiores prazeres, por isso sempre o adiava o máximo possível. Vibrei num grunhido forte, bruto, quando as pontas dos seus dedos desceram pela minha barriga, arranhando. Minha boca raspou na sua e, quando abri os olhos, aquele anel marrom-esverdeado estava me encarando.

Nada precisou ser dito.

Lua se afastou um pouco e virou de costas para mim na cama. De joelhos, foi se abaixando e revelando-se. Quando ficou de quatro, olhou por cima do ombro. Admirei seu corpo projetado para o meu, a sua linda bunda, a boceta rosa...

Separei as nádegas bem. *Que visão, porra!* Ousei sorrir antes de descer o rosto e dar uma mordida bem suave, para depois torná-la forte. Ela gemeu, e coloquei um dedo em sua entrada, enquanto me abaixava devagarzinho para beijá-la no clitóris.

Aline Sant'Ana

— Ah, Yan... — Eu sabia que ela estava pronta para gozar.

Chupei seus lábios, passando a língua em torno, fazendo um círculo demorado em toda a volta. Ela começou a gemer com mais força, e meu dedo foi fodendo-a demoradamente enquanto isso. Assisti-a apertar o lençol com os dedos, e suas pernas começaram a tremer. De leve, brinquei com seu clitóris com o polegar, ao mesmo tempo em que meu dedo médio entrava nela com precisão. Lua estava se contorcendo toda em torno de mim, e aquela cena, dela se entregando a um orgasmo gostoso, eu jamais iria esquecer.

A onda veio, e Lua jogou a cabeça para trás antes de se entregar, empinando ainda mais a bunda. Chupei com força e parei apenas para que ela alongasse o orgasmo enquanto estocava-a com o dedo. Lua foi amolecendo pós-prazer. Peguei-a pela cintura e virei-a na cama, deixando-a embaixo de mim. Fui para cima do seu corpo, prendendo seus pulsos sobre a cabeça firmemente.

Ela me encarou.

Lua mordeu o lábio inferior e espaçou as pernas.

Porra, que convite!

Sorri.

Lua

Em cima de mim, Yan prendeu meus pulsos com apenas uma mão e, com a outra, levantou minha perna direita, apoiando-a em seu ombro. Encarei seu semblante concentrado e dominador. Ele sabia que poderia fazer o que bem entendesse comigo, sabia que eu estava entregue. Eu ainda estava tentando processar o que a tatuagem significou para mim, mas já tinha feito um grande estrago em meu coração e em todas as tentativas falhas de me manter afastada de Yan.

Como agora.

Eu tentei, né?

Com cuidado, Yan segurou seu pau, passeou-o pelos lábios, e colocou-o vagarosamente em mim, buscando um espaço. Fazia tempo desde que o tinha sentido, que o desejo me engoliu ainda mais forte pela expectativa.

Seus olhos semicerraram.

Yan Sanders era lindo e gostoso demais.

Não havia espaço entre nós. Senti seu longo sexo me preenchendo como só ele poderia, doendo um pouco por ser grosso, mas era o encaixe perfeito. Yan se movimentou quando chegou ao fundo, devagar, de modo que seu sexo sempre ficava boa parte para fora. Para ter certeza de que eu estava bem, estocou apenas uma vez, me fazendo sentir o formigamento de prazer, atiçando-me toda por dentro.

Caramba!

Com os pulsos presos, sem poder tocá-lo, tudo que pude fazer foi apreciar seu lindo corpo se esforçando para se segurar. Respondi a Yan com um gemido, e ele acariciou a perna que estava sobre seu ombro. Foi descendo a mão, com carinho, até brincar com meu clitóris com a ponta dos dedos.

Tremi.

— Hum — gemeu, molhou a boca e desceu os olhos para admirar onde estávamos conectados.

Mantendo minha perna em seu ombro e meus pulsos em sua prisão, o quadril de Yan começou um vaivém rápido, enquanto seus dedos me atiçavam na medida certa. Os cabelos cobriram seus olhos, e sua boca ficou entreaberta pela sua respiração, que acelerava. Ele era tão lindo. O prazer que veio atrás do meu umbigo, descendo com vontade pelo clitóris, me fez perder o raciocínio.

— Olhe para mim — Yan pediu. — Olhe o que estou fazendo com você.

Mordi o lábio e encarei-o.

Ousado, Yan se forçou em meu corpo, estocando além do muito rápido e com muita força. O barulho do impacto foi tudo que pude ouvir. Cada vez que Yan descia em mim, o som de um tapa soava pelo atrito. Uma camada de suor se formou, meu corpo inteiro maluco por aquele homem, todos os pontos certos ardendo de saudade. Com os pulsos presos por sua mão, a pressão dali descia exatamente para onde ele estava fodendo, tão delicioso que meus olhos se fecharam mais uma vez.

— Caralho, que apertada. — Suspirou fundo.

Escutei a cama rangendo e abri os olhos. Yan estava me encarando profundamente, com uma intensidade de um sentimento que não pude resistir. Ele girou os quadris, rebolando dentro de mim, tocando um milhão de pontos certos. Gritei seu nome sem me importar com nada, bêbada dele, e me esfarelei em mil partículas quentes de um orgasmo longo demais, que durou minutos inteiros.

Yan, de repente, me soltou e me virou novamente de quatro, mas, dessa vez, ao invés de sua boca me prestigiar, foi seu sexo que entrou em mim.

Aline Sant'Ana

Um tapa estalou na minha bunda, e foi tão doloroso que meu clitóris se acendeu com o alerta. Gemi e gritei seu nome mais vezes, me sentindo piscar por dentro, toda acesa, molhada e latejante. Yan apertou minhas nádegas, com a força de seus dedos ásperos, e o movimento do seu quadril me fez quicar naquele contato. Apertei os travesseiros que encontrei e enfiei a cara em um deles para gritar conforme uma nova onda de orgasmo me consumia, arrebatando-me mais para recebê-lo. Yan gemeu e bateu mais uma vez na minha bunda e depois outra, ao mesmo tempo em que eu gozava. Estava tão perdida no nirvana de senti-lo que escutei em algum canto profundo da minha mente que ele também estava perto.

As estocadas foram ainda mais duras; os tapas, ainda mais fortes; e meu cabelo foi puxado quando Yan se curvou sobre mim para gozar. Sua boca procurou minha orelha, mordiscando-a de leve em contradição com a força de ser presa pelo sexo selvagem. Yan enfiou uma, duas, três vezes mais, gozando longamente. Ouvi-o ofegar no meu pescoço e, com carinho, traçar a língua na minha pele quando terminou, como um leão agradecendo à fêmea.

— Caramba — murmurei.

Escutei sua risada suave.

Parecíamos animais abatidos quando caímos na cama, um ao lado do outro, sem forças para nos movimentarmos. Eu adoraria tomar um copo d'água, mas nunca em toda a vida me senti tão exausta a ponto de não querer levantar. Em algum momento, Yan me puxou para o seu corpo quente. Ele estava suado, assim como eu, o cheiro salgado de sexo denunciando o que tínhamos feito, mas nenhum de nós teve coragem de dizer em voz alta o que nossos corações queriam gritar.

Caímos no sono, nos braços um do outro.

CAPÍTULO 15

**Oh, I hope some day I'll make it out of here
Even if it takes all night or a hundred years
Need a place to hide, but I can't find one near
Wanna feel alive, outside I can't fight my fear**

— *Billie Eilish feat Khalid, "Lovely".*

YAN

Cara, se isso fosse um sonho, que eu nunca mais despertasse.

Lua estava dormindo em meus braços, e pude sentir sua respiração suave em meu peito e o lindo corpo dela junto ao meu. Amanhecera há pouco, e eu não quis me mexer, mesmo que tivesse coisas para fazer, inclusive as que Lua deletou da minha agenda. Acariciei suas costas com a ponta dos dedos, me deliciando com a visão. Foi quando uma batida na porta interrompeu meus pensamentos, e Lua acordou. Suas pálpebras se abriram devagar. Dei um beijo em sua testa e fui até a porta ver quem era.

Assim que a abri, os olhos amarelados de Kizzie me mediram de cima a baixo. A sorte é que estava escondido atrás da porta, e ela não pôde me ver pelado. Atrás dela, vi Zane rindo, sem camisa e só com uma calça jeans.

Que porra?

— Você reconhece isso? — Ela estendeu minhas roupas.

Ah, cacete...

Peguei-as rápido, meio envergonhado.

— Em um primeiro momento, quando a segurança do hotel me ligou avisando que um dos integrantes da The M's estava atentando ao pudor, pensei que fosse o Shane. Claro que pensei. Mas aí eu recebi roupas sociais e... me mostraram um vídeo bem nítido de você arrancando a roupa como se estivesse em um quarto. Bom, Yan, você fez um strip-tease em um elevador com câmeras. Não foi muito sensato. — Kizzie, embora estivesse me dando uma bronca, sorria.

— Ótima performance, por sinal — Zane acrescentou, rindo. — Ah, caralho! Não acredito que você fez isso.

Ri.

Aline Sant'Ana

— A gente tem que fazer o que pode, com o que tem.

— Yan, podiam ter publicado isso na internet... — Kizzie falou.

— E daí? Pelo menos, tirei a roupa pra mulher que amo.

— Ótimo. Você foi foda. Te admiro. Bom, vamos, Kizzie? Ele tem coisas... para resolver. — Zane começou a puxar Kizzie, mas senti uma presença atrás de mim.

— Bom dia, casal — a voz de Lua ecoou entre nós.

— Cabelo bagunçado. Muito bom, Yan. Lua, você foi bem tratada? Porque Yan é meio fechadão. Ele transa legal?

Gargalhei.

— Ele é um homão na cama, sério mesmo. Você quer conversar sobre isso? Posso te contar as posições — Lua brincou.

— Sério? Sempre fui curioso, se os caras da banda são tão bons quanto eu.

— Para, Zane — Kizzie reclamou, rindo pra caralho. — Vista-se, Yan. Precisamos tomar café da manhã e chegar em Miami.

Kizzie arrastou Zane dali, enquanto eu e Lua ríamos. Isso aliviou o clima tenso do que viria em seguida. Eu sabia que ela começaria *a conversa*. Aquele tipo de coisa: transamos, mas não significou nada. Fechei a porta e comecei a me vestir, enquanto Lua zanzava nua pelo quarto.

Engoli em seco antes de fazer a pergunta.

— Vamos descer e tomar café da manhã?

— Sim, claro. Só preciso passar no meu quarto e, você sabe, buscar roupas limpas.

— Tudo bem. — Ia oferecer para tomarmos um banho juntos, mas aquilo seria ultrapassar algum limite, provavelmente.

— Yan, sobre ontem...

— Amigos ou conhecidos, eu sei.

— Analisando de perto a nossa história e tudo o que significamos um para o outro, sei que pedir isso é estranho. Eu só preciso de um tempo para colocar meus sentimentos no lugar. Deus, nos machucamos muito, e é errado colocarmos a atração na frente. Sempre fui a impulsiva de nós dois, e te peço desculpas se, de alguma forma, o que aconteceu ontem...

— Não foi errado, e sim imprudente.

— Nunca sei usar as palavras certas. — Ela se sentou na cama.

Sorri.

— Pode parar de dar desculpas pelo que aconteceu. — Sentei ao lado dela, toquei sua perna e a fiz me olhar. Seu rosto estava inchado do sono, os cabelos, bagunçados pós-sexo. Ela parecia uns cinco anos mais nova. — Somos adultos e sentimos tesão um pelo outro, ok. Claro que ainda há sentimentos. Tudo tem o seu tempo, acabamos de nos reencontrar, depois de ficarmos longe. Sei que temos que acertar algumas coisas. Mas só transamos, né? Tá tudo bem.

Lua piscou.

— Tá tudo bem mesmo?

— Aham.

Me lembrei do encontro que tive com Scarlett e das coisas que ela me disse sobre Lua. Não, ainda não estávamos bem. Ela precisava confiar em mim, e eu precisava começar a dar o espaço que Lua estava me pedindo, sem que isso a sufocasse.

— Vá para o seu quarto, tome banho, e vamos nos encontrar no café da manhã. Temos que conversar. — Começaria por Scarlett, porque Lua estava desconfiada da funcionária do seu pai. Todos nós estávamos. O beijo que ela me deu, se não foi uma prova bem evidente da sua má intenção, não sei o que mais seria. — Te espero na porta do seu quarto pra descermos.

Isso a fez rir, e ergui uma sobrancelha, provocativo.

— Tinha me esquecido do quanto você é mandão, Yan.

Antes que eu pudesse fazer uma brincadeira sobre ser mandão também na cama, ela se levantou e deu a volta por mim. Veio para as minhas costas, apoiou as mãos nos meus ombros e se inclinou para me dar um beijo na bochecha. Lua suspirou fundo antes de ir.

Calma, disse a mim mesmo antes de partir para um banho longo e necessário.

Lua

Durante o café da manhã, com todos reunidos, Yan conversou comigo sobre a funcionária do meu pai. Contou-me que ela levou informações minhas, trocas de e-mail diretas com meu pai e minha mãe, me fazendo congelar no lugar pensando na possibilidade de Scarlett ter contado para Yan a respeito da minha saúde. Respirei aliviada quando Yan não pareceu saber de nada. E prendi o ar nos pulmões quando ele me contou do beijo súbito que ela deu em sua boca.

Aline Sant'Ana

— Não sei o que ela quer — finalizou a conversa, sem perceber o quanto aquilo havia me afetado.

Os ovos mexidos que comi chegaram ao meu estômago como bolas de ácido. O ciúme que sentia de Yan era mais um fator gritante no meu amor por ele. Assim que voltasse para Miami, colocaria um ponto final nessa história, nem que eu tivesse que enfrentar meu pai ou a própria Scarlett para saber o que diabos ela queria.

Depois de voltar para o quarto, dei uma passada no quarto de Erin e Carter. Ela pediu privacidade para o namorado, o que eu agradeci. Precisava contar sobre a noite que tive com o Yan, além do fato de que estava perto de voltar para Salt Lake City e começar a radioterapia.

Erin me escutou, como sempre, com carinho e atenção. Sem julgamentos, sem broncas, sem nada. Ela ouviu como a boa amiga que era, e o único conselho que me deu foi que eu não trocasse os pés pelas mãos, porque seria complicado depois. Ainda me alertou sobre avisar Yan da minha doença. Deus, eu não estava preparada, não queria machucá-lo, mas ouvi os conselhos, porque sabia que ela era uma voz sensata em meio a um turbilhão de sentimentos.

Voltamos para Miami antes que anoitecesse. O voo atrasou devido a um problema relacionado ao tempo frio, porém Kizzie, como sempre, demonstrou a excelente profissional que era, coordenando tudo da melhor forma possível com o espaço na agenda que os meninos tinham. Durante a viagem curta, Yan trabalhou em seu notebook, mas sentou-se ao meu lado. Reparei que, enquanto estava pensando nas pausas entre uma digitação e outra, sua mão buscava a minha. Nossos dedos se entrelaçavam, e ele levava minha mão aos lábios, dando um beijo ali. Conversamos nas pausas como amigos, o que tranquilizou meu coração. Porém, havia um sentimento implícito em cada olhar, em cada troca sutil de carícia, como esse beijo na mão, que tornava as coisas um pouco mais complicadas.

— Yan — chamei, quando começamos a desafivelar os cintos para descer do avião.

Seus olhos nublados encararam os meus.

— Você pode me dar uma carona até a casa dos meus pais?

— Precisa vê-los agora?

Pedi carona para o Yan, porque, sinceramente, não estava pronta para me despedir dele, não ainda.

— Eu quero resolver as coisas com meu pai. Ou, ao menos, tentar. Também tenho um pedido especial para fazer.

— Qual? — indagou, curioso.

— Que ele mande Scarlett embora.

— Seria uma surpresa. — Yan foi se levantando para sair. Os meninos estavam falando alto, e Shane parecia ainda em êxtase pelo show, apesar de Roxy não ter voltado com a gente. — Scarlett parece estar com intenções muito erradas.

— Não sei. Algo me diz que não vai ser tão fácil quanto espero — murmurei, desanimada.

Sozinhos no avião, Yan se aproximou e tomou meu rosto nas mãos. Com carinho, admirou-me e sorriu.

— Vou te levar lá, mas tenha fé em si mesma. Seu pai é uma pessoa que, você sabe, eu não me dou bem, mas contigo ele é muito diferente.

— Se você diz...

— Tenho certeza, Gatinha.

Me deu um beijo rápido na bochecha e se abaixou para pegar minha mala. Yan já tinha a sua em mãos e fiquei admirando como ele carregava tudo sem parecer se esforçar. Por um momento, deixei meus olhos se banquetearem com aquele homem. As costas largas, a cintura mais fina em comparação com o tórax proeminente, a grande bunda perfeitamente redondinha, as coxas largas, as panturrilhas musculosas. O fato de que o baterista da The M's era o homem mais alto que eu já tive, além de ser o sexualmente mais impactante e romanticamente mais envolvente, fez-me tentar frear os pensamentos tão errados, se levar em consideração tudo que passamos.

Ah, droga, como é difícil.

— Você vem?

Pisquei, perdida.

— Sim.

Yan encarou-me sobre o ombro, com um meio sorriso brincando em seus lábios. Seus olhos se estreitaram.

— Não me faça te prender na cama novamente, Lua Anderson — sussurrou, a voz bem baixa. E virou o rosto, ficando de costas, como se não tivesse dito nada.

— O quê? — gritei.

A gargalhada que Yan deu enquanto descia as escadas do avião me fez sorrir. Foi delicioso ouvi-lo rindo, tão naturalmente, além de ver o seu corpo balançar pela risada doce. Não fazia ideia do quanto tinha sentido falta da sua risada, do seu abraço, do seu contato, do seu atrevimento... Não até revê-lo e voltar a senti-

Aline Sant'Ana

lo, tudo outra vez.

O amor, pelo visto, nunca morre.

Ele só se esconde quando ameaçado.

Yan

Coloquei música no carro, me permitindo escutar pop por causa de Lua, e ouvi sua voz desafinada cantando alguma música nova do Shawn Mendes. Soltei um palavrão por causa da música, ri pela sua cantoria e a admirei enquanto pude, me lembrando do passado e de todas as vezes que fizemos esse percurso juntos, quando havia algum jantar ou almoço na casa dos seus pais.

Caralho, meu coração sempre ia apertado para lá.

Mas, dessa vez, não havia um elo de um compromisso que nos ligava e fiquei incomodado ao perceber isso.

Cara, não sou antiquado, mas eu gostava de honrar compromissos e sentimentos. Antes de Lua, namorei e tal, e fui muito fiel. Agora, com *ela*, a mulher da minha vida, a impulsividade me fodeu. Como eu era burro em pensar que ainda tinha caráter. Como era idiota ao acreditar que, com o amor, poderia resgatar nós dois. Agora Lua jamais confiaria em mim de novo.

Eu ferrei tudo.

— Você está tão... quieto.

Olhei-a de relance, disposto a manter o clima leve.

— Quem te ensinou a cantar sem medo de ser feliz?

Ela soltou uma risada gostosa.

— Lembra quando éramos jovens e idiotas demais? Teve uma vez que estávamos na sala da casa do Carter. Zane tinha um violão, Carter, outro, e você estava batucando na mesa. Erin não pôde ir naquele dia, e me lembro de sentir tanta falta dela, por ter sido divertido...

— Foi no verão? — Dei a seta para entrar na próxima à direita.

— Sim. Estava um calor insuportável. Tão insuportável que eu não queria sequer beijar Carter ou abraçá-lo.

Me remexi no banco.

— Vocês pareciam apaixonados, ainda assim.

Apenas com você

— Não, acho que era carência adolescente. De qualquer forma, não é sobre Carter, mas sobre o que você fez naquela tarde que me deixou um pouco balançada.

— Balançada? — Não escondi a surpresa na voz.

Ela riu.

— Você sempre foi um deus nórdico, Yan. Mais até do que Carter e Zane. Sua beleza sempre foi uma coisa impactante, como também sua frieza. Eu ficava admirando seu rosto bonito, apesar de o seu corpo ser tão magrinho naquela época, como qualquer um dos meninos. Engraçado que nunca parava para pensar sobre o quanto *você* me deixava incomodada. Por ver que era tão lindo, aos meus olhos, já era uma forma de trair Carter.

Ela me achava bonito. Ri. Porra, eu era um rato!

— E o que eu fiz?

Parei em frente à casa, cedo demais. Eu queria mais dela, mais do que nunca. Era como se eu pudesse respirá-la e nunca ter o suficiente para continuar vivo. Sempre um inspirar, mais um e outro... Eu precisava sobreviver. E precisava dela.

— Apesar de te achar lindo, você era quieto demais para o meu gosto. Então, naquela tarde, você me mostrou um Yan completamente diferente. Você cantou.

Lua tirou o cinto.

— Não era a voz melodiosa do Carter, sedutora como mel. Também não era a voz rouca e grave do Zane, que arrepiaria qualquer mulher. Era um tom acima de todos esses, como um trovão, como um homem que sabe do que é capaz e simplesmente não tem medo. A música acabou. Carter foi para a cozinha, Zane, para o banheiro e ficamos nós dois na sala que, de repente, pareceu imensa.

Ela sorriu e seu rosto inteiro se iluminou.

— Você continuou cantando e se soltou. Foi excepcional. Não lindo, não bonito, mas perfeito. Sua voz se sobressaiu, ainda que baixa, entre todas as que eu tinha escutado durante a tarde. Senti um frio na barriga, porque você brilhou, Yan.

— Eu nunca consegui me soltar como eles fazem. Talvez, naquela tarde, mas jamais teria a disposição do Carter, nem o atrevimento do Zane. Eu me sinto seguro na bateria.

— É a verdade. — Lua suspirou. — Mas por que se esconde nas baquetas?

— Não gosto de exposição.

— Isso também, mas há uma coisa maior nisso tudo.

Me senti exposto.

Aline Sant'Ana

— Você tem medo de ser quem é. Não para os meninos, para o público. Não é vergonha, Yan. Pelo amor de Deus, você não é tímido. Mas consigo entender o sentimento, nem sempre queremos que as pessoas nos vejam.

Peguei seu pulso.

A felicidade de Lua se esvaíra.

— O que quer dizer com isso?

Ela se aproximou e deu um beijo triste na minha bochecha. Depois, voltou a sorrir, como se nada tivesse acontecido.

— Apenas que você é perfeito em cada coisa que faz. E como não seria, sendo quem é? Se cobrando tanto?

— Não me cobro tanto assim.

Ela estalou os lábios.

— Diga para uma pessoa que não morou com você por um ano inteiro. Diga para alguém que não viu você se doando para a banda quando ninguém poderia fazer igual. Diga para alguém que não te conhece por inteiro.

— Eu não...

— Você é uma estrela, Yan. Pode usar essa capa negra sobre sua luz dourada. Mas, depois daquela tarde, em que te vi de verdade, nunca mais poderia desvê-lo. Você guarda a luz, e eu, a escuridão. Quando souber que reluzo, mas não sou de ouro, o fascínio vai se perder e todas as coisas que vivemos se apagarão.

— Você jamais se apagaria para mim.

— Não sabe o que está dizendo.

Segurei seu rosto e aproximei meu nariz do dela.

Respirei fundo.

— Por trás de todas as coisas que te fazem um ser humano forte pra caralho, vejo que há uma mulher que precisa de braços para rodeá-la. Não porque é insuficiente sozinha, mas porque é completa demais e merece alguém que a acompanhe à altura. Ainda não sei o que tá rolando. Não te desvendei em um ano de convivência, e preciso admitir o quanto você é fabulosa por isso. Mas, seja luz ou sombra, nunca duvide da imensidão do meu sentimento por você. Nunca duvide de que eu aceitaria mil e uma imperfeições. Eu te vejo, Lua. Sempre te vi.

Suas pálpebras piscaram e vi vulnerabilidade em seus olhos antes de se encherem de lágrimas. Lua impulsivamente me deu um beijo nos lábios. Um toque rápido, seco e quente. Não tive tempo de moldar nossas bocas, porque a porta do carro abriu. O calor que estava ali sumiu com uma batida suave que trouxe um

Apenas com você

vento gelado para dentro. Minha boca ainda estava quente da dela quando Lua saiu às pressas e entrou na casa dos pais.

Dei partida no carro e estacionei do outro lado da rua, pensando sobre os segredos que ela guardava.

Sobre nós dois.

Lua

A casa parecia mais vazia; mamãe não estava. Engoli em seco, pensando com ansiedade que talvez fosse melhor ela não estar. Essa conversa precisava ser definitiva e somente com meu pai. Assim como a conversa que tive com Yan, antes que eu fosse embora mais uma vez para me tratar. Eu queria que ele pudesse pensar sobre o homem incrível que era enquanto estivesse fora, ainda que, em seus olhos, a insegurança que odiei ver se mantivesse presente.

Meu coração ainda sangrava por tudo que causamos um ao outro. Era difícil lidar com sentimentos tão ambíguos. Uma mistura de mágoa e amor, tesão e carinho. Não podia descrever tudo que Yan Sanders me causava, e esse não era o momento de me entregar a dúvidas, mas de colocar o meu pai contra a parede.

Ele desceu as escadas quando escutou a porta se abrindo. Dei sorte de pegá-lo em casa. Se não fosse aqui, seria em seu escritório.

— Soube que a sua *bandinha* favorita fez um show em Nova York. Como estava o clima lá? Gelado ou quente?

Riordan era um homem cruel quando estava magoado.

— Frio.

— Então, você foi.

— Sim, eu fui.

Ele estava vestido de maneira casual: jeans e uma camisa polo bem passada. Sinal de que estava trabalhando em casa. Nem um "olá, como você está?" foi dito. Pelo visto, não teríamos meias-palavras.

— Preciso te mostrar uma coisa. — Ele chegou mais perto, parecendo descontente. Nunca fui de rebater meu pai, mas isso parecia estar se tornando frequente desde o ano passado.

— Onde está mamãe?

— Saiu para um chá com as amigas. Sabe como ela é.

Aline Sant'Ana

— Sei. Mas, antes de você me mostrar seja lá o que for, preciso falar algumas coisas.

— Sente-se — ordenou.

Tentei me acomodar no sofá da melhor maneira possível, mas a cicatriz no meu seio começou a doer, quase como um presságio da dor em meu coração que poderia estar por vir, dependendo das respostas — sinceras ou não — de um político de Miami.

Meu pai.

— Você recontratou Andrew?

— Sim, por quê? — Ergueu a sobrancelha.

— Porque ele é excepcional e porque foi um pedido meu.

— Da mesma forma que não acata os meus conselhos, não sou obrigado a ouvir os seus. Andrew foi questão de logística e perda profissional.

Aquilo doeu.

— Pelo menos, você teve um pouco de bom senso, pai.

— Infelizmente, não posso dizer o mesmo de você.

Decidi que escutaria toda a sua mágoa e que não a rebateria. Não até chegar o momento certo.

— Está na hora de eu te mostrar algo — falou ele. — Uma pergunta por outra. O que acha?

— Parece justo.

— Pois bem. — Ele se levantou, puxou do bolso da calça o celular e apertou algumas teclas. — Veja por você mesma.

Peguei o celular e virei a tela para mim. A cena fez minha cabeça gelar, como se o sangue tivesse parado de circular. Congelei. Tentei respirar fundo, mas pareceu que o ar não foi capaz de sair ou entrar nos meus pulmões.

Da mesma forma que o frio veio, o fogo em minhas veias começou a correr e subiu para a cabeça. As palavras de Yan vieram à minha mente, lembrando-me de que ele tinha me avisado sobre essa maldita cena.

Encarei meu pai, não entendendo por que estava sendo tão maldoso comigo. Ele estava magoado, ok, reconhecia isso, mas ultrapassou os limites quando me mostrou que faria tudo que pudesse para me ver longe de Yan.

Olhei a foto mais uma vez.

Yan estava com as mãos soltas ao lado do corpo, comprovando que fora

Apenas com você

mesmo pego de surpresa. Seus olhos estavam abertos, sem reação. Scarlett estava com as mãos em seus ombros, os olhos bem fechados e o pé direito inclinado para cima, teatralmente apaixonada. Eu poderia acreditar na foto, principalmente porque Yan fez várias merdas, mas fui capaz de enxergar além.

Scarlett quis ser fotografada.

Ela desejou que aquela imagem existisse.

E o fato de o meu pai tê-la me deixou enjoada.

— O quê... — Minha voz saiu trêmula. Me sentia traída. Por meu próprio pai. — Como você tem isso?

— Tenho acesso a todas as coisas, Lua, e essa...

— Qual é a sua relação com Scarlett Sullivan? — Furiosa, era o mínimo que me sentia. Quando firmei a voz, ela saiu tão gelada quanto o Ártico. Percebi que faltava pouco para começar a gritar.

Me levantei.

Ele deu alguns passos em minha direção, tentando soar ameaçador.

— Eu amo a sua mãe.

— Não, não começa. Já que é com sinceridade que estamos jogando, então vamos por ela.

— Por que não consegue enxergar que esse homem não é capaz de controlar o que tem no meio das pernas? — Seu grito reverbou pela sala. Ele estava possesso, quase como se o ódio por Yan o cegasse. — Humilhou você de todas as formas possíveis e, como se não bastasse, assim que chega à cidade, se envolve com a minha secretária!

— Responda à pergunta! — gritei de volta e, antes que pudesse perceber o que tinha feito, o empurrei. — Como a contratou? Por que fica cego para as merdas que ela faz? Vocês estão tendo um caso? Está traindo a mamãe? Não tem consideração por tudo que passei? Pela doença que tive que enfrentar sozinha? Como teve coragem de esquentar a cama com outra mulher, quando minha mãe precisava da *sua* força?

As perguntas foram jogadas no mesmo instante em que minhas mãos bateram em seu peito. Não sabia que estava chorando até sentir lágrimas quentes escorrendo pelo meu rosto. Meu pai pegou meus pulsos, me impedindo.

— Você está tão cega de amor por esse homem! — urrou. — Tão cega! Está me jogando em uma situação que nem é real, justificando uma traição que ele cometeu e que, pelo visto, continua cometendo. Foi por *ele* que teve que se tratar sozinha em Salt Lake City. Como acha que fiquei sem ter minha filha por perto

Aline Sant'Ana

para cuidar? Como acha que é saber que um homem te fez fugir, sendo que você tem uma casa, um lugar para chamar de *lar*? Você está jogando uma coisa contra mim, quando sabe que a minha dor foi a maior que qualquer pai poderia sentir. Eu estava com uma filha *doente*, sem poder fazer nada para mudar isso, sequer abraçá-la! Porque ela decidiu fugir, para preservar um homem que transa com outras!

Eu quase senti pena dele.

Quase.

— Pai! — gritei e me afastei. — Responda às minhas perguntas. Você está traindo a minha mãe? Por que você e Scarlett estão sabotando a minha vida?

— Você está cega. — Sua voz soou baixa.

— E você está louco!

— Eu estou preocupado com o que anda fazendo da sua vida, Lua Anderson! Você é minha filha, é meu dever...

— Seu dever? — Minha voz saiu alta e trêmula. — Seu dever é me apoiar nas escolhas que faço. Essa foto com a Scarlett, eu já suspeitava que existia, porque Yan me contou que ela o forçou! Da mesma maneira que já percebi que é mal-intencionada. Se jogou em cima do Yan, quando ele nem queria...

Ele riu. Uma gargalhada maldosa e fria que me interrompeu.

— Pobrezinho! Jogado na tortura de rejeitar uma mulher!

— E você? Pobrezinho por ter uma secretária assim?

— Você conhece o meu caráter, cresceu dentro dessa casa com valores que eu ensinei. Fui homem suficiente para te tornar uma mulher forte, com conceitos bem claros da vida, para ser independente, e não uma fã de carteirinha de um cara que só sabe te usar e não tem futuro!

— Você precisa parar agora de se intrometer na minha vida. — Encarei meu pai, sem reconhecê-lo. — Se esse for um plano seu e de Scarlett, é bom parar, porque eu vou denunciá-los de alguma forma e vou encontrar uma maneira de fazer isso, nem que seja a última coisa que eu faça na vida. E não me importo com o que você acha do Yan.

— Lua!

— Não acredito que o *meu pai* é o mesmo homem que está na minha frente agora — continuei. — Gritando comigo, quase dizendo que sou uma perdida, me humilhando e pouco se importando com a minha saúde. Isso que você está fazendo é basicamente me provar que a sua profissão te importa mais do que a minha felicidade. Enquanto eu não estiver com Andrew ou com um homem que você julgue certo, esse inferno vai continuar. Porque agora, afinal, se trata de um possível futuro governador. Que horrível seria para você ter uma filha que foi envolvida em um escândalo e, pior ainda, que continuou com o homem. Então, pai, eu vou te poupar de tudo isso.

Ele me olhou friamente, me desafiando a enfrentá-lo.

— Me demito dessa droga de campanha e não vou mais aparecer nessa casa até você recuperar sua consciência e perceber a merda que está fazendo comigo. Me poupe das ligações, das cobranças e de todos os seus conselhos. O que eu faço da minha vida diz respeito apenas a mim. E, por favor, peça para Scarlett se afastar de mim e de todos à minha volta. — Fiz uma pausa, para que ele entendesse bem. — Se Scarlett não fizer por bem, eu juro...

— Eu não controlo o que ela faz! Scarlett não é minha amante!

— Adeus, pai.

Virei as costas, ao mesmo tempo em que a porta se abriu. Mamãe chegou. Seus olhos estavam marejados, sinal de que ouviu uma coisa ou outra... ou tudo. Dei um beijo em seu rosto, mas ela não me prendeu em seus braços. Escutei seu sussurro, dizendo que me amava, antes de eu me desvencilhar totalmente dela. Mais tarde, enviaria uma mensagem, dizendo que estava na hora de partir.

Naquele momento, eu só queria sair dali e não retornar.

Desci pelas escadas, depois pela grama, e cheguei à rua, sem pensar direito. Então, fui pelo seguro. Poderia caminhar e chegar em casa a pé. Levaria uma hora e meia, provavelmente, mas eu precisava de ar fresco. E, acima de tudo, precisava de...

— Lua! — escutei um grito masculino, a voz de barítono muito conhecida. — Gatinha, o que aconteceu?

Imaginei que estivesse escutando coisas que queria ouvir, até ele surgir no meu campo de visão. Largou a porta do carro aberta, do outro lado da rua, a música ainda tocando. Seus olhos me mediram, vasculhando todo o meu corpo e rosto. Não precisei dizer nada, porque Yan me viu quebrada, na pior versão de mim mesma, ainda que eu não tivesse dito sequer uma palavra sobre o real motivo de estar assim.

Seus braços me rodearam, e escutei-o falar diversas vezes meu nome ao pé do ouvido, como uma oração, enquanto suas mãos acariciavam minhas costas. *Ele não tinha ido embora.* Percebi que as lágrimas não haviam parado de cair desde a discussão com meu pai, toda a dor refletida em segredos duros que guardava dentro de mim, com peso superior ao que podia suportar nas costas. Arfei, por sentir meu coração pesar uma tonelada, por meus pulmões não corresponderem

Aline Sant'Ana

quando precisava deles e pela dor na garganta ser maior do que a dos meus olhos, incapazes de parar de chorar.

Yan não tinha me deixado.

Ele esperou um minuto inteiro ou talvez uma hora até minha respiração se acalmar. Seus olhos, sempre tão gelados, estavam quentes. Apesar de a cor ser de um céu nublado, Yan era um pôr do sol em pleno verão quando me encarou. Pela primeira vez, não senti que precisava ser forte por mim. Senti exatamente o real significado de se relacionar com alguém. Naquele momento, soube que eu poderia quebrar, que tudo bem quebrar, se houvesse alguém que pudesse colar de volta todos os pedaços.

Eu ia machucá-lo.

Mas não podia mais fazer isso sozinha.

Mil motivos me seguravam, mas um único me fez ter outro tipo de certeza, que foi forte o bastante para calar todo o resto.

— Eu preciso te contar uma coisa — sussurrei.

Apenas com você

CAPÍTULO 16

Please forgive me — I know not what I do
Please forgive me — I can't stop loving you
Don't deny me — this pain I'm going through
Please forgive me — if I need ya like I do

— *Bryan Adams, "Please Forgive Me".*

YAN

Eu tinha planos de ir embora, ligar o carro e voltar para o meu apartamento. Mas não pude, não quando imaginei que a conversa de Lua com seu pai fosse ser tensa demais para ela lidar sozinha. Então, quando saiu da casa, desesperada, nem pensei duas vezes antes de sair do carro e correr até ela. Peguei-a em meus braços, ouvindo-a chorar, até escutar exatamente a frase que esperei por tanto tempo.

Percebi que não poderia deixá-la em pé na calçada, então levei-a ao meu apartamento.

Lua não estava bem.

Durante o caminho, não disse nada. Não que tivesse necessidade, porque minha mão ficou o tempo todo apoiada em sua coxa, e seus dedos se entrelaçavam aos meus quando ela se dava conta do contato. Sua mente vagou, seus olhos admirando a paisagem, sem realmente ver o que estava ao redor.

As portas do elevador se abriram quando subimos. Fiz Lua se sentar no sofá e fui até a cozinha, onde preparei um chá de baunilha, mel e um toque suave de morango. Peguei biscoitos amanteigados que Erin tinha comprado para mim e coloquei tudo em um prato de sobremesa.

Estendi-os para Lua, e sua expressão continuou apática enquanto tomava um gole do chá e mordiscava lentamente o biscoito. No entanto, ela soltou um suspiro, que foi quase como se dissesse em voz alta que estava decidida a falar. Depois de três biscoitos e uma xícara de chá, seus olhos encararam os meus.

Havia dor ali.

— Eu nunca fui uma pessoa de fazer planos, você sabe. Vivi a minha vida inteira entre a loucura e o politicamente correto. Nem sempre o lado certo venceu. Mas, quando te encontrei, quando me apaixonei por você, eu fiz planos.

Aline Sant'Ana

— Pausou. — Planos que envolviam estar ao seu lado pelo resto da minha vida.

Engoli devagar, absorvendo suas palavras.

Mantive meu maxilar travado, seu anel de noivado parecendo pesar uma tonelada no meu pescoço.

— Mas a vida é engraçada. — Lua deu uma risada cínica. — Porque todas as minhas convicções caíram por terra. Não só em relação a você, mas também em relação a Erin uma vez e, agora, ao caráter do meu pai. Parece que, toda vez que tenho uma certeza, uma daquelas absolutas, a vida vem e me dá um chute na bunda, me provando que, se acho que sei de algo, bem, as coisas não são bem assim.

Me mantive em silêncio, escutando-a.

— A Erin é maravilhosa. Eu nunca, em toda a minha vida, vou conseguir mensurar o tamanho do coração dela ou a imensidão da sua alma. Amo-a como se fosse uma irmã. Nossa amizade se tornou mais forte depois que passei por uma coisa em relação ao seu passado, que não convém contar agora, porém, tive um senso de proteção muito grande por ela, de confiança. — Lua encarou meus olhos; os seus estavam pesados e carregados de dor. — Erin omitiu para mim a sua felicidade em relação a Carter e isso foi duro de saber. Além disso, ela duvidou de mim e achou que eu seria contra um relacionamento dela com um cara que, para mim, era passado. Na hora, eu me lembro que saí de mim, disse coisas para Erin que não queria ter dito, mas sabe o que é ter uma amizade de anos e, de repente, não saber se a pessoa é capaz de confiar em você? De não saber se ela te enxerga de verdade? Eu nunca fiz nada que fizesse Erin ter dúvidas de que eu a amava, de que eu faria o impossível para que ela fosse feliz.

Uma lágrima solitária desceu por seu rosto.

— Na hora, foi um absurdo tudo que ouvi da Erin, não por ser Carter, mas porque ela desconfiou de mim, da sua *melhor* amiga. Foi como se ela tivesse acreditado, por um momento, que eu seria contra a sua felicidade. — Suspirou. — Conversamos depois, e Erin me disse que tinha me visto ser estranha quando ela estava perto de Carter no cruzeiro. E sabe o que é engraçado? Eu estava estranha, porque sei a amiga que tenho, sei que ela poderia se apaixonar por ele em um estalar de dedos, mas eu não sabia quem Carter McDevitt era, não depois de sete anos. Aquilo era preocupação com Erin se envolvendo com uma pessoa que poderia ou não ser um bom homem. E não ciúmes. Entende, Yan? Como é complicado quando não há diálogo e, o pior, quando uma pessoa passa a não confiar em você? Quando ela suspeita?

Sim, eu sabia. O que fiz com Zane foi imperdoável e lidei com aquilo de uma forma sofrida pra caralho.

Apenas com você

— Eu entendo.

— Esse foi o momento em que minha convicção de que eu e Erin nunca brigaríamos ruiu. Era uma certeza absoluta, sabe? — Suspirou e seus olhos aliviariam. — Bom, eu a amo mais a cada dia. Nossa amizade vai além. Sei que Erin vai ser minha irmã pelo resto dos meus dias. Essa é a única certeza que atualmente tenho. Espero que nunca caia por terra, porque eu não suportaria.

— Você não vai perdê-la, Lua.

— Esse era um medo que eu tinha na adolescência. Perder Erin. — Sua voz soou sombria, como se não estivesse falando da amizade que tinha pela amiga, mas sim da sua vida.

— Lua? — Fiquei preocupado.

Ela piscou e mudou de assunto.

— Bem, sobre o meu pai. Ele me decepcionou de uma maneira hoje que não sei se posso perdoá-lo. Outra convicção que tinha: ele estaria comigo para o que desse e viesse. Mas, enfim, evaporou. Engraçado, porque ele sempre foi um homem muito maravilhoso comigo. Era um porto seguro. Perdi a conta de quantas vezes ele fez por Erin tudo que pedi para fazer, de quantas vezes ele me apoiou. Mas tudo se foi.

— Na real, eu nunca me dei bem com o seu pai, e não acho que Riordan seja uma boa pessoa, Lua. Não com tudo que vi.

Lua sorriu, cansada.

— Certamente não com tudo que não viu, também.

Suas mãos procuraram as minhas. Estavam quentes, por ter segurado o chá.

— E sobre nós, Yan? Idealizei um casamento, filhos e um futuro maravilhoso. Eu tinha *certeza* de que ia acontecer. Tanta certeza quanto tenho de que teremos o ar para respirar amanhã.

— O que houve conosco? — questionei baixinho.

— Você fez a pergunta errada, Yan. Não foi o que aconteceu conosco, mas sim o que aconteceu comigo.

Suas mãos se desvencilharam das minhas. Lua começou a abrir os botões da blusa, e fiquei surpreso. Lágrimas desceram pelo seu rosto, incessantes e incansáveis, ao ver a minha surpresa ou... *por talvez ser duro o que ela tinha que contar,* pensei sombriamente. Seus dedos ágeis demoraram um minuto ou dois no fecho frontal do sutiã, e, pela primeira vez, a vi de lingerie sem que me sentisse tentado a tirá-la.

Aline Sant'Ana

Assim que a peça saiu do seu corpo e Lua ficou com a frente totalmente nua, meus olhos desceram dos seus para os seios. Percebi que havia uma cicatriz no esquerdo e era do tamanho de quatro dedos meus. O mamilo estava um pouco deformado, totalmente diferente da maneira que eu me lembrava.

Aquilo doeu.

Doeu como se tivesse pisado descalço no inferno.

Na mesma hora, senti meu estômago gelar, a mistura de sensações que precedem um mal-estar absurdo, como se uma pedra congelante tivesse me engolido por inteiro.

Prendi a respiração.

Meus olhos ficaram embaçados.

E ela estava chorando.

Suas mãos foram para as laterais do meu rosto. Suas bochechas ficaram vermelhas e os lábios, inchados. Ela umedeceu a boca e fechou as pálpebras, me soltando.

— Eu quis te proteger exatamente do que está acontecendo agora, de toda a dor refletida no seu rosto bonito. Eu não contei, não quis te trazer para isso no meio da turnê. Você largaria tudo, e seria justo? Negligenciei nós dois, porque minha cabeça estava em outro lugar, Yan. Na minha saúde, que me deu um golpe de azar, no momento em que descobri essa doença maldita que foi capaz de levar a minha avó de mim.

Perplexo, tomei suas mãos nas minhas e percebi que algo tremia. Não era Lua, mas sim eu.

Câncer?

Como Lua...

Meu Deus.

Abri os lábios para dizer alguma coisa, mas fui interrompido por uma chuva de palavras.

— Às vezes, precisei dizer para você que estava me matando de trabalhar quando, na verdade, estava em meu apartamento, chorando sozinha. E sobre Andrew — ela riu entre as lágrimas —, você não poderia estar mais errado. Andrew é bissexual, Yan. Ele namora um rapaz e sempre mantive segredo a respeito, até de você, por mais que aquilo pudesse arruinar a nossa relação. Fiz porque sabia que, se contasse e alguém soubesse, ele poderia perder o emprego que trabalhou tão duro para conquistar. Andrew morou nas ruas, Yan. *Nas ruas!* Como eu poderia dizer alguma coisa? A única maneira de te fazer acreditar seria

Apenas com você

se você confiasse em mim, mas não foi o que aconteceu. Eu achei que estaria bem até você voltar, porque já estava me cuidando, mas terminamos e...

Soluços de lágrimas, meus e dela. Não fui capaz de me conter. *Culpa.* Meu Deus, o peso da culpa sobrecarregou meus ombros, sendo difícil até para respirar. Nunca me senti tão desesperado para retornar ao passado. *Vergonha.* Como fui um namorado tão relapso? Como não percebi que algo estava errado com ela? A perda de peso foi com certeza resultado de uma depressão ao saber da notícia. A dor de lidar com tudo isso sozinha. *Caralho, como pude?* Eu a traí, ainda que não da maneira que todos pensavam, e que não estivéssemos mais juntos, mas ainda assim, a traí como um todo. *Desespero.* Pela falta de confiança, pela maneira que agi, por perder a fé em nós dois.

Culpa, vergonha e desespero.

Olhei novamente para o seu seio, as lágrimas embaçando minha visão. Lua tirou meu foco dali, puxando meu queixo para cima, a fim de olhá-la.

— Isso *não* é sua culpa. Nem a doença nem a minha negligência, Yan. Eu fiz porque quis lidar com a parte cirúrgica sozinha. Precisei descobrir e lidar com a dor. Era direito meu contar a quem quisesse, mas não meu direito te privar de participar disso, né? Só que eu pirei. Não sabia se estaria viva no final, ou se a doença seria agressiva. E, sinceramente, ainda não sei como vai ser o futuro. Como poderia jogar isso nas suas costas quando a banda estava crescendo? Vocês tinham uma turnê, pelo amor de Deus! Com que cabeça você viajaria? Ou melhor, você nunca viajaria, e isso seria péssimo. Mesmo tentando com tanta força te proteger, eu te machuquei, de qualquer forma. Machuquei nós dois. E eu sinto muito, Yan.

— Você não precisa pedir desculpas, por favor.

— Mas...

— Por favor.

Eu estava com mil perguntas na cabeça, mas nenhuma sairia da minha boca, não agora.

Respirei fundo.

Envolvi o braço direito em suas costas e a parte de trás dos seus joelhos no esquerdo. Peguei-a no colo e coloquei-a sobre mim.

Ela estava em meus braços.

E eu chorei em seu pescoço.

Aline Sant'Ana

Lua

Abracei-o, escutando Yan chorar como se fosse um garoto. Eu sabia. Foi por isso que o privei de tudo, de contar a verdade, de me assistir entrando naquela sala de cirurgia. Eu não sabia se ia sair dessa. Mas tudo que enfrentei sozinha não foi mais doloroso do que vê-lo assim. Ele soluçou e suas lágrimas me molharam. Vi o arrependimento todo ali, percebi o quanto estava desolado. Era difícil me manter inteira enquanto assistia Yan se partir em mil pedaços.

Ele se movimentou, seus olhos procurando os meus. A parte branca estava completamente vermelha e a parte cinza, ainda mais brilhante pelas lágrimas que caíram. Ele pareceu se recompor depois de um tempo em silêncio.

As mãos me apertaram em seu colo, quase como se quisessem ter certeza de que eu ainda estava lá.

— Antes de qualquer coisa, vamos ao médico juntos — sua voz estava determinada e cheia de dor, além de um pouco trêmula e baixa —, e vou me assegurar do seu diagnóstico. Sei que você já deve ter feito isso sozinha, já que fez a cirurgia, mas nós...

— Vim para cá, depois da cirurgia, porque sabia que não podia sumir para sempre. Eu não estava preparada para nós dois, porque sabia que tinha a chance de te contar, e eu não queria...

Respirei fundo.

— Preciso voltar para Salt Lake City o mais rápido possível, tenho que iniciar a radioterapia.

Seus olhos encontraram os meus, desesperados.

— Radioterapia?

— Sim.

— O câncer... *ele ainda*...

— É.

— Lua... — O tom de voz despedaçado fez meu coração doer. — Porra, eu jamais vou te julgar pelo que fez pensando que era melhor, mas não posso evitar de pensar que... *eu deveria... eu poderia...* estar lá em tantas decisões difíceis que tomou.

— Eu não devia ter te privado disso, eu sei. Mas uma coisa é você estar vivendo a situação, outra é achar que faria diferente. Sei que não quer me julgar, mas eu não podia te enfiar no meio disso. Foi a decisão que eu tomei. Acredite, arquei com as consequências.

— Se tivesse me dito, se apenas tivesse me dado qualquer sinal! Me sinto um idiota por ter pensado primeiro em traição ao invés de qualquer coisa com você... Me sinto um otário por não ter estado lá quando mais precisava de mim. E você tem razão. Só fiz merda e, cara, eu largaria tudo. A banda não é mais importante e não pode ser mais importante do que você! Isso não tá certo.

— Precisei fazer isso sozinha, Yan. Como eu poderia te fazer parar a sua vida por mim? Como eu poderia ser tão egoísta a ponto de jogar os meus problemas no seu colo, quase como se quisesse que você me curasse? Não tinha como! Só te causaria dor e sofrimento. E ainda agora, que você tem Shane... A banda está crescendo, fazendo zilhões de shows. Também era a hora errada de te contar, eu deveria ter segurado mais tempo, só que...

— Me conta como aconteceu. — Sua voz saiu grossa e grave, sombria. — Me diz exatamente tudo o que você passou. Eu preciso saber, Lua.

— Por quê? — Sua intensidade me fez tremer.

— Quero saber desde a descoberta até o momento em que fez a cirurgia sozinha, em uma cidade que não conhecia ninguém. Porra, eu preciso saber cada coisa, Lua. Simplesmente porque a mulher que dividiu a vida comigo por um ano estava passando por problemas que eu não poderia nem imaginar. A mulher que eu...

Ele não completou.

— Yan...

Seus olhos estavam nos meus, quase penetrando a minha alma. Seu rosto estava perto o suficiente para que nossos narizes pudessem se encostar. Em seu colo, me sentia protegida, vulnerável, ainda que houvesse uma força em mim, a da razão, que preferia não ser clara sobre os pesadelos que tive enquanto enfrentava aquele inferno.

— Não sei...

— Por favor. — Sua mão procurou meu rosto, acariciando a lateral, com o polegar passeando pela bochecha. Ele umedeceu a boca, seus olhos vertendo lágrimas. — Me conta o que você passou. Eu não poderia, sequer conseguiria imaginar. Tenho que ouvir da sua boca.

Senti o carinho dele.

Fechei os olhos e comecei a contar.

Desde o instante em que descobri, ao tomar banho. Como também o fato de Yan ter entrado no chuveiro bem na hora. Ele me interrompeu nessa parte, parecendo angustiado consigo mesmo.

Aline Sant'Ana

— Eu sabia que tinha alguma coisa acontecendo, Lua! Eu soube ali que algo estava errado, mas pensei...

— Yan...

— Pensei que você já estivesse afastada de mim, mas nunca... Por favor, continua.

— Tem certeza?

— Por favor.

A dor foi visível nas minhas palavras e na expressão dele. Então, voltei a contar, retomando do instante em que achei que seria melhor não dizer nada para ninguém, porque não sabia qual era a gravidade da doença. Falei do dia em que tive certeza do que era e da decisão de que teria que lidar com aquilo, até o momento em que optei por esconder de Yan, porque ele estava preocupado com a banda, além de ter a turnê para a Europa marcada. Disse o que senti ao negligenciar nós dois, porque não tinha forças para lidar com todos os problemas sozinha. A determinação que tive quando percebi que a cirurgia não seria o suficiente. Falei da enfermeira que morou comigo por uma semana, me ajudando na recuperação. Descrevi os meus medos, a sentença de que realmente necessitaria de radioterapia depois.

Yan escutou tudo e derrubou lágrimas dolorosas. Suas mãos apertaram e afrouxaram meu corpo. Em seu colo, naquele instante, senti que podia dizer tudo. Era como se meu coração tivesse se livrado de um peso imenso, muito maior do que achei que estava carregando.

No final, ficamos em um silêncio confortável pelo que pareceu uma hora inteira. Sua mão acariciou minhas costas, sua respiração batendo na minha pele, seus lábios passeando pelo meu ombro, sem sequer notar que estava fazendo aquilo.

Esperei que Yan dissesse alguma coisa, qualquer coisa.

Seus olhos procuraram os meus.

— Quando começa a sua radioterapia?

— Em breve.

— Eu vou com você.

— Yan...

— Eu preciso estar lá. Caralho, nem que você não queira que eu vá, vou encontrar uma maneira de te achar, Lua. E vou dedicar todo o tempo que tiver para cuidar de você. Não me peça nada diferente disso.

Apenas com você

— Não precisa ter pena de mim, por favor, é a última coisa que eu quero.

— É cuidado e preocupação. E também não é uma forma de recuperar o que não foi feito. Sei que nada vai me fazer voltar no tempo, e nada poderá arrumar as merdas que eu fiz.

Engoli em seco devagar.

Yan me tirou do seu colo e se levantou subitamente, passando as mãos pelo cabelo, parecendo transtornado. Secou as lágrimas e puxou o celular do bolso traseiro do jeans. Era como se algo importante estivesse ali, quando me entregou o aparelho.

— Você sabe a senha — disse, angustiado. — Procure o único vídeo que tem aí. Recebi quando estava no carro e te deixei na casa dos seus pais.

Franzi as sobrancelhas, tirando com delicadeza o celular das suas mãos.

— O que é?

— Contratei um hacker. Era a única forma de encontrar essa porra. Por favor, veja até o final.

Desviei o olhar e procurei o vídeo na galeria. Assim que o achei, ácido começou a corroer meu estômago.

Era o vídeo da sua noite com as duas meninas, na Europa.

Encarei-o, chocada.

— Por favor — Yan pediu. — Assista.

— Eu já vi isso.

— Não completo.

Voltei a olhar para a tela do celular, pensando que tipo de pegadinha de mau gosto era aquela.

Suspirei.

Como na versão que vira, Yan chegou ao quarto vestido e com duas mulheres. Eles não se beijaram ou fizeram qualquer coisa, porque elas se afastaram de Yan. Tiraram as roupas, e Yan arrancou a camisa social linda que vestia. As mulheres deitaram na cama, juntas. Yan se aproximou, pairando perto da cama, e pediu que elas mantivessem os pulsos na cabeceira, naquele tom de dominação, que foi comparado a Cinquenta Tons de Cinza nos noticiários.

Deus, como aquilo doía.

O vídeo era encerrado aí na versão que assisti, mas, nessa, ele continuava.

Para minha surpresa, Yan apertou os punhos ao lado do corpo. As meninas

Aline Sant'Ana

o chamaram. Yan olhou exatamente para o local onde a câmera estava, mas sem saber que se tratava de uma gravação, já que seus olhos não focaram no ângulo certo. Duas lágrimas desceram, e ele travou o maxilar com força.

Não disse uma palavra.

Virou as costas e foi embora.

Encontrei o olhar de Yan na vida real, e ele estava totalmente tranquilo. A tensão em seu corpo desaparecera.

— Não vá perder a melhor parte. — Seu tom foi suave.

Voltei a olhar para o celular. As meninas começaram a xingar Yan, enraivecidas. Uma delas pegou a câmera e comentou com a outra: "Acha que podemos usar alguma coisa desse material?", e sua amiga assentiu. A mesma menina que perguntou avisou à outra: "A pessoa que nos pagou para fazer isso vai ficar louca. É muito pouco, Tessy".

Encarei Yan, sem reação. O celular caiu no meu colo.

Ele se aproximou e, como me sentei no sofá, se agachou para ficar na altura dos meus olhos.

— Eu beijei uma dessas meninas, mas, sendo honesto, não me lembro qual delas. Na hora, achei que o seu beijo em Andrew era real. Fiz uma merda ridícula do caralho! Nós não tínhamos terminado naquele momento, não oficialmente. Então, eu te traí. Mas, ao contrário do que todo mundo pensou, do que todos acreditaram, eu não fui para a cama com elas. O vídeo foi cortado na hora mais oportuna possível e minhas palavras não poderiam ser usadas contra uma prova como essa. — Pausou, esperando que eu entendesse. — Então, contratei um hacker. Eu mesmo poderia ter feito, sou bom em computadores, você sabe, mas fiquei preocupado em ser descoberto. Enfim, demorou para ter isso aí, o vídeo completo e o nome das mulheres. Mas, agora que tenho, vou agir. Vou enviar tudo para Keziah lidar com o advogado e...

Segurei o rosto de Yan com as duas mãos, interrompendo-o.

— Você não transou com elas — afirmei, perplexa.

— Não. — Sorriu de lado, envergonhado.

— Meu Deus, Yan! Você é um idiota! Deixou todos acreditarem nisso!

— Eu não tinha como rebater, precisava de provas. Como vi que fui gravado, suspeitei que teria o vídeo completo em algum lugar, porque elas teriam que se levantar da cama e pausar. Então, fui atrás disso. Não para provar merda nenhuma para o público, eu queria mostrar para você.

— Deus...

Apenas com você

— É.

— Yan?

Seus olhos vasculharam os meus.

— Você percebeu que foi uma pessoa que as contratou? — Estremeci com as palavras.

— Isso não importa agora, Lua. Sinceramente, esse vídeo é a última coisa em que quero pensar. — Pegou o celular das minhas mãos, apertou algumas teclas e suspirou fundo. — Encaminhei para Kizzie resolver, confio nela. Nesse momento, preciso saber quais são os próximos passos para te curar. Não importa quantas pessoas eu tenha que ver, quantos médicos tenhamos que passar, quantos socos vou ter que dar. Eu quero você bem e saudável, custe o que custar.

— Eu...

— Não tem *eu* aqui, Lua. Só nós. Nesse exato momento, esqueça a noite que tivemos, esqueça o relacionamento, esqueça todas as complicações. Eu não vou te deixar de novo, você está entendendo? Sem rotular, eu simplesmente não vou te deixar.

Ele se levantou e estendeu a mão para mim.

— Vou te levar ao seu médico aqui de Miami — continuou. — Quero ouvir todos os termos técnicos que ele tem para me dizer. Depois eu jogo no Google.

Quase sorri e encarei a mão dele esticada.

— Yan, eu quero passar por isso tudo como se fosse um sonho ruim. E sozinha.

— Aí é que está, Lua. — Sua voz soou doce, embora determinada. Observei-o. — Você não está sozinha. Não mais.

Aline Sant'Ana

Apenas com você

CAPÍTULO 17

Every night I rush to my bed
With hopes that maybe
I'll get a chance to see you when I close my eyes
I'm goin' out of my head
Lost in a fairy tale
Can you hold my hand and be my guide

— Beyonce, "Sweet Dreams".

Antes

Lua

Eu estava apavorada.

A cirurgia tinha sido marcada para hoje. Mamãe me ligou, desesperada, querendo vir. Pedi que não o fizesse, embora soubesse que ela desejava muito estar lá. Não fui cruel, apenas expliquei que queria fazer tudo sozinha. Meu Deus, foi terrível dizer não. Como eu a amava! Mas precisava mesmo resolver meus demônios sem olhar em seus olhos, pensando que seria a última vez.

Retirariam uma parte da minha mama e fariam uma reconstrução no mesmo dia. Ainda assim, não me importava tanto assim com a parte estética, apesar de ser bem vaidosa. Naquele momento, só queria a certeza de que tudo estaria bem.

Elaine, a enfermeira que estava cuidando de mim durante a internação, abriu a porta. Ela ficaria comigo no pós-operatório e se dispôs a me acompanhar até o chalé, quando tivesse alta. Seu olhar estava carinhoso e otimista como sempre. Os cabelos grisalhos permaneciam presos em um coque rígido. Os olhos castanhos e experientes vasculharam o meu corpo, como se estivesse fazendo anotações mentais.

— Menina brasileira, você poderia se levantar, por favor?

— Já te disse que nasci em Miami, doce Elaine.

— Ainda assim, você fala português. — Sorriu, falando na língua natal da minha avó.

— Sim, falo. — Pisquei para ela, também falando em português, tentando encontrar humor no terrível pavor que sentia. — E tenho aquele sangue maravilhoso correndo nas veias. Será que é por isso que sou tão intensa em tudo que faço?

Aline Sant'Ana

— Pode ser o seu signo também — brincou, me fazendo soltar uma risada suave.

Levantei-me da cama, e ela pediu que eu subisse na balança. Quarenta e nove quilos. Era quase dez a menos de antes de descobrir a doença. Elaine me encarou, sem dizer uma palavra, e segurou meus ombros.

— Preciso tirar o acesso do soro da sua veia, porque os rapazes virão aqui para prepará-la para a cirurgia.

— Eu sei.

— Não vai doer nada, Lua. Eu te juro — continuou falando em português. — Tudo vai se acertar e, antes que pense, estará livre.

Naquele instante, lembrei da minha avó e sua explicação sobre o meu nome; o que Lua significava no Brasil e que eu nasci em plena lua cheia de uma noite linda. Mamãe não sabia que nome me dar, ainda que já me carregasse nos braços àquela altura, então, vovó entrou, falando em português sobre a noite maravilhosa e o luar incrível. Como minha mãe também sabe português, foi como se uma luz entrasse em sua cabeça. Lua, então. Em homenagem ao Brasil, em homenagem ao meu nascimento e à lua que nos presenteou no céu.

— Isso que você está fazendo é muito corajoso, querida. — Sua voz terna fez meu coração se abrir um pouco. — Sozinha, sem avisar ninguém sobre a doença, nem ao homem que você ama.

— Foi melhor assim.

Elaine negou.

— Às vezes, precisamos de alguém para ser forte por nós, Lua. — Suspirou. — Não estou aqui para julgar as suas escolhas, mas não seria ótimo tê-lo ao seu lado?

Seria.

Não respondi, e Elaine entendeu, sorrindo. Não levou nem meia hora para os três maqueiros entrarem no quarto, me pedindo para vestir uma camisola nova, aberta atrás. Então colocaram-me em uma cama estreita, levando-me pelos corredores frios do hospital. Senti meu corpo inteiro se arrepiar, enquanto escutava as palavras deles direcionadas a mim, dizendo que tudo ficaria bem e que eu logo acordaria.

Na sala pré-operatória, meus cabelos foram envolvidos por uma touca branca e fofinha. Meus pés, cobertos pelo mesmo material. Entrando na sala de cirurgia, percebi que todos estavam prontos para me receber. O anestesista era um homem simpático, na casa dos cinquenta anos. Ele parecia querer me divertir, e eu já conhecia o seu sorriso fácil. Disse que eu estava muito magrinha, e que, se ele *errasse a dose, eu dormiria por vinte e quatro horas. Abri um sorriso em respeito, sem ânimo para nada.*

O medo era maior do que qualquer coisa.

— Oi, Lua — disse o meu médico de Salt Lake City. Ele tinha os olhos claros e bondosos. — Tudo ficará bem e você vai acordar antes que se dê conta. Agora, vamos te colocar para dormir. Relaxe, você está em boas mãos. Vamos cuidar bem de você esta manhã, tudo bem?

Suspirei e percebi que o anestesista se aproximava. O homem injetou algo no acesso da veia, preparando o coquetel que me faria dormir.

— Inspire fundo e pense em algo que você goste. Imagine-se na praia ou no campo, em um momento único da sua vida. Pode ter sido um que já vivenciou ou algo que queira muito viver — carinhosamente ordenou, enquanto colocava a máscara em minha boca e nariz.

Senti uma lágrima descer.

Minha mente foi para Yan e seus olhos nublados, seu sorriso perfeito, a maneira como seu corpo era lindo, mas não mais que sua mente inteligente. Meus pensamentos foram para ele, sem correr para a mágoa, e sim imaginando seus lábios colando nos meus, prometendo que tudo ficaria bem e que eu acordaria livre.

Seus braços me rodeando, seu calor me aquecendo, sua voz rouca no meu ouvido...

Acabei sorrindo antes de apagar completamente.

Aline Sant'Ana

Apenas com você

CAPÍTULO 18

*I used to be the type
to never take the chance, Oh
Had so many walls
you'd think I was a castle
I spent so many empty nights
with faces I don't know
But ever since I met you
No vacancy, because of you*

— *One Republic, "No Vacancy".*

YAN

Meu telefone começou a vibrar e, puto, interrompi a chamada, já que tinha conseguido dormir pouco naquela noite. Estava frio, até para Miami, e aproveitei para cobrir Lua melhor. Ela decidiu ficar no apartamento comigo e deitou na nossa antiga cama, mas sem romantizar. Apenas dormimos, exaustos do dia anterior. O bilhete foi jogado fora, finalmente.

A cama ainda estava com o cheiro dela, mas agora... ela estava lá.

Saí do abraço com cautela e preparei um café forte.

Qualquer problema que o mundo estivesse enfrentando podia esperar.

Foi difícil processar tudo. Mesmo que Lua tivesse me contado, escutar da boca de um médico o diagnóstico foi uma facada no peito, contorcendo-o além da morte. Não estava preparado para aquilo. Na real, nunca estaria preparado para lidar com o fato de Lua ter enfrentado tudo isso sozinha.

Precisava me planejar sobre o que fazer. Eu teria que conversar com a Kizzie a respeito da agenda e também sobre Shane; que não me deu sinal de vida depois do show.

As sessões de Lua seriam em Salt Lake City, onde ela foi operada, e com a rádio-oncologista da sua confiança, que já vinha acompanhando-a. Eu precisava administrar meu tempo, pensei, enquanto tomava café. Lua teria dezesseis sessões de radioterapia, não podendo parar em nenhum dia, exceto nos finais de semana. O médico me garantiu que ela ficaria bem e que a única coisa que poderia ocasionar, em maior grau, seria a fadiga e uma pequena queimadura no seio. Salientou que era necessário Lua voltar à sua vida saudável, praticando

Aline Sant'Ana

exercícios, vivendo e trabalhando normalmente. Só que, cara, em Salt Lake City, ela jamais poderia voltar à vida.

Escutei um barulho no meu quarto e seus passos suaves pelo corredor até chegar na cozinha. De costas para Lua, comecei e encher uma caneca com o café e creme por cima. Me virei e caminhei até ela, levando a caneca. Observei seus olhos sonolentos e o sorriso em sua boca.

— Bom dia. — Lua bebeu um gole de café.

Seu lábio superior ficou com um bigode branco, e passei o polegar nele. Depois, levei-o até minha boca e lambi a espuma.

— Bom dia — respondi.

Lua soltou um suspiro e bebeu mais.

— Vou agendar nossa viagem — avisei, e ela abriu os olhos bem surpresos. — Para Salt Lake, quando você precisar ir. — Meu celular começou a tocar de novo, e revirei os olhos. Percebi que Lua ia dizer alguma coisa, mas pedi um momento para atendê-lo quando vi que era o rapaz que me adiantaria os planos. — Um momento, Lua.

Comecei a andar pelo apartamento, falando ao telefone, com a mente a mil e quinhentos por hora, pensando em Lua, Kizzie e Shane. Oliver conseguiu organizar um voo para mim e Lua, em um jato particular da banda para emergências. Viajaríamos na semana seguinte, no início do tratamento de Lua, e tudo ficaria certo. Lua me garantiu que o chalé dos avós estava legal, apesar de ela ainda reforçar que eu não precisava ir.

— E se você passar mal? — Encarei Lua, com o telefone preso na orelha. Dessa vez, aguardando Kizzie me atender. — Não posso correr o risco de te largar sozinha.

— Fiz a cirurgia, fiquei internada no hospital. Tudo ficou bem — comentou, orgulhosa.

— Você me contou por um motivo. Tem certeza de que não precisa de mim? Que não me quer lá?

— Yan! — Kizzie falou ao telefone. — Estou te procurando há uma década!

— Um momento, Kizzie.

Deixei a chamada em espera, recuperando a racionalidade. Mesmo que Lua me dissesse que não precisava de mim, que lidaria sozinha, eu viajaria logo atrás, nem que precisasse dirigir por toda a distância, e encontraria o chalé mesmo que estivesse localizado no inferno, porque, em hipótese alguma, eu a deixaria mais uma vez.

— Qual é a sua resposta? — indaguei, meu tom de voz suave.

Silêncio.

— Por que você está indo, Yan?

Tirei a chamada da espera.

— Eu já te ligo de volta, Kizzie. — Desliguei.

Me aproximei de Lua e levei-a até a sala, me sentando ao seu lado no sofá. Ela não estava mais com a aparência frágil do dia anterior. Tinha tomado um banho à noite e vestido um dos meus moletons. Seu semblante hoje estava cansado, mas ela não parecia abalada.

— Estou fazendo planos, porque achei que não queira mais enfrentar isso sozinha. — Fiz uma pausa, estudando seus olhos, que pareciam brilhar de um modo diferente. Segurei suas mãos. — Não quero atrapalhar suas escolhas, mas não consigo ficar aqui e imaginar você fazendo a radioterapia sozinha.

— Não foi isso que eu disse. Estou te perguntando o motivo real de você ir.

Cara, eu queria dizer que ainda a amava, que lutaria como um louco para que ela ficasse bem, que não suportaria viver com a possibilidade de perdê-la e que nunca, em mil anos, conseguiria tocar bateria para uma multidão, sabendo que Lua estava passando por um procedimento, em um hospital frio, sem que tivesse minha mão para segurar. Eu queria dizer que a minha intenção não era reconquistá-la, mas, se acontecesse, eu não ia reclamar, porque, porra, sou apaixonado por ela. Eu queria dizer que apoiá-la era a minha prioridade e que não precisávamos nomear nada, já que passamos por tanta merda. E que não precisávamos da certeza, desde que Lua não me afastasse e não me deixasse ficar longe dela.

Mais uma vez.

— Me preocupo com você e quero estar lá — eu disse, ao invés. — Não porque eu tenha segundas, terceiras ou quartas intenções. Merda, não. Só tenho perseverança, a minha fé, o meu colo e, espero, a minha boa companhia. Acredite, você não vai me atrapalhar. Também não vou fugir das obrigações em relação ao Shane. Eu consigo me organizar, fazer acontecer, tenho um plano. Só quero estar com você, te apoiando, porque tenho uma consideração foda pela mulher que dividiu uma parte da sua vida comigo. Quero te ver feliz, independente se está comigo ou não.

Lua molhou os lábios com a língua e desceu os olhos para o seu colo. Estávamos com as mãos unidas, e ela pareceu admirar um pouco o gesto.

— Posso pensar? — pediu, e me encarou. — Sei que é estranho jogar mil

Aline Sant'Ana

problemas na sua cabeça e depois dizer que não quero a sua ajuda, Yan. Mas, de verdade, eu preciso pensar.

É claro que Lua precisava de um tempo para pensar.

— Vou ligar pra Kizzie e me programar, caso você mude de ideia. Tá?

Mesmo se ela não mudasse de ideia, eu sabia que largaria tudo para ir atrás dela.

— Vou voltar para a minha casa. Passarei no consultório amanhã para ver como está a minha agenda. Preciso descansar. — Lua se levantou.

— Tudo bem. Me espere fazer essa ligação e já te levo.

Ela concordou.

Peguei o telefone, já pensando em pedir desculpas para Kizzie, mas, antes que eu pudesse dizer qualquer coisa, até um oi, a noiva de Zane se antecipou.

— Onde você está? — praticamente gritou do outro lado da linha.

— Em casa — respondi, incerto.

— Preciso que venha para o apartamento do Zane. Agora, Yan. Não leve um minuto ou dois para se arrumar ou qualquer coisa. Venha do jeito que está. — Suspirou. — Lua está com você?

— Sim.

— Traga-a. — Desligou.

Olhei para Lua, pensando na urgência da voz de Kizzie.

— Você pode me acompanhar até o apartamento do Zane? Parece urgente. Kizzie pediu que você fosse também.

— Ela sabe que estamos juntos?

— Não, mas perguntou se estava aqui, e eu respondi que sim.

— Vamos.

Entrei no elevador ao lado de Lua e sua mão procurou a minha.

Nossos dedos se entrelaçaram carinhosamente antes de as portas metálicas se abrirem.

Lua

No momento em que entramos, pude sentir um clima terrível de tensão no ar. Zane estava com a cabeça baixa, os cotovelos apoiados na perna, quase como se tivesse descoberto algo terrível. Kizzie andava de um lado para o outro, em saltos altos, formalmente bem-vestida com um conjunto de saia e blazer.

Seus olhos foram para o Yan.

— Senta, Yan. Você também, Lua. — Sua voz saiu mais doce quando se dirigiu a mim. — Por favor.

— Beleza — Yan falou e se sentou no sofá extenso, enquanto eu me acomodei por perto. — O que tá acontecendo?

— Me diga você — Kizzie rebateu. — Me explica por que tem uma mulher ameaçando a sua paz, e você não me disse nada a respeito?

— Scarlett? — Yan pareceu confuso por um momento. — Ah, já estou resolvendo isso.

— Não existe um "estou resolvendo isso" quando se é uma figura pública, Yan. Você não resolve os seus problemas. Eu os resolvo. É para isso que estou aqui. E advinha o meu choque quando recebo a ligação da Sakura, uma conhecida minha, dizendo que, por consideração a mim, decidiu me alertar de um escândalo sobre você que será exposto na mídia. Esta noite. Em Nova York.

— Um escândalo? Nova York? — Foi a minha vez de perguntar.

— Olha, eu pedi que Zane me contasse tudo. Desde a festa de Oliver até o momento em que você decidiu se encontrar com essa menina recebendo ajuda do Zane e do Shane. O que deu na sua cabeça, Yan? Pelo amor de Deus! Já pensou, por um milésimo de segundo que fosse, que essa mulher pode ser perigosa? Que ela é perigosa?

— Eu não pensei...

— E imagina a dor de cabeça que eu estou? Não é só você o problema, Shane também é.

Yan se empertigou.

— O que Shane fez?

— Foi a uma boate ontem e ficou no camarote. Algumas fãs estavam no local, e não quero nem saber o que ele fez com elas, nem pensar se tem alguma foto do escândalo. Só sei que, quando Shane saiu, elas vandalizaram a boate. Você acredita nisso? Que ficaram tão loucas que *quebraram* as coisas e bateram nos seguranças? — Kizzie pareceu desconsolada. — Pedi que Oliver fizesse uma nota e colocasse o meu nome, declarando que Shane não estava na boate quando tudo aconteceu, e que eu lamento. Olha, francamente, vocês vão me deixar maluca. Não consigo nem planejar o meu próprio casamento!

— Kizzie... — Zane começou, mas ela o interrompeu com o olhar.

Aline Sant'Ana

— Ainda não sei qual será o escândalo, Yan, mas posso prever. Scarlett deve ter feito alguma coisa quando ficou naquele quarto com você. Talvez uma foto ou vídeo. Provavelmente, vai ter você pelado lá, e eu espero, de todo o coração, que você esteja nu. Vai ser mais fácil tirar do ar se estiver.

Pisquei, admirada com Kizzie. Eu não tinha pensado em uma foto.

Yan pareceu concentrado, pensando no que fazer.

— Acham que Scarlett faria isso? — perguntei para todos. — Ela quer conquistar o Yan e sabe que não vai conseguir, se quebrar a confiança dele. Por que ela jogaria tudo para o alto?

— Porque sabe que não vai conseguir nada com ele — Kizzie esclareceu. — É sua última carta. Ela sabe que ele não a quer. Então, vai jogar baixo. Fama de cinco minutos, não creio que esse seja o seu objetivo, mas certamente quer que o Yan seja o meio para algo maior.

— Quando passamos de uma banda de fundo de quintal para escandalosos casos sexuais, tendo uma mulher louca tentando foder o nosso baterista? — Zane perguntou, pensativo. Depois, encarou Yan. — Preciso que você vá ver o Shane. Ele está se mudando para cá esta tarde. Preciso que norteie o cara.

— Eu vou resolver — Yan concordou, a voz rígida. — Que horas vai passar o negócio na TV?

— À noite — Kizzie respondeu. — Já estou estudando o que vou dizer. Sobre Shane, já tenho meus meios. Agora, preciso me preparar para essa Scarlett. Não quero nem pensar no que vou fazer se a vir pessoalmente. Nunca senti tanta raiva de alguém. Odeio pessoas oportunistas. Simplesmente não suporto!

Muita informação foi revelada. E eu sabia que o que Kizzie disse tinha total razão. Scarlett queria alguma coisa do Yan, mas viu que não foi bem-sucedida em seu plano A. Pelo visto, estava dando início ao plano B. Talvez não fosse conquistar Yan, mas talvez... talvez fosse fazê-lo não ter alternativa.

O que estava acontecendo?

As portas do elevador se abriram, revelando Erin e Carter. No momento em que Carter se aproximou de Yan, ele começou a falar várias coisas em seu tom de voz baixo e tranquilizante, quase como se pudesse fazer o amigo pensar com mais clareza. Erin me abraçou. Quando se afastou, me encarou com determinação.

— Do que você precisa, Lua? — questionou.

— Preciso ver a Scarlett.

Kizzie veio para perto de nós duas.

— Não vou deixar você se aproximar dela. — A noiva de Zane não me deu

Apenas com você

espaço para rebater. — Já descobrimos que ela é ardilosa, que não mede esforços para ter o que quer. Ela deve ter colocado um paparazzo na sua cola, esperando alguma foto perfeita que vá fazer você cair. Ela não vai parar, não vai jogar limpo, e eu não vou deixar você cair numa armadilha que grita desespero.

— Por quê? — perguntei para Kizzie, tentando entendê-la.

Seus olhos meio amarelados me encararam com atenção. Respeitei ainda mais Kizzie depois daquela manhã, depois de todas as coisas que ela disse, e por saber, sem dúvida alguma, que ela era a única capaz de domar aqueles meninos.

— Você é uma mulher forte e determinada, Lua. E é uma de nós. Nesse momento, não está pensando com clareza. Está com raiva e, talvez, magoada e ciumenta. — Fez uma pausa, estudando minha reação. Travei o maxilar, porque sim, era assim que eu me sentia. — Se for uma foto ou vídeo, ou algo do tipo, você vai querer, ainda com mais gana, ir atrás dela. Mas te peço para não ir. Nem agora, que não sabe do que se trata, nem depois. Preciso que você seja fria e calculista nesse momento, não deixe seus sentimentos pelo Yan na frente e não surte ao ver o que quer que apareça na televisão. Você sabe que não é real, e Yan, pelo que posso perceber, está fazendo de tudo para reconquistar a sua confiança. Se você demonstrar qualquer coisa, ainda que não queira perdoá-lo no final de tudo, ele vai quebrar.

Olhei para Yan. Ele estava sentado no sofá, com Zane de um lado e Carter do outro. Seus olhos estavam apáticos; sua postura, cansada. Ele tinha descoberto muita coisa em vinte e quatro horas. A minha doença foi a mais pesada delas. Kizzie, Zane e Carter ainda não sabiam de tudo, mas pude ver que Kizzie tinha uma sensibilidade muito grande, percebendo que Yan não estava legal. Kizzie não estava me pedindo para ser forte por ele, só estava me pedindo para não agir como louca naquele dia, porque poderia ter repercussões.

— Enquanto você não estava aqui, eu e Erin precisamos lidar com a perda da sanidade do Yan. Faz pouco tempo que você retornou e muito tempo que ficou fora, mas aconteceram muitas coisas nesse período, Lua. Vimos Yan chorar, ficar sem comer e até malhar como um louco. Esse homem que você está vendo agora, sentado naquele sofá, é uma fachada para um cara que ainda não está bem. Ele achou que tinha te perdido para sempre. Entende o que quero dizer? — Kizzie continuou e me fez olhá-la com atenção. — Por favor, só hoje, finja que não sente ciúmes dele e que não se importa com as jogadas loucas de Scarlett. Só hoje, finja que confia nele, ainda que não confie, não mais. Eu não estou pedindo para aceitá-lo, para perdoá-lo, mas para ser forte e demonstrar que, tudo bem se tiver uma vadia tentando acabar com o relacionamento de vocês dois, porque você é mais do que isso.

Aline Sant'Ana

Pisquei, e Erin respirou fundo.

Segurei a mão de Kizzie e a de Erin, levando-as para o quarto de Zane. Uma gatinha linda passou por nós correndo assim que abri a porta.

Quando entrei, pedi que ambas se sentassem.

Kizzie sabia o lado do Yan.

Agora conheceria o meu.

Yan

As meninas entraram no quarto do Zane para conversar, e eu precisava desabafar com os caras a respeito de tudo que vi nas últimas vinte e quatro horas. Sabia que não era um segredo meu para contar, mas, se havia pessoas nas quais eu poderia confiar a minha vida, essas pessoas eram Carter e Zane.

Choque, frustração, mágoa e dor. Vi tudo isso nos olhos dos dois caras que cresceram comigo como irmãos. De olhos marejados, ambos foram escutando todas as coisas que Lua passou sozinha, inclusive o fato de seu pai decepcioná-la ainda mais a cada dia. A doença de Lua, o passo a passo da descoberta até a cirurgia, o fato de que precisava de radioterapia... Carter e Zane não exibiam reação alguma. Se eu não visse os olhos vermelhos de ambos, emocionados e machucados, ninguém poderia dizer que estiveram ouvindo o que, de fato, ouviram.

— E você soube disso ontem? — A voz de Carter falhou.

— Sim — murmurei.

— Como ela pôde passar por tudo sozinha? — Zane emendou, chocado. Era difícil ver Zane chorar, mas uma lágrima solitária desceu por seu rosto. Ele a afastou bruscamente com a mão. — Como ela pôde não deixar que a apoiássemos? Porra, a gente teria feito o mundo girar ao contrário por ela!

— Entendo o ponto de vista dela, Zane. — Carter estava com a cabeça baixa. Lágrimas desceram por seu rosto também. — É altruísta, mas é muito cruel. Não posso imaginar como foi difícil tomar essa decisão, mas entendo. Lua sempre foi protetora com as pessoas. É uma coisa que ela tem, que nunca entendi, porém sempre respeitei.

— Ela quis nos poupar? — Zane falou, irritado. Eu sabia que ele estava magoado. — Nos poupar, porra! E ela? Lua pensou que ela não poderia ser poupada? Não tinha uma pessoa para abraçá-la nessa merda! Não tinha ninguém

Apenas com você

para dizer que tudo ia ficar bem! Nem seus próprios pais.

Zane se levantou de repente, e eu sabia o que ele ia fazer antes de ele realmente fazer. Carter também sabia. Então, o deixei ir e o assisti abrir a porta do seu quarto. Miska o seguiu e, como se entendesse seu novo dono, se enroscou nas pernas de Lua. De longe, vi que Erin e Kizzie estavam com lágrimas nos rostos também. Lua tinha contado tudo.

O guitarrista da The M's puxou Lua e a abraçou tão forte que pensei que seus ossos estalariam. Depois, ele se afastou e segurou as laterais do rosto dela. Eu não sabia se ele queria chacoalhá-la ou beijá-la.

— Nós amamos você, porra! — Zane disse alto, a voz trêmula. — Eu te amo pra caralho, mesmo você invadindo minha geladeira e dizendo que nunca tenho nada que presta, mesmo você machucando o coração do meu melhor amigo, mesmo você sendo uma louca altruísta que acha que pode abraçar o mundo sozinha! Como pôde fazer isso com você mesma? A gente te ama, te apoiaria e estaria lá por você, nem que uma turnê tivesse que ser cancelada. A banda não é mais importante do que as pessoas, caralho! Você é mais importante pra gente do que cantar para um milhão de pessoas! No que você estava pensando, Lua? No quê? Por que não me disse quando a gente se encontrou no elevador? *Caralho...*

Ele a abraçou mais uma vez.

Miska o apoiou, aos pés de Lua.

— A gente poderia ter te perdido e nem saberíamos de nada — Zane falou mais baixo dessa vez, abraçado com Lua.

Ele estava de costas para mim.

Lua estava com o olhar preso ao meu.

Lágrimas desciam pelo seu rosto.

Eu levantei do sofá e fui até o quarto. No batente, cruzei os braços e admirei a mulher que eu amava.

— É basicamente isso que todos nós gostaríamos de ter dito e feito — disse para ela. — Zane sempre foi o mais corajoso. — Sorri.

Ela sorriu para mim também.

E fechou os olhos, curtindo o abraço do amigo.

Aline Sant'Ana

Lua

Kizzie ficou no comando de todas as coisas, e decidi que iria com Yan conversar com Shane. Nada poderia ser feito até a bomba estourar. Eu tinha coisas para resolver no consultório antes de viajar, mas pareceu bom, depois de tantas emoções, conversar com um garoto que, desde sempre, senti que precisava de ajuda.

— E o que você vai dizer para ele? Já sabe? — perguntei para Yan, assim que entramos no elevador. Soubemos que ele já estava fazendo a mudança para o novo apartamento, que seria no mesmo prédio dos meninos.

— Eu sei que preciso pedir para ele ter consciência de que toda ação gera uma reação.

— Não sei se um menino de vinte e um anos vai entender isso.

— Ele precisa, Lua. — Yan suspirou e passou o braço pelo meu ombro. Seu olhar penetrou minha alma. — Você está bem?

— Depois de tudo que foi dito? Sim, um peso saiu das minhas costas.

— Mesmo com Zane te chacoalhando daquele jeito?

Sorri.

— Zane é uma criança de vinte e nove anos, Yan. Ele é maravilhoso e puro por dentro. Pode ter curtido a vida toda, mas o coração daquele menino é novo, como se tivesse sido tirado da caixa.

— Ele está descobrindo o que é amar — Yan declarou.

— Ele agiu por impulso, mas foi lindo. Acho que eu precisava ouvir aquilo, sabe? Reconhecer que o meu altruísmo, na verdade, foi um erro.

— Foi? — Yan perguntou baixinho.

— Eu queria vocês por perto.

Ele sorriu e me deu um beijo no topo da cabeça antes de as portas metálicas se abrirem.

Shane estava sem camisa, carregando três caixas ao mesmo tempo, no espaço imenso que era o seu novo apartamento. Ele nos olhou, abriu um sorriso e estudou por um momento o braço do Yan sobre o meu ombro.

— Ah, vocês. Já estava me perguntando quando ia receber um pouco de ajuda.

Yan se desvencilhou de mim e encarou o espaço bem ventilado e iluminado da sala. As janelas imensas da varanda, bem abertas, deixavam o vento gelado da manhã entrar. Tudo parecia tão limpo, claro e bagunçado... ainda assim, um lugar para morar.

— O grupo já vai descer. Todos vão te ajudar... E onde está Roxanne? — Yan questionou, erguendo a sobrancelha.

Shane soltou as três caixas, causando um baque altíssimo, ecoado por todo o apartamento.

— Hum, me deixa ver. — Soou irônico e sua fisionomia mudou. Bateu uma mão na outra, limpando-as do pó. — Deve estar muito ocupada com o namorado idiota, né? Não veio me ajudar na mudança. Então, tô supondo que é pra valer.

— Ah, sei. — Yan semicerrou os olhos e enfiou as mãos na calça cinza de moletom que usava para dormir, a camisa branca e transparente não escondendo os traços dos seus músculos. Nossa, de repente, o frio de Miami virou verão. — Então, como você está supondo que o namorado dela é pra valer, estou supondo que você ficou puto por ela não te dar mais atenção. Dessa forma, você foi para uma balada na mesma noite que chegou em Miami, encontrou umas fãs, pegou o camarote e transou com todas elas?

Shane bufou.

— Estou solteiro.

— Isso não significa que você tem que distribuir seu pau em uma bandeja.

Uh, Shane tem pinto wi-fi?

— Cinto de castidade? — ele rebateu, ácido.

— Consciência, Shane. — A voz de Yan estava altiva e forte, daquela maneira que não dava espaço para ele ser rebatido. Yan pegou uma das caixas da entrada, leu o que estava escrito e foi caminhando até a cozinha. — Você precisa entender que transar com as fãs em local público não é legal, cara. Ainda mais quando uma sabe da outra. Viu o que aconteceu depois que você saiu?

— Não — falou, assim que Yan voltou da cozinha.

— Elas devem ter discutido e depois brigaram com os seguranças. E, também, quebraram algumas coisas. Foram expulsas.

— Ah. — Shane pareceu surpreso. Ele ajeitou o boné na cabeça e me encarou. — Certo. Então... eu deveria ficar sossegado enquanto todo mundo tem alguém para transar, menos eu?

— Você pode transar. Só não faça isso em público, nem tire fotos ou deixe uma saber da outra. Fui claro? — Yan falou.

Pigarreei.

Aline Sant'Ana

— Na verdade — comecei e fui caminhando até Shane. Estudei seu rosto bonito, as tatuagens e a maneira que ele parecia incomodado com a minha análise. — Por que você não está namorando mais as três meninas de antes?

— Foi um pedido do Yan — esclareceu Shane.

— Ah, certo. Não tem nada a ver com a Roxanne?

— Não — falou, sucinto, estreitando os olhos.

— E você transou com essas meninas todas da boate porque...

— Tenho vinte e um anos e um apetite sexual muito, muito saudável, Lua — murmurou, com a voz sexy, e ergueu a sobrancelha com o piercing, desafiando-me a contrariá-lo.

— Tá bem — respondi. — É isso que você vai dizer para mim ou para si mesmo?

— A resposta é a mesma.

— Você é difícil.

— Eu sou um D'Auvray.

— E nunca se apaixonou? — rebati.

Ele escureceu o olhar e baixou as pálpebras.

— Nunca mais vou me apaixonar de novo.

— Por quê?

— É uma promessa, Lua. E pretendo cumpri-la.

Coloquei a mão em seu rosto, sentindo a aspereza da barba por fazer arranhar minha pele. Shane arregalou os olhos, surpreso pelo contato.

— Não seja tão duro consigo mesmo.

— Não sou.

— Você é, sim.

— Tá — resmungou.

Sorri.

— Siga os conselhos do Yan, tudo bem?

— Eu vou seguir.

— Me promete isso?

Ele não hesitou quando respondeu.

— Prometo.

Virei as costas e fui em direção a Yan. As portas do elevador se abriram, trazendo todos que Shane amava, incluindo seus pais, embora eu sentisse que quem ele queria não viria ajudá-lo. Abracei os pais dos D'Auvray e olhei para trás, vendo Shane sorrir, embora parecesse um daqueles gestos vazios. Yan e eu entramos no elevador, e ele me encarou. Eu o olhei e desci a admiração até pairar em seu sorriso.

— Você gosta daquele moleque.

— Tenho um carinho por ele.

— Eu também. — Yan ainda sorria.

— O que foi? Por que está me olhando assim?

— Porque você foi muito maternal ali.

— Ah, para.

— Você foi.

Sorri e dei a Yan um sorriso ainda mais largo.

— Vocês são um bando de nenéns — declarei. — Precisei ser maternal.

YAN

Depois da mudança de Shane, todos estavam reunidos na sala de Zane, incluindo a gata de Kizzie, que estava em seu colo sendo acariciada. A espera da notícia foi foda. Assistimos à abertura do jornal e os âncoras conversando entre si. Percebi certa faísca entre ambos, quase como se quisessem resolver o atrito sexual com indiretas. Achei divertido e quase me esqueci de que estava esperando uma bomba.

— Ela é bonita — Shane admirou Lori, a mulher que apresentava o telejornal.

— Nossa, ela é bem gata mesmo. Esse tal de Ethan não vai fazer nada a respeito? Eu faria.

— Shane! — Kizzie o repreendeu. — Presta atenção na matéria.

— Acho que vão falar agora — Erin disse, apreensiva.

"**Houve quebra-quebra na saída de uma boate em Miami, após um dos integrantes da banda The M's deixar o local. Parece que as fãs, que estavam no camarote com o astro do rock, se desentenderam com os seguranças da boate, e a noite terminou com vandalismo e a chegada da polícia.**"

Aline Sant'Ana

— Cara, isso é surreal — disse Shane, assim que apareceu uma foto dele com duas meninas no colo.

— Eu falei para não deixarem tirar foto — resmunguei. — Que sirva de lição, garoto.

— É, tô ligado — respondeu Shane.

Lua estava do meu lado. Sem me tocar em nenhuma parte. Percebi que estava tensa. E eu sabia que, o que quer que aparecesse na tela, poderia prejudicar ainda mais a relação instável que estávamos tendo.

"Recentemente, durante sua turnê na Europa, o baterista da banda, Yan Sanders, foi alvo de muita especulação quanto ao término do namoro com a filha do prefeito de Miami, após suposta traição em uma festa."

A mão de Lua encontrou a minha.

"Em nota, a agente da The M's, Keziah Hastings, enfatizou que nenhum integrante da banda estava no local durante os atos de vandalismo e lamenta que o incidente tenha sido provocado por fãs da The M's."

— Você é foda, Marrentinha. — Zane beijou a bochecha da noiva.

Olhei para a tela, assistindo imagens da boate e vídeos amadores do ocorrido na noite em que Shane quis extravasar. Ele estava encarando aquilo tudo um pouco envergonhado, mas não menos imponente que seu irmão. Era uma característica forte da família: cometer erros, reconhecê-los, mas não se abaixar por nada nem ninguém.

A âncora bonita do jornal voltou, parecendo chocada por alguma coisa que foi dita em seu ponto.

"Esperem um momento, acabamos de receber em primeira mão a informação de que o baterista Yan Sanders está tendo um caso."

— E lá vamos nós — Carter disse, impaciente.

— Essa vadia oportunista do caralho! — Zane vociferou.

— Calma, Zane — Erin pediu.

Lua apertou ainda mais a minha mão. Ela não pareceu nem um pouco incerta do que estava vendo, nem um pouco duvidosa a respeito do meu caráter. Era tudo que eu precisava saber.

Talvez nem tudo estivesse perdido.

Meu celular começou a tocar ao mesmo tempo em que uma imagem apareceu na tela. Scarlett estava me abraçando pelas costas, deitada enroscada comigo de alguma forma. Minha nudez foi coberta com um borrão, assim como os seios dela. Claramente era uma foto minha dormindo, enquanto a mulher me beijava na bochecha, sinalizando que estávamos juntos.

Aquilo me deu um enjoo súbito.

Caralho, que maluca!

— Não atenda à ligação. — A voz de Kizzie se sobressaiu acima do barulho da TV, para que eu prestasse atenção nela. — Não atenda nenhum número desconhecido até eu ter isso resolvido.

"Estamos tentando contato com o baterista da The M's, que está sendo frequentemente vinculado a escândalos, para sabermos mais detalhes do ocorrido."

Olhei para a TV, ainda não acreditando em tudo que tinha acabado de ver.

**"Embora o caso anterior, da boate, tenha ganhado repercussão nas páginas policias e abalado as redes sociais, parece que a empresária da banda terá muito mais trabalho agora.
A mulher da foto não quis gravar entrevista. Bem, eu não posso culpá-la, como resistir aos rockstars mais cobiçados do momento?"**

— Isso, baby. Pode vir para mim. Não precisa resistir a nada. Vou ser todo seu — Shane brincou, o que acabou aliviando o clima tenso.

— Ela não quis gravar entrevista — Kizzie pensou alto. — Por quê? — indagou retoricamente.

"Gosta dessa banda, Lori?"

— Ah, olha lá! O Ethan tá com ciúmes de nós, caras. Assistam isso! — Shane provocou, causando uma risada coletiva.

"É, eu gosto."

Aline Sant'Ana

— Hummmmm — Shane ronronou.

Erin riu.

E eu acabei sorrindo também.

"**Uma pena que tenha perdido o show da The M's aqui em Nova York. Poderia ter conseguido... uma foto parecida, talvez?**"

— Porra! — Zane falou, rindo muito depois.

— Ele está com ciúmes — disse Lua, esclarecendo a atitude do âncora. — Ele certamente tem sentimentos por ela.

— Perdi a minha deusa da televisão? — Shane se manifestou.

— Ela queria uma foto com o Yan, Shane. Pelo visto, você se deu mal — Carter zombou.

— Ah, foda-se. — Rindo, Shane jogou a cabeça para trás, recostando-se mais confortavelmente no sofá.

Olhei para todos que estavam comigo, comentando sobre o telejornal de Nova York como se fosse uma série de romance da Netflix, e agradeci a Deus por ninguém ter me julgado ou acreditado nas merdas de Scarlett.

Agradeci por ter cada um deles em minha vida.

Lua abriu um sorriso e me deu um beijo na bochecha. Seus olhos estavam ternos.

— Pelo visto, você vai ter que se explicar para o mundo, Gigante.

O apelido que ela me deu no nosso namoro soou como se tivesse dito que me amava. Em uma hora tão crucial para nós dois, que a confiança precisava ser reestabelecida...

Umedeci os lábios com a ponta da língua.

— Eu tô sendo taxado de Zane D'Auvray.

— O que seria um elogio — acrescentou Zane, ouvindo a conversa.

Todos riram de novo, e Zane desligou a TV.

No entanto, Keziah estava com um olhar mortal dirigido à tela desligada.

E eu soube que ela ia atrás de justiça.

CAPÍTULO 19

If I stay with you
If I'm choosing wrong
I don't care at all
If I'm loosing now
But I'm winning late
That's all I want

— Cecilia Krull, "My Life Is Going On".

YAN

— Tem certeza de que tem tudo sob controle?

— Sim — Kizzie me garantiu.

— Volto na próxima semana para o show.

— Eu sei.

— Você pode me ligar se precisar...

— Yan, relaxa.

Kizzie se aproximou e deu um beijo na minha bochecha. Quando se afastou, estava sorrindo.

— Você precisa cuidar dela.

— É. — Lancei um olhar para Lua, que estava abraçando Erin. — Eu vou tentar o meu melhor.

— Tenho certeza de que vai conseguir.

Zane se aproximou e me abraçou bem forte. Depois, bateu nas minhas costas duas vezes.

— Se cuida, cara.

— Preciso que *você* se cuide — respondi. — E também cuide de Shane essa semana. Lua vai começar o tratamento, mas no final de semana...

— Eu sei, você tá de volta.

— Isso.

— Tá tranquilo, já que não precisamos mais ensaiar e temos o show perfeito.

Aline Sant'Ana

O que importa agora é você estar ao lado da Lua. Ela já esteve sozinha por tempo suficiente.

— Estarei a uma ligação de distância.

— Certo. — Sorriu de forma tranquilizadora. — Eu também.

Abracei Zane mais uma vez antes de ir para Carter e Erin. Pedi que Erin ficasse on-line quando desse, para fazermos ligações por vídeo-chamada. Seria bom Lua ter a amiga por perto. Carter me abraçou, disse que estava verificando Scarlett quando chegou perto do meu ouvido, e que ia trabalhar nisso pessoalmente junto a Kizzie e Zane.

Eu o agradeci, de coração.

Duas horas depois, estávamos no voo particular. Olhei de relance para Lua, pensando no que fez a sua decisão ser essa. Eu, aqui, com ela. Lua não disse nada, apenas me pediu, na noite que assistimos ao telejornal, que eu fosse para Salt Lake City. Ficaríamos duas semanas lá, retornando nos finais de semana, porque eu tinha um show no sábado e um no domingo da semana seguinte. Seria louco, mas não a deixaria, de novo não.

— Por que você tá me olhando assim? — Lua ajeitou o cabelo curto atrás da orelha. Um sorriso leve estava em seu rosto quando me encarou de volta.

— Eu só tô feliz por estar aqui.

— Ah, para! Não tem empolgação nenhuma viajar para... isso.

— Você está comigo, Lua. Esqueceu que sou o homem dos planos? — Ergui uma sobrancelha.

Ela soltou uma risada.

— Você *planejou* essa viagem?

— Sim.

— Quando?

— De madrugada.

— Você tem um roteiro? — perguntou, incrédula.

Sorri de lado.

— Eu tenho tudo que precisamos, Lua. A viagem não tem que ser ruim. Pode ser leve.

— Você é tão...

— Surpreendente?

Ela riu.

Apenas com você

— É.

— Bom, eu curto surpreender. Isso você já sabe — murmurei a última frase, bem rouco.

O que eu disse tinha a ver com todas as vezes que fizemos sexo quente, na maior parte surpreendendo na cama, ligando o foda-se para a rotina, fazendo-a descobrir sobre si mesma.

Mas Lua não ficou encabulada.

Porra, ela não era nada como as outras mulheres.

Então, sorriu e depois piscou para mim, entrelaçou nossas mãos e recostou a cabeça, enquanto fingia prestar atenção no filme que passava na pequena tela do avião.

Eu fiz o mesmo.

E não dissemos mais nada até estarmos em terra firme.

Lua

A viagem foi tranquila e o caminho do aeroporto até o chalé, também. Estava muito frio, a neve não parava de cair, cada vez mais densa. No meio do caminho, recebi uma mensagem de Andrew, preocupado com o meu sumiço. Expliquei tudo que houve por áudio e sua resposta foi um emoji de sorriso e a curta frase: Eu sabia.

— Vamos parar em algum lugar para comprar comida? — Yan questionou, apertando o volante. Era uma mania que ele tinha e não fazia ideia de como seus músculos ficavam sexy, quase brigando com o tecido do suéter caro. — Se houver uma tempestade, precisamos estar prontos.

— Ótima ideia — concordei e apontei para um mercado pequeno na próxima parada. — Vamos ali.

— Tudo bem. — Yan deu seta e entrou na pequena via.

Estremeci pelo tempo gelado assim que as portas se abriram e coloquei a correntinha que mamãe me deu para dentro da roupa, esperando que me desse mesmo sorte. Eu estava usando calças jeans e uma térmica embaixo dela, além de um casaco próprio para a neve e um gorro quentinho, mas nada pareceu suficiente. Yan estava com um suéter vermelho, uma calça social preta e, pela gola aparecendo no decote V do suéter, vi que vestia uma camisa social preta. Ele parecia bem com a pouca roupa. Olhou de relance para mim, passou o braço por

Aline Sant'Ana

meu ombro e, durante a caminhada até a entrada, seu corpo aqueceu o meu.

Meu Deus, como eu estava confusa!

— Ah, boa tarde! — disse um senhor, nos recepcionando com um sorriso. Ele parecia passar dos oitenta anos, o que era surpreendente. Como ainda trabalhava com aquela empolgação toda? Eu, antes os trinta, já ficava cansada só de pensar. — Do que vocês precisam?

Yan precisou se afastar do abraço e pegou um carrinho.

— Boa tarde, senhor. Vamos comprar alguns mantimentos.

— É, o frio vai apertar. Estão a passeio?

Yan respondeu primeiro, como se soubesse que eu não queria dizer em voz alta o verdadeiro motivo de estar ali.

— Quase uma lua de mel — brincou.

— Então estão no lugar certo. Muito frio, neve e fondue. Se me permitem, aconselho que peguem uma boa quantidade de coisas. O tempo é incerto e, às vezes, as estradas ficam fechadas.

Será que isso atrasaria meu tratamento?

— Até a estrada em direção ao centro? — questionei.

— Oh, não! Essa é sempre bem cuidada — garantiu, com um sorriso bondoso. — Fiquem à vontade. Se precisarem de mim, estou no balcão.

Percebi, alguns minutos mais tarde, com certa fascinação, que nunca tinha ido ao mercado com o baterista da The M's. E notei, ainda mais fascinada, o quanto era bonito ver um homem fazendo compras para casa. Ele escolhendo as coisas, fazendo anotações mentais do que precisava e cálculos matemáticos que eu não compreendia. Vi que os cálculos não se tratavam de contas para saber quanto ia dar a compra, mas sim quanto tempo durariam os mantimentos. Yan pegou diversas coisas, em uma quantidade dobrada e, às vezes, triplicada. Não ousei me meter. Ele se lembrou de tudo. Desde produtos de limpeza, higiene, aos alimentos que poderiam render receitas maravilhosas que eu não teria talento para fazer.

Por último, mas não menos importante, pegou seis garrafas de vinho e, como se só naquele momento notasse a minha presença, sorriu.

— Não é o seu vinho favorito, mas é o melhor que tem.

— Não me importo.

— De verdade? — Ergueu a sobrancelha.

— De verdade. — Sorri mais uma vez para ele.

Apenas com você

A conta deu um valor astronômico, por causa das coisas caras que Yan comprou. Ele se ofereceu para pagar, mas saquei o meu cartão de crédito e o estendi. Yan era controlador, gostava de estar à frente das coisas, mas precisava compreender que eu era uma mulher independente, dona do meu próprio dinheiro, das minhas vontades. Ele precisava ver que, em alguns assuntos, eu poderia me virar sozinha.

Apesar da cara fechada em uma repreenda clássica de Yan Sanders, ele me deixou pagar. Não disse nada, mas fez questão de não me deixar pegar *uma* sacola sequer para colocar no 4x4 que alugara na cidade. Antes de ele levar a última sacola, o senhor, dono do mercadinho, nos chamou com o indicador.

— Eu quero dar um presente para vocês — falou com a voz trêmula pela idade e um sorriso sábio no rosto.

— O quê? — indaguei, curiosa.

Ele puxou de trás do balcão um pote de vidro grande, que deveria passar dos trinta centímetros, e possuía uma tampa. Colocou-o sobre a bancada. Depois, se abaixou de novo para pegar algo, e nos estendeu dois blocos de folha sulfite. Uma na tonalidade verde, a outra, rosa. Por último, puxou uma caneta dourada e colocou-a sobre o bloco de folhas verde.

— No casamento, numa união, num namoro, seja qual for o tipo de envolvimento entre duas pessoas, sempre haverá fases. Afinal, existem três vidas envolvidas: a sua. — Apontou para Yan. — A dela. E a de vocês, como casal. — Seus olhos miraram nós dois, alternando o foco. — Vão existir dias em que vocês irão esquecer o motivo de estarem juntos. Existirão dias em que duvidarão do sentimento do outro ou até se ainda existe amor. Esses são os mais sombrios.

Pisquei, chocada.

— Estando casado há sessenta anos com uma mulher que não poderia ser qualquer outra, posso afirmar para vocês que até um grande amor, como o nosso, passou por incontáveis provações. — Soltou um suspiro e, depois, sorriu. — No dia do nosso casamento, prometemos que nunca iríamos nos esquecer dos motivos que nos faziam ficar juntos. Esse presente que estou dando a vocês não é para ser feito em um dia, até porque hoje vocês não se conhecem totalmente e as pessoas mudam, se transformam...

Pegou as folhas verdes com as mãos trêmulas e estendeu-as para Yan.

— Durante a vida, quando olhar para essa mulher, quando ela fizer algo que faça o seu coração acelerar, escreva em um pedacinho de papel o motivo de amá-la naquele momento. Rasgue a parte escrita, dobre ao meio e jogue no pote. — Olhou para mim e repetiu a ordem. Depois, nos admirou com carinho. — Nas fases sombrias ou se passarem por uma situação que os faça duvidar do sentimento,

Aline Sant'Ana

abra o pote e leia o que foi escrito para você, pelo parceiro.

Eu não sabia que Yan estava com a mão na base das minhas costas até senti-lo me acariciar sobre o casaco.

— Pode ser que ele te ame por algo que você fez no passado e nem faça mais no dia em que abrir o bilhetinho. Pode ser que você abra um papel que seja referente ao que fez ontem. Pode ser que você se pegue sendo surpreendida por um motivo de ele te amar e você sequer saber. — O homem manteve os olhos fixos nos meus. — O importante é não esquecer. O importante é encontrar um motivo para ele ter te escolhido. Afinal, de todas as pessoas, é apenas com você que ele deseja estar.

Olhei para Yan, percebendo uma emoção clara em seu rosto. Ele pegou o pote, as folhas e a caneta. Então, se inclinou sobre o balcão e, para minha total surpresa, segurou o rosto do homem e, com muito respeito, deu um beijo em sua testa.

— Muito obrigado, senhor — falou Yan. — Significou muito.

— Como um presente de um anjo — completei.

— Não é à toa que me chamo Nathaniel — disse, brincalhão. — Desejo toda a felicidade do mundo para vocês.

Sorri emocionada, e estendi a mão para ele, que foi recebida com um beijo.

— Que você possa viver esse amor por toda a eternidade — desejei, sorrindo.

— Ah, viverei! Por todos os dias que me restam e por todas as vidas que virão.

Saímos do mercadinho com o coração balançado. Yan dirigiu com o pote no colo, e eu fiquei com as folhas e a caneta dourada no meu. Quando a peguei, vi que os nomes do casal de idosos estava gravado. Nathaniel e Patricia. Aquilo me fez pensar sobre os motivos que me fizeram amar Yan durante o ano que passamos juntos.

Lancei um olhar para ele, que estava atento à direção.

As razões, todas elas, ainda estavam ali.

YAN

Mesmo depois de chegar ao chalé dos avós de Lua, ser apresentado a cada aconchegante cômodo, ligar a lareira e começar a preparar a comida, as palavras de Nathaniel não deixaram a minha cabeça.

Apenas com você

— O que você está preparando? — Lua se aproximou, apagando meus pensamentos. Ela abriu um sorriso cauteloso e enrugou o nariz como uma criança. — Uh, que cheirinho bom.

— Tinha várias opções — expliquei e olhei para ela. — Acabei decidindo por uma sopa de legumes e carne. Tá bem frio, né?

Lua se abraçou.

— Congelando.

Ela tinha tomado um banho e seus cabelos curtos estavam quase secos àquela altura. Estava sexy com um moletom branco e uma calça legging preta. A casa já estava mais quente devido ao aquecedor central e à lareira. Mesmo assim, a porra da atração apareceu. Um arrepio subiu pela minha nuca quando a observei com mais atenção.

Umedeci a boca.

Mas decidi desviar a atenção dos seus lábios. Não era o momento certo.

— Posso te ajudar em alguma coisa?

— Hum. — Pensei. — Corte o pão italiano para mim? Vamos comê-lo junto com a sopa.

— Sim, chef. — Sorriu.

A sopa ficou pronta quarenta minutos mais tarde. Nós tomamos, nos sentindo aconchegados no chalé. Estávamos muito cansados da viagem e de todos os acontecimentos do dia anterior. Recebi uma mensagem de Kizzie, mas sem novidades de Scarlett ainda. Porra, era cedo, mas ela me garantiu que continuaria procurando e que estava trabalhando na minha imagem. Em breve, ela soltaria o vídeo completo do incidente, e as pessoas compreenderiam que não fui até o final com aquelas garotas.

O ar entre mim e Lua estava leve, de amizade mesmo. Quer dizer, estou mentindo. Parece que ficou algo não dito, a química dançando no ar. Depois do senhor no mercado, me senti exposto. Queria dizer tantas coisas para Lua, e ainda não podia. Mas, pensando bem, na real, a gente precisava ouvir o que o senhor disse, nós dois precisávamos de motivos para acreditar.

Lua se levantou da mesa, lavou a louça e depois me convidou para ficar no sofá com ela. Não ligamos a televisão, não fizemos nada além de pegar uma manta de retalhos, que era da sua avó, e nos cobrir. Puxei-a para perto de mim, deixando-a encostar-se no meu corpo. Lua soltou quase um ronrono quando nos aconchegamos. Meus braços ficaram em volta dela, o queixo apoiado sobre sua cabeça.

Aline Sant'Ana

— É tão quieto aqui — falei baixinho, escutando apenas o crepitar da lareira.

— Eu sou barulhenta e bagunceira, mas, quando chego aqui, parece que sou outra. Gosto do silêncio, de assistir à neve caindo pela janela, da sensação de solidão, que se mistura à de liberdade.

Pensei sobre o que ela disse.

— Faz anos que não fico assim, isolado do mundo. Nem me lembro da última vez.

— Às vezes, precisamos dessa pausa para ouvir nossos próprios corações e percebermos que estamos vivos.

Ela deitou a cabeça no meu peito, escorregando seu corpo para que pudesse fazê-lo. Tremi com o contato, pensando no desejo que não me abandonava, e respirei fundo. Sua orelha estava sobre o lado esquerdo do meu peito, e Lua fechou os olhos.

— Tinha me esquecido do quanto o seu coração bate forte e alto, quase como se fosse um desafio, bradando que sairia a qualquer momento.

Fechei os olhos, porque queria responder direito. Cara, eu queria dizer que batia alto e forte porque ela estava por perto, e ele não poderia reagir de outra maneira.

Lua, no entanto, não quis uma resposta. Ela acariciou meu peito por cima do suéter e virou o rosto para cima. Assisti seus olhos castanho-esverdeados me admirarem com um brilho. Desci o olhar para sua boca e a vi sorrindo para mim.

— Estamos vivos, Yan.

— Sim — sussurrei e umedeci a boca, segurando-me para não a descer até Lua.

— Não é maravilhoso?

— Há muitas formas de estar morto e muitas formas de estar vivo — filosofei. — Há mortes em que continuamos respirando, porém nos sentimos como um nada, sem rumo e sem saída, como se não estivéssemos vivos de verdade. Assim como há vida quando já não estamos presentes fisicamente, porém alguém se recorda de nós e isso nos faz estar aqui.

— Como? — ela questionou.

— Como a perda de uma pessoa que você ama, quando ela sai da sua vida, embora ainda esteja viva — falei. Foi como me senti sem a Lua, como se não pudesse ser capaz mais de viver. — E como a manta da sua avó — completei. — Ela não está aqui, mas é como se estivesse.

Apenas com você

— Você prefere a morte de alguém que ainda está vivo ou a vida de alguém que já está morto?

— Nenhuma das duas alternativas. É doloroso do mesmo jeito.

— Não é uma droga? A gente deveria saber lidar com a perda. Todos nós temos que passar por isso.

— Não aceitamos porque o amor nos deixa egoístas. — Me remexi. — Nós queremos o direito de sermos felizes com quem amamos.

— Em algum momento, no passado, você foi feliz? — Ela piscou, nervosa.

Acariciei seu rosto e abri um sorriso.

— Fui.

Um tempo mais tarde, Lua se aconchegou mais confortavelmente e escutei sua respiração cadenciar. Ela colocou uma mão dentro do meu suéter. As pontas dos seus dedos estavam geladas sobre minha barriga, sua cabeça pesou em meu peito e ela ressonou baixinho.

"Durante a vida, quando olhar para essa mulher, quando ela fizer algo que faça o seu coração acelerar, escreva em um pedacinho de papel o motivo de amá-la naquele momento."

As palavras de Nathaniel vieram à minha mente.

Anotei mentalmente esse como um dos motivos que me faziam amá-la.

A maneira que se aconchegava como se precisasse do meu calor para dormir.

Lua

Eu não teria tempo de fazer nada hoje, a não ser ir para a minha primeira sessão de radioterapia. Antes de viajar, tinha feito todos os procedimentos padrões, incluindo os exames, e marcado as minhas sessões. Percebi que Yan não estava tão nervoso quanto eu. Ele pareceu muito concentrado em ser forte por mim. Foi bom sentir que, pela primeira vez, eu poderia me apavorar se precisasse.

O tratamento era na mesma clínica que fui tratada. Agora, a doutora Giulia seria a responsável pelas aplicações da minha radioterapia. Ela me cumprimentou com um sorriso, garantindo que, no máximo, eu me sentiria fadigada e sem apetite por algumas horas. Passou instruções, disse que a radiação só ficava no meu corpo durante a aplicação e deu uma olhada para Yan, quando avisou que eu poderia beijar e ter qualquer tipo de contato depois das aplicações. Disse que seria rápido, em torno de vinte minutos, e me pediu para ficar uns cinco minutos a mais, para me observar.

Ela nos deixou um momento sozinhos e entrou em outra sala.

Yan colocou as mãos na minha cintura e colou a boca na minha testa. Ele escutara naquela manhã que eu só poderia ser tratada com rádio. Ele soube a verdade nua e crua. Não havia palavras doces a serem ditas, apenas a verdade.

— Estou com você. — Ele deu um beijo na minha testa. Depois, pegou meu rosto e o virou para cima. O rosto dele transmitia dor. E força. — Você está bem?

— Com um pouco de medo, mas também com uma raiva imensa. Quero me livrar disso e quero que a doença sufoque nesses raios, tipo, quero que ela se ferre real e oficial — brinquei, ainda que não brincasse de verdade. Eu sentia ódio por tudo que a doença me tirou.

Yan ergueu os lábios em um sorriso sem exibir os dentes. Ainda assim, sem medo, quase como se estivesse correndo para uma batalha. Eu sabia que para ele era difícil, eu sabia que ele se culpava. Mas como?

— Vamos matar essa filha da puta — falou baixo, rouco e intenso, como se estivesse determinado a ir para uma missão do James Bond, o que me fez dar uma gargalhada espontânea, totalmente ilógica para a situação que iria enfrentar. Ele abriu um sorriso de verdade dessa vez, com todos os dentes brancos contrastando com a pele bronzeada de Miami.

Um beijo na minha bochecha mais tarde e eu entrei para o tratamento, deitando na maca, sabendo que Yan estaria me esperando.

Foi aterrorizante.

E reconfortante, por saber que nem tudo é necessário ser feito na solidão.

Apenas com você

CAPÍTULO 20

I've got a hundred million
reasons to walk away
But baby, I just need one
good one to stay

— **Lady Gaga, "Million Reasons".**

Yan

A neve diminuiu e alguns dias haviam se passado. Lua continuava a fazer o tratamento. Porra, era doloroso pra caralho ver que, às vezes, Lua se sentia cansada, com dor na área da aplicação e queimaduras na pele. Compramos a pomada indicada, e a ajudei a passar. Era o mínimo que eu podia fazer. Minha vontade? Colocá-la em meus braços e acalentar sua dor. Levei um tempo para compreender que Lua não era uma mulher que precisava desse tipo de apoio — com raras exceções quando eu sentia que ela quebrava — e, na maior parte do tempo, era autossuficiente e forte por si mesma.

Talvez por isso a rebeldia de fazer tudo sozinha, de provar para o mundo que era capaz de se cuidar e que não precisava ter alguém como sombra para salvá-la dos seus próprios problemas.

O que, cara, era lindo pra caralho.

Conheci uma mulher diferente da que eu idealizava. Eu a via como uma pessoa frágil, talvez eu quisesse que Lua fosse assim, para eu ter controle sobre suas emoções e poder ser seu super-herói. Olhava o relacionamento de Carter e Erin e via a dependência de um em relação ao outro e achava que aquilo também seria ideal para nós dois.

Me peguei sorrindo sozinho naquela manhã, ao enxergar a merda que fiz.

Ninguém precisa de outro alguém. Nascemos sozinhos e morremos sozinhos. Achamos que as conexões com os outros nos fazem seres humanos melhores, mas o que nos faz evoluir é a nossa força de vontade e a crença em nós mesmos.

Lua nunca teve tempo de me acompanhar nos shows e, tudo bem que ela não pudesse, tudo bem que não devesse e que tivesse seus próprios compromissos. Por que eu cobrava tanto a exclusividade da sua atenção? Medo de que Lua fosse deixar de me amar? Com tudo que aconteceu, toda a quebra de confiança que houve e a reconquista da mesma, ainda conseguia ver no fundo daqueles olhos castanho-esverdeados que o sentimento não mudara.

— Você parece sério demais para uma pessoa que acabou de acordar — Lua falou, com a voz rouca de sono, erguendo a sobrancelha como se quisesse me provocar.

Deslizei para ela uma caneca imensa de café.

— Bom dia. — Sorri.

Desde que chegamos, estávamos dormindo na mesma cama, abraçados e embolados como se ainda fôssemos um casal, embora parecesse que uma amizade imensa crescia entre nós, e era isso mesmo. Quase ri quando me dei conta de que éramos uma versão mais adulta de Shane e Roxanne: apaixonados, porém sem coragem de dar o próximo passo.

Sabia que não poderia mudar o passado, mas poderia ser alguém melhor no presente, o que me renderia, talvez, com muita sorte, um futuro ao lado da mulher que eu amava.

— Bom dia — ela respondeu, tomando um grande gole do café quente. — Quais são as divagações dessa manhã?

Descobrimos que gostávamos de falar sobre pessoas, relacionamentos, erros e acertos, e sobre a vida. Nossos diálogos não eram mais os mesmos. Descobri também que Lua tinha convicções fortes sobre a vida, opiniões fodas. O que eu tinha de organização, ela tinha de força de caráter.

— Senta aqui. — Bati no banquinho de madeira ao meu lado. Lua atendeu, e eu me aproximei, levando a mão ao seu rosto. Passei uma mecha do seu cabelo curtinho e rebelde para trás da orelha. Ela sorriu e eu me inclinei, dando um beijo em sua testa. — Hoje é sábado, o que significa que você não tem radioterapia.

— Isso — confirmou, bebendo mais café.

— Você pode se vestir? Nós vamos passar o dia fora.

— O que você vai aprontar?

— É surpresa.

— É a sua vez de fazer as surpresas nesse relacionamento? — Lua arqueou a sobrancelha, como se me desafiasse.

Aproximei o rosto do dela e percebi que ficou tensa, antecipando o que poderia acontecer.

— Vá se vestir — ordenei baixo, com a mesma voz que usava quando ela estava nua.

Meus lábios rasparam nos dela quando falei.

Lua se afastou, um pouco tonta, levantou do banco e deu as costas para mim, rebolando a bunda enquanto caminhava para o quarto.

Abri um sorriso satisfeito por trás da caneca de café que logo terminei.

E fiquei admirando aquela bunda por um minuto ou dois antes de me levantar e também ir me vestir.

Lua

Uma amizade crescera, assim como o meu sentimento por ele estava mais forte. Eu não sabia para onde iríamos com isso, mas não queria mais adiar. Me sentia tentada, dia após dia, a dizer que o amava, a dizer que o perdoava e que, mesmo com todas as coisas que passamos, eu só queria que ficássemos juntos.

Mas eu precisava ter calma.

Ele viajaria no dia seguinte cedo para um show em Seattle e, depois de seis dias juntos, sem pausa um do outro, eu estaria sem ele, depois das revelações que fizemos e de o sentimento ter crescido. Esses dias tinham sido românticos, o oposto do que vivemos quando estávamos juntos, com toda aquela batalha de sexo maluco. Conhecemos um ao outro, amadurecemos e...

Meu Deus, eu estava ainda mais louca por ele.

— Chegamos na primeira parte da surpresa — Yan falou com um sorriso na voz e abriu a porta do carro para que eu saísse.

O frio bateu em minhas bochechas. A neve tinha cessado, mas, embaixo dos nossos pés, era tudo branco e fofinho ainda. Pude ter uma visão de parte da cidade em que as casas e os pinheiros se misturavam, como um bairro mais afastado do centro, que brincava entre construções e natureza. Não sabia onde estávamos, mas fomos por uma estrada que nos levou a cerca de quarenta minutos de distância do chalé.

— O que é isso tudo, Gigante? — indaguei, percebendo que tinha uma espécie de equipamento na beirada do declive.

Estávamos no alto, na beira de um precipício. Lancei um olhar para Yan, a pergunta em meu rosto. Notei mais uma vez que estava vestido com uma calça jeans, uma jaqueta de inverno que o deixava ainda maior e uma touca, escondendo seus cabelos castanhos. Seus olhos estavam ainda mais claros em contraste com toda a roupa preta, a neve em torno de nós e o seu rosto bronzeado. Meu coração bateu mais rápido quando ele sorriu, os dentes branquinhos envolvidos pelos lábios vermelhos. Yan era maravilhoso, como se fosse uma obra de arte que pudesse andar, falar... e fazer sexo selvagem.

— Você sempre teve um senso de vida muito foda, Lua. Sempre quis fazer loucuras e me arrastava para todas elas quando estávamos juntos. Cancelava meus compromissos e me levava para tomar sorvete, por exemplo. Mas nunca era só um sorvete. Você queria que fosse diferente. Então, colocava batata frita no sundae, me entregava com aquele sorriso e, de repente, estávamos rindo. Só agora entendi que você queria viver intensamente comigo, para eu não te esquecer. Caralho, mas como eu poderia? — Ele se aproximou de mim, suas botas afundando na neve. A cada palavra, uma fumaça branca saía entre seus lábios. — Eu quero isso de volta.

Engoli em seco devagar.

Veja bem, eu sou durona. Não me derreto com palavras, mas sim com toques.

Pela primeira vez, virei manteiga sem ele encostar um dedo em mim.

— Estamos em Salt Lake City, cuidando da sua saúde, e prometi que ia te surpreender. Então, estou fazendo isso. Não quero que tenha medo, nem perca mais o sono preocupada com o que virá.

— Eu não perco o sono.

— Perde, sim. — Ficou perto demais, e suas mãos foram para minha cintura. — Eu acordo e você está encarando o teto, pensando na vida, com medo do que está acontecendo com você.

— Yan...

— A vida é só uma — sussurrou e ajeitou as minhas orelhas, escondendo-as no gorrinho. — E eu quero que você a viva intensamente de novo, como fazia comigo, sem a porcaria do medo. Quero aquela Lua de volta, porque sei que ela está aí em algum lugar. Quero que veja que você é foda, quero que se lembre do quanto é especial. Você pode tudo, Gatinha. Inclusive, voar.

Subitamente, Yan se afastou. Ele puxou alguns equipamentos que envolviam cordas e ganchos e começou a acoplá-los em mim. Passei as pernas por aquilo tudo, sem questionar nada. Eu sabia o que viria. Ele arrumou tudo em torno de nós dois, com movimentos precisos, como se já tivesse feito isso mil vezes. Nossos corpos ficaram colados e caminhamos para a beirada do precipício. Yan tirou a touca e jogou-a longe, bagunçando seus cabelos. Ele tinha um sorriso moleque no rosto, e a ponta do seu nariz estava vermelha.

— Eu vou congelar.

— Você vai voar. — Ele me mostrou o outro ponto de vista, um que eu geralmente tinha, e não ele.

Apenas com você

A doença fez eu me perder em mim mesma. Deixei os medos me engolirem, assim que o médico me disse que teríamos que analisar as sessões e verificar se o câncer realmente seria erradicado. Me impulsionava em algumas atitudes, querendo voltar a ser quem eu era, lutando para não perder a minha força, mesmo assim, não era mais eu mesma, faltava alguma coisa, que havia se quebrado.

Yan foi o único a perceber isso.

— *Nós* vamos voar — consertei e sorri também. Decidi tirar o meu gorrinho e estremeci quando o vento gelado bateu na minha cabeça. Yan passou os braços ao meu redor, nossos narizes se tocando. Alternei o olhar entre sua boca e aquele céu nublado dos seus olhos, pensando que queria beijá-lo. Umedeci a boca, tão louca por ele que soltei um suspiro e...

Antes que pudesse pensar duas vezes, Yan me puxou.

E nós caímos, como se, de fato, fôssemos capazes de voar.

Gritei e me senti viva, enquanto uma mistura de euforia e adrenalina circulava em minhas veias. Comecei a rir no meio da queda, com os olhos bem abertos para não perder nada. Yan me abraçou mais forte, gritando também, perdido na sensação de se jogar de um precipício.

Literalmente falando.

A loucura saiu do nosso corpo quando ficamos presos de ponta-cabeça. Uma equipe abaixo de nós se aproximou, para tirar os equipamentos. Yan, como sempre, tinha planejado tudo.

Mas, antes que pudessem nos alcançar, encostei meu rosto no dele, sentindo-o tão frio como se tivéssemos acabado de mergulhar em um oceano congelado. Trocamos nossas respirações, olho no olho. Todo o sentimento do mundo ali, a adrenalina nos balançado e o amor como trilha sonora. Senti meu coração acelerar ainda mais, se possível. Ele abriu um sorriso para mim e, meu Deus, eu não aguentava mais afastar aquele homem.

Me emocionei quando nossos lábios trêmulos se uniram devagar; imaginei que nunca fossem alcançar, mas o seu inferior veio entre os meus. Yan passou a língua vagarosamente no contorno, provando, aquecendo. Se eu pudesse, gemeria ao sentir o gosto dele. Mordisquei sua boca com leveza e aprofundei o beijo, unindo nossas línguas úmidas e frias em um giro lento. Yan me deixou beijá-lo e guiá-lo, e meu coração gritou um "finalmente!" ao mesmo tempo que meu estômago deu uma cambalhota. Nossos corpos de ponta-cabeça, ligando o foda-se, porque o amor não tem direção nenhuma, não é mesmo?

Yan assumiu o comando e seguiu me beijando, me torturando com mordidas, com sua língua e a boca ávida. Veio com todo o sex appeal de um rockstar e não

Aline Sant'Ana

parou nem quando fomos puxados para baixo. Só o fez quando um homem, ansioso para nos soltar, chamou seu nome.

Ele se afastou, sorrindo, os olhos brilhando e a boca vermelha.

Sem dúvida, aquele seria o beijo mais inesquecível da minha vida.

Eu te amo um pouco mais agora, Yan Sanders.

Yan

Saímos do bungee jump e subimos em um elevador do outro lado da montanha, para voltarmos ao carro. Lua estava com frio e com fome. Eu tinha feito todo o planejamento para esse dia, então, comecei a dirigir em direção ao próximo ponto, marcado no GPS.

Ela estava com as bochechas coradas, a boca rachada pelo frio e os olhos injetados pela adrenalina. Não parava de falar da experiência, como uma criança que vai na montanha-russa pela primeira vez. Não sabia se ela já tinha saltado antes, mas me pareceu que gostou.

E o beijo depois.

Caralho, meu sangue estava fervendo. Frio? Que porra de frio? Eu só conseguia pensar em Lua. Mas, na boa, queria consertar as coisas. Naquela altura das circunstâncias, não me importava com mais nada. Aprendi que só queria vê-la feliz. Com ou sem mim.

Se o beijo aconteceu, era um bônus maravilhoso.

Mas a felicidade dela era mais importante do que o tesão de um cara apaixonado.

Estacionei o carro, rindo quando Lua soltou um palavrão. Ela olhou para fora, meio perplexa, enquanto tentava processar o que eu tinha planejado.

A área era isolada e exclusiva para os clientes. Era uma espécie de hotel ao ar livre, no topo de uma montanha congelada, onde os quartos eram imitações de iglus, modernos e estruturados, em vidro e metal, mas com uma distância boa um do outro, para dar privacidade. Na verdade, se tratava de uma cúpula redonda de vidro, bem aquecida e térmica, por onde poderíamos ver o céu, a floresta e tudo em volta. A minha ideia, claro, não necessitava de privacidade, apesar de saber que dentro poderia ser coberto por cortinas. Ainda assim, a gente só ia almoçar, né?

— Isso é muito luxuoso — Lua observou, assim que chegamos mais perto.

O nosso iglu era o último de uma fileira de seis. Não havia ninguém hospedado por perto. Lua estava com a boca aberta pelo choque, analisando tudo. Era lindo pra caralho.

A cama king era moderna, com almofadas e travesseiros imensos. O lençol era creme e a colcha, bronze, e uma espécie de cobertor que imitava pelo de urso: marrom, fofo e macio. Havia, mais distante, duas cadeiras e uma mesa de vidro, coberta por uma toalha da mesma tonalidade bronze da cama. Atrás da cama, a uma distância de dez passos, uma parede toda fechada criava a privacidade necessária para o banheiro. Como a porta estava aberta, vimos uma banheira de mármore, um espelho grande e o bidê com a privada próxima.

Lua passeou por tudo, observando a decoração, até o tapete macio. Suas mãos cobriam os lábios abertos, analisando cada detalhe com fascínio. Era exatamente isso que eu queria quando reservei essa suíte. Era essa reação, de surpresa e encanto, porque ela merecia o melhor que eu pudesse oferecer.

Disquei o ramal da recepção e pedi o cardápio do almoço. Avisaram-me que, em trinta minutos, seríamos servidos no quarto. Ao final da ligação, aproveitei para acender a lareira elétrica.

Depois, fui para perto de Lua, deixando-a à vontade para analisar o quarto. Coloquei as mãos dentro dos bolsos, dando um sorriso brincalhão nos lábios quando Lua se aproximou. Ela jogou os braços nos meus ombros e respirou fundo.

— Obrigada por me trazer de volta. — Seu nariz tocou o meu, e o perfume doce dela inebriou meus sentidos. Meu coração deu um solavanco louco.

— É algo que você faria, Gatinha. Me fazer saltar de bungee-jump e me arrastar para um iglu de vidro para observar o céu e a floresta?

Lua riu.

— É algo que eu definitivamente faria.

Respirei fundo.

— Lua... eu subestimei você. — Seu sorriso sumiu. — Subestimei a sua força, a sua personalidade, a mulher que você é. Eu estava muito, muito, muito errado no passado.

Ela umedeceu os lábios e franziu o cenho, pensativa.

— Te peço, do fundo do coração e com total arrependimento, desculpas por isso.

— Yan...

Segurei seu rosto com as duas mãos e a fiz encarar meus olhos. Eu precisava dizer tantas coisas.

Aline Sant'Ana

— Eu fui protetor demais com você. Não só contigo, mas com todas as pessoas, sempre, em toda a porra da minha vida. Como te falei, gosto de controlar, acreditava que a vida era feita das nossas escolhas, sem ver que ela tem planos diferentes dos nossos. E, sabe, Lua... eu errei. Errei muito ao achar que o nosso relacionamento precisava ser de dependência. Você é uma mulher que tem sua própria vida, então, como pude querer que você fosse anulá-la por mim? Cheguei a pensar, por um momento, na razão de você trabalhar, se eu tinha tanto dinheiro... Que tipo de homem eu era? Que tipo de cara não reconhece que isso é uma forma de te sufocar?

— Quando vamos parar de pedir desculpas um para o outro? — Vi que ela estava emocionada, aliviada.

— Você encarou essa merda toda sozinha, Lua. Foi para ser forte? Sim. Para me proteger? Entendo. Mas te cobrei tanto e joguei tanta coisa em cima de você, que tinha total razão em achar que eu ia pirar. Eu ia. — Fiz uma pausa. — Demorou para eu perceber que, em uma carreira política, seu pai também passou a exigir coisas de você. Uma delas era que você terminasse comigo. Você não o fez. E, aí está. Eu *estava sendo ele*, Lua. Não quero isso para você. Não agora que enxergo tudo que te exigi, tudo que te fiz, toda a insegurança que eu senti e que te passei. Por isso, sim, me perdoa, Lua. Não fui o homem ideal pra você.

Uma batida soou na porta: o nosso almoço. Me afastei de Lua, piscando com força para afastar as lágrimas. Recepcionei duas pessoas que vieram com bandejas cobertas e que as colocaram em cima da mesa. Minutos mais tarde, estávamos sozinhos e comendo em silêncio, embora um sorriso brincasse nos lábios de Lua. Era como se ela fosse fazer uma pergunta capciosa e me pegar desprevenido.

Ela estava parecendo a mulher que conheci no cruzeiro.

— O que você sentiu quando beijou a menina na festa? — Levou o garfo aos lábios.

Ah, sim.

Lua nunca teve meias-verdades.

— Na real? Nojo. — Foi o que me veio à cabeça na Europa. — Me senti quebrado e com raiva, porque sabia que só estava fazendo aquilo porque seria o fim de nós dois. Birrento e ciumento, também. Além de, claro, impulsivo. Fiz o que fiz sem intenção sexual nenhuma. Eu não me lembraria da cara dela, se o vídeo não tivesse vazado.

— Eu sei — Lua falou e seus olhos focaram nos meus. — E eu te entendo, Yan.

Apenas com você

— Sempre vou sentir que falhei com você — confessei. — Nunca vou esquecer. Sendo um beijo sem importância ou não. Eu errei.

— Eu também — Lua disse, com a voz determinada. — Errei em ser negligente, em não te contar o que estava acontecendo comigo, por querer te proteger. Não era direito meu te afastar, por mais que a doença estivesse em mim, Yan. Eu vejo isso e, meu Deus, eu fui tão... Eu não queria ferir ninguém da mesma forma que me sentia machucada.

— Naquela época, cheguei a pensar que não gostava de estar comigo.

— O quê? Tá doido?

Ri.

— Eu gosto, Gigante. Eu gostava de ser sua namorada, de desfilar ao lado de um homem bonito e gostoso. Você pensa que não? Todas as minhas ex-colegas do colégio morreram de inveja quando anunciamos nosso namoro.

Sorri com a boca cheia, enquanto mastigava.

— É verdade? — indaguei, depois de engolir.

— É sim. Mas não porque você é bonito, gostoso, tatuado e baterista de uma banda famosa, mas sim porque eu estava feliz de *verdade*. Qualquer um podia ver isso. — Suspirou. — Eu realmente fui feliz, até a doença chegar.

— Você quis o seu espaço para cuidar de si mesma. Eu entendo agora.

— Você entende?

— Sim.

Lua saiu da cadeira e veio até mim. Tínhamos acabado de almoçar. Dei espaço quando percebi que ela queria sentar no meu colo. Abri um sorriso discreto quando ela se aconchegou ali. Seus braços rodearam o meu pescoço e toda essa atitude de Lua me fez ter coragem.

Não era a hora certa, né?

Bem, que se dane.

Meu coração ia explodir se eu não falasse.

— Lua... eu quero você — sussurrei, e inspirei fundo antes de aproximar nossas bocas.

— Como você me quer?

Me afastei para admirar seus olhos, porque precisava que ela tivesse certeza.

— Sem garantias, quero estar com você, apenas com você.

— Não. — Ela sorriu de lado.

Aline Sant'Ana

Senti uma dor aguda no meu peito pela rejeição. Me afastei um pouco, e Lua se aproximou, como se não quisesse sair do meu colo.

— Não? — questionei, rouco.

— Você tá querendo me enganar, é?

Pisquei, chocado.

— Eu quero um compromisso. — Lua me imitou ao erguer a sobrancelha. — Nada de tentativas ou falta de promessas. Quero você comigo. Quero isso, Yan. Mais maduros dessa vez. Mais experientes. Mais confiantes. Quero o que a gente não teve antes. Não posso com "sem garantias". Com você, eu quero tudo.

O quê?

Caralho!

Nem se alguém tivesse me dito que a paz mundial era real, eu ficaria tão chocado assim. Meu coração deu uma de louco, batendo e querendo sair. Eu quis perguntar se Lua tinha certeza do que estava dizendo, porque achei que tinha pirado de vez, mas não dei tempo para os milhões de questionamentos que vieram.

Que o mundo se fodesse!

Levantei, com Lua em meu colo, e a cadeira virou. Lua riu contra a minha boca, enquanto eu passava o braço pela mesa, derrubando toda a louça no chão. Eu poderia ficar puto com a bagunça, meu *quase-TOC* seria insuportável, mas a vontade de tê-la foi maior.

— Yan!

Escutei o som da porcelana quebrando e sua gargalhada surpresa. Sentei-a ali e suas pernas abriram, me recepcionando. Eu queria me afundar nela até nossos suores se misturarem, até que a cúpula de vidro ficasse embaçada, como a porra do filme Titanic. Me aproximei, posicionando meu quadril, e com a minha mão direita acariciei a lateral do seu rosto, até seus cabelos curtos, segurando-os com mais força quando nossos olhos focaram um no outro.

Puxei os fios, e Lua gemeu, fechando as pálpebras dessa vez.

Não houve um segundo a mais de hesitação. Busquei sua boca, totalmente faminto por ela, enquanto meu pau reclamava da sua provisória prisão, brigando com a calça. Seus lábios quentes e receptivos se abriram e deixaram que minha língua entrasse. Tracei sem calma todo o contorno da sua boca, dentro e fora, girando e voltando, experimentando o que Lua fosse capaz de me dar. Um choque se formou com o beijo, como se a energia não fosse capaz de nos conter, dançando desenfreada.

Apenas com você

Ofegante, beijei-a mais fundo, alcançando o céu da sua boca aveludada, vendo-a se arrepiar e puxar o tecido do casaco das minhas costas, como se me quisesse sem roupa.

Ela podia tirar até minha alma se quisesse.

Ondulei o quadril, buscando alívio para as chamas que dançavam embaixo da minha pele e iam até a cabeça do meu pau, fazendo-o latejar.

— Eu quero você como antes — Lua pediu, sua voz baixa e luxuriosa. — Seja o Yan que eu conheço. Seja o homem que me mostrou como é fazer sexo de verdade. Não se prive pela minha doença. Se você me tocar como se eu fosse quebrar, vou odiar cada segundo.

— Tem certeza do que está pedindo? — precisei perguntar, mordendo e chupando sua orelha.

Ela riu e se afastou.

— Não pude nem me masturbar, muito menos ter um orgasmo, até você transar comigo no hotel em Nova York. Mas o tempo passou e, graças a Deus, me senti normal de novo. Eu adoro gozar. E adoro a maneira que você consegue fazer isso tão bem. Por favor, eu sei o que tô pedindo.

Fiquei sério.

— Não faz essa cara. É verdade.

— Lua...

— Descubra meus limites, Yan Sanders.

— Eu não sei se você está pronta.

Lua puxou o casaco. Depois, arrancou a porção de blusas que vestia, levando junto o sutiã. Dei-lhe espaço quando ela puxou a calça jeans e se livrou dos tênis e da calcinha.

Passeei o olhar por seu corpo, completamente nu, sem qualquer peça de lingerie para ser tirada. Apenas a pele disposta e preparada para mim.

Lua estava toda arrepiada porque a temperatura ainda não era quente o bastante para que não sentisse frio.

Nunca a vi tão linda e tão gostosa.

— Isso responde à sua pergunta? — rebateu.

Aline Sant'Ana

Lua

Brincar com Yan Sanders era como testar a força da natureza ou como dizer que nós, seres humanos, éramos mais fortes do que os quatro elementos da Terra. Eu soube, no momento em que admirei seus olhos quentes e nublados, que Yan seria exatamente o dominador que conheci no cruzeiro Heart On Fire, ainda que muito mais perigoso e quente.

— Me dê cinco minutos — pediu, a voz grave.

Acontece que Yan sempre tinha cartas na manga e, quando se afastou, tirou as botas e subiu na cama. Percebi que estava projetando um ambiente para dominação. A estrutura da cama era de ferro nas quatro pontas e acima tinha uma espécie de cortina presa em toda a volta. Yan arrancou o pano e começou a dar nós, que formaram um asterisco no ar. Fez tudo com uma pressa calculada e não levou os cinco minutos que me pediu.

Ainda em pé na cama, no meio do cenário que criou com nós e panos, Yan se virou para mim e encarou-me.

— Suba aqui. — Foi uma ordem clara e direta.

Me aproximei e subi na cama, sentindo o colchão oscilar sob os meus pés. Perto o bastante, sua respiração quente bateu no meu rosto. Yan desceu o olhar para o meu corpo mais uma vez, estudando-o. Seus lábios se curvaram em um sorriso sacana e, quando voltou a me olhar, meu clitóris latejou em aviso.

Como ele conseguia fazer isso comigo?

Sua boca se juntou à minha e suas mãos vieram para minha bunda, apertando-a com uma força que estava próxima demais da dor. Yan espaçou-a, moendo-me contra seu corpo. *Ah, Jesus!* Gemi forte pela junção do beijo com o toque.

— Não é o bastante — ele disse, referindo-se ao meu prazer.

No instante em que sua língua circundou a minha, molhada e quente, ele pareceu insaciável. O contato, que antes foi duro e firme, dali em diante, se tornou suave demais para o meu próprio bem. Sua mão acariciou meu seio, brincando com o mamilo sensível. Ele foi esperto o suficiente para não tocar no operado, apenas no que estava livre de qualquer problema, que o recepcionou com vontade. Senti todos os pelos do meu corpo subirem no segundo seguinte em que Yan inclinou o rosto para molhar o bico do seio com a língua. Quente com frio. A outra mão não estava parada, ela foi indo em direção à frente do meu corpo, os dedos passeando pelos lábios molhados e, sem aviso prévio, entrando na fenda.

Que gostoso...

Apenas com você

Arquejei e quase perdi o equilíbrio ao sentir o choque de ser preenchida. Indo e vindo com seu dedo grosso, Yan só o moveu algumas vezes, antes de me segurar e me puxar para o seu colo. Pulei nele. Yan, ainda em pé sobre o colchão, sem mover um músculo além dos braços, agarrou minha bunda para me sustentar. Como se fosse inabalável pela estrutura instável sob nós, enrosquei as pernas em torno da sua cintura, percebendo que o baterista estava de roupa ainda.

— Você está vestido.

— Por enquanto. — Sorriu.

Busquei, com fome, sua boca, já antecipando minha língua na dele, beijando-o e passando a mão por seus cabelos lisos, enredando os dedos entre os fios macios. Minha entrada estava pulsante, o sangue concentrado lá, o líquido descendo pelas coxas, me pedindo para insistir no toque para que eu gozasse. Inevitavelmente, me apertei mais em Yan, querendo contato, e ele se perdeu um pouco.

Até recuperar o controle.

Ele sorriu contra os meus lábios.

— Você vai receber cinco açoites por ter me beijado assim. Sou eu que controlo, Lua. Sempre.

— Mas...

— Shhh.

De repente, me pegou pela cintura e me colocou acima dele, me fazendo sentar no montante de tecido acima da cama, que antes eram cortinas. Como se estivesse em um balanço, olhei para o chão, vendo que estava longe dele. Meu corpo estava na altura do peito de Yan, todo apoiado e bem firme nas costas, com exceção de algumas partes que ficavam de fora. Yan ajeitou o tecido, de modo que eu ficasse quase deitada.

Meus batimentos cardíacos aceleraram.

— Por que estou aqui em cima? É seguro? Não vou cair?

— Mais cinco açoites por não confiar em mim.

Meu Deus.

Yan estava de pé na cama, e eu, flutuando sobre ela. Parecia uma coisa impossível de ser feita.

— Você pode voar, lembra? — Yan brincou, lendo meus pensamentos. Ele deu uma volta no tecido em meus pulsos, prendendo-os. — Quanto mais puxar, mais vão te apertar. Não aconselho. Fiz um nó ali que se movimentará conforme seus esforços.

Aline Sant'Ana

— Como você sabe tantas coisas?

— Nem sempre temos todos os recursos disponíveis. Sou lógico e sei improvisar. Mais cinco açoitadas por perder a concentração. Seu corpo me quer menos agora.

Quinze!

— Ainda te quero.

— Não o suficiente.

Totalmente exposta, foi como me senti. Yan percebeu a minha tensão. Ele semicerrou o olhar e colocou a mão sobre a minha barriga, descendo até encontrar minha abertura. Ergueu a sobrancelha, provocando-me, e parou no clitóris. Circulou uma, duas, três vezes... e eu amoleci.

— Volte para mim — pediu.

— Já estou tão pronta — sussurrei.

Ele puxou o tecido com força e enrolou-o no pulso, me fazendo balançar até ele. Yan abaixou um pouco o rosto, com os braços bem espaçados. Que visão! Trouxe sua boca até minha entrada, e eu sabia que ele me faria relaxar totalmente e implorar para gozar. Com movimentos calculados, Yan fechou os olhos e colocou a ponta da língua no meu clitóris, girando-a em torno com paciência. Sua barba por fazer raspou em algum lugar proibido, e eu me remexi, gemendo forte. Senti uma dor aguda no pulso, que foi direto para a entrada da minha vagina, apertando-a.

Eu quis aquela dor, então puxei mais uma vez.

— Ah, Yan — ronronei.

Me obriguei a tentar ficar parada, mas foi difícil. Sexo oral com Yan era forte, intenso, ele sabia perfeitamente como me fazer reagir, conhecia o que me fazia gozar e o que prendia o prazer. Então, quando sua língua, depois de girar de mil formas em torno de mim, entrou toda e ele buscou meu olhar, precisei prender a respiração. Senti todas as terminações nervosas estremecerem por aquela língua, e todo o desejo reprimido que senti por Yan ao longo do tempo que passamos juntos cobrou seu preço.

Eu estava perto, tão perto...

Penetrou-me com a língua, indo e voltando. A sensação foi do ponto onde estava sendo preenchida direto para o clitóris, um estalo de prazer, mas ainda não era um orgasmo. Perdi a dignidade gemendo muito alto o nome dele. Foi quando, de repente, Yan se afastou completamente. O balanço improvisado me fez voltar e meus pulsos relaxaram do aperto.

Apenas com você

Como se estivesse realmente preparado para começar, me ouvi choramingar de vontade quando tirou o casaco. Yan puxou algo dali que parecia ser da grossura de dois dedos e do tamanho de duas canetas. Não questionei nada. As roupas estavam saindo, e eu me senti feliz. Me embebedei do seu físico quando Yan ficou completamente nu. O sexo longo, pesado e firme, o tórax largo, os braços fortes e todas as tatuagens que pintavam a pele bronzeada.

— Quinze, não eram? — Yan desafiou durante a pergunta e foi puxando o apetrecho que estava em sua mão até que ficasse com mais de cinquenta centímetros. Na ponta, um volume mais arredondado e suave se dobrava ao meio.

Um chicote!

— Você tinha um chicote no bolso interno do casaco?

Rindo, Yan deu um beijo na minha coxa.

— Sim, eu tinha. Está vendo? Ele é imenso e está pronto para você.

Era imenso mesmo.

Olhei para seu sexo todo pronto e rosado.

— Estou falando do chicote — Yan repreendeu-me. Sua voz perdeu o tom cômico, e ele voltou ao modo dominador.

Umedeci a boca.

E, antes que pudesse pensar a respeito, uma chicotada estalou na minha pele, o som alto fazendo arder a área e enviando um choque elétrico por todo o meu corpo. O clitóris, que estava sensível, começou a pulsar como se tivesse vida própria. Me perdi nas sensações quando Yan deu um beijo na pele ardida. Uma segunda chicotada estalou na coxa direita, mais perto da vagina dessa vez, e Yan, novamente, lambeu o lugar e o beijou com seus lábios macios.

— Tantas coisas para fazer e me pergunto: você merece, Lua?

Ronronei um sim.

— Diga o que você quer.

— Você dentro de mim — sussurrei. — Por favor.

— Não está pronta o bastante.

Quase chorei.

— Eu estou.

Uma chicotada estalou no meu quadril, mais forte do que as duas primeiras.

— Não está.

Aline Sant'Ana

— Yan...

Ele lambeu e beijou a área ardida, depois assoprou-a, dando mais atenção. De olhos abertos para não perder sequer um segundo, vi um dedo entrar em mim, girando em torno, e, depois, arrematando-me em uma estocada dura. Quase gozei, mas ele não queria que fosse assim.

— Preciso de mais.

Olhei-o com raiva pelo tesão não saciado.

— O que você quer?

— Sua entrega. — O dedo entrou e saiu, todo úmido do meu prazer. — Quero você muito molhada e mais quente, quase febril. Quero que goze no instante em que eu entrar em você. Então, não... não está pronta o bastante.

Não estava naquele nível ainda, mas esperar um segundo a mais seria uma tortura que não estava pronta para passar. Me remexi, reclamando, e Yan abriu um sorriso, quase terno demais para a situação.

— Mas vamos chegar lá. Prometo — sussurrou.

Yan

O orgasmo, para ser o melhor possível, precisa ser quase torturante e quase impossível de ser contido. Entre a dor e o prazer, existe uma linha tênue. Em um ano provocando Lua, fazendo-a se render a mim, dominando-a, eu sabia mais sobre o seu prazer do que ela mesma. Sabia que estava nervosa, até irritada, pela demora. Mas também era capaz de ver além, de saber que, se eu prorrogasse isso, se chegasse bem perto de um limite que nunca ousei alcançar com ela, seu orgasmo seria delirante e duraria minutos inteiros.

A visão do seu corpo nu, todo rendido entre panos, me fez umedecer os lábios, com sede dela. A pele imaculada estava vermelha onde a havia punido por três vezes. Ainda restavam doze, e eu esperava usá-las da melhor maneira.

Eu tinha paciência, e meu corpo sabia bem disso, apesar de o meu pau pulsar a cada vez que assistia Lua gemer.

Sua boceta estava vermelha, latejante e pronta. Úmida a ponto de escorrer, coloquei lentamente um dedo dentro. Lua se repuxou nos panos, fazendo seu pulso pedir a prisão mais firme. Para ter as duas mãos livres, deixei o chicote preso na minha boca. Lua me encarou, os olhos injetados pelo prazer, e os revirou no instante seguinte, quando meu polegar começou a circundar o clitóris inchado e brilhante.

Apenas com você

Estudei seu corpo, os mamilos acesos, querendo minha boca. Lua estava toda depilada, mas pude ver os pontinhos em sua perna, na ausência deles, se eriçarem. Sorri com a visão, estocando-a com o dedo e brincando com seu clitóris com a outra mão, percebendo que Lua estava ainda mais latejante.

Perto demais de gozar, tirei o polegar e peguei o chicote. Estalei-o perto da sua boceta, bem de leve, enquanto ainda a estocava. Lua gemeu forte, e eu comecei a contar.

— Quatro — murmurei, a voz saindo animalesca.

— Y-Yan — ela soluçou, quase chorando, me implorando.

— Cinco. — Não a açoitei dessa vez, apenas fui passando o chicote por sua pele, do outro lado, em volta da boceta. Ainda a fodendo com o dedo, devagar o suficiente para que ela não gozasse. Lambi a pele judiada, próximo o suficiente da sua boceta para Lua sentir a umidade e o calor da minha língua.

— Eu vou... desmaiar — ela exageradamente murmurou, e ri contra sua pele.

Estava fazendo um bom trabalho.

— Seis. — Fui na outra perna, um tapinha suave. — Sete. — Beijei a pele, ainda que nem estivesse ficando mais vermelha, sem nunca tirar o dedo do lugar. Indo e vindo. Lento, muito lento. Seu corpo correspondeu a mim, se arrepiando mais uma vez. Ela curvou a coluna, me dizendo que ia gozar, e eu imediatamente retirei o dedo. — Agora não, Lua.

— Hum...

— Não. — Meu tom saiu grave como um trovão. Bati suavemente na lateral do quadril. — Oito.

— Por que está... batendo... suavemente?

— Porque os açoites mais fortes já foram. Você ainda é capaz de sentir tudo andando em sua pele. Agora eu te quero louca de tesão, Lua. E, para isso, preciso te enlouquecer.

Presa numa nuvem de prazer, ainda que não tivesse gozado ainda, Lua sequer sentiu alguma coisa entre a nona e a décima quinta chicotada suave. Beijei toda a sua pele, após cada vez que a provocava. Ela estava murmurando palavras sem sentido e, quando analisei seu corpo, soube que estava em um limite que nunca havia alcançado.

Joguei o chicote longe.

Que prazer do caralho aquela visão dela...

— Olhe para mim — ordenei, puxando os panos de modo que Lua ficasse

Aline Sant'Ana

mais baixa e o balanço a deixasse com as pernas em torno de mim e mais sentada.

Ela respondeu, encarando-me, as bochechas coradas, as pálpebras moles. Assim que viu o que eu ia fazer, abriu um sorriso lento.

— Você me quer? — questionei, segurando meu sexo. Aproximei o quadril e a cabeça do pau acariciou sua entrada. Circulei-a, me embebedando da boceta molhada.

Lua gemeu.

— Sim, por favor. — Sua voz saiu entrecortada e doce.

Senti o arrepio e o tesão subirem das bolas até a cabeça do pau, fazendo-o pulsar, no instante em que fui entrando devagar. Tão receptiva e apertada, Lua me sugou para o seu calor. Como era bom estar ali. Ela abriu ainda mais as pernas, acomodando meu comprimento e largura.

— Que banquete você é — murmurei, o suor começando a escorrer pelo meu corpo.

— Todo dentro... — pediu.

— Humanamente impossível, Gatinha.

Puxei o balanço improvisado de modo que ela viesse mais até mim. Assim, entrei quase todo dentro dela, de modo que nunca fui antes, chegando até o fundo e indo além. Rolei os olhos por trás das pálpebras, ainda que quisesse que ficassem bem abertos. Fiz uma força descomunal para abri-los e observei Lua, enquanto a balançava para mim.

Ela abriu os lábios, formando um O. Na segunda estocada, Lua gozou forte, puxando os pulsos e gritando alto. Seu corpo inteiro se contorceu, e sorri quando vi que foi o orgasmo mais longo que já dei a ela. No entanto, ainda tínhamos muito tempo naquela cúpula de vidro e eu ainda estava dentro dela. Sabia que Lua, da maneira que a tinha deixado, não sairia do balanço sem, ao menos, gozar umas seis vezes.

Puxei-a.

Uma vez.

Dez vezes.

E de novo.

Mais uma.

A cada vez que ela ia e voltava, eu entrava de novo na sua boceta. Mecanicamente, quase como se fosse magnético. O ângulo estava perfeito, e precisei me controlar muito, muito mesmo, para não gozar cedo demais.

Apenas com você

Encarando-a, comecei a fazer o balanço ir e vir mais rápido. Lua arfou, com os olhos bem abertos. Meu quadril acompanhou o movimento, meu corpo todo parado, fodendo-a bem gostoso.

— Yan...

— Vem — disse a ela, sabendo que estava pronta para gozar mais uma vez.

O orgasmo foi mais curto, mas não menos prazeroso, eu esperava. Seus músculos internos me apertaram com firmeza. Senti meu corpo inteiro quente, pegando fogo em todos os lugares, e comecei a estocar ainda mais forte, perdendo o controle.

Urrei seu nome quando Lua alcançou o terceiro orgasmo. Ela não tinha mais forças para continuar a gozar, mas eu sabia que, se continuasse, o céu seria o limite.

Foi quando o balanço, por causa da força absurda da movimentação, cedeu. Lua ia cair de costas na cama, mas eu a peguei, e ela deu um gritinho de susto, se enrolando nos panos. Sorri, colocando-a sobre o colchão e tirando tudo de cima. Me inclinei sobre seu corpo, deitando-me sobre ela. Lua me encarou e se enroscou em mim, como se quisesse a força do meu corpo para si.

Suas pernas foram parar na minha cintura, e os pés, na bunda. Suas mãos alcançaram meus ombros, arranhando onde encontravam. Preenchi-a de maneira mais suave, nossos corpos suados misturando todos os fluídos. Os olhos dela estavam presos aos meus e, naquele momento, eu soube que estava no paraíso.

— Você é um deus do sexo.

Porra, eu poderia lidar com esse elogio.

Acabei rindo baixo.

Procurei sua boca, trabalhando com delicadeza em um beijo suave, lânguido e sexual. Mordi a ponta da sua língua e depois os lábios, aprofundando o contato da minha língua na dela, girando e brincando. Meu pau entrou em suas curvas, sentindo-a mais inchada e apertada depois de ter gozado tanto.

Lua colocou as mãos no meu rosto no meio do beijo, acariciando meus cabelos, puxando-me para si. Sincronizei meu quadril com o beijo. Nossas línguas giravam, eu estocava. Mais uma vez. Até nos perdermos em um sexo quase de almas. Lua foi receptiva, erguendo os quadris enquanto os meus desciam.

Não paramos de nos beijar, respirando quando movíamos nossos rostos de um lado para o outro, ainda que fosse difícil ter ar. Não paramos de transar, nem quando nossos corpos ficaram insanamente molhados de suor. Lua não parou de ter orgasmos, porque estoquei firme e forte, lento e vagaroso, e, sempre que sentia

Aline Sant'Ana

o choque e os movimentos internos dela, soube que seria o único a preenchê-la daquela forma, a satisfazê-la como merecia, a mostrar que eu poderia açoitá-la da mesma forma que poderia fazer amor com seu corpo perfeito.

Arrematei mais uma vez e outra, duro e veloz, me perdendo naquela mulher quando meu próprio orgasmo explodiu. Gemi lentamente dentro do beijo em sua boca, sentindo o pau latejar e soltar o prazer dentro de Lua, em longos jatos. Precisei fodê-la mais devagarzinho uma vez e outra, até me sentir totalmente saciado pós-orgasmo.

O beijo acabou, assim como o sexo e a movimentação dos nossos quadris.

Meus olhos encontraram os de Lua quando nossos rostos se afastaram.

Em seu sorriso, vi todas as palavras que ainda eram precoces demais para serem ditas.

Caralho, ela era oficialmente minha de novo.

CAPÍTULO 21

E quando eu estiver triste
Simplesmente me abrace
E quando eu estiver louco
Subitamente se afaste
E quando eu estiver fogo
Suavemente se encaixe

— Skank, "Sutilmente".

Lua

Ficamos no hotel-iglu até que o sábado se transfomasse na madrugada de domingo. Foi impossível esquecer do céu estrelado acima das nossas cabeças naquela redoma de vidro, com seu corpo aquecendo o meu de todas as formas possíveis até que caíssemos em exaustão incontáveis vezes. Àquela altura, por mais que ainda houvesse coisas a serem resolvidas, eu estava louca por ter Yan de volta. A sensação era de que nunca havíamos nos separado e de que todas as dores e cortes em nossos corações foram cobertas e curadas por beijos e algumas promessas.

A única coisa que destoava de forma mais gritante da felicidade era a doença que permanecia em mim. Era como se existissem duas Luas. Uma delas estava louca, apaixonada, encantada e queria gritar para o mundo que o homem que ela amava era foda. E a outra, que julgava essa felicidade, garantindo que ainda não tinha motivos para comemorar nada, que a doença não foi eliminada, que seu pai a odiava, que o mundo real mais uma vez estava distante e que, aos olhos do público, Yan pertencia a Scarlett Sullivan.

Domingo foi um dia difícil. Yan precisou viajar para o show em Seattle, e fiquei sozinha no chalé, admirando a neve, vendo filmes antigos e me esquentando na lareira, acompanhada de um bom livro. Foi inevitável não sentir falta do baterista da The M's, o que me fez querer me bater, porque, por alguns segundos, regredi e voltei à adolescência.

Uma parte minha também estava preocupada e foi difícil pensar que ele estava indo para um show enquanto enfrentava acusações como o relacionamento com Scarlett e o vídeo vazado. Acabei olhando no domingo, na internet, os nomes horríveis pelos quais estavam chamando-o, imaginando se Kizzie e o advogado conseguiriam tirá-lo disso.

Na segunda-feira, minha preocupação sobre o segundo problema passou, porque Yan chegou e me contou que Kizzie e Oliver vazaram na internet o vídeo completo, provando que Yan não fez nada com as meninas e que elas foram contratadas. Em nota, Kizzie aproveitou para lembrar a todos do caráter dos homens que compunham a The M's, alfinetando qualquer contrarresposta que fosse receber.

Por mais que eu não tivesse provas a respeito de quem pagou às mulheres em Madri, sentia que se tratava de Scarlett. E, como um sexto sentido aguçado dançando em minha pele, percebi que o foco dela era Yan Sanders e não eu... ou meu pai. O que era interessante... e o que me fez enviar uma mensagem para Kizzie falando das minhas suspeitas. Será que a maluca se ofereceu como secretária do meu pai por saber da minha proximidade com Yan? Afinal, com o que Scarlett estava fazendo, a mulher nunca seria capaz de conquistar Yan. Então, por quê? Qual era o objetivo daquela loucura toda?

Bom, pelo menos, Yan havia sido perdoado por suas fãs. Elas passaram a apoiá-lo e a vê-lo de forma mais sincera. Mesmo com isso tudo, percebi, pela carranca de Yan, assim que ele chegou na segunda pela manhã, que algo não estava certo. Eu queria perguntar, mas a dor em minha pele trouxe-me de volta à realidade.

— Você está bem? — Yan indagou, oferecendo-me apoio quando saí da sala de radioterapia.

— A área da aplicação está dolorida — murmurei, ainda que grata por ser mil vezes menos invasiva do que a quimio, que, sem dúvida, me impossibilitaria de muitas coisas.

— Já estamos indo para o chalé, Gatinha — garantiu.

Ele me levou de volta e, enquanto dirigia, beijava a minha mão, perguntando se eu precisava de alguma coisa, qualquer que fosse. Esse cuidado foi algo que não recebi antes e depois da cirurgia, um carinho que me vi sentindo falta.

Ser cuidada faz bem.

Me senti exausta quando saímos do carro e tivemos que subir um pouco pela neve para chegar à porta do chalé. Yan se ofereceu para me levar no colo, mas existia um limite que meu orgulho me impedia de aceitar. Então, deixei que ele fizesse um chá, escolhesse alguns biscoitos de leite e aquecesse meus pés com meias e a lareira acesa.

Pisquei, sonolenta, admirando seus traços. Os olhos muito claros, o maxilar largo com uma barba de dois dias, o cabelo certinho, agora que tinha cortado, mas com um fio ou outro rebelde caindo pela testa, e a maneira como suas sobrancelhas, desde o retorno de Yan mais cedo, pareceram sempre franzidas.

— O que está errado? — perguntei baixinho.

— Não quero te sobrecarregar com nada, Gatinha.

— Me conta o que está acontecendo.

— É sobre Shane. Eu me preocupo com ele. Zane está achando que ele tá feliz com a banda, mas ainda está enfrentando seus demônios. Conversei bastante com ele; até aqui no chalé liguei para ele pelo menos uma vez por dia e o orientei em algumas coisas, mas o que eu tô sentindo, de verdade, é que em algum momento aquele menino vai quebrar.

— Ah, Yan...

Ele acariciou meus pés, massageando-os sobre as meias de algodão.

— Eu não sei se consigo colocá-lo nos eixos.

— Você não pode consertar o que não deseja ser consertado.

— Ele quer parar de usar drogas. Pelo visto, só está na maconha, mas, ainda assim... quer ser um cara melhor, só que não sei se consegue. Não sozinho.

— Ele está fazendo tratamento? Indo ao psicólogo?

Descobri, em uma hora de conversa, muitas coisas daquele menino, que usava o sarcasmo para mascarar suas dores e seus problemas. Meu coração ficou apertado por ele, desejando fazer alguma coisa para ajudar. Compreendi a angústia de Yan e me sentei para ficar mais perto.

Segurei seu rosto entre as mãos. Yan abriu um sorriso torto para mim, e beijei a ponta do seu nariz bonitinho.

— Eu deveria estar cuidando de você, não o contrário — murmurou, a voz de barítono me arrepiando levemente.

— Não tem isso quando se está em um relacionamento. Aprendi essa parte. — Sorri. — Aliás, você deu a notícia para os meninos? Eu já liguei para a Erin e o Andrew ontem.

— Sim, eles estão sabendo. — Yan deixou a voz mais rouca. — Estão felizes por nós. Carter disse que sabia que ia acontecer, Shane falou que, se eu não ficasse com você, ele ficava, e o Zane me chamou de trouxa por não ter resolvido isso antes.

Acabei rindo.

— Meu coração está leve, Yan.

Aline Sant'Ana

— O que eu enfrentei não chega a um por cento do que aconteceu com você.
— Seu rosto ficou mais expressivo, quase sombrio e doloroso. — Queria poder voltar no tempo.

— Eu não. Se voltássemos ao ponto que paramos, não conseguiríamos ser felizes de verdade.

— É o que você quer? — O rosto de Yan se inclinou para o meu, os lábios raspando-o. Senti falta dele nas últimas vinte e quatro horas.

— A gente merece a felicidade.

YAN

Cara, o amor é o sentimento mais dualista que existe. O único capaz de nos destruir e nos fazer renascer. Enquanto caminhava pelas ruas de Salt Lake City em uma terça-feira fria, vendo a neve cair e de mãos dadas com Lua, percebi que, por mais que estivesse otimista sobre não desistir dela, era difícil pensar que estaríamos aqui e agora. Juntos, resolvidos e, mesmo com as circunstâncias, felizes. Lua entrelaçou nossos dedos de maneira mais firme, sua mão gelada na minha quente. Tínhamos planejado almoçar em algum lugar legal, e eu faria uma surpresa para ela mais tarde.

— Oi! Licença, posso pedir um minuto da atenção de vocês? — uma voz suave e muito doce soou perto de nós.

Olhei para a pessoa que estava nos chamando. Era uma mulher, com vinte e poucos anos, e bem bonita. Seus cabelos pretos e levemente ondulados caíam em cascata, muito compridos. Os olhos acinzentados, como os meus, sorriram junto com os lábios. Ela tinha uma câmera fotográfica profissional, o que me fez travar no lugar e quase colocar meu corpo na frente de Lua.

Não parecia uma paparazzo, mas sim uma fotógrafa comum. Relaxei. Mais uma vez, lancei um olhar para a câmera e franzi as sobrancelhas, confuso. A mulher era muito jovem para usar uma aliança de casamento.

— Eu sou fotógrafa e estava tirando fotos da paisagem — falou, a voz ainda doce e suave. — Sinto muito por incomodá-los e tudo bem se não quiserem, mas posso tirar algumas fotos de vocês? — Fez uma pausa. — Me chamo Katherine. Katherine Hoffmann.

Quando estendeu a mão, esperando uma apresentação minha e de Lua, pisquei, atordoado.

Ela não tinha me reconhecido.

Apenas com você

— Yan Sanders. — Apertei a mão dela e seu sorriso não foi de reconhecimento. Que surpresa! — E essa é a minha namorada, Lua Anderson.

— Oi, prazer — Lua disse amavelmente.

— Eu precisei abordá-los. Vocês dois são tão bonitos e parecem um casal de revista! — Ela riu jovialmente. — Isso me chamou atenção em um primeiro momento, mas acho que, ainda mais importante que isso, gostei quando vi que há amor entre vocês.

Entreolhei entre Katherine e Lua.

Como se sentisse alguma coisa no ar, Lua pareceu se emocionar de alguma forma. Os olhos dela ficaram marejados. Foi a menção da palavra amor... ou algo mais? Katherine abriu um sorriso para ela, e notei que foi um sorriso meio triste, como se, mesmo casada, não reconhecesse esse tipo de amor ou não pudesse mais senti-lo.

— Vai ser um prazer — Lua concordou e piscou repetidas vezes para firmar o olhar. — O que precisamos fazer?

— Sejam vocês mesmos — pediu Katherine. — Se abracem, se beijem, digam coisas um para o outro que estejam sentindo.

Fiquei tenso.

Katherine afastou-se alguns passos e colocou a câmera na frente do rosto, testando ângulos.

— Você nem vai saber que está sendo fotografado quando olhar para a mulher que ama, Yan. Fique tranquilo, só estarei aqui por alguns minutos.

Lua se virou para mim e me puxou pelo cachecol. Ela ficou na ponta dos pés e deu um beijo vagaroso na minha boca. Fechei os olhos. Escutei os flashes sendo disparados, mas, no instante em que nossos lábios se conectaram, nada mais pareceu importar.

Ela se afastou do contato minutos — ou horas depois — e me abraçou. Apoiei a cabeça no topo da sua e respirei fundo. Com os braços em torno dela, aproveitei a deixa e segui o conselho de Katherine.

— Enquanto viajava, levei o pote do Nathaniel comigo e as folhas verdes para escrever coisas sobre você, coisas que eu amava.

Lua, surpresa, me encarou.

— Não foi difícil pensar. Na verdade, foi a coisa mais fácil que já fiz na vida. Elaborei uma lista de cem motivos e, francamente, ela poderia ter sido mais longa.

— Yan... — A voz dela estremeceu. A neve começou a aumentar. Katherine

Aline Sant'Ana

ainda tirava fotos. Percebi, pela visão periférica, que ela deitara no chão para fazer um ângulo diferenciado. Depois, se levantou e foi para o outro lado da rua.

— Preenchi o pote, Lua, porque não sei se um dia você duvidará de nós. Não sei se algum dia vamos enfrentar algo parecido com o que tivemos nesse tempo. E, caralho, estar com alguém não é um conto de fadas. Eu sei que vão existir momentos em que você não vai querer nem olhar na minha cara e momentos em que tudo o que você vai querer é estar agarrada comigo, fazendo amor. A vida é incerta, Lua. Ela oscila, não é perfeita. Então, segui o conselho de Nathaniel, e precisava te dizer que talvez... aquele pote não seja suficiente.

Ela abriu um sorriso e depois riu baixinho, pulando em mim, com aquela inocência quase infantil que só Lua Anderson era capaz de trazer à superfície. Beijou meus lábios, o rosto todo e percebi que um líquido salgado estava entre nossos lábios: lágrimas de felicidade.

— Que a vida jogue mil provações em nós, Yan. Não me importo. Vamos ter mil motivos para não desistir um do outro e mais mil para o pote. — Fez uma pausa e desviou o foco da minha boca para me encarar nos olhos. — Eu amo você. Desde aquele dia, na adolescência, em que descobri a sua voz, ainda que não fosse amor totalmente, mas uma parte do que ele realmente é capaz de ser. Te amei quando te reencontrei depois de sete anos, te amei intensamente durante o cruzeiro Heart On Fire e, na verdade, amei você mesmo quando não merecíamos esse amor.

Minha garganta começou a coçar. Pisquei, tentando processar cada palavra sua.

— Te amei sozinha naquela sala de cirurgia, porque te vi antes de apagar e pensei em você quando acordei. Te amo hoje, Yan. E vou te amar mesmo que o futuro só exista na minha imaginação. Mesmo não sabendo como vai ser o amanhã. Mesmo não sabendo se eu vou estar bem no final disso tudo.

Lágrimas desceram pelo meu rosto.

Duras.

Frias.

Sem controle.

Ela não podia estar falando sobre não sobreviver ao câncer, podia? Isso não era uma possibilidade!

— Que venham mais mil provações, a gente vai acabar com todas elas. — Foi sua resposta final e eu, beirando o desespero, beijei seus lábios trêmulos e gelados.

Apenas com você

Beijei-a como se não tivéssemos uma plateia, como se não estivéssemos no meio de uma calçada cheia de pessoas. Beijei-a como faria se pudesse pedi-la em casamento naquele instante. Beijei como se não quisesse nada além de uma vida inteira ao seu lado. Beijei-a como se fosse salvá-la. Beijei como uma garantia de que ela ficaria bem e muito viva depois de tudo.

— Eu amo, amo, amo, amo, amo, amo você — sussurrei contra sua boca. — Com cada parte de mim. Amei antes, amo hoje e vou amar em qualquer futuro que a vida nos der. Não existe possibilidade alguma de eu ter uma vida sem você nela, Lua. Você não está desistindo, sequer pensando nessa alternativa, porque eu não aceito.

— Yan...

— Eu não aceito! — repeti, enfático, segurando seu rosto para que ela me compreendesse. — Porra, a vida não vai te tirar de mim, porque a gente tem aqueles mil motivos para descobrir no futuro e mais vários potes para preencher, e sabe como vai ser?

Ela negou.

— Nós dois bem velhinhos em uma cadeira de balanço. Nossos filhos, netos e possíveis bisnetos brincando na praia. Vamos ter um casal. Ele vai se chamar Lyan e ela, Luna. E é brega pra caralho, porque é uma junção e uma alternativa dos nossos nomes, mas quero tudo isso, e eu vou ter. Com você. Tá entendo, Lua? Com você!

Não sei em que momento Lua começou a chorar forte e me abraçar. Também não sei em qual instante uma música começou a tocar.

Um violino.

Abri os olhos e percebi que um artista de rua tocava perto de nós. Katherine ainda tirava fotos e aquilo foi... surreal.

Como se a vida gritasse um sim. Como se ela me dissesse que não teríamos um futuro triste. Foi um presente do universo aquela música.

— Você aceita dançar comigo?

A gente estava uma merda.

Estava frio pra cacete.

Mas eu não me importei nem por um segundo.

A mulher que eu amava estava finalmente nos meus braços.

— Não vai pisar no meu pé, hein?

Ri. Dançamos da calçada até o meio da rua, chamando atenção das pessoas

Aline Sant'Ana

e recebendo buzinadas. Rimos da loucura e nos guiamos de modo que nada mais importasse.

Não sei se todos os casais tinham um momento em que o amor transcedia a vida e encontrava a alma.

Mas aquele foi o nosso.

Lua

Katherine nos pediu os endereços de e-mail para enviar as fotos. Eu, francamente, nem sabia se elas saíram boas, porque o que aconteceu naquela rua superou qualquer coisa. Yan foi enfático com a moça, pedindo um número de conta bancária para que pudesse depositar um valor pelas fotos. Katherine disse que o serviço foi gratuito, que foi ela que ganhou um presente com aquelas imagens, mas não havia discussão com Yan Sanders. Ele gostava do que era certo, e a fotógrafa acabou cedendo e dando o que ele queria.

Almoçamos em um restaurante de comida chinesa, e Yan encontrou uma fã quando saímos. Foi atencioso, querido e doce. Eu nunca tinha visto, em um ano que convivi com ele e os meninos, qualquer um deles ter uma atitude diferente da mais simpática e querida.

— E agora preciso te levar a um lugar — Yan falou, destravando o carro. A neve estava mais intensa e, quando anoitecesse, provavelmente cobriria boa parte da entrada do chalé. — Vamos?

— É uma surpresa?

— Sim. — Ele sorriu. — Eu te disse que não seria entediante.

Cerca de uma hora mais tarde, chegamos a uma zona mais populosa da cidade, com construções mais elaboradas no lugar de pinheiros. Ainda assim, era como se estivéssemos no interior. Nada se comparava a Miami ou a Nova York, claro. Yan parou em frente a um shopping. Era arriscado, porque shoppings são sempre lotados e ele poderia ser reconhecido.

Ah, claro! Aquele homem tinha um truque na manga, percebi, quando o assisti colocar uma touca preta na cabeça.

— Isso deve ajudar.

Pensei que ele poderia me levar para comprar uma roupa ou o que fosse, mas Yan tinha um destino certo. Me levou para o último andar, parte do seu plano. *Claro que seria*. Yan era uma agenda com duas pernas.

Apenas com você

Meus olhos piscaram quando a porta do elevador se abriu.

Era uma área destinada à patinação no gelo. Um local imenso que ocupava todo o espaço do último andar do shopping. Havia luzes coloridas, como uma festa, passeando pelo piso gelado, e uma música baixinha ao fundo. No meio da pista, havia pessoas. Pisquei mais uma vez, pensando que estava vendo coisas. Erin patinou em direção a mim, com Carter, Zane, Kizzie e Shane ao seu lado. Senti a emoção de vê-los na minha pele, um arrepio me fez saber que aquilo era, de fato, real.

Naquele dia, eu não tinha feito a sessão de radioterapia ainda e sabia que eles estavam ali por mim.

Yan queria me mostrar que eu não estava sozinha.

Lancei um olhar para ele, agradecida, no meio de um abraço com Erin. Depois, Carter envolveu nós duas, assim como Kizzie, Zane e Shane. Ficamos em um aglomerado de pessoas se abraçando. Yan olhou tudo à distância, com um sorriso no rosto. Aquele dia tinha sido emocionante demais para mim. Eu jamais conseguiria agradecê-lo o suficiente.

— O que vocês estão fazendo aqui?

— Viemos passar dois dias com você — Erin falou, sorrindo. — Kizzie conseguiu uma pausa na agenda dos meninos e na dela. Oliver tá coordenando tudo e está se saindo bem. Estamos hospedados em um hotel aqui perto.

— Esses meninos estão trabalhando demais — a empresária completou, a felicidade em seu rosto. — E estávamos sentindo a sua falta.

— Tem bacon na minha geladeira e nenhuma nutricionista louca pra reclamar disso — Zane falou, o sotaque britânico brincando em zombaria. — Então, agora é a minha vez de reclamar da geladeira de vocês.

— Tenho frutas nela. — Arqueei a sobrancelha, provocando Zane.

— Você não é humana — ele respondeu.

Eu ri.

— E, bom, eu vim porque sei que é difícil demais ficar sem mim — Shane completou. — Eu e Lua temos uma coisa. Tipo rola um clima entre nós, né, Lua?

— Cala a boca, Shane — Yan rosnou, ríspido.

Shane riu.

Me aproximei dele e o abracei. Shane pareceu surpreso pelo abraço e, quando me afastei, dei três batidinhas leves no seu rosto, como uma tia que reprende o sobrinho.

Aline Sant'Ana

— Você me deixou preocupada.

— Ele deixa todo mundo preocupado — Kizzie comentou, os olhos semicerrados para o cunhado.

— Ando preocupada com esse menino... — Erin lamentou.

— Tantas mulheres pensando em mim... Tô no céu — atentou o D'Auvray caçula, parecendo tanto com Zane que era assustador.

Todos riram.

E ficamos em silêncio.

Olhei todas aquelas pessoas, pensando que eram a minha família. Naquele instante, eu só queria aproveitá-los. Estavam fazendo mais por mim do que meu pai jamais tinha feito desde que descobriu a minha doença e só pensou em si mesmo.

Ainda assim, sentia falta da minha mãe.

— Vamos patinar — Zane falou, animando todo mundo. — Mark, caralho, quando você vai entender o timing certo das coisas? Aumenta o som!

Percebi que um segurança estava vestido de terno e imóvel longe da pista de patinação. Ele estava no controle de um notebook que tinha fios acoplados e caixas de som. Sorri para ele, que sorriu de volta, embora não parecesse que fazia muito esse gesto.

— Não se esqueça de que sou capaz de pegar você e te jogar num carro em questão de segundos, Sr. D'Auvray — o homem disse, antes de aumentar o som.

Patinamos, dançamos e rimos. Zane me puxou por toda a volta da pista, e Shane fez o mesmo, minutos mais tarde. Matei a saudade das meninas, contando todos os detalhes sórdidos para Erin e Kizzie a respeito do que Yan havia aprontado comigo no hotel em formato de iglu. Elas me olharam, surpresas.

— Eu não sei como vai ser o futuro, mas quero que seja com ele — acrescentei no final, e elas ficaram emocionadas.

— Espero que vocês possam cuidar um do outro — Erin falou. — Que entendam que um relacionamento nem sempre é fácil e perfeito, mas vale a pena quando ambos se esforçam.

— Vocês merecem uma felicidade genuína — Kizzie acrescentou. — A vida não vai oferecer a vocês nada além disso. Eu sinto, no fundo do meu coração, que tudo vai dar certo.

— Só precisamos descobrir sobre Scarlett, e a minha doença, bem, ela precisa acabar.

Apenas com você

Erin envolveu seus braços em mim, suspirou fundo e me deu um beijo no rosto.

— Tenha um pouco de fé — me pediu, antes de Zane, Shane, Carter e Yan se aproximarem e nos tirarem da tristeza.

YAN

O chalé era pequeno e, porra, não sei como consegui trazer aquele bando de gente em dois carros, sendo que Mark dirigiu um deles e depois voltou para o hotel. Também não sei por que não fomos *todos* para o hotel, o que seria mais confortável. Mas percebi que, depois de todos eles irem à radioterapia de Lua à tarde, ninguém pareceu querer se afastar dela tão cedo. Então, acendi a lareira com Carter, preparamos o jantar e servimos. No final, todo mundo ficou sentado no chão, próximo ao fogo e sobre o tapete felpudo. A neve tinha aumentado, o frio parecia ainda mais intenso, e o clima entre todos nós era apreensivo. Foi como se a realidade a respeito da doença de Lua tomasse-nos, ainda que ninguém, de fato, tenha tocado no assunto.

— Eu voto para jogarmos "Eu Nunca" — Lua falou, chamando a atenção de todos. Ela estava deitada no meu colo, enroscada em uma manta comigo. Eu sabia que ela estava sentindo um pouco de fraqueza.

— Ah, isso é injusto. Eu já fiz tudo que vocês não fizeram. — Zane rolou os olhos.

— Quem disse? — Lua provocou o guitarrista.

Eu ri.

— Quer pagar pra ver?

— Não vamos fazer com bebida, então, não teria graça. — Kizzie foi a voz da razão, porque Shane estava perto. — Ah, podemos jogar "Quem Eu Sou"!

— Ótima ideia! — Erin concordou, animada.

— Eu gosto — Carter disse.

A brincadeira consistia em escrevermos os nomes de todos os tipos de pessoas famosas que conhecíamos em um papel e dobrarmos ao meio. Depois, sem ver quem pegamos, segurávamos em nossas testas. Todo mundo sabia quem éramos, menos nós. Precisávamos dar dicas até a pessoa descobrir, ainda que não fossem dicas fáceis, porque ganhava quem descobria primeiro quem era.

Todo mundo fez os papéis, com personalidades como Jim Carrey, Will Smith,

Aline Sant'Ana

Donald Trump, Papai Noel e etc. Zane zoou todas as pessoas que ele decidiu colocar na pilha, assim como Shane. Os dois eram pentelhos pra caralho.

Parei um momento e analisei todos unidos, a conversa alta, a lareira crepitando, as risadas quando alguém zombava, a brincadeira dando início com Erin descobrindo primeiro quem ela era. No caso, a Alice, de Alice No País Das Maravilhas. Observei como Lua estava feliz em meu colo, a maneira que ela parecia alheia às suas preocupações e em como se sentiu viva e contente por ter todos ao seu lado.

Uma das melhores coisas foi ouvir suas gargalhadas, a ponto de lágrimas saírem dos seus olhos, pelas merdas que Zane e Shane aprontavam ou por Carter provocá-la com cócegas quando Lua roubava no jogo. Kizzie estava apaixonada por Lua. Erin tinha todo o seu coração exposto para a amiga, da forma que sempre foi e sempre ia ser.

Aquela era a nossa família.

Shane, mesmo cheio de problemas para lidar, estava tentando fazer Lua rir. Zane, que sempre foi uma casca dura de sentimentos, estava louco por Lua como se ela fosse uma irmã mais nova, como se ela fosse Erin. Carter, preocupado com a mulher que amava e a melhor amiga dela, não transparecia qualquer tensão e fazia de tudo para tirar um sorriso de Lua.

E eu?

Porra, eu tinha uma coisa no peito, um orgulho de todos que estavam sentados naquele chão brincando, rindo, falando palavrões, dando um chute na bunda da vida, que foi cruel. Cada pessoa ali tinha uma história, um problema que vencera. Nada foi perfeito, mas mesmo assim...

Todo mundo estava conversando, rindo e tentando deixar o outro bem.

Cara, isso era amor.

Isso era ser humano.

— Eu te amo, Gatinha — sussurrei no ouvido de Lua, quando Kizzie estava tentando adivinhar quem era.

Ela se aconchegou mais em mim, virou o rosto para cima e deu um beijo no meu queixo.

— Amo você, Gigante.

CAPÍTULO 22

Por você
Eu aceitaria
A vida como ela é
Viajaria a prazo
Pro inferno
Eu tomaria banho gelado
No inverno

— *Barão Vermelho, "Por Você".*

LUA

Se alguém me dissesse há sete anos que eu dormiria com toda a banda The M's no chão do chalé dos meus avós e suas respectivas namoradas — sendo que um deles era meu, o outro estava solteiro, um deles, noivo e o outro namorava a minha melhor amiga —, eu riria. Mas eu gargalharia muito e chamaria a pessoa de louca. No mínimo. Mas, cá estava eu, amanhecendo enrolada em Yan e em seu corpo quente. A lareira tinha queimado até que só restassem cinzas, e a neve tinha cessado. O céu estava azul, alguns pássaros cantavam apesar do frio, e a dor queimante da área tratada pela radioterapia me fez acordar de vez.

— Bom dia, Gatinha linda. — Escutei a voz rouca de Yan no meu ouvido e percebi que dormi em cima dele, fazendo-o de colchão.

— Ah, bom dia. Você deve estar morrendo aí embaixo.

— Você pesa menos que um edredom.

— Exagerado — acusei.

Ele riu baixinho.

Eu e Yan nos levantamos com calma, evitando fazer barulho. Preparamos o café da manhã e, aos poucos, fomos acordando o pessoal. Eles tinham planos de andar de snowmobile e aproveitar a cidade, que mudara muito desde a época em que eu e Erin vínhamos para cá quando crianças.

Kizzie e Erin se aproximaram de mim depois do café. A fisionomia de Kizzie não estava das melhores, e ela pareceu um pouco apreensiva. Percebi que as duas queriam me dizer algo, mas não perto dos meninos. Então, inventei uma desculpa, algo sobre emprestar a elas um dos meus casacos de inverno.

Aline Sant'Ana

Fechamos a porta e sentamos na cama.

— Lua, eu sei que você tem muita coisa para pensar agora, cuidar da sua saúde é a parte primordial de tudo. Sei que acabou de voltar a ter um relacionamento com Yan e também entendo que essa é a parte feliz. Eu não queria estragar falando a respeito da Scarlett, mas não há opção. — Kizzie respirou fundo quando pausou. — Não conversei com Yan, porque acredito que Scarlett esteja mais relacionada a você do que ao próprio Yan. Então, como recebi essa notícia agora pela manhã, a atitude mais certa era falar com você.

— O que aconteceu? — perguntei, preocupada.

— Oliver, o novo empresário, sabe? Meu amigo?

— Sim.

Erin permaneceu em silêncio.

— Um parente dele é agente do FBI. Conversei com Oliver desde que ele entrou para a equipe da The M's a respeito de Scarlett, e Oliver tinha uma teoria que eu não queria muito aceitar. Achava que ele estava vendo muitos filmes de suspense policial, mas, quando Oliver teve uma confirmação do parente dele, hoje pela manhã, percebi o quanto isso tudo pode ser perigoso — Kizzie falou, a voz baixa e direta. — Scarlett Sullivan é um nome falso. A verdadeira identidade dela é Suzanne Petersburg. Scarlett, quer dizer, Suzanne, nasceu em Miami, tem trinta e dois anos e foi dada como desaparecida ao fazer vinte e três. Os pais não sabem do paradeiro dela e se mudaram, então não sabemos nada a respeito deles ainda. Bem, aos vinte, Suzanne foi internada em uma clínica psiquiátrica. A irmã dela faleceu e ela deve ter ficado perturbada. Suzanne saiu, teve alta, mas... Tudo isso não parece assustador demais? Por que ela mentiria sobre a identidade? Como conseguiu ter documentos e uma vida novos?

Meu Deus.

Eu precisava falar com o meu pai.

— Quero toda a informação que você conseguir, Kizzie, e documentos e provas, e que seja investigado de acordo com a lei.

— O parente de Oliver já pegou o caso, meio que de forma secreta, porque o FBI jamais cuidaria de algo simples assim. Bem, de qualquer forma, ele disse que, se ela fizesse alguma coisa mais grave, como ameaçar vocês, poderíamos exigir uma ordem de restrição.

— Não podemos expô-la? Dizer que ela não é quem diz ser em algum programa ao vivo? Como ela fez com a foto dela ao lado do Yan?

— Seria arriscado, Lua — Erin disse, colocando juízo na minha cabeça. — Ela saiu de uma clínica psiquiátrica. Não sabemos o problema que Suzanne tem.

Apenas com você

— Pode descobrir isso, Kizzie?

— Posso, mas preciso saber o que você quer fazer a respeito. Falo com o Yan?

Não pensei uma segunda vez.

— Sim, mas vamos esperar até eu conseguir voltar para Miami. Essa viagem tem sido tão tranquila. A não ser, claro, que alguma coisa realmente aconteça. Aí vamos precisar dar nosso jeito.

— Claro — Kizzie concordou.

Abracei as duas.

— Isso está parecendo uma espécie de plano bem arquitetado — Kizzie concluiu, antes de eu abrir a porta. — Uma espécie de vingança, Lua.

— Contra meu pai? — indaguei, perplexa.

— Infelizmente, ainda não sei — Kizzie murmurou.

— Tudo bem. Vamos descobrir o que essa mulher quer e vamos tirá-la das nossas vidas.

— Estou preocupada com você — Erin falou.

— Vou ficar bem — prometi. — Vamos todos ficar bem.

Yan

— Qual é a velocidade disso? — Lua gritou, por cima do meu ombro, o capacete protegendo-nos.

Comecei a rir.

— É menos do que parece! — respondi. — Estamos em uma descida!

Ultrapassei Shane, que estava voando com o snowmobile. Zane e Kizzie estavam em primeiro lugar, descendo pela neve para chegar à linha final. Acelerei quando cheguei perto de Carter e Erin e ouvi o vocalista me xingar de alguma coisa enquanto roubava sua posição. Eu e Lua acabamos passando e ficando em segundo lugar. Precisei frear com tudo na chegada, porque Zane fez uma manobra que a moto de neve girou cento e oitenta graus.

Exibido, como sempre.

— Que porra — reclamei.

— Primeiro lugar, Yan. Chupa meu pau! — provocou Zane, o que me fez rir.

— Cala a boca, seu merda.

— Ah, foda-se. Valeu demais a descida — Carter falou, arrancando o capacete. — Vocês curtiram?

— Adrenalina foda! — Shane gritou, chegando perto de nós. — Porra, isso é o céu!

— Vocês são loucos — Kizzie falou.

— Completamente pirados — concordei.

— Acho que minha pressão caiu — falou Erin, rindo.

— Você tá bem, Fada? — Carter começou a acariciá-la inteira, preocupado.

— Eu tô ótima — respondeu. — Mas fiquei com um pouco de medo.

— Ruiva, é bom vivermos momentos assim. Nos faz perceber que temos sangue correndo nas veias — Zane disse.

O passeio com eles tinha sido épico, assim como sua companhia. Fomos a uma pista para dirigirmos motos de neve pela primeira vez, e foi muito louco. Depois, almoçamos no hotel em que estavam hospedados e, logo mais, seria o momento de eles retornarem em um voo privado para Miami. Eu os veria no próximo final de semana e, dependendo da reação de Lua à radioterapia, ela poderia voltar comigo. Eu estava torcendo por isso, cara. Torcendo muito. Os momentos ao lado dela em Salt Lake City estavam ótimos e ainda tínhamos mais alguns dias para aproveitar essa paz, mas eu queria a vida real também.

Não sabia se ela se mudaria para o meu apartamento, como fizemos no começo da nossa relação, mas provavelmente não. Lua queria espaço e que as coisas fossem devagar, apesar de ter certeza de que estávamos juntos e que eu nunca mais seria capaz de deixá-la ir.

Levamos o pessoal para o aeroporto, e eu e Lua ficamos com eles até assisti-los entrarem no avião. Eu organizei a vinda deles junto com Kizzie, porque queria que surpreendessem Lua. Todos sentiam sua falta, e era recíproco. Saber o que esse gesto significou para ela fez minha alma sorrir.

— Já estou sentindo saudade deles — Lua confessou quando estávamos voltando para o chalé.

— Você está bem?

— Só angustiada com a doença. Quero ficar livre dela. Quero voltar para casa e ver tudo isso acabar.

— Seus exames vão ser positivos. O câncer vai ter sido erradicado. — Apertei o volante com força, me sentindo mal por sua preocupação. — Você vai ficar bem e poderá voltar para casa.

Apenas com você

— Eu não sinto nada, Yan. A não ser a queimação na pele e a fraqueza ocasional. É tão estranho. Como isso pode realmente me curar? Se a cirurgia não fez todo o trabalho?

— É a medicina, amor. Confie nos médicos. Eles vão te tratar da melhor maneira possível.

— Eu sei. Não queria soar pessimista.

— Não está sendo — garanti. — Vamos ver no final dessa semana, tudo bem?

— Ok. — Ela respirou bem fundo, ansiosa.

Não é que ela não se preocupasse com a doença, claro que se preocupava, mas não dessa maneira. Parecia que alguma coisa, além daquela, estava errada. Dirigi em silêncio até o chalé, fazendo carinho em sua coxa, em suas mãos e em seu rosto a cada sinal vermelho.

Meu toque não foi capaz de tranquilizá-la, no entanto.

— Sente falta do seu pai? — Joguei a chave do carro em cima da mesa central, e Lua sentou no sofá.

— Estou decepcionada com ele, Gigante.

— Eu sei.

— Ele não me escutou. Nunca me escuta. Não era assim. Nós nos dávamos muito bem.

Sentei-me ao lado dela e puxei-a para mim. Comecei a acariciar seus cabelos curtos, passando os fios entre os dedos, sentindo a textura e o perfume do seu shampoo.

— Sinto muito. Sou o responsável pela desavença entre vocês.

— Não. Você não tem nada a ver com isso, Yan. Não posso deixar que ele me faça de boneca e tome controle da minha vida. Eu sempre odiei esse tipo de comportamento. É uma maneira clara de relacionamento abusivo. Seja ele da forma que for.

— Lua...

— Não, amor — falou, seus olhos presos nos meus. — Tive um exemplo claro disso com Erin. O pai dela era um machista, escroto, um verdadeiro homem das cavernas. Depois que o vi diversas vezes gritando com Erin, dizendo que sua filha não ia ser uma puta que desfila de lingerie, aprendi que nunca, nenhum homem, ia comandar a minha vida. Nem a dela.

Lua achou que eu estava controlando-a fora da cama?

Aline Sant'Ana

E não era o que eu estava fazendo naquela época?

O que eu fiz?

— Eu fui um idiota.

— O quê? Não! Nunca pensei que você fosse ser abusivo comigo, Yan. Pelo amor de Deus! Sei o homem que você é. Você é um doce, um ser humano maravilhoso e que não foi perfeito, mas busca ser a melhor versão de si mesmo. Todos nós cometemos erros na vida. Eu, inclusive. Isso não nos faz menores do que ninguém, isso nos faz humanos.

Lua não era a patricinha mimada que as pessoas conheciam. Ela era uma mulher forte pra caralho, que viu e ouviu coisas que nem o diabo devia escutar, e saiu disso com o queixo erguido e um salto alto. Porra, como não admirar essa mulher? Como não reconhecer o que ela era?

— Eu nunca vou privá-la da sua vida, Lua. Só quero te fazer feliz e nunca vou controlá-la dessa maneira. O que fazemos entre quatro paredes...

— É submissão e dominação — acrescentou. — É totalmente diferente, é uma preferência sexual. — Pausou. — Agora, o que o pai da Erin fazia e o que meu pai quer fazer comigo? Isso é doentio. Ninguém tem poder sobre o outro. Não dessa forma.

— Isso te machuca, né? O que seu pai tem feito?

— Mais do que eu quero admitir.

— Vai conversar com ele?

— Não sei se vale a pena tentar — sussurrou. — Eu quero chegar lá com a faca e o queijo na mão, Yan. Quero chegar lá provando que ele está errado. Só preciso ser paciente.

Fiquei confuso por um momento.

— Do que está falando?

— De todas as pessoas que ele julgou. Você, como um vilão. Scarlett, como uma santa. Ele precisa ver com os próprios olhos e aprender que o que crê não é a verdade absoluta do mundo.

— Não vai ser fácil fazê-lo se redimir — pontuei. — E Scarlett... eu não sei. Não há nada contra ela.

Lua sorriu e me deu um beijo rápido na boca.

— Você não me viu tentar ainda.

Apenas com você

Lua

Fiz os problemas desaparecerem quando Yan dormiu no sofá, e eu comecei a rabiscar nos papéis do senhor Nathaniel os motivos que me faziam amar o baterista da The M's.

Yan estava certo.

Foi muito fácil chegar em cem motivos, sem nem precisar me esforçar.

Lancei um olhar para ele, vendo-o dormir.

Tínhamos conversado até que estivesse cansado demais. Yan acabou dormindo com o cafuné que fiz, tendo-o carinhosamente em meu colo. Doeu meu coração vê-lo se preocupando. Nunca Yan seria capaz de ser autoritário com uma mulher. Ele jamais encostaria um dedo ou moveria um músculo para alterar um caminho escolhido por alguém. Fiz questão de garantir para ele que nunca foi tóxico para mim.

Nunca o olhei assim.

Afinal, ele não era nem um pouco como os homens que conheci na minha vida.

Enchi o nosso pote, que estava com vários papeizinhos verdes e agora alguns cor-de-rosa, destinados a Yan. Sorri para aquilo. Dei uma olhada nele: Yan ainda estava dormindo profundamente.

Não seria um pecado ler um dos papéis, seria?

Peguei um rapidinho e o escondi na mão.

Olhei para Yan mais uma vez antes de ler.

Sua letra não era nada delineada, como as cursivas das mulheres, mas sim deitada, masculina, nada delicada... e muito intensa, como sua personalidade.

Motivo 62: Eu te amo, porque consigo ver um futuro em que você estará usando a aliança que sabe que eu guardo no pescoço. O anel que te darei quando for te pedir em casamento. Aquele anel pertence a você, assim como cada parte do meu coração, Lua.

P.S.: Se eu já tiver te pedido em casamento a essa altura, quero que se lembre do motivo de fazê-lo.

Meu coração deu um sobressalto, e os pulmões prenderam o ar porque não pude respirar. Uma espécie de ansiedade súbita me engoliu por inteiro. Joguei o papel no pote e o fechei, com as mãos trêmulas. Antes que pudesse processar minha atitude, me assisti caminhando em direção ao sofá. Deitei-me sobre um Yan ainda adormecido, segurei seu rosto e comecei a beijá-lo inteiro. Pálpebras, bochechas, maxilar, queixo, boca, nariz e testa. Tudo, absolutamente tudo, adorando cada parte daquele homem como se não pudesse respirar sem ele.

Yan abriu os olhos, e suas mãos foram para a minha cintura. Ele abriu um sorriso sonolento e umedeceu a boca com a língua.

— Você vai me acordar assim todos os dias?

— Eu te amo — sussurrei, raspando nossas bocas. — Nossa, Deus. Parece errado amar alguém tanto assim.

Ele ergueu a sobrancelha.

— O que houve?

— Pare de tentar me analisar. Nem tudo funciona como a sua agenda e seus cronogramas.

Yan gargalhou.

— Eu também amo você. — Sua voz saiu grave por causa do sono, rouca devido à ereção que já se formava e incerta pela atitude súbita. — Agora, o que houve?

Comecei a rir, e Yan não deixou que a gargalhada saísse por muito tempo. Ele inverteu nossas posições no sofá, me deixando embaixo do seu corpo imenso e muito quente. Subitamente, me senti consciente de suas coxas, tórax e do seu rosto que irritava os deuses nórdicos.

Como podia ser tão bonito?

Ele raspou nossas bocas e depois abriu meus lábios com sua língua. Eu o recepcionei e deixei que me beijasse. Segurei seus cabelos e ergui meu quadril, querendo senti-lo. Yan rosnou no meio do contato e levou a mão até a minha bunda, apertando-a com tanta força que reclamei com um resmungo baixo. Eu estava usando um moletom e um short curto. Dentro do chalé, o calor era o suficiente para que não precisasse usar calças. Ele pegou o short e começou a puxá-lo para baixo. Como era de um tecido muito fininho e velho, Yan o rasgou, e foi fácil me ter nua da cintura para baixo.

— Eu preciso de você — murmurou. — Agora, Lua.

Levei as mãos para sua blusa de algodão e arranquei-a por sua cabeça. Ele fez o mesmo comigo, de modo que nossas peles ficassem unidas pelo contato.

Apenas com você

Yan, na hora de tirar a calça, acabou se atrapalhando. Rolamos do sofá para o chão, e caí em cima dele. Yan gargalhou e eu ri junto, o que logo cessou quando sua boca macia e língua varreram meus sentidos.

A lareira crepitou e o cenário em que estávamos não poderia ser mais perfeito. O chão do chalé dos meus avós, com o tapete macio e nenhuma roupa para nos impedir; foi maravilhoso. Yan voltou a me beijar, com mais fome, arrepiando meu corpo e fazendo meus seios incharem de prazer. Quando foi beijar, sugar e morder meu pescoço, passei a ver estrelas por trás das pálpebras. Eu correspondia aos seus comandos, aos seus apertos, aos seus beijos, porque havia uma química entre nós que jamais acabaria.

Ele segurou meus pulsos acima da minha cabeça, me encarou e abriu um sorriso sem-vergonha antes de se arrematar para dentro de mim, preenchendo-me por completo, causando uma onda imensa de prazer misturada a surpresa. Logo depois, ele soltou o aperto e me vi dentro de uma liberdade jamais dada antes. Eu estava pronta, mas ele nunca tinha feito sexo comigo dessa forma, um sexo normal, sem dominação.

Os movimentos foram intensos, duros e lentos. Yan moveu o quadril dentro de mim, seu pau me preenchendo como só ele era capaz de fazer. Gemi forte, agarrando-me a ele, ao seu beijo, à forma de fazermos amor. Era delicioso senti-lo, ainda mais quando a onda de prazer descia do meu umbigo até o clitóris, causando a sensação que precedia o orgasmo.

— Ah, Yan... — murmurei.

Yan

Virei nossos corpos de modo que Lua subisse em mim. Ela ficou assustada por um momento, com as mãos apoiadas em meu peito, seu corpo inteiro me abraçando, os lábios entreabertos. Nunca a deixei no controle do sexo, com alguma parte dos seus pulsos ou pernas livres, isso era um prazer meu que egoistamente sempre optei por fazer. Lua aceitava, gostava, e eu sabia que, para o prazer dela, testar seus limites era o ideal e seus orgasmos eram mais longos, intensos e frequentes, mas, naquele momento, era isso que nós precisávamos.

Eu quis me entregar a Lua.

Então, seus quadris começaram a se mover. Timidamente no começo, subindo e descendo, lento como o ponteiro das horas. Tive uma visão de Lua montada no meu pau, daquele corpo todinho projetado em mim, desde os seios, à barriga plana, ao lindo V que descia da sua cintura para a parte que me dava

Aline Sant'Ana

prazer. Eu a deixei ali, livre para fazer o que bem entendesse, tão perfeita que me fez respirar fundo.

Meu coração acelerou um pouco.

— Eu posso... — ela sussurrou, os olhos ardendo em malícia — fazer o que eu quiser?

— Pode — murmurei.

Ela se moveu mais depressa, provocando-me.

— Assim?

— Bem assim. — Respirei com dificuldade, o tesão desenrolando por todo o meu pau. Ele era capaz de sentir a umidade de Lua, a maneira que seus músculos se moviam dentro dela. Caralho, que delícia! — Apoia suas mãos no meu peito e quica em mim, Lua.

Seus cabelos caíram no rosto quando ela fez o que pedi. Assistia-a, hipnotizado, mover somente a linda bunda para cima e para baixo. Levei o polegar até o seu clitóris, iniciando uma série de movimentos rotacionais.

E foi aí que ela se perdeu.

A rapidez foi fora do normal de qualquer mulher que já tinha subido em mim. Seus gemidos ultrapassaram o crepitar da lareira, e os meus resmungos roucos pelo desejo provocado foram abafados por seus gritos de prazer. Lua começou a pular com tanta força em torno do meu pau que o barulho estalado e molhado me deixou com ainda mais tesão. Tive vontade de pegá-la pelos cabelos, domá-la e segurá-la enquanto a fodia com força, fundo e rápido, mas isso seria perder um espetáculo que estava gostoso pra caralho de apreciar.

Seu corpo formou uma camada de suor e Lua se movimentou uma, duas, três vezes mais lentamente quando o orgasmo a arrematou. Ela abriu os lábios para respirar, e segurei sua cintura para continuar os movimentos que Lua tinha parado. O corpo dela ficou mole pelo prazer delicioso, então, dei graças a Deus por ter força suficiente para movimentá-la por nós dois. Aqueles olhos quase verdes estavam brilhando para mim quando afundei em seu corpo, movendo o quadril para cima e de forma circular, rápida e profunda, várias vezes, até permitir que a onda deliciosa se derramasse dentro dela.

Fechei os olhos.

— Caralho! — Respirei fundo.

Ela riu e desmontou de cima de mim. Lua deitou comigo no chão, nossos corpos arfando e moles pelo esforço pós-orgasmo.

Apenas com você

— Você é tão gostoso que eu poderia montá-lo assim para sempre.

— Porra, Lua. Quer que eu te amarre agora? — resmunguei, sentindo que meu corpo ainda não estava totalmente saciado.

Ela deu um beijo lento na minha boca.

— Quero. — Me encarou de forma expressiva... e lasciva. — Fui uma menina má montando em você assim.

Me virei sobre ela e, mesmo que soubesse que demoraria cerca de trinta minutos para estar pronto de novo, comecei a beijá-la.

— Agora você vai precisar aguentar alguns minutos de preliminares. E então, eu vou amarrar você. Vou bater na sua bunda e raspar os dentes em cada pedaço do seu corpo, e depois lambê-lo bem devagarzinho.

Ela estremeceu.

— Faça isso.

— Ah, eu vou — sussurrei, já tomando sua boca mais uma vez. Quando fui para o pescoço beijá-lo e coloquei um dedo dentro da sua boceta, senti-a apertar em torno de mim. Cerrei as pálpebras com força. — Eu vou te foder amarrada, Gatinha.

Ela riu baixinho e nossos ruídos foram substituídos logo depois por gemidos, tapas e gritos de prazer de Lua a cada orgasmo que eu proporcionava a ela.

É, ficar para sempre assim parecia bom o suficiente para mim.

Aline Sant'Ana

Apenas com você

CAPÍTULO 23

'Cause I'm right here waiting,
with open arms
I know you might feel shattered,
but love should never bring you harm
So consider this a moment
that's defining who you are
And I can fix what's broken,
and here's how I'll start

— Jordin Sparks, "The Cure".

Anos atrás

Lua

Erin não estava em casa e isso só me levava a crer que, mais uma vez, seu pai tinha brigado com ela. Ele era um brutamontes maldito que se achava intocável. Acabei ficando irritada. Estava pronta para entrar, xingá-lo, dizer que eu ia pegar Erin para morar comigo, que aquelas brigas estavam se tornando mais frequentes, e mandá-lo ir para aquele lugar onde o sol não alcança, mas algo me fez parar no meio do caminho.

Escutei um gemido masculino vindo da cozinha. Espreitei atrás da parede que levava à área, para ver o que estava acontecendo. O Sr. Price estava sem camisa e com a calça aberta. Na bancada, uma menina da nossa idade estava com a cara marcada por um olho roxo. Meus nervos começaram a dar sinal de vida, fazendo meu corpo inteiro tremer.

— Diga que você é uma vadia! — ele gritou, puxando a calça para baixo. — Como a vadia da minha filha!

A menina não disse nada, aceitando seu destino.

Comecei a chorar, a raiva pulsando nas minhas veias.

— Vocês, adolescentes, são todas putas. Não me obedecem por quê?

Sem nem pensar no que estava fazendo, puxei o abajur que estava sobre a mesa da sala, arrancando-o da tomada com força. Tirei a parte de cima e, depressa, me aproximei dos dois, com a lâmpada como arma.

Aline Sant'Ana

Eu queria enfiá-la na garganta dele.

— Saia de cima dela! — gritei, ameaçando-o com o objeto, ainda que minhas mãos estivessem trêmulas. O Sr. Price fingiu-se de desinteressado, mas a menina pegou seu uniforme escolar rapidamente e saiu correndo, com lágrimas manchadas pelo rímel.

Ele estava estuprando meninas em sua própria casa?

Sob o teto de Erin?

— Olá, Lua — falou, se vestindo. — Veio procurar a vagabunda da sua amiga que acha que desfilar pelada é uma atividade digna?

— Como você pôde? — murmurei, minha voz falhando. — Como pôde ser um monstro?

— O quê? Aquela ceninha?

— Você tocou na Erin? — vociferei, tremendo com mais força.

— Está louca? Eu transo com adolescentes, mas nunca toquei um dedo na minha filha.

— Por que estava falando aquelas coisas, então? Você estava prestes a estuprar a menina enquanto falava da sua própria filha!

O homem deu a volta na bancada e cruzou os braços, ficando perto demais de mim. Estiquei o que restou do abajur, e ele percebeu que eu estava falando muito sério.

— Era um jogo, Lua. Você não conhece os gostos sexuais das pessoas. Finja que não viu isso e estaremos bem.

— Você é louco. — Me aproximei, a coragem sobrepondo o medo. Coloquei a lâmpada bem perto da sua garganta e o encarei nos olhos. — Erin vai morar comigo a partir de agora, até que tenha dinheiro suficiente para viver sozinha. Você nunca mais vai ligar para ela nem dar sinal de vida, e vai mudar de país com a tonta da sua esposa. Se não fizer uma dessas coisas, eu vou contar tudo para o meu pai, e você sabe que ele é um homem influente. Sua carreira estaria destruída em cinco minutos. Sua vida estaria acabada antes que você pudesse pensar sobre isso.

Ele riu.

— Você não vai tirar a minha filha de mim.

Encostei a lâmpada na sua pele.

Ele arregalou os olhos.

— Erin vai fazer as malas e você não vai dizer um piu sobre isso. Virei buscá-la com meu pai. Erin está livre de você a partir de hoje, Sr. Price. Ela nunca mais vai vê-lo. Nunca mais vai saber da sua existência.

— Você é uma adolescente e não sabe o que está dizendo.

— O que eu sei é que essa casa possui câmeras de segurança, porque você é paranoico demais para deixar sua esposa e sua filha livres. O que eu sei é que essas imagens ficam guardadas em um HD aqui e provavelmente na empresa em que as instalou. O que eu sei é que meu pai pode pedir um favor a um amigo policial e conseguir um mandado de busca para essas imagens. O que eu sei é que você estava estuprando uma menor na bancada da cozinha. O que eu sei é que você vai pegar prisão perpétua, sendo muito otimista. Parece, realmente, para o senhor, que eu não sei o que estou dizendo?

— Olha aqui...

— Olha aqui você! — gritei. — Nunca mais! Entendeu bem o que eu estou dizendo? Nunca mais! Adeus, Sr. Price.

Andei de costas até a porta com a lâmpada em posição e larguei o que restou do abajur quando alcancei a rua. As lágrimas desceram pelo meu rosto em uma enxurrada e nunca corri tanto em toda a minha vida. Quando vi a porta de casa, abri-a com toda a força. Minha mãe estava na sala, e prontamente foi até mim, parando a maneira frenética que corri até chegar às escadas.

— Ei, ei... o que houve?

Soluçando, encarei seus olhos lindos e calmos. Meu pai não estava em casa, então, senti que poderia contar pelo menos para uma pessoa o que tinha acabado de ver.

— O pai da Erin, ele...

Mamãe escutou tudo e me acariciou enquanto eu chorava copiosamente. Avisei-a de que Erin moraria conosco e de que eu estava com medo de ele ter feito qualquer uma daquelas coisas com a minha amiga e ela nunca ter me contado. Mamãe disse que eu saberia, que Erin confiava em mim, e eu avisei-a de que ela era frágil, emocionalmente instável, e eu estava com medo de como reagiria se soubesse a verdade sobre seu pai.

— Vamos manter isso entre nós duas e jamais dizer a ninguém. Erin vem aqui para casa, nós cuidaremos dela como uma filha durante esse tempo e...

Ela foi me dizendo todas as coisas que me acalmariam, enquanto eu lembrava do último Halloween, quando falei para Erin que, se ela não fosse aceita por sua família, seria pela nossa e que poderia ser quem quisesse e jamais iríamos julgá-la.

Mais tarde, quando anoiteceu, fui com meu pai buscar Erin. Ela me olhou

Aline Sant'Ana

confusa, sem entender o que estava acontecendo. Peguei-a pela mão e a ajudei a fazer as malas. Seu pai não estava em casa, apenas sua mãe, chorando por nunca ter tido coragem de proteger a filha.

Chegamos na minha casa e Erin ficou no meu quarto, que tinha uma cama dupla especial para ela, sempre que dormia lá. Expliquei que meu pai teve uma conversa com o seu e que decidimos que seria melhor se ela ficasse conosco por um tempo. Antes de irmos dormir, cada uma deitada em uma cama, fechei os olhos e decidi perguntar.

— *Você me contaria se alguém te machucasse? Você confia em mim?*

— *Machucasse?* — *sussurrou.* — *Como assim?*

— *Nunca fizeram nada... nada contra a sua vontade, né?*

— *Você diz... sexualmente?* — *Erin perguntou, ainda confusa.*

Suspirei fundo.

— *Nunca me fizeram nada* — *respondeu.* — *Pelo amor de Deus, Lua. Você anda assistindo muitos filmes.*

— *Você me contaria, não é? Qualquer coisa* — *insisti, com medo de o pai dela ter feito algo.*

No entanto, quando Erin falou, percebi que sua voz estava serena e calma.

O Sr. Price realmente nunca tinha encostado um dedo na filha.

Mas isso não o tornava menos louco.

— *Prometo que sempre vou te contar tudo. Das coisas boas às ruins* — *me garantiu.* — *Confio em você, Lua. Você é a minha irmã de alma e coração.*

Respirei aliviada pela primeira vez desde aquela tarde amaldiçoada. Erin confiava em mim, eu não era a sua família maluca, e aquilo me bastava.

Apenas com você

CAPÍTULO 24

Just close your eyes
The sun is going down
You'll be alright
No one can hurt you now
Come morning light
You and I'll be safe and sound

— *Taylor Swift feat. The Civil Wars, "Safe & Sound".*

Yan

— Oi, mãe. — Escutei Lua ao telefone. Ela estava terminando de se vestir para visitarmos a médica. Sua voz estava ansiosa e, claro, sua mãe ia perceber que algo estava errado. — Vou saber as notícias agora. Eu te conto assim que tiver uma resposta concreta. É, eu sei. — Suspirou. — Também estou desejando notícias. Te amo muito. Vou me comunicando com você.

Encarei-a, sabendo que ela estava apreensiva. Porra, o dia ontem havia sido mágico e pacífico. Eu esperava que as novidades da médica fossem boas, porque não suportaria a ideia de ter de ver seu rosto triste mais uma vez. Ela me contou, bem baixinho, antes de pegarmos no sono na noite anterior, que a médica tinha pedido que fosse ao seu consultório.

Esperei que o telefonema com sua mãe terminasse e, como tínhamos cerca de duas horas para estarmos lá, me sentei no sofá. Meu celular tocou, um número desconhecido, que deixei cair na caixa postal. Ao fim da ligação de Lua, ela me encarou e conversamos pelo olhar. Sabia que eu desejava falar com ela. Então, se sentou e umedeceu os lábios antes de eu estender a xícara e ela aceitar um gole de café.

— Amor — chamei-a. O nome íntimo, profundo e intenso era tudo que eu precisava naquele momento. — Eu quero te fazer um pedido.

Lua arregalou os olhos e parou de tomar o café.

— Eu quero conversar com a Lua humana e não com a Lua super-heroína — acrescentei.

— Não sou nada...

— É, sim.

Aline Sant'Ana

— O que te leva a pensar isso?

— Me diga você. — Fiz uma pausa. — Conte-me o que aconteceu no passado, me fala o que a fez se tornar uma pessoa assim. Por que sempre esconde sua dor? O que aconteceu?

Sabia que Lua estava me escondendo alguma coisa. Ela tinha um passado, um do qual só falava das partes boas.

E as partes ruins?

Ela piscou, atônita.

Depois, soltou um suspiro e começou a contar.

Sobre Erin Price.

A menina que não fazia amigos, porque não sabia se seus pais iriam gostar. A menina que dependia dela para atravessar uma rua, para caminhar na praça e, depois, para aprender a passar um batom pela primeira vez. Lua me contou sobre o pai abusivo, o homem que batia na filha, o homem que havia forçado uma adolescente contra a bancada da sua cozinha e que ela jurou para a mãe que não diria nada, porque não sabia se Erin, emocionalmente, daria conta. Lua me falou que, hoje, ela se arrependia de não ter dito para o pai, de não ter colocado o Sr. Price na cadeia, mas que, na época, ela era uma adolescente e só queria proteger a amiga.

Disse que Erin se tornou ainda mais afastada da amiga depois que Lua passou a namorar Carter, e que agora fazia sentido, porque Erin era apaixonada por ele. Falou que viu que Erin, logo depois de sair da casa dos pais, procurou na internet como cometer suicídio com remédios, mas ela sequer sabia quem seu pai era ou o que ele fazia com as pessoas. Em lágrimas, Lua disse que sempre protegeu a amiga, e isso era uma coisa que eu já sabia, mas não da forma que foi contada, não que Lua tinha enfrentado um inferno para ameaçá-lo a ponto de conseguir tirar a amiga das garras do pai antes que fosse tarde demais.

Lua se tornou a mãe de Erin, ainda que ambas tivessem a mesma idade.

Então, entendi, enfim, o motivo de ela achar que poderia perder Erin para a morte. Lua não sabia o que o Sr. Price podia fazer, e seu senso de proteção se tornou forte em relação a todos que ela amava, porque, em sua cabeça, sempre foi a única com estrutura para aguentar os trancos e a verdade da vida.

Se eu pudesse fazer uma metáfora com o que estava sentindo, diria que uma parte minha se quebrou. Encarei Lua, observando seus olhos marejados serem rapidamente limpos com as costas da mão, porque ela, mais uma vez, não queria ser fraca.

Apenas com você

— Você acaba de me confessar um segredo da sua amiga, que ela sequer sabe — falei, tentando trazer a parte racional à superfície. — Lua, já passou pela sua cabeça que talvez, se Erin soubesse, ela poderia compreender melhor o motivo de ele ser tão estúpido? Afinal, ele abusava de meninas e, além de ser uma escória e um pedófilo, não era mentalmente estável.

— Como ela iria reagir?

— O que quero te dizer é que você não pode tomar as decisões pelas pessoas, o que elas devem saber ou como podem reagir. Você *nunca* vai saber como será a atitude do outro, mas as verdades têm que ser esclarecidas, custe o que custar. O diálogo precisa acontecer. — Fiz uma pausa. — Você percebe que repete suas atitudes, do que houve com Erin, com todos ao redor? Você fez isso comigo, quando decidiu me esconder sua doença, porque preferiu que eu não soubesse, que não parasse a minha vida, que não tivesse o direito de cuidar de você. Na sua cabeça, você pode tudo sozinha. E você, de fato, pode.

Amenizei meu tom de voz. Não queria que ela entendesse aquilo como uma repreenda.

— Você não precisa mais defender as pessoas da vida, Lua. O amor nem sempre é bonito, como a gente mesmo viu. Ele poderá passar por provações necessárias, porque só você se colocar na linha de tiro não é coragem, é suicídio.

Piscou, atônita, e respirou fundo.

— Quero que entenda que você está melhorando, aprendendo a dividir as coisas com as pessoas, a parte ruim delas. Quando acontece algo maravilhoso, sei que quer dizer para todo mundo, porém, quando é algo que pode machucar, você guarda toda a dor para si mesma — murmurei, segurando suas mãos geladas. — Não faça mais isso. Não tome o sacrifício para si. A partir desse momento, do instante em que decidimos ficar juntos, você tem a mim. E não estou pedindo que me conte todos os seus segredos, que perca sua individualidade, só estou pedindo que confie que eu não vou quebrar. Assim como Erin, Carter, Zane, Kizzie e até mesmo Shane... nenhum de nós vai. Já passamos por muitas merdas. Deixe a gente ir para o campo de batalha com você. Me deixe te dar a mão e ficar na linha de frente.

— Se fosse uma guerra, iríamos morrer.

— E não vamos todos, um dia?

Ela me abraçou forte, estalando todos os ossos dos nossos corpos, e a peguei no colo, porque, naquele instante, só fui capaz de ver uma menina tendo que cuidar de um problema de adultos, ajudando uma amiga como se fosse sua irmã mais velha ou, quem sabe, uma mãe que ela nunca teve, carregando responsabilidades

Aline Sant'Ana

em seus ombros e um segredo obscuro demais para ser dito em voz alta.

— Quando eu conto para Erin sobre seu passado? Quando revelo que seu pai era um monstro?

— No momento certo, você vai saber.

Ficamos em silêncio por um longo tempo antes de Lua encontrar, mais uma vez, sua voz.

— Estou cansada mesmo de carregar tudo sozinha.

Lua

Antes da conversa, eu estava pronta para entrar na sala com a médica sozinha, sem Yan. Mas, depois de conseguir me abrir para ele sobre uma coisa que guardava há muito tempo, senti que Yan tinha o direito de estar lá e que eu não tinha o dever de passar por tudo sozinha.

A doutora nos ofereceu o assento e seu semblante era profissional e pacífico. Yan não demonstrou estar apreensivo em nenhum momento, pelo contrário, estava tranquilo e sereno, parecendo preparado para qualquer que fosse o diagnóstico. Eu me senti mais forte ao vê-lo ali, tão altivo e impassível. A médica consultou exames e buscou informações mais precisas.

Tive vontade de sacudi-la para arrancar a verdade.

— Bom, Lua — ela iniciou, batendo os dedos na mesa. — O tratamento de radioterapia terminará esta semana e, no sábado, você já estará livre de todos os cuidados. Tenho duas notícias. Uma boa e uma que dou a todos os meus pacientes.

— Doutora...

— Eu fico muito feliz em dizer que o tumor respondeu bem ao tratamento e que você não precisará fazer mais nenhum outro tipo de controle agressivo, como radioterapia ou uma possível quimioterapia, porque você está livre, Lua...

Ela continuou a falar sobre controlar com medicamentos, mas parei de ouvir no segundo em que ouvi que estava livre. Minha garganta se fechou, os olhos ficaram imediatamente molhados e eu abri a boca para respirar, incerta se conseguiria fazer o básico para me manter viva.

— Você precisa e deve se sentir curada logo após o término do tratamento cirúrgico e da radioterapia, uma vez que não existe mais evidência de doença. Mas deve sempre manter um rígido controle médico. Anual, Lua. Entende o que quero dizer? Não pense que isso vai voltar, quero que tenha uma vida saudável, pratique exercícios...

Assenti, embora continuasse a escutar apenas partes de uma conversa longa e muito importante. Senti meu corpo tremer, a incredulidade de que aquilo realmente chegou ao fim e com uma notícia boa assim.

E eu tentei, durante todo o tempo, me manter confiante, certa de que não me abateria, mas, só quando finalmente tive a notícia, é que percebi o quanto estava insegura, o quanto tinha medo de morrer, o quanto me mantive afastada de Yan porque, na verdade, eu não saberia ter mais um segundo ao lado dele sabendo que perderia uma vida ao lado do homem que eu amava.

— Vou deixá-los a sós por um minuto — a médica disse, saindo do consultório e me deixando ainda estática na cadeira.

Senti a presença de Yan em pé na minha frente. E depois, ele se abaixou, ficando de joelhos. Lágrimas desceram por seus olhos cinzentos, quentes de emoção, e percebi que meus lábios continuavam abertos e o choro estava preso na minha garganta. Quando vi o homem que eu amava, de joelhos, completamente tomado pela emoção, meu coração se partiu em mil pedaços, apenas para ficar inteiro mais uma vez.

Dor. Uma dor profunda de felicidade, que eu não sabia ser possível, engoliu-me como mil flechas chamejantes em minha direção. Levantei da cadeira, porque Yan me puxou para o seu colo e, em algum momento, minhas pernas estavam em torno da sua cintura, nossas bocas se encontrando, lágrimas salgadas se misturando, e eu chorando baixo, dizendo palavras sem sentido, porque eram engolidas pelas dele também.

— Você está livre, meu amor — ele murmurou em minha boca, parecendo um garoto frágil, que percebera que não tinha o mesmo controle da vida e que havia um pouco de sorte e um pouco de destino.

— E-eu...

Não consegui falar, então o abracei naquele enredado de pernas e braços, como se ele pudesse sentir a alegria dentro do meu peito, como também o receio que me assolou por meses, desde o instante em que descobrira a doença até aquele momento em que peguei minhas malas e fui embora.

Para longe dele.

— Eu nunca mais quero precisar fugir de você.

— Você nunca mais vai fazer isso, Lua. Enquanto me quiser, eu vou ser seu.

Um instante pode ser capaz de mudar tudo. A sua percepção sobre a vida, uma notícia, um detalhe do destino. A maturidade me fez ver a vida com outros

Aline Sant'Ana

olhos, a experiência me fez ter ciência do que eu desejava e do que eu não desejava. Àquela altura, eu sabia muito bem quais seriam os meus próximos passos e não queria dá-los sozinha.

— Tenho planos para hoje. Vamos sair daqui? — falou suavemente, como se soubesse o tempo inteiro que esse seria o resultado da consulta.

Era tudo que eu precisava ouvir.

Porque a certeza dele se tornou a minha força.

CAPÍTULO 25

> It's hard for me to say the things
> I want to say sometimes
> There's no one here but you and me
> And that broken old street light
> Lock the doors
> leave the world outside
> All I've got to give to you
> Are these five words and I
>
> — Bon Jovi, "Thank You For Loving Me".

Yan

Foram quase duas horas de ligações para dar a notícia. Percebi que ela estava mesmo magoada com o pai, porque não ligou para ele. Me senti mal por ela, sabendo que Lua precisava fazer as pazes com ele, e talvez o que estivesse impedindo de verdade fosse uma aproximação. Ainda que o homem fosse insuportável comigo, o cara ainda continuava sendo o pai de Lua e, querendo ou não, achava que a protegia, não importando a forma que fazia isso.

O dia passou com Lua animada, se sentindo mais segura consigo mesma, e isso me deu força para pensar sobre tudo o que foi dito. Não podia imaginar como tinha sido para ela, uma adolescente, ter de enfrentar um homem como o Sr. Price. E não consegui imaginar como foi para Erin ter que conviver com um homem machista, abusivo e escroto. Meu sangue chegou a correr mais rápido, ao pensar que, naquela época, poderia ter protegido as duas. Eu e os caras éramos mais velhos um pouco.

— Vem, Yan.

A raiva por um passado imutável foi se dispersando quando Lua me chamou para irmos a algum lugar, voltando a ser quem Lua era mesmo, aquela mulher travessa que odiava agendas e cronogramas.

O passeio pareceu simples para mim; Lua não tinha um destino certo. Nós só caminhamos de mãos dadas pelas ruas de Salt Lake City, e percebi que as pessoas já estavam começando a se preparar para o Natal, mesmo faltando certo tempo ainda. Os pisca-piscas estavam reluzentes, os enfeites natalinos postos para todos os lugares, as ruas pinceladas com objetos que mesclavam o vermelho das fitas, o branco da neve, o verde das árvores e o dourado das luzes colocadas especialmente para a ocasião.

O silêncio entre nós, naquele início de noite, foi confortável depois de um dia completamente intenso. Lua tinha reagido bem ao tratamento e faria isso até sábado, e logo nós dois poderíamos voltar para o inverno falso de Miami. Ainda tínhamos que conversar sobre onde iríamos morar, mas eu sabia que talvez fosse cedo demais.

Chegamos a uma zona mais afastada da cidade, uma área em que só havia neve e diversas árvores envoltas em luzinhas natalinas. Um cenário bonito pra caralho, porque o céu estava estrelado, a luz só era proveniente dos pisca-piscas e o chão estava totalmente coberto pela manta branca gelada.

Lua se abaixou e pegou uma bola de neve. Sua cara arteira denunciou o que ela faria em seguida, mas não tive tempo de correr, porque uma bola de neve me acertou bem minha cara.

Ela começou a rir.

— É guerra que você quer? — Ergui a sobrancelha.

— Ah, quero ver você correr atrás de mim!

Lua saiu em disparada, e comecei a rir enquanto fazia uma bola imensa de neve. Fiz uma com a mão direita e preparei outra com a esquerda, começando a bombardear Lua, que fez o mesmo. Em menos de um minuto, éramos crianças de novo, brincando na neve.

Me dei conta de que Lua estava tentando fazer exatamente isso, trazer a minha criança à tona, e a amei ainda mais por isso. Desde o momento em que iniciei um relacionamento com ela, no passado, foi exatamente isso que Lua obrigou-me a fazer. Suas travessuras me fizeram passar a amar o ridículo — ou o que era ridículo para mim —, e sua maneira suave de ver a vida, mesmo com nossas diferenças, me fez entender o que era ser criança. Talvez não fosse tarde para resgatar um pouco da alegria que perdi.

Me vi rindo mais alto do que jamais tinha feito no instante em que Lua correu atrás de mim e, como se eu fosse uma cesta de basquete, enfiou nas minhas costas uma pequena bola de gelo, que desceu por meu corpo, me causando um frio imediato. Caralho! Me virei, mesmo sentindo o gelo desconfortável escorregar pela minha pele quente, e peguei Lua no colo, que acabou caindo quando tentou fugir.

Caí sobre ela.

E então, estávamos ali. No meio da neve, sem ninguém ao nosso redor. Os cabelos de Lua estavam bagunçados e misturados com a neve branca. Seu nariz estava vermelho, assim como suas bochechas e lábios. Lua estava ofegante... e rindo. Gargalhando como se aquele fosse o momento mais divertido da sua vida.

Perdi a risada quando vi que Lua perdeu a dela. Mas meu sorriso sumiu quando me dei conta do seu corpo. Seus olhos já não eram mais tão atrevidos como quando a reencontrei no Heart On Fire; agora traziam a experiência de mil vidas.

Se eu pudesse amá-la mais, seria naquele momento.

Baixei a cabeça um pouco, quase preparado para beijá-la, mas a corrente que voltei a usar, com a aliança, bateu entre nossas bocas, pairando na dela. Era como se a cena se repetisse, no momento em que fiz amor com Lua pela primeira vez depois de nos separarmos.

Lua desviou o olhar do meu para o anel, que, ao levantar meu pescoço, ficou balançando como um pêndulo. Ela me admirou por um segundo antes de segurar minha nuca e me puxar para baixo. Meus lábios foram abertos por sua língua morna, o que me arrepiou em todos os lugares certos. A aliança ficou em algum lugar entre nossos rostos, mas ninguém pareceu se importar. O beijo, de intenso, se tornou abrasivo. Lua soltou um gemido entre uma respiração e outra, quando mordisquei seu lábio inferior e suguei-o para dentro dos meus. Chupei, com uma calma calculada e um tesão contido, ainda que meu corpo não soubesse disso ainda.

As línguas se envolveram com mais intensidade. Lua se apertou contra mim, passando as pernas em torno dos meus quadris, e eu tive muita vontade de tomá-la na neve. Meu corpo não sentiu mais frio, meu estômago formigou e a sensação de prazer de beijá-la, junto às memórias de tê-la na cama, fez meu pau acordar.

Lua continuou me beijando, como se não quisesse que aquilo jamais acabasse. No entanto, interrompi o beijo quando senti um beliscão na nuca. Abri os olhos levemente pesados, e Lua afastou um pouco o rosto do meu. Ela tinha puxado o colar do meu pescoço e aberto o fecho. Colocou a peça que eu carregava no peito entre nossos rostos e jogou a correntinha na neve. Tirou a aliança de noivado que mandei fazer especialmente para ela e a observou com atenção.

A peça era no formato de uma lua minguante, toda adornada com diamantes puros, completamente branca e cintilante, como a neve em torno de nós. A aliança era de ouro branco e nasceu para pertencer à Lua Anderson, dado o significado do seu nome em português do Brasil, país de parte da sua origem. Não foi uma coisa que fiz sem planejar, eu andei em lojas, fiz uma pesquisa na cidade; eu quis que fosse perfeita.

— Passei semanas tentando encontrar você. Contratei um detetive que te procurou por muito tempo, mas foi provavelmente chantageado por seu pai. Eu

Aline Sant'Ana

teria ido ao Inferno de Dante por sua causa. Teria percorrido os quatro cantos do mundo para te encontrar, caso não voltasse. O mundo é um lugar horrível sem você nele.

Seu lábio inferior deu uma estremecida enquanto eu falava.

— O que passei sem você, toda a dor e a mágoa, não supera o momento em que te reencontrei pela segunda vez nessa vida. Você, naquela festa, foi como se um milagre tivesse acontecido. — Fiz uma pausa. — Lua, você pode entender quando digo que eu te amo, só talvez não entenda como isso é profundo e assustador.

— Yan...

Ela respirou fundo.

— Eu te amo a ponto de ir embora com medo que você mudasse sua vida para me curar, sendo que eu não sabia se era *possível* eu ser curada, sendo que eu sequer tinha noção se estaria viva para contar a história depois que tudo isso acabasse. Eu te amo a ponto de ter um senso de proteção tão grande com você, que quis te livrar do fardo de viver ao lado de alguém que tem prazo de validade. Preferi ficar sem você a vê-lo sofrer ao meu lado.

Aquelas palavras me atingiram como um soco no estômago.

— Você só descobre que ama de verdade uma pessoa quando uma parte do seu coração dói por querê-la, ainda assim é tão altruísta que opta por estar sem ela — Lua murmurou. O sorriso em seu rosto contradisse os olhos avermelhados. — Eu precisei passar por isso para perceber que tipo de amor existe dentro de mim, Yan. Você teria ido ao Inferno de Dante por mim? Eu estive lá. E nunca deixei de amar você. — Pausou. — É esse o tipo de amor que eu sinto.

— Cara, isso é...

— Esse é o primeiro dia do resto das nossas vidas.

Os olhos castanho-esverdeados focaram em mim, perdidos em emoções que não consegui identificar. Lua, com toda a lentidão do mundo, colocou o anel em seu dedo anelar, e ele cintilou, refletindo as luzes ao redor. Sem processar o que, de fato, estava acontecendo, ela começou a falar.

— Você viu o nosso pote?

— Não. — Minha voz saiu rouca e baixa.

— Eu escrevi mais de cem motivos, para quando você quiser ler, como Nathaniel disse. Não resisti e acabei enfiando a mão lá dentro. Sabe qual motivo eu peguei?

— Lua... o que você está...

Apenas com você

— O número sessenta e dois. Nele, estava escrito a sua intenção de me pedir em casamento, o que um dia você inevitavelmente faria. Naquele segundo, tive certeza de que eu queria a mesma coisa, só faltou o momento ser o certo. Nada me parece mais adequado do que luzes natalinas em torno de nós e um dia de felicidade pura por saber que estou livre de uma doença que me atormentou por meses. Mas, acima de todas essas coisas, não consigo me ver com qualquer outro homem, Yan. Eu quero os seus cronogramas, o seu jeito metódico, quero sua seriedade, seu controle na cama. Como também quero um homem que me abrace quando o mundo estiver acabando e me garanta que tudo dará certo no final. Entenda, eu poderia viver sem você, mas não quero. Seria um mundo doloroso, frio e amargo. Já estive lá.

Pisquei, perplexo.

— Eu poderia esperar, mas não seria justa, porque você nunca saberia o momento certo. E eu sou uma pessoa um pouco apressada, impulsiva, você me conhece. Sou uma assassina de cronogramas e agendas. Então, depois de tudo que foi dito, depois da nossa convivência em meio ao caos, depois de te perder, de te reencontrar, depois de sentir por você nada mais do que amor, esse é o exato momento em que eu te pergunto. — Ela fez uma pausa, os olhos brilhando com malícia e emoção. — Você pode me emprestar o seu sobrenome para o resto das nossas vidas?

Fiquei em silêncio por mais tempo do que seria aceitável.

Lua não desviou o olhar do meu.

Mas encarei a aliança em seu anelar, desejando tanto ver isso acontecendo que não pude me conter.

— Caralho... — murmurei.

Lua

Dali para o futuro.

E eu queria um futuro com Yan.

Aprendi que o amor é capaz de fazer valer a pena. Não importa o resultado. E decisão nada tinha a ver com o desespero de me firmar com ele, mas sim de fazer o que era certo, o que nós dois precisávamos, àquela altura do relacionamento.

Então, o pedi em casamento, porque... bem, eu sou maluca e estou apaixonada.

Aline Sant'Ana

Yan me encarou com aqueles olhos acinzentados, os lábios entreabertos, a emoção estampada em todo o seu rosto. Ele pegou a mão do anel de noivado recém-posto e beijou a joia.

— Se eu pudesse, congelaria esse exato segundo — disse, a voz emocionada. — É claro que você pode pegar meu sobrenome, Lua. Ele já é seu. Sempre foi. — Suspirou fundo. — Você quer casa...

— Não! — interrompi, rindo. — Não me peça em casamento. Eu já te pedi. Até coloquei o anel no dedo.

Ele ergueu a sobrancelha.

— Mas, normalmente...

— Normalmente nada. Eu quis fazer diferente. Você ia demorar um ano ou dois para me pedir e só então começaríamos um noivado. E eu quero ficar, tipo, uns três ou quatro anos com você antes de me vestir de princesa em uma igreja bonita. Você ia atrasar meus planos, e eu não quero casar com trinta e poucos. Quase trinta já tá bom.

— Mas, Lua...

— Shhh.

Ele riu e ficou me observando como se a joia em meu dedo não fosse a preciosidade, mas sim quem estava em seus braços.

— Então, oficialmente, você me pediu em casamento.

— Obrigada. — Rolei os olhos teatralmente.

Ele me beijou, levantou e me puxou para ele, fazendo o chão sair de baixo dos meus pés, com sua língua invadindo meus sentidos e meu bom senso. Eu nunca tinha experimentado a felicidade de verdade, não até aquele exato segundo.

— Vamos voltar para casa — Yan pediu.

Ao voltarmos para o chalé, Yan fez um jantar digno de uma rainha e ainda massageou meus pés doloridos. Perdi a conta de quantas vezes encarei a aliança, com medo de que não fosse real, e Yan, com um sorriso receptivo, garantia-me que era.

Fiz uma vídeo-chamada com Erin e Kizzie, pronta para contar tudo, e Yan ficou preguiçosamente na poltrona lendo um livro, enquanto nós conversávamos. Após lágrimas, risadas e muita emoção, a ligação chegou ao fim, e meus olhos foram inevitavelmente para Yan e ficaram ali por um bom tempo.

Pensei, por um momento, que aquele homem não tinha como ser mais bonito. E eu não estava falando do rosto esculpido por Deus, dos músculos que o tornavam gostoso ou dos olhos cor de céu nublado.

Yan exalava respeito. Ele tinha uma classe que a maioria dos homens não tinha. Ele conseguia ser educado até quando falava palavrões, e a maneira que seus ternos o deixavam ainda mais enigmático, caramba, precisava de um crédito.

Observei como estava vestido.

A calça social preta e a camisa verde-clara com alguns botões abertos comprovavam minha teoria. Yan Sanders parecia pronto para pedir alguém em casamento, assim como para uma reunião de negócios ou um brunch em Washington. Da mesma forma, poderia estar exatamente onde estava, em um chalé em Salt Lake City, esticado em uma poltrona, interessado no enredo do livro que lia. Me lembrei da imagem que tinha dele em um show da The M's, com o corpo suado e, ainda assim, todo Yan Sanders.

Gostando de matemática, literatura e música, Yan era quem era. Ele podia não entender nada de política, como meu pai tanto enchia o saco, mas isso não fazia dele um homem menos inteligente. Eu o admirava e o amava por ser exatamente quem ele era.

O que tinha em Yan Sanders para não admirar?

Por que meu pai não era capaz de ver o que eu via?

— Você está me observando — ele disse, sem tirar os olhos do livro. Yan virou a página e abriu um sorriso de lado. — O que foi?

— Às vezes, eu paro, te observo e fico pensando se caiu do céu.

Ele riu.

— Tenho sorte de ter você.

Yan interrompeu a leitura quando focou no meu rosto.

— Você já parou para pensar que pode ser o contrário?

Sorri e fiquei sem resposta.

Ele fechou o livro e se aproximou do sofá. Eu ainda estava com o notebook no colo, e Yan fez questão de tirá-lo dali.

— Você já conversou com a sua mãe desde que chegamos?

— Falei sobre o resultado da radio.

— Vai contar sobre o noivado?

— Vou.

— E o seu pai?

Aline Sant'Ana

— Ele não vai saber, não agora.

— É isso que te preocupa?

— Na verdade, não muito...

Meu celular tocou em um *timing* perfeito. Dizem que mães possuem um sexto sentido e, quando vi que a chamada era dela, tive absoluta certeza disso.

Encarei Yan quando atendi ao celular, e ele abriu um sorriso doce para mim. Foi quando expirei fundo e, com o coração pulando no peito, sorri também.

— Mãe, eu preciso te contar uma coisa...

YAN

Sentir que éramos noivos tornou as coisas ainda mais gostosas. O sexo, principalmente. Puta merda, cara. Saber que aquela mulher queria ser minha pelo resto da vida me encheu com um sentimento de posse que precisei muito controlar, para que não a assustasse. Consegui ficar mais calmo, menos dominante, e percebi que era só um susto passageiro de um homem que, finalmente, tinha o que tanto desejava.

Naquela semana, fizemos um tour pela cidade e conhecemos alguns pontos turísticos, mas o que eu queria mesmo era tê-la em minha cama, nua, completamente à minha mercê, tendo tantos orgasmos que se perderia, porém precisei diminuir o ritmo na sexta, porque notei algo diferente nela.

Lua fez a última sessão de radioterapia no sábado e passou a semana sem qualquer reação adversa, mas, percebi, especialmente naquela manhã, em que precisava viajar para fazer um show em Miami, que Lua não estava muito bem. Enjoada, sentindo-se fraca, ainda que tentasse fingir e garantir que estava tudo bem.

Fiz minha mala, sabendo que não poderia retornar para Salt Lake City depois. Eu queria que Lua ficasse comigo, que viajasse comigo. A preocupação tomou conta de todos os meus nervos, porém ela me garantiu que gostaria de ficar até domingo.

Eu sabia que ela só queria descansar um pouco.

Mas até que ponto aquilo era confiável?

Quer dizer... ela sozinha, porra.

E se acontecesse alguma coisa? E se ela precisasse de ajuda? O chalé ficava distante da cidade, e essa merda me preocupava.

Esperei Lua cochilar e decidi ligar para alguém, porque precisava pedir ajuda. Eu tinha que voltar para Miami e não podia largar Lua aqui sozinha, cacete. Eu não ia fazer isso nem se fosse obrigado.

— Alô — atendeu uma voz masculina, e eu respirei fundo.

— Oi, Andrew. Aqui é o Yan. Yan Sanders.

— Ah... — ele falou, seu tom de voz desconfiado.

— Sei que tivemos nossas desavenças, mas Lua já me explicou tudo e...

Ele me interrompeu.

— Ela está bem?

— Sim.

Percebi que não precisei dizer mais nada sobre o assunto. Provavelmente Andrew já sabia. Ou por Lua ter ligado para ele ou pela sua mãe tê-lo avisado.

— Preciso de um favor. — Fui direto.

— Estou escutando.

— Preciso viajar hoje para Miami. Então, tem como você vir para cá nesse sábado? Lua não está se sentindo bem.

— O quê? Como assim ela não está se sentindo bem? — ele praticamente gritou do outro lado da linha.

— Reação da radioterapia. A última sessão foi hoje e percebi que ela não tá legal, mas é durona. Porra, você sabe.

— Eu largaria tudo para ir vê-la, Yan, mas o Sr. Anderson me mandou para uma viagem esta tarde. Ele só tem a Scarlett para me substituir, caso eu não vá. Tenho certeza de que compreende o motivo de eu não confiar nela.

— Não posso deixar Lua sozinha — rosnei. — Eu não posso simplesmente...

E então tive uma ideia.

— Andrew, vou desligar. Peço desculpas por todo o ódio sem fundamento que senti por você. E, se puder, por favor, ligue para ela hoje e amanhã, quando eu já estiver fora. Seria de grande ajuda.

— Não tem problema — falou Andrew, se referindo ao pedido de desculpas. — Ah, tudo bem. Tenho o seu número. Te retorno e vou ligar para Lua quando tiver uma hora livre.

Passei os dedos pelo cabelo que estava grande demais e caminhei até o quarto onde Lua estava dormindo. Ela estava toda coberta por colchas, em um sono profundo; as janelas fechadas davam a falsa impressão de que estava de

Aline Sant'Ana

noite. Me agachei próximo ao seu rosto e, para acordá-la, comecei a acariciar seus cabelos loiros.

Demorou cerca de dois minutos para Lua finalmente abrir os olhos. Ela estava se sentindo exausta, mas sorriu para mim.

— Não me olhe com essa cara. É só um enjoo e fraqueza — falou, com a voz rouca por ter acabado de acordar.

Sorri para ela.

— Eu sei.

— O que houve?

— Você se importaria de ter companhia hoje e amanhã?

Lua arqueou a sobrancelha.

— Você vai contratar uma babá para mim?

— Não exatamente. — Sorri.

— Ah, Yan. Eu estou bem sozinha.

— Preciso voltar para Miami hoje. Quero resolver umas pendências e conversar com a Kizzie sobre a Scarlett.

Ela engoliu em seco.

— Kizzie tem algumas coisas para te contar sobre isso. Sei um pouco, mas, a essa altura, ela já deve ter descoberto mais. Acho que Scarlett está ligada à minha família de alguma forma, como uma espécie de vingança. — Lua suspirou fundo. — Ah, não quero pensar sobre isso agora. Segunda-feira será um dia novo, e poderei colocar em prática o plano de enfiar essa mulher na cadeia.

— É tão sério assim?

Lua sorriu.

— Espero que só esteja sendo exagerada.

Acabei rindo.

— Então, sobre a companhia...

— Tudo bem.

Se Lua estivesse se sentindo tão bem como dizia, não teria concordado. Então, providenciei uma pessoa que poderia ficar com ela até o dia do show. Poderia ter ligado para Erin, mas achei melhor ligar para uma pessoa que precisava de companhia tanto quanto Lua. Eles se dariam bem, eu tinha certeza absoluta disso.

Peguei a mala, me aproximei de Lua e beijei sua boca lenta e demoradamente.

Apenas com você

Ela ficou com as pálpebras mais moles, excitada, e abri um sorriso torto antes de me inclinar mais uma vez e beijar também sua testa.

— Dentro de uma hora, você terá companhia, Gatinha.

— Obrigada, Gigante.

Encarei-a mais uma vez antes de ir embora.

Sem dúvida, com o coração apertado pra cacete.

Lua

Levantei quando já havia passado do início da tarde, fiz um chá e esquentei uma sopa pré-pronta. Estar sozinha no chalé era um pouco estranho agora, depois da companhia constante de Yan, e saber que eu teria que me despedir daquele lugar novamente me deixou um pouco angustiada. Encarei a aliança, e um sorriso se abriu no meu rosto. Tomei a sopa, bebi avidamente o chá e, quando terminei, a campainha tocou.

Olhei para a figura além do vidro, muito surpresa mesmo por ter sido ele a quem Yan decidiu chamar. Poderia ser Andrew, Erin, Kizzie ou até Carter, mas ele? Quase abri um sorriso pela ironia. Nós dois certamente estávamos precisando de uma longa conversa, talvez até da companhia um do outro.

Abri a porta, e Shane entrou como um raio, se espremendo entre mim e a porta.

— Que frio do caralho! — reclamou, estremecendo. — O que vocês faziam para se esquentar?

Ergui a sobrancelha sugestivamente.

— Ah, isso. Se quiser falar detalhes, sou todo ouvidos. — Sorriu, malicioso.

— Você já veio para cá, sabe o quanto é frio.

— Mas hoje tá frio pra cacete. Para subir aqui, a neve ficou até o meu joelho, precisei arrastar os pés.

Shane deu uma boa olhada em volta e foi até a lareira. Sentou perto dela e começou a esfregar as mãos uma na outra.

— Então, o que eu preciso fazer por você? Comida? Eu sou péssimo. Talvez eu possa verificar se você tá febril ou algo do tipo. É tipo uma gripe?

Comecei a rir.

— É só cansaço e um pouco de enjoo. Vou ficar bem até amanhã de manhã.

Aline Sant'Ana

Aqueles olhos enigmáticos, um de cada cor, me encararam como se pudessem decifrar-me por completo. Shane tinha uma alma divertida, sua casca era de ironia e deboche, mas uma parte daquele menino era profunda e obscura demais para o seu próprio bem. Como eu gostava de entender as pessoas, me sentei com ele. Próximos da lareira, o calor nos aqueceu.

Fechei os olhos.

— Você acha estranho ser o mais novo de todos nós?

— Estranho? Não. É engraçado, porque vocês se acham tão mais maduros do que eu. Mas olhe para nós! Nesse momento, eu estou cuidando de você.

Abri os olhos e percebi que Shane sorria. Ele tinha um piercing na língua, que deixava apenas a pontinha de fora, como se fosse um homem atento demais para o bem de qualquer mulher.

— Na verdade, estamos cuidando um do outro.

— E como isso funciona?

— Não sei.

A gargalhada de Shane foi contagiante. Deus, ele era um menino, quer dizer, um homem, muito bonito. Não conseguia entender o que houve no seu passado que o fez ir para as drogas, para uma estrada tão obscura como essa. Seus pais eram amorosos, isso eu sabia pelas histórias de Zane.

Então, o quê?

— Sabe, Lua. Todos estavam enlouquecendo sem você. Foi meio foda ver o Yan se desmontando em uma tristeza sem fim. Mas agora parece que tá tudo resolvido. — Shane desceu os olhos para o meu anel. — E tem isso aí também.

— Você não parece surpreso.

Ele sorriu.

— Todo mundo vai casar. Não, não me parece estranho. Já estava destinado.

— E você acredita em destino?

Ele desviou os olhos dos meus e deu uma boa encarada no fogo. Ele era irmão de Zane, mas não se parecia muito com ele. Seu nariz era mais delicado, e seu maxilar, mais quadrado. Shane deixava a barba crescer por uns quatro ou cinco dias antes de fazê-la. Além disso, os olhos de Zane eram puxadinhos de um jeito mais suave, enquanto os de Shane eram bem mais acentuados, como os de um felino. Ambos eram bonitos a ponto de tirar o fôlego, mas cada um à sua maneira. Shane era mais forte, mais tatuado, com piercings e um boné que não parecia sair da cabeça. Quase de uma maneira perigosamente mais jovem e sedutora.

Apenas com você

— Sim, Lua, acho que, na real, seja qual for o caminho que decidirmos seguir, vai nos levar a um aprendizado. Temos que passar por certas merdas para nos tornarmos pessoas melhores. O problema é que, porra, nem sempre tomamos as decisões certas. E aí é mais doloroso e, caralho, muito, muito mais cruel.

— Você está falando das drogas? — Minha voz saiu mais branda.

Eu precisava sim, de companhia, mas percebi que Shane precisava de algo mais do que isso, ele precisava de alguém que o entendesse.

— As drogas foram um caminho meio sem volta, Lua. — Shane me encarou, o olho azul cintilando em discrepância com o mel. — Por mais que eu saia disso, sempre vou ser aquele cara que cheirou cocaína e fumou maconha como um louco. Que misturou bebidas e drogas, pra sair da realidade, que era uma bosta. Eu injetei umas merdas, Lua. Tem noção dessa porra? Enfim, sempre vou ser esse cara.

Pensei por alguns minutos antes de responder.

— Concordo com a parte de passarmos por experiências que funcionam como aprendizado e tal. E há caminhos que são mais fáceis que outros, que não nos trariam tanto conhecimento e, claro, bem menos sofrimento, mas também acredito em uma coisa, Shane: o passado pode ser feio, mas não é capaz de *ser* o seu futuro. Agora está na hora de trabalhar para ganhar exatamente aquilo que você merece, e eu sei que é coisa boa. Não é porque fez coisas erradas que precisa retornar a elas.

— Estou trabalhando para ser um cara melhor. — Shane tirou o boné. Seu cabelo estava com um corte moderno e caía bem nele, fazendo-o parecer ainda mais novo do que era. Se não fossem todos aqueles músculos, eu lhe daria dezoito anos. — Entrar na banda é um passo, certo?

— É um passo ótimo.

— Estou tentando.

— Todos nós estamos orgulhosos de você.

Ele virou-se para mim e sorriu.

— Ah, agora sim tô me sentindo um moleque.

Ri e me levantei do chão. Estendi a mão, e Shane se levantou. Apesar de pegá-la para o impulso, não chegou a usar um por cento do seu peso em mim.

— Você quer sopa? — perguntei, indo em direção à cozinha.

— Acho que sim. Ou vou ter que pedir desculpas para o Yan e falar que, para não morrer congelado, eu te levei pra cama.

Aline Sant'Ana

— Para, Shane.

Ele revirou os olhos e riu.

Era mesmo a companhia perfeita. Shane não ficou todo cheio de dedos, preocupado com a minha saúde. Seus olhares não foram de pena, mas sim de cuidado. Ele me deixou conversar, me deixou entendê-lo melhor do que talvez qualquer um dos nossos amigos compreendia. Soube coisas sobre o caçula dos D'Auvray que jamais imaginei. Disse também coisas para Shane que o tornaram um confidente e um amigo.

E percebi, então, que Yan decidiu por Shane porque aquele garoto dos palavrões usados como palavras comuns, dos piercings, do baixo e do boné me trouxe muito mais do que companhia.

Shane me trouxe conforto.

— É provável que duas almas quebradas sejam capazes de se reconhecerem — Shane disse no fim da noite, quando o cobri com uma manta e deixei a lareira acesa.

Dei um beijo em sua bochecha e sorri.

— Duas almas em conserto.

— É. — Sorriu. — Vamos tampar o buraco dessa merda.

— Nós vamos, Shane.

Comecei a caminhar em direção ao quarto. Antes de fechar a porta, escutei a voz do irmão do Zane me chamar. Virei o rosto para olhá-lo, já com a mão na maçaneta.

— Lua...

— Oi.

— Promete? — Seus olhos fixaram-se nos meus.

Franzi as sobrancelhas.

— O quê?

— Que nossas almas têm conserto.

Suspirei fundo e senti, dentro do peito, um amor enorme por aquele menino.

— Prometo — murmurei.

Então fechei porta.

E fiquei duas horas pensando em toda a conversa que tivemos, até conseguir pegar no sono e me deixar levar pela inconsciência.

Apenas com você

CAPÍTULO 26

I set each stone and I hammered each nail
This house is not for sale
Where memories live and the dream don't fail
This house is not for sale
Coming home, I'm coming home

— Bon Jovi, "This House Is Not For Sale".

Yan

— O que você tá dizendo? — vociferei. — Que espécie de coisa doentia é essa?

Eu não queria ficar irritado com Kizzie. Por Deus, a última coisa que eu queria era ficar nervoso com qualquer pessoa, mas, no momento em que ela me disse toda aquela porcaria sobre Scarlett, ou melhor, Suzanne, foi como se uma pedra caísse no meu estômago. A porra daquela mulher mentiu sobre o nome, usando identidade falsa, para quê?

— Eu sei que você tem diversas perguntas — Kizzie respondeu, sem se afetar. — Mas prometo que estou atrás de todas elas.

— Eu quero a polícia nisso.

— Estou providenciando — Oliver disse, cruzando os braços na altura do peito, soando meio ameaçador.

Encarei os dois empresários da The M's, incerto por precisarem agir em algo tão perigoso. Era óbvio que não queria Kizzie metida nisso. Que porra! Scarlett provavelmente tinha culpa no cartório e algum problema psiquiátrico muito sério, já que ficou internada. Como alguém saberia suas intenções? E se fosse como Kizzie disse, algo relacionado diretamente à Lua?

Peguei os papéis de cima da mesa e saí da sala, apressando os passos. Escutei Kizzie correndo atrás de mim, assim como Oliver. Ele foi o primeiro a me parar. Não queria agir por impulso e, se fosse assim, eu teria encontrado uma maneira de achar o endereço de Scarlett e fazê-la falar.

— Para, Yan! — demandou Oliver, semicerrando os olhos claros. — Você vai comprometer toda a investigação que estamos fazendo!

Aline Sant'Ana

— Eu vou até a casa do Sr. Anderson. Primeiro, para pedir que ele pare de ser orgulhoso e peça desculpas à filha. Em uma segunda conversa, vou jogar todas essas merdas na cara dele e fazê-lo pagar com a língua sobre a maldita mulher que contratou. Se for uma espécie de plano de vingança, pode ser contra a sua filha, e, se ele a ama como eu acho que ama, vai pensar duas vezes a respeito.

— Yan — Kizzie me chamou, seus olhos piedosos. — Me deixa ter todas as informações. Eu quero prender Scarlett, mas quero que seja feito da forma certa. Ela, por enquanto, não fez nada contra vocês além de dizer na mídia que é sua namorada e te perseguir por um tempo. Você entende que eu preciso pará-la só quando tiver coisas mais concretas?

Abri um sorriso ácido para Kizzie.

— Ela precisa perder a porra do emprego. E disso faço questão. Busque o quanto quiser sobre ela, Kizzie. Eu quero a cabeça dessa mulher em uma bandeja.

Um rápido sorriso surgiu no rosto da empresária.

— Não aja precipitadamente.

— Já me viu fazer isso?

Ela não me respondeu, apenas rolou os olhos, e Oliver me deixou sair do prédio da administração da banda. Enquanto dirigia rumo à mansão dos Anderson, pensei sobre como Lua estaria ao lado de Shane, se estavam cuidando um do outro. Eu sabia que seria bom os dois passarem um tempo juntos, porque Lua tinha um coração maravilhoso e talvez conseguisse fazer Shane ver a vida de outra forma.

Meu celular tocou. Era Zane. Atendi pelo painel do carro e escutei seu sotaque britânico dizendo meu nome completo.

Ah, nada bom.

— O que foi?

— Você tá indo para a casa do Satanás sozinho?

— Kizzie te ligou, então.

— É, porra! — Zane pareceu furioso por um minuto. — Carter está comigo. Nós vamos com você.

— Meu Deus, cara.

— Somos uma família — Carter disse, provavelmente eu estava no viva-voz.

— E vai se foder! Até parece que te deixaria fazer uma loucura dessas sozinho. Ver o Satanás já é loucura suficiente para nós, certo? Ah, e eu sei que você tá puto com a vadia da Scarlett. E sabe por que precisamos ir com você? Se

Apenas com você

tivesse que matar Scarlett, quem esconderia o corpo?

Pisquei, tentando entender o raciocínio maluco e impulsivo de Zane.

— *Eu*, claro! Sou o único louco o suficiente para enterrar alguém.

Carter começou a rir.

E eu também.

— Estou indo ver o pai da Lua, e não Scarlett.

— E a quem você acha que estava me referindo quando disse Satanás? Foda-se. Estamos indo. — Zane desligou.

Levou cerca de vinte minutos para Carter chegar com Zane. Quando saímos os três na rua, rumo à casa dos Anderson, parecíamos ameaçadores demais para aquele babaca dizer um não sobre demitir Scarlett e pedir desculpas à filha. Eu estava com um terno completo azul-marinho Armani; Zane, com uma jaqueta de couro e calça jeans; e Carter, com camisa social de mangas curtas e calça jeans rasgada preta. Os três de óculos escuros, ainda que não tivesse sol.

Acho que estávamos bem ameaçadores.

— Se Shane estivesse aqui, talvez ele fosse ficar com medo de verdade — pontuou Carter, com malícia na voz.

— Ah, com isso eu preciso concordar — falou Zane.

— Ele está cuidando da Lua, então, nós três vamos resolver essa merda.

— Eu dou o soco nele — Zane zombou. Ele me deu uma olhada, o cabelo cobrindo parte do rosto. — Ou você quer as honras?

— Se precisar, eu que vou socá-lo.

— Só não vai fazer o cara desmaiar — Carter alertou. — Ele é um político.

A porta foi aberta pela empregada. Uma senhora que cuidou da Lua quase a vida toda. Ela olhou para nós, com os olhos bem arregalados, a boca entreaberta de surpresa e as bochechas vermelhas. Acho que nunca tinha visto a The M's em peso.

— O Sr. Anderson está? — perguntei.

Zane colocou a mão nos bolsos frontais da calça jeans e Carter cruzou os braços na altura do peito.

— Ah, ele... — A mulher desceu os olhos por nossos corpos. Depois piscou, como se não estivesse certa de aquilo ser um sonho ou realidade. Sorri. — Está, sim.

— Posso entrar? — Zane perguntou, mas foi retórico, porque ele já foi

Aline Sant'Ana

entrando. Em seguida, Carter e, por último, eu.

Segurei delicadamente o braço da senhora e encarei seus olhos.

— A Sra. Anderson está?

— N-não.

— Ok, melhor ainda. Diga ao Sr. Anderson que estarei esperando na sala.

— Aviso que você trouxe seus amigos? — indagou, recuperando a voz.

— Melhor não.

Ela assentiu, e Carter e Zane fizeram um tour pela sala, pelos quadros, pela decoração absurda de uma família que vivia de aparências. Lua cresceu em meio a isso e me surpreendia o fato de ela não ter deixado essa merda subir à cabeça. Claro que ela tinha um pé no luxo, gostava de coisas caras, mas sabia viver no simples. Já o seu pai... eu não sei. A ganância o teria tornado o homem que era? O fato de sonhar com a presidência o fez passar por cima da vontade daqueles que amava, inclusive os desejos da própria filha?

— Ora, ora... — Escutei a voz do meu insípido sogro, assim que ele desceu as escadas.

Zane e Carter se aproximaram, ficando um de cada lado meu. Com os papéis na mão, estava pronto para jogar a verdade em cima do Sr. Anderson e esfregar em sua cara aristocrática o fato de que Lua estava muito bem comigo.

A surpresa estava em todo o seu semblante quando chegou à sala. Dessa vez, o Sr. Anderson não quis rodear conversas. Encarou Zane e depois Carter, como se fossem escória da sociedade e, por último, mas não menos importante, dirigiu-me o seu olhar mais debochado e ridículo.

Sorri.

— Vamos sentar? — Como se a casa fosse minha e não dele, indiquei o sofá.

Zane, descarado como sempre, se jogou primeiro entre as almofadas, tirou os óculos escuros e sorriu para o pai da Lua.

— Vamos, vovô. Senta que lá vem história.

Carter se sentou educada e confortavelmente.

No entanto, sua cara era deboche puro.

— Estamos esperando. — Foi o que o vocalista da The M's disse.

Tive o prazer de ver a cara de choque do Sr. Anderson.

E ainda mais prazer ao ver que ele nos obedeceu e se sentou.

Apenas com você

— Realmente, precisamos ter uma conversa — murmurei, antes de me sentar na poltrona em frente ao sofá.

Tomei uma respiração e encarei Zane e Carter, tendo a aprovação dos dois.

Então, comecei a falar.

Lua

— Você vai mesmo viajar?

— Eu não sabia que era capaz de chocar um D'Auvray.

Ele ainda estava com os lábios entreabertos.

— Vai voltar para Miami? Caralho, Lua. Você não tá cem por cento ainda.

— Quero ver o show na minha cidade natal, quero poder abraçar minhas amigas e mostrar meu anel de noivado, quero dizer para os meninos o que aconteceu, quero poder ver minha mãe e saber o que está acontecendo em relação a Scarlett.

— Ah, a vadia que me usou. Que não se chama Scarlett de verdade. Ah, e que ficou em um sanatório?

— Ela mesma. — Estremeci.

— Cara, eu entendo a sua saudade, você tá noiva e tal, mas...

— O que foi, Shane?

Ele me encarou por um momento.

— Não são nem cinco da manhã ainda. Você precisa comer alguma coisa substanciosa.

— Eu tomei sopa ontem.

— Me deixa pedir uma pizza *hoje*. Verifiquei no celular e tem uma pizzaria que funciona vinte e quatro horas.

Percebi que Shane não me deixaria escapar. Teria que aceitar.

Sorri.

— Tudo bem. Vou para o banho enquanto a pizza não chega.

Cerca de uma hora mais tarde, eu e Shane estávamos bem vestidos, alimentados e com as malas prontas. Shane pensou em chamar um segurança para que nos esperasse no aeroporto, uma questão mesmo de proteção, afinal, o menino já estava com o rosto em todos os lugares, famoso por ser o novo integrante da The M's. E eu, por mais que quisesse, não podia esquecer que ainda estava envolvida em um escândalo.

Chegamos em Miami depois de cinco horas e meia intensas em um voo sem escalas. Shane deixou o clima divertido. Ele era um homem muito engraçado, meu Deus, perdi a conta de quantas vezes ri. Além de tudo, era uma companhia maravilhosa, porém minha mente estava mesmo em Yan e em como ele reagiria ao me ver nos bastidores do show de Miami, porque ele sequer fazia ideia de que eu estaria lá. A ideia de surpreendê-lo veio com a saudade, com a necessidade de conversarmos sobre algumas coisas. Mas também, dentro de mim, existia uma sensação sombria do inacabado caso da Scarlett.

— Você tá bem? — Shane indagou, entrelaçando os dedos nos meus quando entramos no carro de Mark, com destino certo: o apartamento de Erin e Carter.

— Sim, só um pouco ansiosa.

— Vai dar tudo certo. O importante é que você está bem de saúde. Cara, eu fiquei mesmo preocupado.

— E eu, com você. Promete para mim que vai se cuidar?

O celular do Shane apitou. Ele olhou para a tela e franziu o cenho.

— Mark os avisou que voltei para Miami, e Yan acabou de me mandar uma mensagem perguntando se cheguei. Preciso me encontrar com os caras. Deve ser algo sobre o show. Você vai ficar bem com a Erin?

— Responda à minha pergunta, Shane.

— Eu vou — garantiu. — Vou me cuidar. Sério.

— Tá bem. — Suspirei fundo.

— Chegamos — avisou Mark.

Eu e Shane descemos do carro. Ele ia pegar seu carro na garagem, e eu encontraria minha melhor amiga. Shane parou antes de seguirmos rumos diferentes e me deu um abraço que pareceu durar uma vida inteira ao invés de alguns minutos. Senti uma energia vinda dele, uma sensação de que aquele menino estava lutando muito para ter uma segunda chance.

— Vai ficar tudo bem, Shane — garanti, da mesma maneira que ele garantiu para mim.

O baixista da The M's me deu um beijo no rosto e sorriu como um garoto da sua idade sorriria, talvez, pela primeira vez aos meus olhos.

Andei por todo o caminho de grama, pedras e elegância. Entrei no elevador e logo cheguei à porta de Carter.

Apenas com você

Sorri feliz ao ver minha melhor amiga. Seu abraço foi capaz de acalmar minha alma, e a primeira coisa que ela disse, talvez, eu jamais tivesse esperado. Imaginei que fosse falar que estava com saudades, que estava feliz por eu ter me livrado da doença e feliz pelo meu noivado com Yan, mas ela murmurou outra coisa ao pé do meu ouvido, algo que me fez perceber que tudo o que passei, na verdade, foi uma luta imensa e que, no final, eu tinha vencido.

— Estou muito orgulhosa de você, Lua.

As horas seguintes passaram com lágrimas, exibições da aliança e planos para o futuro.

Como era bom estar em casa de novo.

Yan

Enviei uma mensagem para Shane, pedindo que ele viesse, assim que soube que ele tinha retornado para a cidade. Lua deveria estar melhor e, por ele precisar retornar para o show, deve tê-lo deixado vir sozinho. Bem, eu queria que o Sr. Anderson, quando chegasse a hora certa, pudesse ter o depoimento real sobre o que aconteceu quando Scarlett foi na festa de aniversário de Oliver. Eu queria que ele soubesse o que estava acontecendo, mas, em um primeiro lugar, precisava esclarecer sobre Lua.

— Em algum lugar, dentro do seu coração, ainda existe o homem que teve uma menina linda e que foi pai — comecei, apoiando os cotovelos nas coxas, inclinado para observá-lo sentado entre Carter e Zane. — Sei que ele não se foi, não foi consumido pela ganância, porque esse homem ainda se preocupa com ela.

— Você veio na minha casa falar sobre paternidade?

— Escute o que eu tenho para falar até o final, sem interrupções, depois você pode ser irônico e estúpido como sempre foi.

Isso o fez calar a maldita boca.

— Lua é uma mulher que tem uma personalidade diferente das outras. Ela não é só impulsiva, ela tem um lado racional muito aguçado. Lua é madura, já teve ações na adolescência que eu, na sua idade, talvez não tivesse coragem suficiente. Ela é dona do seu próprio nariz e, sendo assim, você querendo ou não, sua filha me escolheu para compartilhar a vida. — Fiz uma pausa, analisando seu olhar. — Ela pode ter escolhido errado, Sr. Anderson. Não vou dizer que sou perfeito, mas eu daria a minha vida pela dela, trocaria facilmente de lugar e a protegeria de qualquer merda. *Eu* faria isso. E o senhor, faria o mesmo? — Respirei fundo, fuzilando-o com o olhar. — Não sei falar mil línguas ou sou fluente quando o assunto é política, mas sou o único homem capaz de amar a sua filha da maneira que ela merece. E se você acha que sou um erro, vou te dar centenas de motivos que me tornam certo.

Carter me ajudou quando pegou o celular e exibiu o vídeo que o Sr. Anderson ficou tão orgulhoso quando vazou na mídia; uma prova de que eu era tudo que ele queria que eu fosse. O Sr. Anderson assistiu até o fim, em silêncio. Quando me olhou, percebi que estava um tanto chocado.

— Não dormi com essas mulheres. — Apontei o dedo para o celular do Carter. — Mesmo achando que Lua tinha me traído, o que o senhor fez questão de me levar a acreditar quando eu vinha aqui, falando sobre como Andrew passava boa parte do tempo com ela, sendo tudo que eu não era, dizendo na mídia que sua filha merecia um poliglota, se possível, o príncipe da Inglaterra, me humilhando a ponto de eu acreditar que realmente era aquele lixo de ser humano que o senhor pintava. Além de, claro, ser um homem traído.

— Sr. Sanders...

— Eu acreditei ser esse cara, porque sempre achei que Lua Cruz Anderson era mulher demais para mim. O senhor tirou proveito dessa insegurança. Ela era mesmo a mulher mais foda do mundo e eu sou só o baterista de uma banda de rock, mas aprendi que o amor não vê se você tem ou não um certificado na parede ou se possui um Dr. na frente do nome. Para Lua, eu também era, *também sou*, tudo que ela é para mim. Isso é amor, Sr. Anderson. E você pode continuar achando que sou um lixo, que o dinheiro que eu ganho não vale merda nenhuma, porque sou músico. O senhor pode continuar pensando todas essas coisas de mim, mas nada do que pensar muda o fato de que Lua é um ser humano melhor do que você. Sem a arrogância, sem a máscara política e sem um pingo de preconceito no coração.

Zane me encarou como se uma cabeça a mais tivesse brotado sobre o meu pescoço. Carter tinha orgulho no rosto todo, e o Sr. Anderson me encarou como se estivesse perplexo pela ousadia. Ninguém disse nada, então continuei.

— Fiquei com Lua no chalé. Acompanhei o tratamento de uma mulher com uma doença que levou sua avó, e sabe quem é a sua filha? Ela é a mulher que escondeu essa dor de todo mundo que a amava, porque não suportaria que alguém sofresse por ela. Você sequer enxergou isso? O senhor estava tão cego que não foi capaz de parar a sua campanha para vê-la, sabendo onde ela estava. Ofereceu a ela o seu abraço? Largou a sua vida pela sua filha? Ou foi muito cômodo tê-la longe, para que isso não afetasse a sua campanha? — Fiz uma pausa. — Ah, não, porra. Você é um homem melhor do que tudo isso, não é? Afinal, poderia ter usado a carta do câncer, e todos os eleitores teriam pena e, enfim, você ganharia o tão famoso palanque político. Mas eu te pergunto, Sr. Anderson, se você foi tão

Apenas com você

pai a ponto de poupá-la de uma verdade pública, porque não foi pai o suficiente para apoiá-la quando estava apaixonada ou, pior ainda, quando estava sofrendo sozinha naquelas malditas montanhas geladas após a cirurgia?

Lágrimas desceram pelo seu rosto levemente enrugado. Eu nunca fui um homem de palavras doces.

— De todas as porcarias que você disse para sua filha, o fato de mascarar que isso tudo que você fez, afastá-la de mim, afastá-la de si mesmo, foi para autoproteção. Eu te afirmo, Sr. Anderson, que você mentiu pra ela. Eu posso ser um músico, posso ter tatuagens, mas sei quando é o momento certo de pedir desculpas. Está na hora de você parar de pensar como o político que é e olhar para a vida como um homem. Está na hora de pedir perdão para a sua filha.

Ele baixou a cabeça e começou a chorar de verdade.

Ah, porra! Aquela casca arrogante precisava ser quebrada.

Coloquei o envelope pardo na mesa de centro. O pai de Lua levou um tempo até secar o rosto e pegá-lo. Quando me olhou, já era uma versão diferente de si mesmo. Pude ver ali o homem das fotografias espalhadas pela casa, um homem com amor no coração, que amava sua filha e que não estava tão cego pela ganância.

O Sr. Anderson fitou o envelope e puxou os papéis.

— Scarlett Sullivan não é quem diz ser... — comecei.

Contei sobre o nome falso e o fato de ela ter arquitetado uma espécie de plano para ser secretária dele. Avisei-o de que todas as cartas de recomendação dela eram falsas, que as ligações que Andrew fez, na verdade, não caíram nos números autênticos, sendo assim, pessoas se passaram por quem ela disse conhecer. Expliquei a merda toda: a irmã faleceu, ela foi internada e fugiu de casa.

Pigarreei para acertar a voz e encarei seus olhos.

— Você a manteve como sua secretária porque transou com ela?

Incapaz de mentir mais para mim, ele assentiu.

E aquilo foi como uma adaga enfiada no meu estômago.

Eu ia abrir a boca para falar, mas a empregada nos avisou que outra visita havia chegado.

Era Shane.

Ele entrou na grande casa, sem entender o motivo da sua presença. Olhou para nós, indeciso se deveria se sentar ou não. Encarei aquele homem, que tinha passado pelo inferno na vida, e deixei que se acomodasse na poltrona próxima à minha.

Aline Sant'Ana

— Eu quero que você conte do começo como Scarlett te seduziu, Shane. Esse é o pai da Lua. Ele precisa saber o que aconteceu.

Shane e Carter contaram sobre os planos de Scarlett e as fotos vazadas. Zane não foi capaz de dizer uma palavra; pela primeira vez, foi somente um observador. Ele me encarou com uma angústia no peito, uma que eu compreendia bem. Em seus olhos, a pergunta: *Como alguém seria capaz de trair a Sra. Anderson?*

— E vocês acham que ela fez isso tudo para ferir a minha filha? — expressou-se pela primeira vez o Sr. Anderson.

Ele me encarou, em busca de respostas.

— Estou descobrindo ainda. E quero sua ajuda.

O Sr. Anderson não piscou, não moveu um músculo.

— Vou matá-la — declarou, e sua voz não se alterou em sequer uma sílaba.

— Isso é extremista.

— Não quando se trata da minha filha.

— Eu preciso que o senhor consiga informações sobre ela. Você é um político, pode mover uns pauzinhos e encontrar mais respostas do que nós. Peço que não mande ninguém atrás de Scarlett, quer dizer, Suzanne, eu preciso das informações concretas e quero que ela pague de acordo com a lei.

Um músculo saltou no maxilar do Sr. Anderson.

Ele se levantou do sofá de repente e se aproximou de mim.

Seu olhar não foi cálido, sem qualquer indicativo de paz.

— Vou tomar providências e o manterei informado. Eu sinto muito, Yan. Sinto por ter feito um inferno na vida de vocês. Agora, infelizmente, é tarde demais, eu compreendo.

E, pela primeira vez, ele me chamou pelo meu nome.

— Não é tarde demais. Eu e Lua vamos nos casar. Você terá seu tempo para a redenção.

O Sr. Anderson se aproximou mais de mim, ainda em choque, mas parecia atordoado e também muito lúcido quando me encarou com cuidado.

— Depois eu penso sobre o casamento. Scarlett foi uma decisão minha, e eu fui ingênuo quando acreditei nas coisas que ela me disse. Boa parte do preconceito que tive foi por causa dela. Scarlett me levou a crer que você era uma péssima escolha, tanto para Lua, quanto para a minha carreira. — Seus olhos se tornaram chocados e, sem dúvida, ele pareceu preocupado. — O que me leva à pergunta, Yan: será que ela tem algo contra Lua ou será que isso é sobre você?

Apenas com você

Lua

Depois de passar horas com Erin, Kizzie ligou para a minha melhor amiga avisando que Mark passaria para buscá-la para o show. Era algo esperado, porque, pela primeira vez, fariam em um ambiente diferente: na praia. Teria uma cobertura imensa, claro, e seria um show mais seleto, mas não menos importante. Erin me explicou que os meninos poderiam cantar as músicas em versões acústicas e fazer um show especial.

— Eu quero surpreender Yan.

— Acho lindo. E tenho certeza de que ele vai gostar.

Apesar do inverno em Miami não ser nada parecido com o do resto dos Estados Unidos, aquela noite específica estava fria. Então, obriguei-me a colocar uma calça jeans, uma camiseta com a logo da banda e uma sapatilha. A produção maior ficou por conta dos cabelos e da maquiagem. Eu queria me dedicar um pouco à vaidade. Erin e eu ajudamos uma à outra, até que chegou a hora de Mark chegar.

A produção do show estava inacreditável. Já tinha visto os bastidores, mas nada daquela forma: uma superprodução sobre a areia, com o mar escuro pela noite como cenário. Fiquei boquiaberta quando Kizzie puxou Erin e eu para atrás do palco. Ela estava com uma espécie de ponto de comunicação, um rádio na cintura e os olhos vidrados pela quantidade de trabalho. Antes de ela conseguir abrir a boca para dizer qualquer coisa, Oliver passou por Kizzie, tirando uma série de papéis de suas mãos.

— Deixa que eu lido com isso.

Ela respirou fundo.

— Os meninos estão juntos e devem voltar logo. Tem algo que possa fazer por vocês?

— Sabe para onde eles foram? — Erin indagou, curiosa.

Kizzie mordeu o lábio inferior.

— Sei, mas prefiro não contar. É coisa do Yan, Lua, e não vou me meter. — Kizzie desceu o olhar para a minha mão, se surpreendendo com a aliança. — Ah, meu Deus! É mais linda pessoalmente!

— Eu o pedi em casamento, então, que sorte que ele a usava no pescoço.

Kizzie abriu um sorriso e, depois, começou a rir.

Aline Sant'Ana

— É definitivamente algo que você faria.

— Yan não foi fazer nenhuma besteira, não é?

— Como o quê? — Erin cogitou.

— Eles não vão matar ninguém, isso eu posso garantir — Kizzie afirmou, mantendo o sorriso no rosto. — É tão bom te ver aqui, saudável e tão bonita, Lua. Espero que Yan tenha um mini ataque cardíaco quando te ver. Você sabe...

— Eu sei. Ele sempre achou que eu me dedicava a outras coisas que não a banda. Mas, nesse momento, acho que posso deixar a minha vida um pouco de lado e apenas curtir ser a noiva de um rockstar.

— Entendo o sentimento — Kizzie falou.

— Ah, sou apenas uma namorada, mas sei bem como isso funciona.

Nós três rimos. Fomos interrompidas quando uma garota surgiu ao nosso lado. Ela tinha cabelos loiros quase brancos, olhos bem claros e uma maquiagem pesada nos olhos. Parecia um anjo gótico, mas muito, muito bonita. Talvez fosse uma das mulheres mais lindas que já vi na vida.

Ah, Roxanne! Senti falta dela em Salt Lake City.

— Shane não chegou ainda? — Ela pareceu preocupada.

— Ele está com Yan — Kizzie avisou-a.

— Ah — Roxanne suspirou, aliviada. — Nossa, graças a Deus!

— Por quê? — questionei, atenta à sua atitude.

Os olhos lindos de Roxanne focaram em mim.

— Quando o seu melhor amigo é um problema com P maiúsculo, a vida nunca é pacata.

— Poxa, Roxy, sinto muito por deixá-la preocupada — Kizzie se desculpou imediatamente. — Me dê o seu número, vou colocá-lo na lista.

— Ah, tudo bem. É só para eu não pirar quando o Shane some. Ele faz isso frequentemente. E eu sempre piro, sabe?

Eu e Erin trocamos olhares. Eu sabia que Roxy tinha um carinho imenso pelo amigo, mas isso era algo além de uma preocupação normal.

— Vou ficar atrás das cortinas, porque quero surpreender Yan — avisei-as. — Roxanne, quer ficar comigo enquanto Erin e Kizzie verificam o resto das coisas?

Senti que a menina não deveria ficar sozinha, porque estava sofrendo uma espécie de crise de ansiedade. Então, a levei para um lugar mais calmo, conversando sobre coisas triviais, mas pareceu que tinha algum assunto que a estava atormentando de verdade, um sobre o qual Roxy não estava disposta a falar.

    Deixei por isso mesmo porque não queria pressioná-la. Havia um mistério entre ela e Shane que nem eu, tão astuta, fui capaz de desvendar. Mas ainda era muito cedo, as águas não haviam passado todas por baixo da ponte; talvez eles pudessem se resolver sozinhos. Mas não deixava de ser um pouco triste ver dois jovens tão apreensivos por problemas imensos, maiores do que deveriam estarem passando.

    Não demorou mais do que uma hora para as luzes se apagarem e as pessoas começarem a gritar histericamente. Kizzie me segurou pelo braço, avisando-me que os meninos estavam terminando de se vestir e que já subiriam ao palco.

    Meia hora mais tarde, a batida da bateria de Yan soou por toda a praia mais famosa de Miami, causando ainda mais alvoroço nos fãs, sedentos e apaixonados por cada integrante como se eles fizessem parte de suas vidas.

    Não pude vê-lo — a escuridão no palco era proposital —, mas pude senti-lo. Em cada estalar dos pratos e rufos fortes. Fechei os olhos, sentindo o grave de Yan adentrar minhas veias, fazendo o sangue circular mais depressa. Quase um prazer sensual me tomou, imaginando aqueles braços fortes segurando as baquetas, o seu corpo sem uma camisa social, apenas uma regata. Os músculos se flexionando com firmeza a cada comando calculadamente treinado.

    E, então, as luzes se acenderam.

    Não precisei mais imaginar.

    Yan apareceu em toda a sua glória.

    A The M's estava em casa.

Aline Sant'Ana

Apenas com você

CAPÍTULO 27

> But even Superwoman
> Sometimes needed Superman's soul
> Help me out of this hell
> Your love lifts me up like helium
> Your love lifts me up when I'm down down down
> When I've hit the ground
> You're all I need
>
> — Sia, "Helium".

Yan

— Vocês estão conosco esta noite, Miami? — gritei no microfone, escutando a batida dos meus próprios movimentos, sentindo a música adentrar o meu ser.

Caralho, isso aqui era, de fato, toda a minha vida.

O vento no litoral estava forte, tocando minha pele a ponto de balançar meus cabelos. Dessa vez, vesti uma regata preta, calça jeans rasgada e coturnos pretos. Talvez porque fosse praia, talvez porque quisesse me sentir mais jovem, talvez porque, apesar de mil problemas, eu estava me sentindo leve.

Os gritos foram ensurdecedores, calando meus pensamentos.

Zane entrou com a guitarra, fazendo seu solo, que foi acompanhado por Shane, em um baixo dedilhado espetacular. Carter foi o último, e entrou pulando, fazendo suas loucuras. E, cara, a multidão ficou ensandecida.

Muitos ali nos acompanharam no começo, desde a nossa adolescência, quando éramos uma banda de garagem. Senti minha garganta ficar apertada, um nó se formando, porque, mesmo a uma relativa distância, vi cartazes de fotos de fãs conosco ainda muito jovens. Carter me procurou com os olhos, assim como Zane, e, posteriormente, Shane. Tudo que eu, Carter e Zane conquistamos ao longo da vida, tudo que batalhamos tão duro para conquistar. Miami foi nosso primeiro palco. Shane, especialmente, deveria estar muito emocionado, por saber que esse começo o assustava, mas também era capaz de transformá-lo.

De volta em casa, todos juntos, como deveria ser.

— Uau, isso aqui está lindo! — Carter falou ao microfone, piscando para conter a emoção. — Caralho, nós começamos aqui. Fizemos o nosso primeiro show em um barzinho da cidade e agora, depois de anos, estamos fazendo o nosso primeiro show em versão acústica, na praia... Cara, parece um sonho se tornando realidade!

Gritos e mais gritos mais tarde, eu falei no microfone.

— Vamos fazer a The M's numa versão acústica? — questionei, com a voz rouca. — Vocês estão preparados?

Mais berros.

— Acho que eles não estão — zombou Zane, brincando.

Um "estamos" coletivo soou na praia.

— E eu acho que vocês vão nos ajudar a cantar — falou Shane. Percebi que ele era muito desejado pelo público feminino. As meninas começaram a gritar o nome dele como se estivessem prestes a desmaiar. — Será que vocês sabem essa?

Como tínhamos combinado, Shane cantaria os primeiros versos, mostrando a sua potência vocal em uma batida mais suave da música que Carter compôs para Erin. Era quase melancólica, romântica e sensual.

Nenhum instrumento foi tocado, Shane apenas usou sua voz para todo o público e, em apenas duas frases, fez o inimaginável.

— *At the masquerade. All I can see is your eyes...*

Em um pulo, saí da bateria, que só serviu para fazer a entrada costumeira da The M's, e Zane jogou sua Fender para a produção, que deu a ele um violão elétrico. Zane se viraria bem, e meu instrumento de percussão eram apenas bongos e congas, o que seria perfeito para que as músicas fossem mais suaves. Sentei-me no banco e comecei a batucar com precisão.

Dei uma olhada para a bateria, sentindo saudades.

Minhas mãos substituíram as baquetas. Zane dedilhou no violão de forma quase sobrenatural. Foi inexplicável e foda demais ver todo o nosso público ligando as lanternas dos celulares. Carter entrou com as próximas estrofes, mostrando o que nasceu para fazer. Logo após, as quatro vozes entraram em uníssono. Eu e Shane cantando de forma mais grave ao fundo e, Zane e Carter, ambos em tom mais alto, destacando-se e alcançando notas ainda mais altas.

Carter pegou um violão também, como ensaiamos. Tínhamos em mente que esse show seria único. A The M's foi envolvida em escândalos, alguns fãs perderam a fé em quem conheceram no início da carreira e alguns desistiram de nós, mas queríamos dizer que não tínhamos desistido. E, em meio às adversidades, voltamos botando pra foder!

Apenas com você

— Isso tá lindo pra caralho — Carter disse. — Preciso ouvir vocês mais uma vez!

E o coro se tornou não apenas nosso, mas de toda a multidão.

Um sorriso imenso se abriu no meu rosto.

Ao final de *Masquerade*, fomos para uma das músicas do último CD, que ecoou por nós quatro como se fôssemos uma única pessoa.

E, mais uma vez, trocamos olhares.

Nada precisava ser dito.

Lua

Eu não podia acreditar no que meus olhos estavam vendo.

Esqueça a paisagem em Salt Lake, esqueça absolutamente tudo que já vivi, ver aqueles quatro cantando juntos, com uma batida suave, quente como o inferno, sexy como se estivessem fazendo amor com a música... Caramba, era mesmo uma loucura. Senti Roxy ao meu lado, como se precisasse se segurar em algo para não desmaiar. Dei a mão a ela. Cerca de três músicas mais tarde, foi patético quando Kizzie e Erin se juntaram a nós, as quatro completamente perdidas, provavelmente imaginando-os fazendo tudo aquilo sem roupa.

Bem, eu estava imaginando.

— Caramba! — Roxy gritou com muito esforço para ser ouvida, a primeira a se manifestar. Ninguém conseguira encontrar a voz até aquele momento. — Como eles estão gostosos! Príncipe Encantado está mostrando que até nos contos de fadas eles podem ser quentes. E o que é o Casanova? Todo trabalhado no violão elétrico e os cabelos ao vento. Gente, o Hércules parece um próprio deus! Aqueles batuques estão me deixando com calor!

— E o seu Tigrão? — Kizzie brincou, rindo alto.

Roxanne não teceu nenhum comentário, ficando imediatamente séria.

Os apelidos que essa menina tinha dado para eles eram hilários. Sem que pudéssemos nos conter, começamos a rir. Mas a risada logo acabou, porque as luzes foram apagadas. Estava na hora de os meninos tomarem água e se refrescarem.

Como se, de repente, Deus tivesse decidido que nós quatro seríamos atacadas por roqueiros, primeiro veio Carter, molhado de um suor limpo, dando um beijo estalado na boca da Erin. Ele ergueu a sobrancelha para mim, em uma pergunta

Aline Sant'Ana

implícita do que eu estava fazendo ali. Dei de ombros. Carter logo saiu, porque tinha que trocar de roupa. Erin ficou conosco. Em seguida, veio Shane, elétrico como se alguém tivesse dado um choque em sua bunda linda. O baixista deu uma piscadela para mim, no entanto, o sorriso preguiçoso e satisfeito foi destinado à Roxanne.

— O que você tá fazendo aqui, Querubim? — perguntou à melhor amiga.

— Vim me certificar de que você está vivo.

Shane gargalhou e puxou-a com apenas um braço para longe de nós.

Erin ergueu a sobrancelha para mim.

— Interessante — dissemos ao mesmo tempo.

Zane apareceu já arrancando a camisa. Ele a jogou no chão, pegou Kizzie no colo, como se ela não pesasse mais que uma pena, e deu um beijo em sua boca que não foi nada casto como Carter fez com Erin. Ele finalmente soltou sua noiva e surpreendeu a mim e a Erin quando deu um beijo na testa de cada uma. Sem dizer nada, Zane correu em direção ao camarim improvisado.

E então veio Yan Deus Nórdico Sanders.

Ele não me viu a princípio. Subitamente, virou para mim e então aquele brilho extraordinário de reconhecimento veio, alcançando lugares que seriam impróprios de serem ditos em público, me aquecendo toda por dentro. Ele não fez como nenhum dos meninos. Ao contrário da pressa, seus passos vieram cautelosos, todo o tempo do mundo dado a um homem que aparentava ser imortal. Yan jogou o cabelo para longe da testa e começou a puxar a camisa do corpo. Quando se viu livre, o assisti entregando-a para um dos caras da produção. Cronometrado, um outro retornou com uma regata branca dessa vez.

Perdi um tempo descendo o olhar por seu corpo enquanto se vestia.

Yan de jeans era pedir para alguém se jogar de um prédio por ele.

Gostoso demais para minha saúde mental, mordi o lábio inferior e esperei que ele falasse algo. Quando olhei para o lado, as meninas tinham sumido. Só restavam nós dois e algumas pessoas da produção.

Não tínhamos muito tempo, talvez um minuto.

— Você pegou um avião e veio para Miami — afirmou.

— Sim.

Seu sorriso ficou mais largo.

E eu fui arrematada por uma onda de volúpia quando Yan me prensou contra a estrutura oculta ao público. Sua boca veio na minha sem pedir permissão,

Apenas com você

invadindo com a língua, fazendo-a encostar na minha. Mas não de forma suave, nem de maneira abrupta, foi sexual demais para a equipe que estava nos vendo.

Não me importei.

Passei os braços por seu pescoço e pulei em seu corpo. Yan era forte e não deu sequer um passo para trás quando fiz isso. Enrosquei-me em seu corpo como se nunca fosse ter o suficiente. Ele cheirava a perfume masculino, suor limpo e alguma coisa mais profunda, como desejo. Sua língua girou em torno da minha, em círculos vagarosos e tortuosos, mas sem perder a dominação evidente. O beijo foi quente, macio, e a maneira que ele chupava minha língua entre seus lábios me fez querer arrancar sua roupa e sentar nele.

Precisou terminar rápido demais.

Yan me colocou no chão. Encarei-o, notando as pupilas dilatadas e o desejo evidente. Ele ajeitou a calça, uma forma quase automática de esconder a semiereção, e abriu um sorriso para mim.

— Você não cansa de me surpreender, Lua Anderson.

Um segundo depois, Zane entrou como um furacão, puxando Yan com ele. Carter veio correndo, e Shane, em seguida, me cutucando com o cotovelo antes de entrar no palco. Assisti atônita, a rapidez dos acontecimentos me deixando tonta.

A música começou a tocar, e meus joelhos ainda não tinham parado de tremer.

YAN

Cara, ela não fazia ideia do quanto aquilo significava para mim. Ou talvez soubesse, por isso veio. Me doei ainda mais ao show, sabendo que ela estava assistindo. Embora estivesse bem mais maduro a respeito disso, não precisando da aprovação de Lua para fazer uma performance digna, meu Deus, era a mulher que eu amava ali, minha noiva, e eu estava feliz pra caralho.

— E assim a gente se despede de mais um show épico! — Carter começou a dizer, mas foi interrompido.

Meus olhos foram em busca da produção, de Kizzie ou Oliver, e do motivo de o microfone de Carter ter sido cortado. Os câmeras, que estavam gravando o show, passando nos canais de música mais famosos do país, chegaram a tirar o foco de Carter para tentar compreender o que estava acontecendo.

Foi quando as luzes se apagaram.

Aline Sant'Ana

E depois se acenderam, acompanhando apenas uma pessoa que estava se dirigindo ao palco.

Seus cabelos curtos e loiros estavam envoltos em um lenço, com um laço no topo da cabeça. A roupa ainda era a mesma de quando a vi e a beijei nos bastidores. Seus passos soaram determinados por toda a extensão do palco, chegando ao meio, ao lado de Carter.

Puta que pa...

— Boa noite, Miami! — ela disse, sua voz doce soando por toda a praia. Gritos de fãs ecoaram, e Lua, de costas para mim, sem sequer me olhar, dirigiu-se ao público.

Virei o rosto, porque queria vê-la. Então, apelei para o telão.

Seus olhos estavam emocionados, e suas mãos trêmulas seguravam o microfone.

Lua apoiou o braço livre do microfone no ombro de Carter, como se o usasse de apoio.

O vocalista, sem entender, olhou sobre o ombro para mim.

Eu estava boquiaberto.

— Não sou uma rockstar. Sou apenas uma nutricionista que não sabe cozinhar, mas não contem isso para ninguém, ou posso perder meus pacientes. — Riu, e todos a acompanharam. — Na verdade, eu sou apenas uma mulher, como qualquer uma de vocês que está aqui hoje. Babo por esses meninos da mesma forma, surto por eles, torço por eles, choro por eles. Eu sou humana. Sou tocável. Eu sangro, eu sofro, eu tenho problemas pessoais, como todos nós temos.

O silêncio foi a deixa para que Lua continuasse.

Meu Deus.

Levantei da porra do banquinho e dei um passo à frente. E depois outro e mais outro, até ficar nas sombras, porém próximo à sua lateral, para ver seu rosto.

— Não faz muito tempo que os problemas me cobriram até a cabeça. A mídia surgiu com algumas acusações também, mas eu vim aqui com o coração aberto para bater um papo com vocês. Será que me permitem um minuto da atenção de todos?

Um sim coletivo soou.

— Acho que vou me sentar aqui. Carter, você se importa?

Ela não o esperou responder. Lua se sentou no chão do palco e seus pés ficaram balançando para fora dele, como se ela fosse uma criança que, ao estar no sofá, não alcançasse o carpete.

— Ufa, bem melhor. Então, sobre o que eu estava falando? Ah, sobre problemas. Nossa, eles são um saco, não são? Tem vezes que nós nem nos damos conta da quantidade de problemas que temos. Não até eles chegarem mais perto. Eu tive um problema bem grande para resolver há uns meses e quero compartilhar com vocês.

Dei um passo à frente, mas senti algo me segurando.

Era Zane.

— Ela precisa conversar com o público, deixe-a.

— Ela vai ser julgada — resmunguei.

— Lua consegue lidar com isso — Zane afirmou.

E ela continuou a falar.

Disse sobre o diagnóstico de câncer e, naquele segundo, até o mar pareceu parar de fazer barulho para ouvi-la. Contou sobre a experiência, o que enfrentou, a decisão de não me contar e de não avisar aos amigos. Lua abriu seu coração da forma que faria se estivesse dizendo a um amigo muito próximo. Falou sobre como se sentiu com as acusações que sofreu, como se sentiu ao ver o vídeo e saber a meia-verdade.

Eu não podia deixá-la fazer isso sozinha.

— Me deixa ir, Zane.

Ele parou de me segurar.

Então, enquanto ela ainda falava, eu fui me aproximando. Antes que Lua se desse conta, sentei ao lado dela.

Os fãs começaram a gritar.

— Uau, vocês gostam desse aqui? — Ela apertou meu braço, como se fosse testar meus músculos. As meninas gritaram mais alto. — Eu também gosto. Talvez seja por isso que estamos sentados aqui e conversando, certo? Além de falar de mim, eu preciso falar desse cara que tá aqui do meu lado.

Pisquei, observando-a. Tentando não parecer tão chocado, sorri.

— Ele é um homem atencioso, gentil, organizado. Yan é o tipo de cara que você pode apresentar para sua mãe, e ela vai se apaixonar por ele em cinco segundos. Falando nisso: um beijo, mãe!

As pessoas riram.

— E, falando sobre os acontecimentos vistos na mídia, posso afirmar: Yan

Aline Sant'Ana

não está se envolvendo com ninguém, diferente do que foi divulgado. Ele não é um homem ruim, senão eu não teria me apaixonado por ele. E não, essa Scarlett não tem nada a ver com ele. Acho que vocês, como fãs, precisavam saber.

— Você tá exibida demais, Lua — brincou Zane, no microfone, que já tinha voltado a funcionar.

— Ah, olha quem fala, cacete! Você se declarou para a Kizzie em Roma! — Carter acusou.

— Porra, eu deveria ter entrado para a banda antes — Shane zombou.

Enquanto todos os nossos fãs da cidade riam mais um pouco, Lua me admirou com um carinho evidente.

— Estou aqui para contar sobre o que passei, para que vocês possam me entender, e também compreenderem que, apesar dos erros que cometemos — somos humanos, afinal de contas —, o amor, quando é verdadeiro, não vai embora. — Pausou. — O que quero dizer é que o amor não precisa aceitar tudo, não precisa ser omisso, isso não é amor de verdade. Se Yan tivesse feito algo extremamente ruim, eu jamais estaria aqui, por mais que o amasse. Mas eu sei os seus motivos, sei a sua verdade, sei o que aconteceu quando estivemos juntos. Ele também não teria me aceitado de volta se eu não tivesse todos esses motivos. A culpa foi nossa. O amor é nosso. E obstáculos são ultrapassáveis quando há fé. E, Yan Sanders, eu tenho uma fé imensa em nós dois.

Lua levantou, estendeu a mão para me puxar e ficamos bem perto um do outro. O holofote nos cegou, o mundo parou de girar, as pessoas deixaram de existir e os problemas evaporaram no ar.

Aquela mulher teve uma coragem absurda ao contar sua história, a nossa história e abrir o coração para um público que aparentou ser hostil pela internet.

Eu sabia o real motivo daquela declaração pública: era para que os burburinhos sobre Scarlett acabassem, para que a mulher não tivesse mais cartas na manga para jogar contra nós dois — fosse por ódio por mim ou por ela —, porém não foi só isso, foi muito mais.

Peguei seu rosto com as duas mãos, e as pessoas gritaram com a energia de um milhão de almas.

Eu a beijei naquele palco, sob luzes quentes, para o mundo inteiro não ter dúvidas.

— Sou seu. — Minha voz vibrou nas caixas de som imensas; uma promessa feita para Lua.

Como para todo o universo.

Apenas com você

Lua

O champanhe francês estourou, brindes foram feitos e o clima de comemoração me fez sorrir. Apesar de os meninos estarem exaustos, era visível a adrenalina deles.

Era inacreditável, mas todos concordaram que esse pareceu ser o show mais bonito das suas vidas.

Meus joelhos ainda estavam tremendo. Subi no palco para uma tentativa única: queria acabar com os mimimis a respeito de Scarlett. Queria derrubá-la, então, mesmo que não encerrasse sua tentativa de encher o saco, ao menos provei para o público que Yan Sanders não estava em um relacionamento com ela. Não falei sobre estarmos noivos — fui esperta e entreguei o anel para Kizzie nos bastidores antes.

Meu Deus, como os meninos conseguiam subir ali sem passarem mal?

Erin veio me abraçar, em seguida, Kizzie e Roxanne. Logo após, dei um beijo na bochecha de Zane, Shane e Carter. Por último, os braços de Yan me puxaram. O sorriso em seu rosto era o mais genuíno que já vi. Nem quando estávamos no Heart On Fire ou no chalé em Salt Lake... Nada poderia se comparar àquele gesto completo, com todos os dentes à mostra, os lábios brilhando do champanhe e a energia de um show maravilhoso exalando do seu corpo.

— Você não vai parar de me surpreender *mesmo*, né?

— Temos o resto das nossas vidas pela frente. Então, não, acho que ainda vou aprontar algumas coisas.

Yan deu uma risada melodiosa. A vibração da sua voz causou um calafrio que subiu da base da minha coluna até a nuca. Atento às minhas reações, seus lábios desceram em direção aos meus. O beijo foi tão suave que mal pude sentir o gosto do champanhe em sua boca. Ele não ousou colocar a língua, como se eu fosse uma mulher que jamais tivesse sido beijada.

Seus olhos brilharam quando ele se afastou.

Mas o momento não durou muito, porque fomos interrompidos por uma discussão dentro do camarim. Desvencilhei-me dos braços de Yan e busquei a origem da briga, que ainda estava no início. As vozes não estavam tão alteradas, mas a tensão permeava no ar.

Shane e Roxanne.

Aline Sant'Ana

Erin e Carter inventaram uma desculpa para sair. Zane, que queria ficar, foi puxado por Kizzie. Eu estava prestes a levar Yan dali, deixando-os a sós, mas a voz de Shane transpassou-nos, soando muito irritada quando disse:

— Vocês ficam.

Ai, que merda. Odiava ter que fazer parte de discussões de casais. Não que Shane e Roxy fossem um.

— O que houve com vocês dois? — Yan quis saber, todo sério, parecendo pai do Shane. Achei fofo, mas não ousei sorrir.

— Roxanne está me acusando de ter conversado com Scarlett. — Ele rolou os olhos. — Ela me jogou um monte de merda na cara e...

— Eu ainda estou aqui, Shane — interrompeu, irritada.

— Você manteve contato com Scarlett?

— Não e sim — Shane falou, sucinto. Ele puxou duas cadeiras e pediu que nós dois sentássemos. Entreolhei entre Yan, Shane e Roxy e fiz o que foi pedido. Assim como Yan. — Eu achei que poderia ajudar na pesquisa que vocês estão fazendo a respeito dela. Mantive contato depois da noite que passamos juntos, porque achei que seria bom ter uma pessoa que tentasse descobrir quem ela é de verdade.

— Já descobrimos a identidade dela, Shane. Você é maluco? Meu Deus! Ela pode ser perigosa — Roxy acusou.

— Acho que eu sei lidar com ela, Querubim. — Sorriu, irônico, o piercing no canto do lábio se esticando com a provocação.

Roxanne ficou vermelha, nervosa demais para rebatê-lo.

— Vamos com calma. Shane. Você tentou se aproximar dela, ou algo do tipo? Quis sondar as intenções? — Yan questionou.

— Alguma porra assim — respondeu, despreocupado. — Depois do que ela fez com vocês, senti que precisava estar um passo à frente, e também quero me vingar por ela ter me usado. Quer dizer, curto ser usado pra sexo, mas não com o objetivo de foder alguém que considero.

— Você é vingativo, Shane. Sempre foi — Roxanne pontuou, desaprovando a atitude do amigo.

— Sou. Mas até aí eu estava no escuro a respeito da Scarlett. Agora que sei que ela é uma porra de mulher louca, foi mais fácil atiçar os pontos certos. Assim que descobri, as coisas mudaram. — Direcionou o olhar para Roxanne. — Obrigado por não acreditar em mim e achar que sou uma princesinha indefesa. Consegui uma boa informação da Suzanne. Acabei gravando um áudio, enquanto

Apenas com você

batíamos um papo sobre a vida e o passado. — Virou-se para mim e Yan. — Tenho todos os áudios aqui, se quiserem ouvir.

— Não sabia que Shane estava fazendo isso, do contrário, teria conversado com ele — Roxanne se desculpou.

— Você não precisa ficar cuidando de mim, Querubim. Eu sei me virar sozinho, porra.

— Tá. Então se vira sozinho com essa louca e depois vamos ver no que vai dar!

Ela se levantou e foi embora, batendo a porta com força.

Pisquei, atordoada. Era visível que os dois se davam muito bem, da mesma forma que discutiam com a mesma intensidade.

É tensão sexual que fala, né?

— Tudo bem, Shane. Entendo o ponto de vista dos dois. Scarlett pode ou não ser perigosa, mas já ficou claro que é ardilosa e tem um plano. O que você fez foi inteligente, porque Scarlett deve pensar que você não sabe nada sobre ela, nenhum de nós, *aparentemente*, sabe. Então, ela dormir com você gerou uma espécie de elo que pode ser usado a nosso favor. Mas, na boa, não faça nada antes de conversar comigo, cara.

— Você estava ocupado cuidando da Lua. Eu prezo por isso. Não ia atrapalhá-los.

— Você nunca me atrapalharia — falei, convicta. Segurei a mão de Shane, a minha sumindo pela imensidão da sua. — Por que não me disse quando ficamos no chalé?

— Você estava doente.

— Certo, vamos logo ao que interessa — Yan murmurou, curioso sobre o que Shane tinha descoberto. — Quer colocar os áudios para tocar ou me explicar o que aconteceu?

— Eu vou começar falando. — Shane se acomodou melhor na cadeira e suspirou fundo. — Fomos conversar com o Sr. Anderson, Lua.

— O quê?

— Ah, eu ia te contar — Yan falou, arrependido.

— Não, não estou nervosa. Só quero saber o que foram falar com ele.

— Nós fomos enfrentar o cara. Porra, ele ferrou com o teu psicológico se metendo entre você e Yan. E, cara, honestamente, Yan o deixou no chão.

Aline Sant'Ana

— Ele socou meu pai?

— Não. — Shane riu. — Porra, não. Foi só uma expressão mesmo.

Abri um sorriso para Yan.

— Foi me defender?

— Fui fazê-lo ver a verdade — afirmou, sem espaço para contradição. — E ainda não gosto do cara.

— Certo. E o que mais?

Depois perguntaria sobre a reação do meu pai, mas só o fato de Yan não o ter xingado já era um começo.

— Fomos desmascarar Scarlett — Shane continuou. — E o Sr. Anderson lembrou de algo sobre ela que me veio à mente enquanto batia um papo com a louca. Lua, isso realmente não tem a ver com você. Scarlett quer vingança. — Pausou. — E tem a ver com o Yan.

A notícia bateu direto na boca do meu estômago, me deixando enjoada. Como em um filme, me lembrei de quando ela foi contratada, justo quando eu e Yan começamos a namorar. Ela se aproximou do meu pai com o objetivo de se tornar algo para a minha família e, consequentemente, de Yan. Se ela fosse a responsável pelas meninas na Europa, podia ser responsável pela minha foto em um ângulo péssimo com Andrew.

— Ela colocou na cabeça do seu pai que Yan era uma péssima escolha para você. Ela fez pesquisas, Lua. Trouxe o passado do Yan à tona. Na adolescência, quando ele decidiu ser músico. Fez Andrew parecer perfeito, e seu pai passou a acreditar em cada coisa que ela dizia. Não estou dizendo que o homem é um santo, ele não é, mas Scarlett foi a porra de uma cobra o tempo todo, planejando isso ao longo do tempo em que vocês estavam juntos.

— Por quê? — Yan indagou. — Cara, não fiz nada no passado! Não fiz nada de errado para ninguém! Eu nem conheço Scarlett.

— É — Shane murmurou, meio sombriamente —, mas tem alguma peça errada aí.

— Espera. — Suspirei fundo. — Você descobriu tudo isso conversando com ela?

Yan explicou que meu pai revelou algumas informações durante a conversa.

— Fui mais fundo que só conversar com ela. Falei com Oliver, o nosso empresário, dando as informações. Ele vai conversar com vocês com mais calma; ainda não me contou o que o parente dele descobriu, mas parece que essa merda vai feder. Yan, sei que não fez nada, não duvido disso, mas, porra, tem alguma

Apenas com você

coisa muito foda pra louca querer ferrar as coisas, afinal, Scarlett parece ir atrás de quem você se importa. Lua, por exemplo. Ela quer te *tirar* alguma coisa.

Shane parou de falar. Seu celular apitou, e ele encarou a mensagem com o cenho franzido.

— Scarlett me convidou para vê-la esta noite, disse que precisa desabafar com alguém.

— Você não vai — Yan afirmou.

— Pode ser a peça que está faltando, Yan. Ela pode se abrir! — Shane rebateu.

— Você não vai se arriscar por mim. — A voz de Yan foi autoritária. — Qualquer que seja a merda que esteja acontecendo, eu não vou permitir, porra!

— Você não pode ir mesmo, Shane. — Encarei-o e, novamente, peguei sua mão. Ele me encarou com os olhos vazios, nossos dedos entrelaçados.

— Sou cinco vezes o tamanho da mulher.

— Shane, não — pedi. — Você é novo, e ela é ardilosa.

— Caralho, não tenho nada a perder! Nem qualquer envolvimento emocional com essa mulher. Me deixa ajudar vocês! Preciso fazer algo bom pelo menos uma vez nessa merda de vida.

Yan se levantou.

— Você não vai dar um passo para fora daqui. Eu sou o seu mentor na banda e estou te advertindo que essa é uma escolha fodida. Você vai enviar uma mensagem e dizer que não pode vê-la, que acabou de sair de um show e está exausto, e que, outro dia, vocês vão remarcar.

Shane também se levantou.

Ver os dois homens, um peitando o outro, foi uma cena que me fez prender o ar nos pulmões.

— Eu quero ajudar.

— Você vai ajudar se ficar em seu apartamento novo.

Shane respirou fundo, parecendo muito cansado para discutir.

— Todos vocês, sem exceção, foram os únicos que me abrigaram, como também Roxanne, sem julgamentos do meu passado e do uso das drogas. Estou limpo e uma das coisas que aprendi é que preciso fazer o bem para os outros, para compensar todas as porras horríveis que fiz durante uma vida, que valeria por dez. Não sou um super-herói, nem quero ser. Só quero descobrir o motivo de essa mulher ter transado comigo e, em seguida, ter ido tirar aquela foto nua com você e espalhado para os quatro cantos do mundo. Preciso te ajudar, Yan. — Pausou. —

Aline Sant'Ana

Porque você me ajudou pra caralho também. Temos uma dívida, e vou honrá-la.

— Eu não quero que você pague nada. Tudo que eu fiz foi porque te considero um irmão mais novo.

— Não estou aberto a discussões.

— Ótimo — Yan rugiu. — Nem eu.

Shane pegou suas coisas e virou as costas.

— Você não vai lá! — Yan gritou.

O irmão do Zane olhou sobre o ombro, seu semblante impassível.

— Não vou — respondeu.

Mas eu sabia que ele estava mentindo.

— Você promete? — pedi, sentindo-me ainda enjoada pela explosão de sensações.

Shane apenas sorriu para mim e bateu a porta.

— Inferno! — Yan gritou e chutou a cadeira mais próxima.

— Você quer ir atrás dele? — questionei.

Mas Yan não estava me ouvindo. Ele pegou o celular e discou um número. Assim que a pessoa atendeu, seu tom de voz foi duro como o gelo do Ártico.

— Mark, sou eu. Preciso que você siga Shane. Secretamente. Não, ele não pode te ver em hipótese alguma! Porra, ele saiu agora. Você vai ter que correr. Qualquer merda que acontecer, você liga primeiro para a polícia e depois para mim. — Yan fez uma pausa. — Vou avisar Zane agora.

Respirei fundo.

Sabia que Zane soltaria todos os palavrões já inventados.

— Vai ficar tudo bem, Yan — obriguei-me a dizer.

Mas meu noivo estava atordoado.

E, mais uma vez, se sentindo culpado por algo que não fez.

CAPÍTULO 28

**Como um bumerangue
Tudo vai voltar
E a ferida que você me faz
É em você que vai sangrar
Eu tenho cicatrizes
Mas eu não me importo, não
Melhor do que a sua ferida aberta
E o sangue ruim do seu coração**

— Barão Vermelho, "Bumerangue Blues".

Muitos anos atrás

Suzanne

Hallelujah tocava ao fundo, e não tive forças para me manter em pé. A culpa é dele. As vozes em minha cabeça não paravam de acusá-lo. Calem a boca, calem a boca, calem a boca! As pessoas não sabiam, não faziam ideia do verdadeiro motivo. Breanna agora estava morta, em um caixão, sendo enterrada ao som de uma música que louvava Deus. Ninguém chorou a ponto de perder o ar e a força das pernas. Ninguém, além de mim. Mamãe e papai achavam que foram culpados por sua morte, por terem sido negligentes, por não terem descoberto a depressão, então não ousaram cair no chão, como eu caí.

Estavam atônitos, acreditando que tinham uma filha morta e uma louca.

Ela não tinha depressão.

A culpa é dele.

Breanna escreveu uma carta antes de sua atitude insana. Foi endereçada a mim. Não deixei que ninguém lesse. Na carta, Breanna escreveu que não tinha mais forças para lidar com a paixão, que queria que ele a notasse, que fez o que tinha que fazer para não ser esquecida. Aquela maldita escola. Aquelas malditas pessoas! Cada uma delas.

Calem a boca!

A culpa é dele.

E dela.

Aline Sant'Ana

Por ser burra, por ser fraca, por amar.

Quase ri.

O que era o amor?

Yan Sanders era o mais popular. Assim como aqueles seus amigos idiotas. Todas caíam aos pés deles, mas Yan era o mais desejado, por ser tão devastadoramente bonito. Cobiçado, sim, inclusive por Breanna. E ela teve uma chance de beijá-lo. Aconteceu em uma festa que ele pouco se importou de estar. E dali em diante sua vida foi direcionada para o menino que era inteligente e bonito demais para o seu próprio bem. Ainda que Yan, no dia seguinte, tivesse dito que não queria namorá-la — porque ela fez a besteira de pedi-lo em namoro —, que foi um beijo e nada mais, Breanna se tornou obcecada. Tão insana por ele que fantasiou durante trezentos dias sobre o babaca adolescente se redimir e dizer que se apaixonou depois de beijá-la. Ela tomou uns comprimidos com vodca para chamar sua atenção, no dia do aniversário do Yan, esperando que ele entendesse a dica e fosse visitá-la no hospital e que, assim, viveriam uma história digna de contos cruéis de fadas.

Mas os planos deram errado.

Porque ela morreu.

Olhei de relance para o culpado. Yan estava no funeral, assim como todos os colegas da minha irmã da escola. Zane e Carter, também. Yan estava com uma expressão dolorosa. Ele sequer era amigo dela. Mas, naquele momento, deve ter lembrado do beijo. Já tinha passado um ano desde que conversara com ela pela última vez, mas ele não sabia, não é? Não sabia que ela o amava. Foi só uma boca para Yan. Já para Breanna, foi a morte.

Mesmo sendo o enterro da minha irmã, alguma parte minha sabia que ela tinha sido inconsequente. Beijos não são promessas de nada. Só que ela ficou um ano inteiro falando desse moleque, de como ele era bonito, de como suas costas se moviam quando jogava basquete, e todas aquelas asneiras adolescentes.

Ele a matou.

— Calem a boca! — gritei.

O padre parou de falar.

A música continuou.

Assim como as vozes na minha cabeça.

Todos olharam para mim. Não que eu já não estivesse sendo alvo suficiente de chacota. A maquiagem preta escorreu por todo o meu rosto, e meus cabelos cacheados estavam totalmente murchos pela chuva incessante. Não me importou nem um pouco o fato de estar molhada.

Apenas com você

Eu ainda estava viva?

Ou estava, como Breanna, morta em um caixão?

Encarei Yan, odiando-o.

Ele não olhou para mim.

Afinal, eu era quem? A irmã mais velha da menina que morreu por ele.

Ele não sabe.

Ele a matou.

Ele é o culpado.

Não havia ódio suficiente dentro de mim.

Por Breanna ser tão burra. Por Yan estar bem e com amigos. Por eu ter perdido a única pessoa que me amava.

Quer dizer, o que era o amor?

Calem a porra da boca!

Raiva, uma ira absoluta que consumiu todo o meu ser.

Não chorei, apenas grunhi e o padre continuou a missa. Eu precisei ser retirada por meus tios, porque comecei a me debater quando o caixão desceu rumo à terra. Eu queria ser enterrada com ela. Eu queria bater nela. Eu queria gritar com Breanna por ter se apaixonado por um babaca insensível. Eu, que nunca me apaixonei, e, pelo visto, jamais iria. E Breanna se apaixonou por nós duas, teve um coração por nós duas, que eu bem sabia que não era capaz de ter.

Eu queria fazê-la reviver, apenas para lhe dizer para nunca ir naquela maldita festa.

— Pare, Suzanne! Você está envergonhando seus pais — *tio Elliot me repreendeu.*

Ele a matou.

— Ele vai pagar, tio. Ele vai. Eu prometo a você.

— Do que está falando, Suzanne?

— Ela está mentalmente instável — *disse meu outro tio, como se eu não fosse capaz de ouvi-lo.*

— Ele vai pagar — *repeti.*

Yan pagaria.

Nem que levasse anos.

Ele tinha que perder alguém.

Aline Sant'Ana

Ou tudo.

Olho por olho. Dente por dente.

Anos depois

Depois de alguns anos trancafiada em um manicômio, com os médicos acreditando que eu era esquizofrênica — manipulei-os o suficiente para isso —, consegui exatamente o que eu queria: tempo. Logo depois, fui considerada até normal, embora eu soubesse que não tinha um coração propriamente dito. E a vingança era vívida em meu sangue como se não tivesse passado um minuto do dia do enterro de Breanna.

Existem coisas piores do que a morte, pensei, enquanto observava a minha nova identidade: Scarlett Sullivan ao invés de Suzanne Petersburg. Perder alguém é algo bem difícil. Então, enquanto assistia ao noticiário, falando sobre o sucesso daquela banda maldita, soube o que tinha que fazer. Afinal, eu havia pesquisado o suficiente. Eu sabia perfeitamente cada passo que daria em seguida.

Encarei as folhas soltas em cima da mesa, o planejamento dos meus próximos passos, com planos de A a Z, caso algum desse errado, escutando ao fundo o repórter elogiar a banda de rock mais influente do momento.

Bem, a vida é uma filha da puta. Yan, depois de anos, estava milionário. Reencontrou uma menina do passado, a ex-namorada de um dos seus melhores amigos, Carter. O vocalista também arrumou uma ruiva para chamar de sua. Ambas eram bonitas. Não que isso importasse. Breanna estava morta e ela também era linda.

Yan a matou.

E ela foi fraca.

Verifiquei os telefones da minha lista, sabendo que, para qualquer número que ligassem, confirmariam a minha eficiência naqueles empregos. Gastei dinheiro da herança dos meus avós em todos os tipos de coisas ilícitas, inclusive, comprar associados de políticos que mentissem por mim, que me fizessem parecer importante. Como também uma identidade nova. Assim como uma aparência endeusada.

Levantei, encarando meu reflexo no espelho.

Estava muito diferente. Emagreci cerca de trinta quilos da época em que Yan me conheceu, não que ele sequer se lembrasse do rosto da irmã de uma menina que beijou e que se matou por sua causa. Meus cabelos continuavam escuros, mas agora eram lisos. Meu corpo esculteral, que fiz questão de trabalhar para que me deixasse *ainda mais apresentável, era um marco. O nariz foi modificado por cirurgia plástica, assim como os seios e a bunda.*

Plano A: ser secretária do pai de Lua. O homem era influente e velho. Eu poderia transar com ele, não seria difícil. Tinha uma ficha completa da vida pessoal do Sr. Anderson. Se conseguisse ser secretária dele, conseguiria me aproximar de Lua, me tornar amiga dela e depois roubar Yan e fazê-lo sofrer por nós duas. Mas era um plano simples demais, até porque ele estava apaixonado de verdade, e, por mais gostosa que eu fosse, isso não daria certo.

Então, o plano B: eu quebraria seu coração fazendo-o acreditar que sua linda namoradinha o traíra. Podia ser com um amigo, um colega de trabalho, qualquer porcaria assim. A insegurança iria consumi-lo, porque pessoas normais se sentem inseguras. Brigas, brigas e mais brigas. Além disso, diria para o pai de Lua todas as qualidades do homem em questão e os defeitos de Yan — o que não seria difícil, Yan era baterista de uma banda de rock, e não um político influente. Eu sabia que seria fácil ter o apoio do pai dela. Ele criaria um inferno na vida da filha, e ela daria um pé em sua bunda.

Caso ela fosse rebelde, então havia o plano C.

De alguma maneira, ele perderia Lua. Homens são instáveis e, mesmo que ela quisesse ficar com ele, se ele sentisse que havia outro homem na jogada, piraria. Então, seria muito fácil contratar uma menina ou outra para seduzi-lo em uma noite bêbada e fazer vídeos ou fotos. Eu mesma poderia fazer o papel, mas não queria me expor tanto assim. Se necessário, claro, eu faria. Apesar que, dormir com o inimigo, me causaria ânsia de vômito. Sendo eu ou uma qualquer, pessoas famosas sofrem por boatos infundados. Lua ficaria magoada, o mandaria à merda, e então... ele a perderia.

Se o amor fosse mais forte, havia sempre o outro lado para jogar.

Afinal, a fraqueza das pessoas está em quem elas se importam.

E Yan não amava apenas Lua.

Era apegado aos seus companheiros de banda. Eu poderia tentar fazer qualquer maldade com um deles, de modo que corresse risco de vida. Não me importava se tivesse que sujar minhas mãos de sangue. Fosse o sangue de Lua, fosse o de seus colegas. Qualquer pessoa que ele amasse, qualquer sentimento que tivesse, ah, ele ia perder.

E ia sofrer.

E se ajoelharia em um caixão, chorando lágrimas de sangue como eu fiz por Breanna.

Aline Sant'Ana

Meu telefone tocou no momento certo. A voz de um homem sexy soou do outro lado.

— Senhorita Sullivan?

— Sim? — respondi da forma mais amável e profissional que conseguia.

— Você passou na entrevista com o Sr. Anderson. Pode começar a trabalhar na quinta-feira?

Então eles tinham verificado os telefones. E tudo estava perfeito. Sorri.

— Não sabe o quanto esperei por isso. Estarei lá.

As onze noites na Europa

É, as coisas estavam indo como o planejado.

Não cem por cento, mas quase lá.

As brigas de Yan e Lua se tornaram evidentes. O Sr. Anderson desabafou comigo durante um tempo, feliz que a filha estava tomando juízo e se afastando de Yan. Estava cada vez mais perto do término. As meninas que contratei na Europa tinham conseguido um vídeo dele e, apesar de Yan não ter terminado o serviço, eu cortei a parte desinteressante. Esperaria o tempo certo para soltar na mídia, quando Lua já estivesse desacreditada o suficiente. Além do vídeo de Yan, tinha a foto comprometedora, para a qual contratei um paparazzo para fotografar Lua com Andrew em um ângulo ruim. Essa já tinha sido liberada, o que foi suficiente para ser o começo do fim.

O Sr. Anderson tirou o sexo de dentro de mim, sem gozar. Estávamos sobre a mesa de mogno. Fui rejeitada, mas não me importei. Abri um bocejo disfarçado e sorri para ele.

— Querido, você não parece tão feliz.

— E não estou — disse sucintamente, fechando a calça.

— O que houve?

— Lua.

Encarei-o, curiosa.

— O que houve?

— Ela está doente — falou. O homem me olhou, como se não pudesse mais suportar a dor sozinho. — Ela está... ela está...

Apenas com você

Saí da mesa, fingindo empatia. Abracei-o, escutando seu choro soluçado, e revirei os olhos, esperando que ele falasse logo o que a filha tinha. Uma maldita gripe?

— O que houve com Lua, querido? Tenho certeza de que está tudo bem.

— Ela foi diagnosticada com câncer... de mama... Ela me ligou hoje cedo. Eu achei que tinha processado bem a notícia, mas agora... tudo parece... tão errado.

Ele continuou a falar, enquanto eu ainda o abraçava, fingindo que me compadecia de sua dor.

Disfarçadamente, abri um sorriso imenso.

Isso era como ganhar na loteria.

Mesmo que ela não terminasse com ele, por ser idiota e voltar para um cara que aparentemente a tinha traído, a vida a levaria de Yan. E, então, ele estaria só. Sem um amor para dividir, sem uma vida para compartilhar, exatamente como eu me sentia sem Breanna.

Tudo que vai, volta.

Olho por olho. Dente por dente.

— Yan já sabe? — joguei, imaginando que o trouxa largaria tudo para ficar com ela.

— Não — vociferou, se afastando. — Ela quer fazer o tratamento em outra cidade, porque quer poupá-lo. Isso é ridículo de tantas formas!

Para mim, soava perfeito.

Ela faria o tratamento longe, sem ele saber. Yan continuaria achando que ela tinha se afastado por indiferença. E, então, quando estivesse longe, ela veria o vídeo e saberia que a melhor decisão foi ter sumido da vida dele.

O fim estava perto.

E era muito doce.

Dias atuais

— FILHO DA PUTA! — gritei, quebrando tudo que via pela frente, destruindo o meu apartamento.

O Sr. Anderson não me serviu para nada, além de sexo tedioso. Agora, tudo estava a favor do maldito Yan Sanders! E, novamente, ele estava bem! Pelos sete infernos, como era possível? Depois de tudo que fiz, depois de ter colocado vídeo dele com as meninas, após expor que ele era *meu* namorado... que nojo! E como conseguiu descobrir o vídeo original, alegando ser um santo que amava demais a mulher para traí-la?

E ainda tinha Lua, curada da porra da doença!

Ah, que ódio!

Por que ela não morreu?

Felizes, acabaram de fazer uma declaração no show, me humilhando publicamente, me acusando de ser mentirosa. Não, mas tudo bem. Eu sabia bem o que fazer. Tudo estava de acordo com os planos, e esse era apenas um desvio.

Corri pelo apartamento, procurando o que eu tinha guardado como ouro. O menino novo da banda, Shane, era uma preciosidade para Yan; o protegido do baterista. Soube o bastante quando percebi que ele era quem intermediava as entrevistas do garoto, então, ele tinha uma preocupação com o caçula da banda. Além do mais, Shane tinha problemas. Não seria tão difícil fazê-lo cair.

Olhei para o espelho, borrei a maquiagem e forcei lágrimas, que saíram com facilidade. Logo eu parecia uma mulher pateticamente magoada.

Digitei uma mensagem para Shane, implorando que me encontrasse.

Ele achava que estava perto de descobrir a verdade sobre mim. Shane era a minha penúltima carta. Então, os planos não mudaram. Se Yan não fosse perder a namorada, ele perderia alguém da banda, o que seria doloroso o suficiente.

Shane me respondeu quase prontamente, avisando que era para nos encontrarmos em um restaurante.

Sorri.

Aproveitei para ligar para um homem que me ajudaria a sair dessa enrascada em breve. Ele me atendeu, animado, o idiota. Aquele político, envolvido na concorrência do Sr. Anderson, era uma ótima pedida, apesar de ser igualmente um sexo tedioso. O homem estaria viajando a negócios hoje, no fim do dia, e, achando que eu era mais uma de suas amantes, me convidou mês passado para curtir o Chile. Eu disse que só aceitaria a proposta se minha agenda estivesse livre.

Ótima oportunidade para quem precisa sair do país, não é mesmo?

Nem tudo está acabado, Breanna, prometi a ela.

Yan ainda cairia de joelhos em um caixão.

CAPÍTULO 29

>Just stop your crying
>It's a sign of the times
>We gotta get away from here
>We gotta get away from here
>Just stop your crying
>It will be alright
>They told me that the end is near
>We gotta get away from here
>
>— *Harry Styles, "Sign Of The Times".*

SHANE

Se tinha uma coisa que eu não suportava era gente como Scarlett, sem escrúpulos e que fazia o impossível para prejudicar os outros.

Caralho, a vida já era fodida o bastante, então, por que cada um não seguia o seu próprio caminho?

Yan fez demais por mim, me orientando em minha vida caótica, e senti que precisava retribuir esse favor. Manter contato com Scarlett foi uma forma de tirar da doida qualquer informação. Até então, descobri bastante coisa. Se isso tinha a ver com Yan, então queria pagar para ver o fim dessa história.

Respirei fundo.

Durante esse tempo, me senti orgulhoso do cara em que tinha me transformado. Era pouco tempo? Sim. Mas fui forte pra caralho ao tentar ficar limpo das drogas, claro que com algumas recaídas, mas bem menores. Além disso, treinei todos os dias para acompanhar a banda, criando coragem para subir no palco, sabendo que poderia ser julgado. No final, o medo foi idiota. Fui bem recebido e amado pelas fãs da The M's, assim como amavam os caras.

A vida tinha sido fodida, mas agora ela estava boa.

Esse era o meu renascimento.

Como primeira boa ação, eu quis fazer a vadia da Scarlett cair em contradição. Não me importei nem um pouco com a mulher, nem quando dormimos juntos. Só estava querendo explodir a cara dela por fazer pessoas que importavam para mim sofrerem.

Aline Sant'Ana

Afinal, conheço Yan a minha vida toda. E tinha o meu irmão, que estava preocupado como se alguém fosse para a forca. Como também Carter, que não conseguia dizer em voz alta todos os medos que sentia, mas eu sabia, caralho.

Estava foda mesmo.

Scarlett apareceu no restaurante e abriu um sorriso para mim. Era meio inacreditável uma mulher tão bonita ser tão maluca, ainda que parecesse que um caminhão a havia atropelado. Enquanto a assistia em câmera lenta se sentar do outro lado da mesa, pensei que ela era uma visão e tanto. O sexo foi bem gostoso, mas, assim que ela se foi e vi Lua perdida no corredor, percebi que tinha sido enganado. Cara, ninguém engana um D'Auvray. Ninguém fode com a gente. Nós fodemos as pessoas. Então, se havia um homem na banda que Scarlett tinha que enfrentar, ah, esse alguém se chamava Shane.

Ela queria ser vilã?

Tudo bem, também podia ser.

Sorri largamente para ela.

— Você demorou — murmurei.

— Ah, não estava me sentindo muito bem. Queria conversar com um amigo.

— Eu posso ser isso.

— Eu sei. — Sorriu de novo.

Maquiagem borrada, cabelos meio desarrumados, mas seu corpo ainda era de causar reações eróticas em qualquer um. Estava claro, quando notei seu rosto manchado de lágrimas, que Scarlett queria fazer o papel de vítima. Quase dei risada, mas me mantive sério e sedutor.

Esse era um papel que eu também sabia fazer.

— O que houve?

— Ah, hoje é o aniversário de morte da minha irmã. — Baixou a cabeça. — Éramos muito ligadas. Nossa, sinto como se ela ainda estivesse viva. Eu a escuto, Shane. Na minha cabeça, às vezes.

Cacete, ela era muito louca mesmo.

— Pelo menos ela está com você.

— Sim, está. E, nossa, precisava desabafar contigo. Você viu as coisas horríveis que falaram de mim no show?

— Ah, não sei se você percebeu, mas eu era o baixista.

Isso a fez rir.

Apenas com você

— Não seja tolo. Você entende o que quero dizer?

— Cara, apareceu uma foto sua com Yan. Os dois pelados. E vocês não estavam namorando. Nada mais certo do que desmentirem isso. Não se preocupe, em uma semana, já estará esquecido.

Ela piscou os olhos, batendo os cílios devagar, aparentando ser uma moça inocente.

— Fiz a foto para minha coleção privada! Sempre tive uma paixão secreta por Yan, e acabaram vazando aquilo.

— Mas não foi Yan que transou com você naquela noite.

Ela sorriu.

— Não.

— E então...

— Bom, acho que preciso superar isso mesmo. — Suspirou pesadamente. — Será que tudo será esquecido?

Estava na hora de eu tirar informações.

— Vamos conversar sobre o que está te afligindo — falei e não respondi sua pergunta. — Me conte sobre sua irmã.

Os olhos de Scarlett, Suzanne — que porra, nunca me acostumaria com o nome certo —, adquiriram um brilho perigoso. Senti que ela estava finalmente mostrando quem era. Discretamente, meu celular vibrou no bolso. Era Mark, o segurança da banda, dizendo que sabia que eu tinha ido encontrá-la sem autorização de Yan. Sem fazer muitos movimentos, enviei minha localização exata. Ao menos, não ficariam loucos achando que eu tinha sido esquartejado.

— Minha irmã cometeu suicídio.

Isso eu sabia.

— E foi por um motivo, sabe? — continuou. — O que você quer saber sobre ela?

— O que quiser me contar.

Scarlett sorriu maldosamente.

— Acho que precisamos de uma bebida primeiro.

Aline Sant'Ana

Scarlett

Eu sabia que ele não beberia nada alcóolico, então, pedimos um suco forte de laranja. Comecei a falar sobre a minha irmã, de forma mais amena, tentando não transparecer a raiva. Ah, eu sabia ser indiferente. Fui adorável, fazendo-o acreditar que me tinha nas mãos, dizendo a Shane todas as coisas que ele queria ouvir, como se estivesse descobrindo o segredo do universo. Claro que ele não descobriria merda nenhuma, a única pessoa que eu queria que entendesse o motivo era Yan Sanders. E ele saberia. Por mim, ou pela polícia, que, nesse momento, estava vasculhando o meu apartamento.

Por isso, não me restava muito tempo.

Segurei a mão de Shane sobre a mesa e, com a outra, peguei uma grande ampola com ecstasy misturado a uma substância que disfarçava o gosto. Diluí muitos compridos, o suficiente para ele ficar louco, e, em seguida, ter uma overdose. O líquido não tinha muito sabor, só um leve toque salgado. Shane nem saberia o que lhe acometeu, mas logo teria alucinações e, poxa vida, coitadinho, era triste estar na mesma mesa que um homem que, aos meus olhos, já estava morto.

Quebrei, propositalmente, o meu salto, forçando-o com o pé. Murmurei um suspiro angustiado, e Shane semicerrou os olhos, desconfiado. No momento em que puxou a toalha da mesa para ver o que tinha acontecido, despejei todo o conteúdo em seu suco. Quando Shane voltou, abri um sorriso.

Nem parecia que qualquer coisa na mesa tinha sofrido alteração.

Ele bebeu um gole, enquanto conversávamos. E depois outro.

Era muito novo, não fazia ideia das artimanhas que uma mulher como eu é capaz de fazer.

Rapidamente, tirei os sapatos, ficando descalça.

Fui observando Shane, encarando os ponteiros do relógio. Só mais trinta minutos de conversa e ele começaria a apresentar os sintomas.

Yan vai se ajoelhar na terra.

Meia hora depois, as pupilas de Shane se dilataram, e ele começou a se mover de forma estranha, muito abrupta. Seus olhos desfocaram. Ele olhou para a mesa e segurou o copo como se não compreendesse. Subitamente, a razão inundou seu cérebro. Shane sentiu pânico. Percebi que ele estava apavorado.

Mesmo assim, sabia que ele não seria capaz de fazer nada.

Shane já tinha usado ecstasy, porque pareceu reconhecer os sintomas. Ele sabia o que aconteceria. Só não tinha noção de como seria sua reação a uma superdosagem.

Adeus, menino.

Me levantei com a calma e a tranquilidade de uma mulher inocente e beijei sua testa, enquanto Shane tentava me segurar.

Para seu azar, não conseguiu.

Deixei uma carta em cima da mesa, com destino certo.

Saí de cabeça erguida, ao menos até chegar à porta e começar a correr para a moto que me esperava. Na bolsa, peguei a identidade que me nomeava Scarlett e a joguei em uma lata de lixo, guardando a original, com Suzanne. Liguei mais uma vez para o meu contato, que animadamente me esperava, alegando que o jatinho estava quase pronto.

Antes de sair de casa, enviei um táxi com minha mala para ele recebê-la. O homem parecia ter acabado de ganhar na loteria! Como um pênis atrapalha o raciocínio lógico, não é? Bem, meus planos não seriam ficar somente com esse babaca, eu tinha outro destino.

E, ah, que delícia...

Seria impossível Shane sair dessa. Afinal, sofreria uma overdose e, se sobrevivesse, teria uma recaída, por já ter sido viciado.

Yan sentiria a culpa lenta e dolorosamente.

Sorri, colocando o capacete, e acelerei para muito longe, consciente da minha vitória.

Aline Sant'Ana

Apenas com você

CAPÍTULO 30

Cause I'm broken
When I'm lonesome
And I don't feel right
When you're gone
You've gone away
You don't feel me here, anymore

— *Seether feat Amy Lee, "Broken".*

YAN

Zane xingou pra caralho.

Ele quis ir sozinho atrás de Shane, mesmo eu tendo avisado que Mark o estava seguindo. Roxanne, cara, havia uma determinação e uma força em seus olhos que me surpreendeu.

E eu? Porra, eu estava furioso.

Somente o carinho de Lua foi capaz de me deixar um pouco mais tranquilo. Ainda assim, eu quis pegar o carro e alcançar aquele moleque, para dar um soco na cara dele.

Todos se reuniram no camarim do show que tinha sido um dos mais especiais das nossas vidas. Especialmente da minha. E eu não pude parar de andar de um lado para o outro, esperando notícias. Zane, a pedido de Kizzie, ficou conosco. Carter e Erin estavam tentando manter a calma, conversando com Roxanne, que tinha voltado ao perceber que o amigo se fora, e murmurando palavras tranquilizadoras para Zane, mas a tensão era evidente.

Foi como se todos soubessem que alguma merda ia acontecer.

— Vamos atrás dele — Zane falou. — Nós precisamos ir.

Quase pegando a chave do carro para acompanhá-lo, escutei o celular. Atendi, sabendo que era Mark.

— Sr. Sanders. Estou aqui no restaurante. O garoto me enviou a localização, e ele e o alvo estão conversando. O garoto está bem. Nada de errado. Tudo limpo.

— Mark, você não precisa falar comigo como se estivesse em uma missão supersecreta.

Aline Sant'Ana

— Ah, certo.

— Está tudo bem? — Zane pediu.

Assenti.

— Mark, você não vai desligar o telefone. Vai ficar na linha conosco durante todo o tempo. Acha melhor irmos para aí?

Coloquei no viva-voz e deixei o celular apoiado em cima da mesa.

— Se isso acalmar o coração de todos, tudo bem, mas está muito tranquilo mesmo.

— O que você acha que poderia acontecer?

— Ela não seria imprudente.

— Fala o que você acha, Mark.

— Eu vou observar e digo depois.

— Meu Deus! Eu tô indo pra aí, porra! Agora! — Zane gritou.

— Não — Mark disse. — Está tranquilo. Afirmo a vocês.

Fechei os olhos e desliguei, a tensão cobrindo cada molécula do ambiente.

— Oliver, chame a polícia — pedi. Ele me encarou, sem espaço para discussão. — Eu quero o seu parente lá.

— Meu tio — o empresário disse.

— Quero ele lá agora, caralho! — gritei.

Sem pensar uma segunda vez, peguei a chave do carro e puxei Zane pelo braço. Lancei um olhar para Carter.

— Fica com elas — pedi.

— Não preciso ir? — Carter indagou.

Vi a expressão desolada de Roxanne, Lua, Kizzie e Erin.

— Elas precisam de você.

Carter compreendeu.

— Eu não aconselho vocês a irem, se alguém reconhecê-los... — Oliver disse.

— Foda-se — Zane resmungou.

— Não me importo — completei.

Ele virou-se para dar um beijo em sua noiva, e Lua correu para os meus braços.

Apenas com você

— Não importa o que ela acha que você fez para ela, Yan. Eu não acredito nem por um minuto que você poderia ter feito mal a alguém.

Não sabia o quanto precisava escutar isso até aquele momento. Eu estava apreensivo, pensando no pior. Sempre fui racional, mas agora o menino que eu considerava um irmão estava nas mãos de uma mulher que tinha algo contra mim. Era como se a vida não cansasse de me foder. E eu estava exausto.

— Eu amo você. — Ao invés de beijar sua boca, beijei a aliança que tinha voltado para o seu anelar.

Lua sorriu tristemente.

Saí com Zane, direto para o endereço que Mark me enviou por mensagem.

Oliver me enviou outra no caminho, dizendo que seu tio estava indo.

— Podemos estar exagerando — disse para Zane. — Mas eu sinto...

— Eu também.

— Então vamos.

Lua

Era apenas um encontro de Shane com Scarlett, mas o mundo parecia estar prestes a desabar a qualquer segundo. A tensão cobriu todos nós. Fiz o que pude para permanecer sã. Kizzie não parava de andar de um lado para o outro, dando ordens no ponto, pedindo para retirarem tudo do show. Ela ficava mais confortável mergulhada em trabalho. Minha angústia maior estava em Roxanne. O rosto de boneca estava fechado, os olhos, semicerrados, quase em lágrimas por decepção e medo, como se não fosse capaz de parar de pensar; atônita, como se esperasse o pior. Eu quis abraçá-la, mas Erin fez isso antes que eu pudesse levantar.

Carter, como se sentisse que eu também precisava de apoio, se aproximou.

Ele tomou minhas mãos nas suas, como fazíamos na adolescência. Naquele momento, senti como se Carter fosse sangue do meu próprio sangue.

— Shane vai ficar bem.

— Não sei, Carter. O que Scarlett pode ter contra o Yan? Você lembra de alguma coisa que ele fez no passado?

Carter franziu o cenho, pensando.

— Yan sempre foi o mais correto de nós. Nunca o vi fazer nada, nenhum mal para alguém.

Aline Sant'Ana

— Será que isso é mesmo relacionado a ele?

Oliver também se aproximou, sentou-se do meu lado e me encarou.

— Meu tio disse que tem algumas evidências sobre Scarlett. Ele está vindo para cá antes de ir atrás de Yan, Zane e Shane. Assim que liguei para ele e expliquei sobre o encontro dela com Shane, meu tio ficou apreensivo. A polícia já está a caminho.

— É tão sério assim? — questionei, respirando fundo. — Meu Deus, isso parece um pesadelo sem fim!

Minha vontade foi de chorar, mas nem para isso tive forças.

— Vou ver se meu tio já chegou. — Oliver se levantou.

— Eu sinto muito, Lua — Carter murmurou. A mesma voz que cantava músicas que encantavam o público tentou amenizar a angústia em meu coração. Encarei-o e vi seus olhos verdes brilharem. — Vocês não mereciam passar por tantas provações. Meu coração tá apertado, e eu sinto que, cara... eu sinto que...

Não o deixei terminar de falar, porque eu sabia. Eu também sentia a mesma coisa. Envolvi meus braços em torno dele, deixando que a consideração pelo passado, a amizade que tínhamos nutrido depois de tudo e a felicidade que havia dentro de mim por ele amar a minha melhor amiga fossem transmitidos. Carter respirou fundo no meu cabelo, e eu fiquei um tempo ali, realmente precisando ser abraçada por alguém que tivesse um coração bondoso.

Afastei-me, e Carter me deu um beijo na testa antes de me deixar ir.

— Preciso ir lá fora, tomar ar fresco. Cuide da sua Fada, Kizzie e Roxy.

— Estarei aqui.

Sorri fracamente.

— Sempre — ele reiterou.

E eu sabia que ele sempre estaria mesmo.

Assim que saí do camarim, vi que a praia estava vazia, ao menos a área reservada para o show. Vi o palco imenso, pensando que, apenas uma hora antes, tinha sido o local de um momento inesquecível.

Dominada por uma saudade muito grande e uma ansiedade quase infantil, tirei o celular do bolso e liguei para minha mãe.

— Mãe, eu acho que... — As lágrimas começaram a cair. — Acho que preciso de você.

— O que houve? — perguntou, apreensiva.

— Você pode vir até aqui?

Apenas com você

— Onde você está?

Dei o endereço e não levou nem vinte minutos para ela chegar, já que morávamos perto. Mamãe correu em minha direção, percebendo que tinha algo errado. Eu nem sabia o que estava errado, só sabia que havia uma angústia imensa no meu coração. Envolvi-a em um abraço, chorando em seus ombros.

Não sei quanto tempo fiquei nos braços maternos daquela mulher que eu amava mais do que minha própria vida. Então, a porta que dava para a área foi aberta. Um homem grisalho, de boa aparência e com a expressão austera me encarou. Em seguida, Erin e Carter saíram correndo para alcançá-lo. Erin tinha os olhos marejados. Carter, a expressão destruída.

— Meu Deus — murmurei.

Mamãe me segurou pelos ombros.

— Lua Anderson? — o homem questionou.

— Sim — murmurei fracamente.

— Descobrimos tudo. Acho melhor você entrar. — Pausou. — E se sentar.

YAN

— Mark! — gritei, ao mesmo tempo em que o homem correu para dentro do restaurante.

Assisti tudo em câmera lenta do lado de fora do imenso restaurante com paredes de vidro. Foi como se o universo tivesse parado de funcionar. O mundo pisou no freio. Scarlett deu um beijo na testa de Shane e virou as costas como se nada tivesse acontecido. Íamos entrar, mas, aliviados pela tranquilidade do encontro, não fomos. Só percebemos que algo estava errado quando, tempos depois de ela sair, Shane não se moveu.

Então, eu e Zane corremos para entrar, quase voando. Abri a porta do restaurante quase arrebentando-a, apenas para chegar perto do menino que tomei como protegido.

Shane foi escorregando na cadeira até cair no chão. Mark o pegou. As pessoas do restaurante começaram a correr. Zane urrou de raiva quando percebeu que Scarlett fizera algo. Puxando a manga do irmão, viu que não tinha como ela ter injetado alguma droga ou qualquer coisa. Olhou o pescoço e cada parte do irmão que conseguiu enxergar. Mark, bem mais à frente de nós, pegou o copo que Shane tinha bebido.

Aline Sant'Ana

Ele o encarou e nos olhou.

— Ela o drogou — disse Mark, friamente. — Precisamos saber qual foi a droga. Ele está tendo uma overdose.

— Over... — Zane não conseguiu completar a palavra.

Shane começou a balbuciar algo, afoito e em pânico.

— Eu estou louco! Tá tudo colorido. É ecstasy. É ecstasy! Aquela louca... Eu não... posso apagar, porra. Eu vou... — Desmaiou completamente.

Zane deu um tapa em seu rosto, tentando acordá-lo.

Sem resposta.

— A vagabunda drogou ele! — Zane urrou, com lágrimas nos olhos. Piscou furiosamente. — Ela drog... — Sua voz falhou. — Ele estava limpo, caralho!

Liguei para a emergência, avisando que estávamos presenciando uma overdose de ecstasy e perguntando o que poderíamos fazer para ajudá-lo. Quase ao mesmo tempo, escutei as sirenes da polícia. O tio de Oliver deve tê-los chamado.

— Vá atrás dela — avisei Mark. — Faça o que tiver que fazer. Chame todos com você. Agora!

Ele não precisou de um segundo comando.

Vi Zane pegar o irmão, que estava inconsciente.

Overdose.

Ela quis provocar uma overdose.

Pisquei, percebendo que lágrimas estavam correndo por meu rosto. Shane começou a tremer e sua boca espumou. Sua pele pareceu estar a mais de quarenta graus e ele não suava. Fiquei desesperado. Chorando, me lembrei do que a emergência disse ao telefone e, em um instante, coloquei Shane de lado, e Zane urrou pela dor de ver o irmão assim. Os gritos dele eram animalescos, e eu não soube como ajudá-lo, sentindo que a culpa era minha.

— Isso não é culpa sua! Não ouse achar que essa louca do caralho é culpa sua, porra! — Zane vociferou, quase como se lesse a minha mente.

Shane parou de convulsionar, e eu peguei no colo. Mal soube como o ergui, mas o fiz, como se fosse uma criança. Observei Shane, com a pele branca e os lábios azuis. Zane procurou sua pulsação e disse que estava muito fraca. Ele mal respirava.

Com Shane, saí para a rua.

Comecei a gritar por um médico, a plenos pulmões. Ninguém estava ali,

Apenas com você

além da polícia. Ninguém para nos salvar. Olhei para trás, vendo Zane chorar pelo irmão.

Eu não queria pensar.

Não queria imaginar a perda daquele moleque.

— Mas que porra! — Olhei para o céu. — Deus, caralho! O que você está fazendo? O que eu fiz para merecer viver nesse inferno?

A ambulância chegou. A partir dali, tudo aconteceu à minha volta como se eu não estivesse verdadeiramente lá. Depois que pegaram Shane, Zane também se sentiu aéreo. Ele me abraçou por quase meia hora, assistindo aos paramédicos atenderem Shane, esfriando-o. Avisaram-nos que a dose foi muito alta, que Shane teve sorte, ele poderia ter...

— Mas ele não morreu! — Zane vociferou para o homem. — Ele tá vivo, porra!

— Ele está — o homem concordou. — Geralmente só deixamos um entrar, mas nessa situação... Querem me acompanhar?

Zane entrou na ambulância em um pulo, assim como eu. Ficamos ao lado de Shane, observando-o todo cheio de fios. Um soro pingava em seu sangue, e a coloração da sua pele começara a melhorar.

Tanto esforço para Shane se recuperar das drogas... E agora ele tinha sofrido uma overdose contra sua vontade. Eu não conseguia parar de pensar que a culpa era minha; isso me consumia de inúmeras maneiras.

Zane estendeu a mão, colocando-a sobre a barriga do irmão. Fiz o mesmo e demos um aperto, que ficou lá e nunca se soltou. Os olhos de Zane encararam os meus, com uma dor lancinante.

— Vamos consertá-lo de novo. Vamos ajudar esse moleque. Eu vou ser menos filho da puta com ele. Vou entendê-lo e ajudá-lo. Ele estava fazendo tudo sozinho, sabe? Ficar limpo. Mas não vai mais. Porra, eu vou estar lá por ele. Eu sou uma merda de irmão, Yan.

— Você é o melhor irmão que alguém poderia ter, Zane.

— Como você sabe?

— Porque você é o meu irmão também.

Ele baixou a cabeça e voltou a me encarar um segundo depois.

— Essa mulher vai pagar pelo que fez. Com Shane, com você e com Lua. Isso está me cheirando a uma vingança muito fodida, e nós vamos descobrir. E vamos caçá-la até que ela pague. Isso eu prometo a você.

Aline Sant'Ana

Saímos da ambulância e fomos acompanhados por um carro da polícia. Shane foi direto para a emergência, não podendo ter um acompanhante. Zane e eu ficamos do lado de fora, apreensivos. Minutos mais tarde, um policial se aproximou.

— Qual de vocês é o Yan Sanders?

— Eu.

— Olha, fizemos uma varredura rápida no local e encontramos uma carta direcionada ao senhor. Vamos precisar usar como prova, mas acho que pode lê-la em um plástico.

O homem estendeu-a para mim.

> Yan Sanders,
>
> Você me fez ficar debruçada sobre um caixão em um enterro. O enterro mais difícil da minha vida. Espero que, nesse momento, você esteja chorando a perda de uma pessoa que ama, da mesma maneira que eu chorei.
> Breanna Petersburg te lembra de algo? Ela foi uma garota que você beijou na escola e ela te amou, mesmo quando você a ignorou.
> Ela cometeu suicidio, mas você sabe o motivo? VOCÊ.
> Porque ela não suportara saber que você nunca ficaria com ela.
> Breanna, uma menina nova e inocente.
> Minha irmã.
> Você está chorando sangue agora?
> Espero que Shane não passe dessa.
> Espero que você se ajoelhe na terra.
> Espero que caia de joelhos ao lado de um caixão.
> E, se não for nesse, fica a charada:
> O que é o que é? Que brilha à noite devido à luz do sol, e que, no Brasil, possui um nome excessivamente exótico?
>
> Tic-tac.
> Suzanne Petersburg.

Apenas com você

Caralho!

Meu coração parou de bater.

Prendi a respiração.

Peguei o celular, ligando para Lua repetidamente. Ela atendeu no décimo toque.

— Yan...

Sua voz pareceu perdida, e meu coração se partiu.

— Não saia daí! — Zane me encarou, como se não entendesse. Entreguei-lhe a carta. O policial ainda estava à nossa frente. — Não saia em hipótese alguma daí!

— Yan, eu sei o motivo de Scarlett, quer dizer, Suzanne...

— Eu também sei.

— Não, você não faz ideia. Ela fez planos durante mais de dois anos para descobrir uma maneira de te atingir. Você precisa voltar pra cá. Estou preocupada. Ela é insana!

— Passe o telefone para o Carter.

Zane, que leu toda a carta, me encarou como se aquilo fosse loucura.

E era.

— Yan. — Lua fez uma pausa, como se só naquele segundo se desse conta de que algo muito horrível realmente tinha acontecido. — O que...

— Shane — respondi. — Hospital. Overdose. Scarlett provocou isso. Ele está... *ele está*...

Não consegui completar a frase para explicar que ele estava na UTI.

— Ah, meu Deus! — Ela começou a chorar. — Oh, *pobrezinho*...

— Não saia daí. Preciso do Carter agora. Pode fazer isso por mim, meu amor?

— Oh, meu Deus...

— Lua. Eu preciso de você agora, amor. Preciso que chame Carter.

Ela ficou um tempo em silêncio.

Carter pegou o telefone.

— Foi Shane? — ele indagou, parecendo estar ciente, pelas reações de Lua.

— Quero que traga todas as meninas para o hospital. Mark está atrás da Scarlett. Temos provas suficientes para colocá-la na cadeia?

— Temos — respondeu, sucinto. — Vou levá-las pessoalmente. E, Yan...

Aline Sant'Ana

Shane, ele vai...

— Ele precisa sobreviver.

Zane fechou os olhos.

— Vem logo, Carter.

Passei o braço pelo ombro de Zane, trazendo-o para perto. O guitarrista suspirou duro e pesado.

— Tudo isso por causa de um maldito beijo e de uma menina louca — Zane murmurou. — Por causa de duas loucas, aliás.

— Eu tô me sentindo tão culpado... Ela se suicidou, Zane.

— Não tem nada a ver com você.

— Tem.

— Se você achar que é responsável por duas mulheres mentalmente instáveis que nunca tiveram nada a ver contigo, exceto por um beijo, vai cair em um limbo.

Fiquei em silêncio.

— Não posso te perder agora, Yan.

Ele se afastou e me encarou com determinação.

— Preciso da sua força — reiterou.

— Tudo bem.

— Tudo bem, então.

Lua

Minha mãe fez questão de não me abandonar nem por um minuto. Quando o tio de Oliver contou toda a verdade sobre Scarlett, mamãe não esboçou reação. Ele disse que conseguiram um mandado para o apartamento dela, pediu um favor aos amigos e poderia ser demitido do FBI por estar conduzindo um caso sozinho, mas não nos acusou, porque, segundo ele, era isso que a família fazia, considerando que Oliver já era da nossa.

Contou dos planos dela, dos papéis onde escreveu ações. Minha foto com Andrew, os vídeos de Yan, o fato de ter entrado na campanha do meu pai com o único objetivo de tirar de Yan tudo que ele tinha. Ela queria enterrar alguém, isso estava claro. Havia fotos dela com a irmã; imagens de Yan riscadas com caneta vermelha, com ódio evidente. Ele nos contou o que achou, dizendo que acreditava que Scarlett não se tratava de uma esquizofrênica, como fora internada por seus pais. Mas algo pior.

Mamãe soube, no meio da bagunça, que seu marido foi ludibriado e a traiu com Scarlett. Mas ela não esboçou reação, foi como se soubesse que o casamento tinha acabado. Nem por toda a dor do mundo deixaria sua filha sozinha. Naquele momento, a admirei ainda mais.

Eu estava mal com tudo, pensando em Shane, mas Roxanne... ela estava destruída.

Sentei-me ao lado dela, fazendo carinho em suas costas. As lágrimas não paravam de cair em seu rosto. Erin foi no banco da frente, forte em meio ao caos, ao lado de Carter, dando instruções pelo GPS para que chegássemos mais rápido. Kizzie estava com Oliver, o tio de Oliver e outro segurança no carro atrás do nosso.

— Overdose pode levar à morte, sabe — Roxy disse, fungando. — Ou ele pode entrar em coma.

— Roxy, tenho certeza de que ele vai ficar bem.

Ela me encarou, os olhos machucados pelas lágrimas.

— Você não entende. Shane já passou por isso. O coração dele ficou tão fraco que não senti a pulsação. Ele convulsionou nos meus braços, e eu, sozinha, precisei virá-lo de lado e ligar para a ambulância. Ele quase morreu. Zane não sabe. Oh, Deus. Eu estava...

— Você não está mais sozinha, querida.

Ela piscou.

— Não posso perdê-lo.

— Você não vai.

— Shane é... tudo que sei sobre a vida, entende? Ele me viu crescer, me defendeu dos monstros do armário, me protegeu de corações partidos. Ele me ensinou a andar de skate. Cuidou dos meus machucados. Shane caiu. Eu caí. Figurativamente ou não. Mas nunca deixamos um ao outro. Nós nunca, mesmo no inferno em que ele se enfiou, nos perdemos. Então, não. Eu não aceito que Shane morra esta noite.

— Ele sabe disso.

— Eu vou matá-lo se ele morrer.

Abracei-a, compreendendo sua dor. Vendo-a sofrer, pensei que era assim que as pessoas reagiam a situações extremas. Talvez fosse dessa forma que Yan reagiria se me visse na cirurgia, se sofresse comigo por não saber se eu

Aline Sant'Ana

sobreviveria. Deus, a pior coisa que existe é não saber.

— Chegamos — Carter avisou.

Mal o carro freou, Roxanne pulou para fora e correu até as portas de vidro. Corri atrás dela, com um instinto protetor. Eu queria estar com ela. Erin correu ao meu lado, Carter e mamãe um pouco atrás. Nós duas, melhores amigas, nos entreolhamos.

E encontramos Yan e Zane.

— Shane. Sh-Shane D'Auvray — Roxanne balbuciou para a balconista. — Eu preciso vê-lo.

— Senhorita, só são permitidos parentes. Deixe-me verificar. — Ela digitou alguma coisa. — Ele não pode receber visitas agora.

Zane se aproximou. Deslizou a identidade sobre o balcão e olhou para a mulher.

— Só familiares, certo? Eu sou o irmão dele. E essa aqui é sua esposa.

A mulher, incrédula, olhou para Roxanne.

— Preciso da identidade dela.

Roxy não esboçou reação.

— Eles casaram ontem. Por isso, ela não tem o sobrenome dele ainda na identidade. Mostre a ela, cunhada. Mostre seu nome. Não tem problema — Zane garantiu.

— Senhor, devo ressaltar que o paciente precisa descansar, e o médico pediu explicitamente que ninguém o visse agora. Ele está em um procedimento.

— Foda-se o procedimento. Queremos vê-lo. Agora — Zane vociferou.

Yan foi até o balcão.

— Senhora... — Ele desceu o olhar até o crachá dela. Meu coração se encheu de paz ao vê-lo. — Jones. — Pausou. — Senhora Jones, eu creio que a senhora consegue compreender que esse casamento foi muito conturbado. Eles estão apaixonados há anos e casaram há pouco tempo. Shane não está consciente, certo? Eu imagino que não. Mas sabe-se que a proximidade daqueles que amamos, em situações assim, ajuda na recuperação. Não creio que a senhora possua um coração tão gelado a ponto de impedir recém-casados de se verem. Compreenda que sou advogado, eu posso entrar com alguma ação para isso.

— Você não é o baterista daquela banda de rock? Minha filha ama você.

— Está me confundindo com outra pessoa. Sou advogado.

Apenas com você

— Talvez em outra vida, mocinho. — A senhora revirou os olhos.

Levou cerca de cinco minutos digitando algumas coisas, bufando e pensando, para, enfim, entregar apenas a Roxy um crachá de visitante. Ela não se preocupou em perguntar a Zane se ele queria ver o irmão, simplesmente saiu em disparada, desaparecendo de vista, o medo de perder o melhor amigo se tornando mais importante do que o ar que ela respirava.

Ficamos todos parados, nos entreolhando, como tivéssemos sido atropelados por um trem descarrilhado.

Kizzie se aproximou de Oliver e do agente do FBI, e soltou um suspiro.

— Por mais que eu odeie dizer isso, precisamos conversar.

Yan passou as mãos pelos cabelos. Parei para olhá-lo, percebendo-o completamente transtornado, engolido por culpa. Fui até o homem que amava, abraçando-o pela cintura. Ele pareceu respirar fundo pela primeira vez em horas.

— Sim, precisamos. — Foi tudo que Yan disse.

YAN

Junto com o agente, naquela mesma madrugada, fechamos o quebra-cabeça a respeito de Scarlett. Ficou muito claro o que ela realmente queria: me destruir.

E conseguiu. Cara, por muito tempo, fiquei na merda em razão de desconfianças, do afastamento de Lua. Não que nós não tivéssemos contribuído para que tudo acontecesse, porém, saber que havia uma força por trás de todo esse problema me deixou puto e bem surpreso.

A ameaça final, claramente direcionada à Lua, foi descoberta pela polícia, que enviou um agente para a praia onde fizemos o show para nos avisar. O freio do carro da minha noiva havia sido cortado, o que, sem sombra de dúvida, causaria um acidente fatal. Meu Deus, cara. Foi por uma casualidade que vieram nos carros de Carter e Kizzie.

Mas ainda havia muita coisa em jogo, como o fato de Shane estar internado.

E Suzanne estar solta.

Tentei me lembrar se disse algo para Breanna, a irmã de Suzanne, que pudesse fazê-la se sentir tão magoada a ponto de ferir a si mesma. Minha memória voltou ao beijo que demos em uma festa. Eu, muito inexperiente. Ela, muito sonhadora. No dia seguinte, questionou se seríamos namorados. E eu expliquei que não poderia namorar assim, sem mais nem menos. Ela me deu um tapa forte

Aline Sant'Ana

no rosto, e essas foram as duas únicas interações que tivemos.

Depois de um ano, Breanna mudou para outra sala. Ficamos todos da escola sabendo do suicídio e, como homenagem, fomos ao enterro. Eu me senti mal naquele dia porque, cara, ela poderia ter sido minha namorada, só que foi uma coisa tão breve, até insignificante. Ainda assim, perder uma colega da escola foi doloroso para todos.

— A irmã era mentalmente instável — explicou o agente. — Mas Suzanne foi muito ardilosa e esperta. Ela planejou isso muito bem. O detetive para o qual passei o caso está em busca de Suzanne, com ordem de prisão por tentativa de assassinato. Além disso, temos um vídeo da câmera do poste da praia, que a mostra entrando embaixo do carro de Lua Anderson. São provas irrefutáveis. Só precisamos achá-la.

O dia amanheceu, e alguns foram para casa tomar banho e trocar de roupa. Roxanne ficou com Shane durante todo o tempo que pôde. Quando voltou, quase desmaiou ao abraçar Lua, e dali a intimei, dizendo que chamaria um segurança para levá-la para casa. Roxy não teve tempo para discordar, porque Carter se prontificou a levá-la, junto com Erin.

Ficamos eu, Kizzie, Zane e Lua.

— Minha mãe disse que vai pedir o divórcio — ela soltou, após um longo silêncio. — Não vai destruir a carreira dele, mas quer distância.

— E você? — Zane indagou.

— Ele é meu pai, mas preciso de um tempo. Fez muita coisa errada e me machucou. E, agora, eu o odeio.

— Lua... — tentei.

— Preciso de um tempo dele.

— Tudo bem — eu e Zane dissemos ao mesmo tempo.

Kizzie sorriu.

— Em pensar que esse seria o semestre em que começaria a organizar o meu casamento...

Nós quatro, como se estivéssemos cansados demais para nos preocuparmos, começamos a rir.

— Mas você vai organizar em algum momento — Lua acalmou-a.

— Sim. — Kizzie admirou Zane, como se não conseguisse esconder seus sentimentos por ele. — Eu vou.

E meus olhos foram para Lua.

Apenas com você

Naquele segundo, ela me olhou de volta. Não havia culpa, medo, nem qualquer outra coisa senão amor. Estávamos sentados na calçada de um hospital, em uma área isolada, esperando notícias de uma pessoa que amávamos. E talvez, em meio a uma situação de tanto risco, o amor acabasse se tornando ainda mais evidente.

Em um hospital, reconhecendo tudo que quase perdi, eu quis ainda mais viver uma vida inteira com Lua.

Durasse cinco minutos, dez meses, trinta anos, um século.

Sem dizer em voz alta, murmurei "Eu te amo".

Lua abriu um sorriso.

E aquele gesto foi um "também."

Em meio a uma guerra, ainda éramos capazes de ter um coração batendo.

Aline Sant'Ana

Apenas com você

CAPÍTULO 31

I'd climb every mountain
And swim every ocean
Just to be with you
And fix what I've broken
Oh, cause I need you to see
That you are the reason

— **Calum Scott, "You Are The Reason".**

Semanas depois

YAN

Ajoelhei-me na terra, sem me importar com a chuva que não parava de cair sobre mim. Baixei o rosto, encarando a lápide, e toquei-a com a ponta dos dedos. Estava fria, dura e estável. O objeto inanimado pareceu significar mais para mim do que eu esperava. Levei o pequeno ramalhete de rosas brancas e deixei-as ali, mesmo sabendo que seriam judiadas pela tempestade que acometeu Miami.

Senti o coração se apertar, o estômago revirar, e umedeci os lábios, ainda que não soubesse bem o que dizer.

— Eu sinto muito — comecei, não sabendo se isso adiantaria de alguma coisa. A terra embaixo de mim e o caixão sob ela talvez fossem a prova de que tudo estava acabado. Mas talvez não tivesse. Talvez não nessa situação. — Não sei em qual momento eu decepcionei você. Pode ter sido em todos que estivemos juntos. Não foram muitos, né? Talvez pudessem ser mais. De qualquer maneira, eu sinto mesmo, de todo o coração, por ter te feito passar por isso. Me sinto responsável por você, ainda que não te conhecesse tanto.

Fiz uma pausa, lendo seu nome em silêncio.

— Qual era a sua cor favorita? Por que você usava sempre camisetas largas demais? Qual era o segredo que escondia sob a personalidade arredia? — Pausei. — Me lembro de poucas coisas, tentei me lembrar de mais algumas, mas não consegui. E, mais uma vez, eu sinto muito por isso.

O terno começou a ficar pesado, e a chuva encharcou-me completamente. Li seu nome mais uma vez e a escrita abaixo dele.

Aline Sant'Ana

Breanna Petersburg
Filha amada, irmã devotada, uma alma eterna.

— Talvez, se tivesse me contado sobre os seus problemas, os seus sentimentos, eu poderia ter me tornado seu amigo. Não era uma pessoa inalcançável, sabe? Eu não era tão popular assim e nunca fiz pré-julgamentos sobre ninguém. Nunca liguei para regras estúpidas adolescentes, apesar de ser metódico com a vida, e jamais fui seletivo ou acreditei que eu fosse superior a alguém. Sempre tive consciência de que todos nós somos iguais. Mas já estou divagando.

Ajeitei a gravata, por mais que não precisasse.

— Eu te beijei naquela festa, porque quis beijá-la. Jamais pensei que fosse uma promessa. Nunca a teria iludido, porque nunca fui canalha. Em nenhum momento, pensei que você estava apaixonada por mim, nem depois daquele tapa que me deu. Breanna, eu sinto muito por você ter feito o que fez. Não merecia isso, nem por todo o amor do mundo, nem por homem nenhum.

Escutei um som atrás de mim e virei quase abruptamente. Uma mulher esguia, pálida e vestida com roupas tão largas quanto as que Breanna usava se aproximou. Seu rosto era velho e me assustei com a sua presença. A chuva a deixou tão encharcada quanto eu. Mas a mulher não se importou.

— Eu imaginei que um dia você viria aqui — ela disse sombriamente.

— Desculpe, não conheço a senhora.

— Sou Dana Petersburg. Mãe de Breanna e Suzanne.

— Oh.

— Minha filha mais velha trouxe o caos para sua vida, não foi? — Ela balançou a cabeça, perdida em seus próprios pensamentos. — Se importa de ir comigo até o carro? Está chovendo.

— Não acho que a essa altura faça diferença.

A mulher obstinada não desistiu de conversar comigo. Se ajoelhou ao meu lado, tocou a lápide da filha e me encarou.

— Breanna tinha problemas psicológicos, assim como Suzanne. Ambas tinham, mas de formas diferentes. Breanna tendia à depressão; Suzanne, a um tipo mais leve e diferente de esquizofrenia. Ambas me deram muito trabalho, mas eu sempre as amei, sempre vou amá-las, independente do que digam.

— Achei que a senhora estava em outro país.

Ela me fitou com mais afinco.

Apenas com você

— Meu marido foi. Eu não.

— Ah.

— Suzanne apareceu na televisão em uma foto nua ao seu lado. Eu percebi suas intenções maldosas ali, e sabia que ela não desistiria até destruir a sua vida.

— Por quê?

— Ela acreditou que Breanna cometeu suicídio por sua causa. Foi algo que não conseguimos tirar da cabeça dela. Suzanne disse que ouvia a voz da irmã, falando que a culpa era sua. Também disse sobre uma carta da Breanna, uma que nunca existiu. Ela fantasiou sobre muitas coisas, porém, para mascarar a verdadeira razão do suicídio da irmã, foi mais fácil achar um culpado.

— E teve um?

— Suzanne nunca admitiria para si mesma que a condição da irmã era por diversos fatores, incluindo culpa dela própria. Todos nós erramos. Eu, por fingir que não via minha filha se cortar. Meu marido, por achar que era frescura adolescente, e Suzanne, por acreditar que a irmã ficaria bem se tirasse você da cabeça.

— Breanna realmente foi apaixonada por mim?

— Sim. — A mulher assentiu. — Mas foi um amor inocente, senhor Sanders. Um amor adolescente. Ela jamais tiraria a própria vida por causa de um beijo. Breanna tinha sérios problemas de aceitação e se tornou pior depois que a melhor amiga mudou de estado. Dali em diante, fui assistindo minha filha morrer pouco a pouco, o que foi muito depois do tal beijo acontecer. Se eu pudesse ousar compreender um pouco da mente da Breanna, diria que você foi o único que a manteve viva, mesmo que o senhor não soubesse disso.

Encarei a lápide, pensando sobre os novos fatos descobertos.

— O que te faz ir contra sua própria filha, a Suzanne?

— Você precisava saber a verdade. E não pode se culpar por um suicídio que não foi por sua causa.

— Prefere que sua filha seja dada como louca a um homem sofrer pela morte de uma menina do seu passado?

— Suzanne necessita de tratamento. Além disso, precisa ver a verdade. Em algum momento, ela vai precisar compreender que sua irmã estava sofrendo de depressão e que nenhum de nós foi capaz de ajudá-la. A culpa toda que ela colocou em você é a culpa que sente por si mesma. Como eu disse, é muito fácil culpar o próximo.

Aline Sant'Ana

Me levantei do chão e não me preocupei em limpar os joelhos, sujos da terra molhada e com alguns pedaços da grama velha.

— Se a encontrarmos, Suzanne será julgada por tentativa de assassinato.

— Eu sei — murmurou. — Vi nos jornais.

A raiva queimou no meu sangue. Kizzie tentou pra caralho cobrir os acontecimentos, mas a mídia sempre parecia estar um passo à frente. E, apesar de ter sido explicado que tudo foi parte de um plano de uma mulher com sede de vingança, seria difícil colocar a The M's de volta nos trilhos.

— Ainda assim, não foi sua culpa — a mulher disse, provavelmente tentando se desculpar por Suzanne.

Encarei-a uma última vez.

— Acho que nunca saberemos disso, não é mesmo, senhora Petersburg?

Olhei para lápide mais uma vez antes de ir.

As rosas não tinham se desmanchado pela tempestade.

Lua

Os dias de angústia foram caóticos até que não restasse nada além de um cansaço generalizado. Não soubemos notícias de Scarlett, mas isso não impediu a polícia de continuar a busca e de Kizzie triplicar nossa segurança. Acabei ficando no apartamento de Yan, porque não conseguíamos permanecer separados. Precisei passar dias conversando com Andrew, para poder manter minha mente em paz e desabafar com meu amigo. Ele fez questão de fazer uma visita para mim e Yan, me abraçando por quase dez minutos, quando soube que eu poderia ter entrado em um carro com o freio cortado.

Carter e Erin nos visitaram todos os dias, assim como Zane e Kizzie. Zane, pobrezinho, ficou completamente sem chão por muito tempo, e me surpreendeu quando nos avisou que pararia de ficar com cara de merda, porque precisava ter forças para o irmão.

Roxanne não saiu do hospital, e todos os dias fomos ver Shane, até ele receber alta. A menina estava arrasada, mal foi capaz de dormir durante esse tempo. Mamãe teve um papel importante no hospital: ficou ao lado da mãe dos D'Auvray e da mãe de Roxy, quase como se as três mulheres unidas pudessem recuperar o garoto... e a sanidade de sua melhor amiga.

Shane foi rápido ao se recuperar, considerando tudo que passou, mas algo mudou. Drasticamente. A determinação dele se tornou ainda mais forte por ter sido vítima de Scarlett. Ele nos avisou que, se havia assinado um contrato com a The M's, honraria a promessa de se manter limpo. Não importava o que tivessem feito a ele, o que tinham enfiado em seu sangue.

Ele já tinha se provado um homem forte, mas naquele momento... Shane, falando sobre o futuro, foi uma força da natureza. Também foi muito duro ver que ele não se perdoou. Se culpou por ter metido os pés pelas mãos, se torturou por ter se abaixado para ver um barulho embaixo da mesa e disse que foi "extremamente burro ao tomar aquela maldita bebida", em suas palavras.

Tentamos conversar com ele, alegando que podia ter seu tempo, porém a determinação desse homem, ainda que estivesse fraco, fisicamente falando, foi um soco em nossos estômagos. As tremedeiras de Shane, o suor, a pele em um tom não natural... Deus, era difícil demais de assistir. Não demorou para percebermos que seu corpo estava em abstinência. Zane nos contou que ele tinha ficado internado várias vezes ao longo da vida e a última vez durara muito tempo. Fazia apenas algumas semanas que ele não colocava sequer um cigarro de maconha na boca, que foi a droga mais leve que usou e da qual não conseguiu desapegar depois do tratamento. Causou brigas no começo de Shane na banda, até ele definitivamente parar de usar todas.

Estávamos orgulhosos dele, mas, ao mesmo tempo, morrendo de medo de perdê-lo para uma recaída. Roxanne, quando Shane voltou para casa, decidiu que dormiria lá, não se importando com o namorado e com o que ele poderia pensar. Não demorei nem meio minuto para notar que Zane sentia segurança em Roxy, como se ela fosse a única capaz de curar a alma atormentada do irmão. Talvez todos nós acreditássemos nisso.

Segurei a mão de Yan, encarando-o com carinho. Ele também havia mudado depois de tudo, se tornando mais consciente de suas atitudes; era como se ele estivesse com medo de errar outra vez, o que me quebrou em mil pedaços. Ninguém merecia passar por tantas coisas ruins na vida. Eu e ele não éramos pessoas más, então, por quê? Perguntei-me várias vezes isso durante as semanas que passaram.

Mesmo que nosso relacionamento estivesse perfeito, que agora estivéssemos juntos, a dor que nos uniu era a mesma que nos mantinha preocupados e, inconscientemente, traumatizados. Eu queria que nós pudéssemos sorrir de novo como sorríamos no passado, e que pudéssemos acreditar que nada mais nos abateria. Eu queria acreditar que estávamos sãos e salvos, mas, enquanto Shane não estivesse cem por cento bem, Scarlett não fosse presa, e eu não pudesse perdoar meu pai, talvez não fôssemos capazes de voltar a ser quem fomos um dia.

Aline Sant'Ana

— Você acha que vamos ficar bem? — Estávamos em casa, em uma pausa merecida. Lá fora chovia.

Yan tinha me dito que foi visitar a lápide de Breanna. Não me contou o que houve lá ou o motivo de chegar ensopado em casa. Apenas tomou um banho, vestiu um moletom e me abraçou em seu sofá confortável.

Seus olhos cinzentos brilharam.

— Acho que estamos bem, Lua. Só precisamos processar tudo que aconteceu. Sinceramente, nós mudamos. Ambos. Mas eu te amo com ainda mais intensidade agora, com ainda mais urgência de viver uma vida inteira ao seu lado. E eu não sei, meu amor, passei a acreditar que os planos são uma merda e que o amor é a única força capaz de nos curar. Então, sim, estamos bem.

— Eu te amo demais, Yan. — Ele beijou minha testa. — Meu Deus, o que houve com nossas vidas?

Ele me puxou para cima do seu corpo. Naquele calor, senti a segurança de um homem que parecia completar todas as minhas falhas e acabar com todos os medos que eu sequer reconhecia que tinha.

— Nós vivemos, Lua. Estamos vivendo. Nem sempre as coisas acontecem como em um conto de fadas. Cada pessoa tem uma cruz pra carregar.

— Eu já era uma mulher maravilhosa. A vida podia ter entendido isso.

Ele riu baixinho nos meus cabelos.

— Você é.

— Eu estava brincando.

Yan virou meu rosto para ele.

— Eu não. — Me beijou docemente nos lábios. Quando se afastou, uma centelha de emoção cruzou seu rosto de deus nórdico. — Precisamos ver a Kizzie. Ela marcou uma reunião para daqui a duas horas.

— Será que todos vão? — perguntei, incerta.

— É o que vamos ver.

YAN

Quando entrei na sala de reuniões, no prédio administrativo da The M's, vi que todos estavam lá, inclusive Shane, ao lado de Roxanne. De mãos dadas com Lua, me sentei em uma das cadeiras, com minha noiva ao lado. O silêncio era palpável, assim como o cansaço. Não havia uma alma ali que não estivesse exausta ou culpada de alguma maneira.

Meus olhos foram para Shane.

Se meu coração pudesse sangrar, ele sangraria.

Shane estava sofrendo fisicamente, apesar da força em seu semblante e de não parecer que tinha voltado às drogas. Ele estava com o maxilar cerrado, o suor brotando em sua pele, a abstinência gritando junto à ansiedade nova. Pesquisei sobre a abstinência: ele poderia se sentir cansado, ansioso e até depressivo, mas, tirando o suor e a aparência cansada, não havia sequer uma linha de depressão em Shane.

Que moleque forte da porra!

Ele me encarou e sorriu. Não era um sorriso irônico, nem punitivo pelo que lhe aconteceu, mas um sorriso que garantia que tudo ficaria bem, que ele já passara por isso e que estava pouco se fodendo para a vida.

Ainda assim, meu coração continuou a sangrar.

Mas, de todas aquelas pessoas, uma estava forte como se nada pudesse abalá-la.

E esse alguém era Keziah Hastings.

— Bom, eu reuni vocês aqui porque seria mais fácil dar as notícias de forma coletiva. — Ela parou por um momento, olhando suas folhas. Em seguida, encarou cada membro da banda com um sério profissionalismo. Inclusive Zane. — A The M's vai entrar em uma espécie de férias, uma pausa prolongada.

— Não! — interpus.

— Nem pensar, Kizzie — Carter falou, o tom mais brando.

— Marrentinha, isso não é possível... Temos um CD novo e... — Zane tentou.

— Por quê? — Shane indagou.

— Vocês vão ficar quietos e me ouvir. — Ela não se amedrontou. Quando todos ficaram em silêncio, Kizzie prosseguiu: — Certo, isso já está decidido. A essa altura, Oliver e Lion estão publicando no Facebook que vocês farão uma pausa nas turnês, sendo necessária alguma espécie de planejamento para algo grande que está por vir. É claro que essa promessa é falsa por ora, mas precisará ter um embasamento no futuro. Esse não é o momento de vocês pensarem em trabalhar, nem subir em um palco, muito menos fazer qualquer coisa. Eu preciso de vocês. Preciso de mentes descansadas, de corpos recuperados, de homens de verdade que não passaram por um inferno na vida. E sei que vocês são capazes, sei que são fortes, mas são humanos e precisam disso.

Aline Sant'Ana

— Não está aberto a negociação? — questionei. Ficar sem trabalhar seria pior.

— Não. — Kizzie semicerrou os olhos amarelados para mim. Depois, os direcionou para os seus papéis. — O ano novo está próximo e nele nós vamos colocar os nossos esforços. Por enquanto, pausa absoluta. Eu não quero ver uma alma ensaiando, tocando ou fazendo qualquer coisa relacionada à banda. Esse é um momento para vocês, e não há nada que me fará mudar de ideia. Certo?

Não tivemos escolha. Então, assentimos.

— Ótimo. — Kizzie sorriu. Em seguida, olhou para seu noivo. — Eu vou planejar o nosso casamento, portanto ficaremos em Miami. Erin, Lua e Roxy se dispuseram a me ajudar, ainda que seja de outra forma, que não presencial. Vamos ficar sossegados em nosso apartamento, curtindo cada minuto do fim do noivado e o início das nossas vidas. Você pode conviver com isso?

— Você vai estar nua todos os dias?

Kizzie abriu um sorriso.

— Eu posso estar.

— Ah, porra. Sim. Onde eu assino?

Em seguida, Kizzie encarou Carter. Ele estava com o maxilar tenso, como se não soubesse o que ela falaria para ele.

— Erin está com a agenda lotada, e eu não posso interferir em sua carreira. Erin, onde você vai desfilar?

— Canadá, China e Argentina. A grife que nos contratou tem grande influência por lá.

— Carter, você vai pegar a sua namorada e viajar com ela. Eu não quero nem te ver pisando em Miami.

Ele olhou para sua Fada e abriu um sorriso de alívio, como se realmente precisasse disso.

— Claro. — Beijou a bochecha de Erin.

Pisquei, pensando que Kizzie se dirigiria a mim, mas foi para Shane que ela olhou. Apesar de estar inabalável, seus olhos marejaram quando encarou o cunhado. Ela pigarreou para firmar a voz. Em seguida, admirou Roxanne.

— Roxy, preciso de um favor seu, tudo bem? Sei que você tem a sua vida, a faculdade, mas preciso que fique com Shane por algumas semanas.

— Posso trancá-la por um período...

— Roxanne não vai fazer isso — Shane interpôs.

Apenas com você

— Ela vai — Kizzie afirmou.

— Não, não vai. — Shane olhou para cada um de nós. — Eu vou me internar — avisou, com a voz monótona.

O silêncio ecoou por toda a sala.

— O quê? — Kizzie indagou.

— Shane... — Zane iniciou.

Roxy piscou, estupefata.

— Está difícil passar pela abstinência sem ajuda médica e profissional — narrou Shane, seus olhos em Kizzie. — Estou sofrendo fisicamente, e está sendo fácil por enquanto, mas vai piorar, e eu vou me foder. O meu corpo vai pedir drogas, coisas mais fortes, e eu não sei como vou reagir. Na boa? Não confio em mim mesmo para me manter são por tanto tempo. Então, preciso fazer isso sozinho. Não posso deixar o meu corpo vencer o meu sonho, entendem isso? E o meu sonho é a The M's. Eu vou lutar até o fim para ser o melhor que vocês precisam que eu seja. Isso inclui me internar.

— Eu... — Kizzie começou, piscando rapidamente. Lágrimas desceram pelo seu rosto. — Shane, estou muito orgulhosa de você nesse exato momento, mas ia te propor algo diferente de uma internação em uma clínica médica.

— O quê?

— Bem, existe a clínica... ou posso te colocar ao lado de alguém que sempre esteve lá por você, a qualquer custo. Eu sei que você está determinado a vencer isso sozinho, você tem razão em querer isso, mas eu tinha em mente algo diferente. Quero tornar sua experiência a mais agradável possível. Então, imaginei você em um resort, acompanhado por médicos, por profissionais que vão te auxiliar nesse tratamento. E, também, ao lado de uma pessoa que gosta de você e que poderá estar lá quando você precisar: Roxanne.

— Eu não posso ficar perto dela. Roxy está namorando...

— Cala a boca, Shane — Roxy murmurou, irritada. — Eu posso ficar, sim, mesmo que ele não queira. O que eu preciso fazer?

Para minha surpresa, Shane não reclamou.

— Enviei para o seu e-mail, Roxy. São duas passagens para um resort em um lugar muito agradável, por três semanas. Haverá um médico, um enfermeiro e um psicólogo. Eu paguei para fecharem o resort apenas para vocês e os convidados. Shane, me garantiram que você poderá se recuperar apropriadamente em três semanas. Se precisar de mais tempo, terá. Ainda assim, acredito e confio em você.

Aline Sant'Ana

Shane olhou para a cunhada, como se não pudesse acreditar que ela o amava a esse ponto.

Kizzie ignorou Shane e observou Roxy.

— Posso contar com a sua ajuda?

— Estaremos no resort — Roxy falou para Kizzie e, em seguida, encarou Shane. — Você não vai lutar sozinho, Shane.

Ele encarou a amiga de modo surpreso, mas, finalmente, sorriu para ela.

Meu coração bateu aliviado.

— Obrigada, crianças — disse para Shane e Roxy.

E, depois, Kizzie nos encarou.

Ela soltou um suspiro como se fôssemos os seus filhos mais problemáticos.

Sorri para ela.

— Eu comprei para vocês dois uma lua de mel adiantada. Não me culpem, eu tenho um lado romântico que não demonstro sempre, mas existe. Sei que não pretendem se casar agora, então, curtam como uma comemoração do início de uma nova etapa do relacionamento e para reviverem as memórias do Heart On Fire. Não, não é uma visita ao cruzeiro.

— O que é? — curiosa, Lua perguntou.

— Vocês vão para o Brasil. — Sorriu. — Já enviei as passagens para o e-mail de vocês. Serão quinze dias lá. Eu peço, por favor, que aproveitem esse momento juntos, que relembrem das razões pelas quais lutaram um pelo outro e que, por favor, não encontrem uma terceira pessoa. Eu não suportaria tampar qualquer outro buraco nesse relacionamento. Ou nessa banda.

— Apenas nós dois — prometi, olhando para minha noiva.

— Meu Deus, o Brasil... — Lua suspirou. — Eu vou ter que ajudar Yan. Ele não sabe falar português.

— Vai ser bom para aprender. Quem sabe algo não surge por lá? — Kizzie jogou a ideia. — Agora, vamos falar sobre o elefante na sala, já que resolvemos o que vamos fazer.

— Porra, amor — Zane resmungou.

— Eu conversei com o detetive responsável pelo caso da Suzanne.

Shane arregalou os olhos, e eu me senti subitamente tenso.

Lua segurou minha mão.

Ah, porra.

Apenas com você

— Ela ainda não foi capturada, mas continuam investigando. Suspeitam que ela foi para o Chile, com uma pessoa ligada à política, que a ajudou. Ele é seu amante. Não podemos encontrá-la lá.

— Como não? — indaguei, irritado. — Ela precisa ser julgada.

— Não sei se está sob jurisdição estadunidense, Yan. Não tem como. Eu espero que isso seja resolvido, mas já estou alertando que é possível que ela se safe.

— Isso vai ser resolvido, Kizzie.

— Yan...

— Não há contraponto aqui — falei, convicto. — Vai ser resolvido!

O silêncio que se seguiu foi de medo e tensão.

Ninguém sabia que eu já estava a par da mudança de Scarlett para o Chile, com o nome de Suzanne, seu verdadeiro. Muito menos que Mark estava à frente da polícia, ao saber que Suzanne fora do Chile para outro lugar. O homem que ela se envolveu, segundo Mark, não sabia de nada, e logo estaria de volta aos Estados Unidos, tomando um susto por ter ajudado, sem querer, uma fugitiva a escapar. E Mark? Bem, o segurança aproveitara o período de férias que Kizzie tinha dado a ele, depois dos problemas, para encontrá-la. Mark se ofereceu, eu nunca pediria uma coisa dessas, porém o cara tinha sede de vingança.

Se Mark a achasse, a ordem era clara. Ele a traria para Miami, mesmo que sedada, e a colocaria na frente de uma delegacia de polícia. Suzanne seria presa e pagaria por seus crimes.

Quando voltamos para o carro, eu ainda pensava no encontro sinistro com a mãe das Petersburg. Lua me tocou no braço. Ela disse que precisava conversar com sua mãe, me pediu para deixá-la lá e que depois eu poderia buscá-la.

— E vai conversar com seu pai também?

— Não.

Lua

Meu pai tinha atrapalhado o meu relacionamento com Yan. Além disso, ele traiu a minha mãe. Somado a todas essas coisas, ele acreditou que estava certo e, só depois de descobrir que levou uma cobra para sua cama, compreendeu as repercussões de suas falhas.

Eu precisava encontrar uma forma de perdoar tudo isso, mas não agora.

Aline Sant'Ana

Então, eu estava na porta de casa, sabendo que mamãe ainda estava lá, se preparando para o término da campanha dele e, então, só depois, o divórcio.

Ela era forte demais. Eu já teria pegado minhas coisas e ido embora.

Fui recebida com o abraço caloroso da pessoa que mais me amava nesse mundo. Ela me puxou para o sofá.

— Mãe, aproveitei que papai não está em casa para vir te ver e agradecer, por ter sido uma mãe para mim e Roxanne, como também para Shane e Yan. Eu sei tudo que a senhora fez durante essas semanas e não poderia estar mais orgulhosa. Também te agradeço por não ter ido contra a minha vontade de fazer o tratamento sozinha em Salt Lake. Agradeço por me apoiar em relação ao Yan, por acreditar no meu julgamento a respeito dele.

Ela abriu um sorriso emocionado e acariciou meu rosto.

— Sabe, o que você enfrentou sozinha em Salt Lake, eu poderia ter ido. Poderia ter viajado contra a sua vontade, mas uma mãe sabe a hora de recuar, e eu soube, quando me disse seriamente que precisava fazer tudo aquilo sozinha, que era necessário estar só. Você precisava de um tempo para lamber suas feridas, e eu não pude me intrometer em suas decisões. — Ela fez uma pausa, ainda acariciando meu rosto. — Mas, quando me ligou chorando naquele dia, me pedindo para ir à praia, larguei tudo para estar lá por você. Ser mãe é isso, minha querida. Saber estar, saber se ausentar e, acima de tudo, saber respeitar. Sem esses espaços, eu não seria uma mãe. Não a amaria o suficiente e não a mereceria. Sobre Yan, meu bem, o que eu poderia fazer? Ele é o homem certo para você. Não tenho dúvida disso. Nunca tive. Aquele vídeo ridículo estava com cara de armação desde o começo. O homem que passou dias aguentando o seu pai por você jamais te trairia.

Comecei a rir, e ela me acompanhou.

— Você é maravilhosa.

— E você está noiva do homem certo. O que me lembra que preciso te dar um presente.

Ela se levantou e foi correndo, em seus passos mais curtos, atrás de sua bolsa. Voltou com uma pulseira que eu nunca tinha visto, com alguns pingentes, como se contasse uma história. Era de prata pura ou ouro branco. Pude perceber que, apesar de parecer antiga, brilhava como nova.

— Sua avó me deixou essa pulseira antes de falecer. — Mamãe pigarreou para acertar a voz emocionada. — Ela disse que sua Lua, você, encontraria um dia o seu Sol, que assumo ser Yan. Disse que pressentia que não seria um amor fácil, que talvez fosse conturbado. Era como se sua avó pudesse ver o futuro.

Apenas com você

— Riu em meio às lágrimas. — Me contou que, ao escolher o seu nome, estava predestinando que você viveria um amor impossível e que só daria certo no final, se fosse verdadeiro. Ela pediu que eu a entregasse a você, quando sentisse que estava perto do seu final feliz. Essa pulseira é sua, filha.

Encarei a pulseira, com os lábios entreabertos de surpresa. Havia um pingente de uma lua minguante e um sol com seus raios em toda a volta. Eles estavam em lados opostos. Mas havia um terceiro pingente, com a união dos dois. Uma meia-lua completando o sol. Contemplei-os por um momento, pensando na tatuagem que Yan fez em nossa homenagem. Gravada em seu corpo, como essa pulseira estava esculpida em metal.

Pisquei.

Encarei mamãe.

— Yan sabe dessa pulseira?

— Não, filha. Por quê?

— Por nada — murmurei, ainda encarando o objeto.

— Venha, deixe-me colocar em você.

Mamãe prendeu o pingente no meu pulso direito. Coube certinha, ficando apenas um pouco larga, o suficiente para que balançasse ao andar. Além dos pingentes maiores da lua, do sol e da junção de ambos, havia pequenas estrelas, penduradas como se cercassem o universo.

"DUVIDA TU QUE AS ESTRELAS SÃO FOGO,
DUVIDA QUE O SOL SE MOVA,
DUVIDA DA VERDADE, QUE SEJA MENTIROSA,
MAS NUNCA DUVIDES QUE EU A AMO!"

Sua tatuagem surgiu na minha mente como se tivesse ficado gravada em meu coração. Encarei a pulseira, pensando, por um momento, como o amor age de formas misteriosas.

Precisei encontrar uma pessoa, namorá-la na adolescência, para depois perdê-la porque o amor nunca tinha sido o bastante. Me envolvi com inúmeros homens, sempre desacreditada dos sentimentos, embora quisesse, sim, viver algo mágico.

Sete anos se passaram, revi um dos amigos do meu ex-namorado, o mesmo que perdi pelo amor ser fraco. O amigo? Um pelo qual sempre tive uma secreta admiração, e com quem vivi uma história intensa de amor durante sete dias. E, depois de um rápido término, um ano completo de convivência.

Aline Sant'Ana

Dividi a minha vida com um homem que poderia ter passado pela minha muito antes. No entanto, Yan tinha um passado mal resolvido, algo que ele não sabia. E eu precisei enfrentar sozinha os demônios que tiraram minha avó de mim. Aprendendo a ser mais altruísta, passando a ver a vida de outra maneira, amadurecendo para compreender o que podemos perder em um piscar de olhos.

Passamos por experiências que poderiam ter nos destruído, desde o primeiro dia em que colocamos os olhos um no outro. Como quando nos reencontramos. Enfrentamos um céu de estrelas de fogo, que foram atiradas em nossa direção, avisando-nos que o amor entre a lua e o sol não poderia ser concreto. Milhões de milhas nos separavam: a inexperiência.

— Foi mesmo um amor impossível — murmurei para mamãe.

— O amor nunca é impossível, Lua. Tudo que você precisa fazer é *senti-lo*.

E, naquele segundo, descobri que a palavra amor era pequena. Quatro letras, diminutas demais para um sentimento tão imenso. Descobri que esse era mesmo o meu felizes para sempre com Yan, porque não havia mais dúvidas, ressentimentos, problemas mal resolvidos ou qualquer outro obstáculo em nosso caminho.

Era amor em sua pura forma, sem precisar ser lapidado ou escrito na pele.

— É um amor de almas, mãe — esclareci, perdida na descoberta.

— Amor eterno — corrigiu, emocionada.

— Eu preciso ir a um lugar — avisei-a, atônita.

— Tudo bem, eu entendo.

— Você quer ir comigo?

Ela sorriu.

— Não há nada melhor no mundo do que ir para qualquer lugar com você, minha amada Lua.

CAPÍTULO 32

> E scusami se rido, dall'imbarazzo cedo
> Ti guardo fisso e tremo
> All'idea di averti accanto
> E sentirmi tuo soltanto
> E sono qui che parlo emozionato
> ... e sono un imbranato!
>
> — Tiziano Ferro, *"Imbranato"*.

YAN

A tensão nos meus músculos foi cedendo. O medo e a apreensão de mais uma reviravolta acontecer evaporaram, como se nada tivesse, de fato, acontecido. O tempo que tivemos antes de cada um viajar para os seus respectivos destinos foi o momento de nos reunirmos todos os dias para conversarmos sobre tudo, exceto sobre trabalho e o caos de Scarlett.

Almoçamos um dia, jantamos no outro, fizemos churrasco na casa dos pais de Zane; cada dia era uma coisa diferente. Convidamos minha futura sogra para um cinema em casa, e o pai de Carter também veio nesse mesmo dia, decidido a preparar o melhor jantar para todos. Nunca comemos tão bem na vida. Também tiramos alguns dias para ficarmos na praia, em uma casa alugada, na época do Natal, com todas as famílias reunidas.

Já na virada do ano, a surpresa veio de Carter. Ele fechou o maior e melhor parque de diversões de Miami, e nos divertimos no último dia do ano.

Horas antes da queima de fogos, observando o grupo reunido e dando risada, me afastei deles quando recebi uma ligação de Mark.

— Estou resolvendo tudo, senhor Sanders.

Respirei fundo e ia responder, mas aí escutei um som ao fundo: saltos altos.

Era uma mulher?

— Quem está no telefone com você? — A voz feminina me fez perceber que não tinha nada a ver com a Suzanne. Era outra pessoa.

Hum, interessante.

Sorri, malicioso.

Aline Sant'Ana

— Tá acompanhado, Mark?

— É o Yan — Mark respondeu rapidamente para ela. — Senhor Sanders, ligarei depois para passar mais informações, tudo bem? Só quis tranquilizá-lo.

— Tudo bem, Mark. Espero que aproveite a virada do ano. — Ri baixinho.

— Sim, senhor. — A voz dele saiu tensa.

— Ah, Mark, pelo amor de Deus! Quantas vezes já te disse que você tem que parar de tratar as pessoas como se elas fossem o presidente dos Estados Unidos da... — Mark desligou antes que eu pudesse escutar o resto da bronca da sua companhia. Ela tinha um sotaque diferente.

Balancei a cabeça, rindo do comentário da mulher.

Mais tarde, a hora dos fogos chegou. Todo mundo ficou em silêncio, assistindo ao recomeço iluminado no céu. A gente se abraçou e, cara, alguns se emocionaram, mas logo depois já brindamos com um champanhe sem álcool e rimos com a perspectiva de um novo ano.

Em meio às conversas, comemorações e aproximações, descobrimos algumas coisas a respeito do casamento mais esperado. Eu estava feliz por Zane e Kizzie. Falamos também sobre a estranha festa de despedida de solteiro do Zane no Heart On Fire, que Lua não teve tempo de saber. Ela nem perguntou se eu tinha feito alguma coisa; minha noiva sabia que não, percebi em seus olhos. Ainda assim, Roxanne fez questão de dizer que ficou ao meu lado, não deixando espaço para dúvidas.

Então, entramos em assuntos alternados sobre Carter e Erin, que pareciam brilhar por seu amor transcender a explicação. Nunca, em toda a minha vida, encontraria um casal mais encantado que aqueles dois.

Ainda tinha Shane e Roxanne, que, estava claro, não ultrapassavam qualquer limite além da amizade. Até porque, em um dos nossos encontros, ela fez questão de levar o namorado. Shane ainda não estava cem por cento bem. Esperávamos que se recuperasse de vez no resort. Ele parecia estar consciente de que *precisava mesmo* melhorar.

— E você não se importa de a sua namorada passar algumas semanas com o melhor amigo em um resort? — perguntei para Gael Rocco, o namorado de Roxanne, em um dos dias que nos encontramos.

Eu queria saber com que tipo de homem ela estava se envolvendo.

Ergui a sobrancelha quando Gael pareceu pensar a respeito.

— Não estou de boa com tudo isso — confessou. — Tenho vontade de socar o Shane, cara.

Apenas com você

— Interessante.

Roxanne tinha que terminar com aquele babaca.

Gael me encarou.

— Eu não acho.

Estava tudo errado ali, pensei. Apesar de todo mundo, exceto Roxanne e Shane, perceberem que aquilo um dia iria estourar, não cabia a nenhum de nós se intrometer.

— Amor, você vai poder me acompanhar naquela viagem curta que falei? Um bate e volta? — Lua me questionou, tirando-me das memórias.

Sorri para ela.

— Sim. Já comprou as passagens?

— Está tudo certo. — Ela tinha um brilho especial nos olhos. — Faça sua mala. Não precisa levar muitas coisas. Vamos amanhã cedo, tudo bem?

— Que horas, exatamente?

Ela ergueu a sobrancelha e mudou o peso de um pé para o outro.

— Você precisa saber o horário exato?

Pensei a respeito, não compreendendo sua confusão.

— Claro que sim. Preciso programar o meu relógio para tocar com cerca de uma hora e quarenta minutos de antecedência. É o tempo que levo para acordar, tomar banho, preparar o nosso café da manhã e chegar no aeroporto.

— É o tempo exato?

— Talvez eu programe com duas horas e dez minutos de antecedência do voo, caso tenha trânsito. Preciso considerar a possibilidade de você demorar a acordar, tomar o café mais devagar, bagunçar a casa toda...

— Yan, meu Deus! — Lua começou a rir.

Levantei do sofá e, no susto, a peguei no colo. Ela deu um grito de surpresa, ainda gargalhando. Para ela, era uma loucura a minha organização, mas, para mim, era questão de manter a rotina.

Roubei um beijo seu, ainda sentindo a risada de Lua vibrar nos meus lábios.

— Vá fazer sua mala.

— E o horário?

Ela riu de novo.

— Nove horas é o nosso voo.

Aline Sant'Ana

Sorri, vitorioso.

Lua

Yan não fazia ideia do que eu tinha preparado para ele. Tentei ao máximo manter o suspense. Para Yan, eu estava indo encontrar uma pessoa importante, que renovaria o meu consultório. Isso ia acontecer, claro, mas quando retornássemos a Miami, não na viagem súbita que aparentemente eu tinha programado.

No dia que saí com mamãe, ela me ajudou a verificar todos os detalhes para que fosse impecável. E, antes de irmos para o Brasil, eu tinha algo para fazer com Yan Sanders.

Muitas coisas, na verdade, pensei, admirando seu corpo maravilhoso sob o terno. Yan afrouxou o colarinho e colocou óculos escuros para tentar entrar disfarçado no voo, mas claro que algumas pessoas o reconheceram na primeira classe. Ele deu alguns autógrafos antes de a aeromoça dizer que deveríamos nos sentar.

— Vamos para Santa Bárbara? — Ele afivelou o cinto de segurança.

— Eu não te disse?

— O seu contato é de lá? — Virou o rosto para mim.

Abri um sorriso.

— Sim.

— Ah, desculpa. — Uma moça se aproximou. — Estou na classe econômica, nem deveria estar aqui e sei que preciso sentar, mas não resisti quando te vi na fila de embarque. Posso tirar uma foto com você, Yan?

Yan desafivelou o cinto, aproveitando que não havia nenhuma aeromoça por perto. A garota era jovem, não deveria passar dos vinte anos. Cabelos loiros, olhos verdes, muito bonitinha. Abri um sorriso para ela quando pegou o celular desajeitadamente e tirou uma foto com Yan. Pelo visto, tinha saído tremida.

— Quer que eu tire para você? — ofereci.

— Ah, obrigada, Lua.

Fiquei surpresa por ela saber o meu nome, mas sabia que era reconhecida por namorar Yan Sanders. Ninguém sabia do noivado ainda, no entanto.

Peguei o celular e fiz várias fotos.

— Você pode autografar esse guardanapo para mim? — indagou a Yan.

Ele abriu um sorriso iluminador.

— Claro, como você se chama?

— Avril — murmurou, parecendo trêmula por estar próxima a uma estrela do rock.

— Lindo nome. — Yan puxou a caneta de um bolso interno e começou a rabiscar para ela, sobre sua mão, tomando cuidado para não rasgar o papel frágil.
— O que te leva a Santa Bárbara?

— Estou indo para casa. Sou de lá. Vim a Miami apenas para acompanhar uma amiga que se mudou, mas agora estou retornando.

Yan olhou para ela, observando seu rosto.

— Você é uma típica garota da Califórnia, Avril. — Sorriu, todo querido. — Adoro o seu estado.

— Eu também — disse, parecendo realmente sincera e aceitando o elogio carinhoso. — Obrigada por seu tempo, Yan. Espero que vocês façam uma ótima viagem e aproveitem a minha cidade. — Virou para mim. — Obrigada, Lua.

E saiu com seu guardanapo e as fotos no celular.

— Ah, que fofa! — comentei, assistindo Yan se posicionar novamente no banco.

— Ela realmente parece ser.

Eu podia ver o quanto as fãs eram importantes para ele, o quanto esse carinho de reconhecimento era quase uma redenção de todas as coisas que o acometeram. Segurei sua mão quando fomos avisados de que o avião estava pronto para decolar.

Yan me encarou significativamente no momento em que tirou os óculos escuros e abriu os botões da camisa, exibindo a pele bronzeada.

Sua beleza merecia ser estudada.

Yan

Saímos do aeroporto e fomos direto para o hotel. Desfizemos nossas malas, almoçamos um pouco tarde, por ter sido um voo de quatro horas, e Lua me disse que não teríamos tempo para muitas coisas, porque o encontro seria dali a umas duas horas.

Tomamos banho juntos; ideia minha, para economizarmos tempo... o que não deu muito certo, porque, caralho, vê-la nua, molhada e linda foi demais para mim.

Admirei seu corpo, suas curvas, a maneira que Lua passava o sabonete por lugares onde jamais me cansaria de colocar a boca. Com um suspiro resignado, sem pensar direito no tempo, tomei sua boca, beijando-a embaixo da chuva quente sobre nossas cabeças.

— Yan...

Lua arfou pela surpresa, mas, em seguida, amoleceu em meus braços, lânguida e receptiva. Meu pau foi ficando mais duro, e Lua desceu a mão ensaboada para ele, fazendo movimentos lentos, cobrindo-o de baixo para cima.

Caralho, que tesão aquele contato, por seu corpo, que calor pelos seus beijos.

Esfriei a água do chuveiro, deixando-a gelado. Lua deu um grito de surpresa, e sorri contra sua boca. Minhas mãos foram para sua bunda, puxando-a para o meu colo, fazendo-a passar as pernas em torno de mim.

Isso, me prende bem gostoso.

A ponta do meu pau esbarrou em sua entrada úmida, causando um choque de prazer na glande. Eu estava ansioso para entrar em suas curvas, em sentir como era estreita e pequena, macia e quente.

— Vai ser rápido? — Lua perguntou, respirando com dificuldade pela intensidade de como as coisas tinham acontecido.

Movi meu quadril para a frente, amassando Lua entre a parede molhada e fria do chuveiro e o meu corpo quente. A ponta entrou um pouco, espaçando os lábios da sua boceta. Rolei os olhos por trás das pálpebras.

Meu Deus, cara.

Grunhi em resposta, o tesão anulando minha sanidade.

— Infelizmente, sim. Não podemos nos atrasar.

Lua sorriu contra meus lábios.

— Então vem.

Entrei nela com tudo. Lua estremeceu e gemeu. Beijei sua boca, acalentando sua tormenta, e sua boceta piscou com meu pau dentro dela, como se o tesão pelo beijo a deixasse prestes a gozar.

Estoquei uma vez, depois duas, movendo os quadris em círculos.

— Assim — pediu.

Lua agarrou meus ombros como se não pudesse se sustentar. Agarrei sua bunda com mais força e a prendi ainda mais na parede. Meu pau entrou, indo bem fundo. Lua tentou se remexer para ditar o ritmo, mas não conseguiu me acompanhar, porque a força que apliquei nos quadris, indo e vindo com a bunda, fodendo-a com força, foi quase impossível de ser feita por duas pessoas.

O som estalado de nossas peles se chocando me fez afastar o rosto do seu e encará-la, preparado para assisti-la gozar. Lua entreabriu os lábios, as pupilas bem dilatadas, quase consumindo todo o castanho-esverdeado dos seus olhos. Abri um sorriso confiante para ela, Lua ficou surpresa, e, então, se possível, fodi-a com ainda mais força, balançando os quadris, sem parar de entrar e sair e, no final, fazendo o rebolado que tocava todas as terminações certas.

— Ah... — ela sibilou. — Meu Deus. Eu...

Não conseguiu dizer mais nem uma palavra, porque ela gritou quando o orgasmo chegou. E não foi um grito baixo, foi alto o suficiente para ser ouvido por nossos vizinhos de quarto. Sorri contra seu pescoço, beijando-o assim que veio um prazer imenso. O choque desceu do meu umbigo, em direção às bolas e à cabeça do pau, fazendo-o inchar de tesão. Repeti os movimentos um par de vezes antes de sentir o gozo preencher Lua. Fechei os olhos, adorando o nirvana.

— Agora vou ter que tomar banho de novo. — Riu baixinho.

— Deixa que eu te ensaboo dessa vez — murmurei, respirando rápido em seu ouvido.

Lua puxou minha cabeça de modo que eu a encarasse. Ela estava com as bochechas vermelhas, os lábios na cor de morangos e os olhos brilhantes e preguiçosos.

— Eu amo você — sussurrou.

Minha resposta foi um beijo que esperei que transmitisse o amor que as palavras não podiam. Enquanto minha língua acariciava a sua, tirei lentamente meu sexo de Lua e a pus no chão, sem perder o contato com seus lábios, sem nunca parar de beijá-la.

Desliguei o chuveiro e mordisquei seu lábio inferior, apenas para depois angular seu rosto com as mãos, deixando-a saborear a submissão de um beijo que eu controlei. Beijei-a lenta e, em seguida, vorazmente. Sua boca acompanhou todos os ritmos que ditei, sua sincronia me arrepiando, sua alma me tocando. Agarrei seus cabelos, entrelaçando os fios entre meus dedos, beijando-a lá no fundo, tocando o céu da sua boca com a ponta da língua.

Quando nossas respirações voltaram ao normal e eu me senti pronto para transformar o beijo em algo mais, me afastei.

Aline Sant'Ana

Lua me encarou, ofegante demais para conseguir encontrar palavras, e umedeceu seus lábios, como se quisesse sentir mais um pouco o meu gosto.

E ela sorriu, entendendo que um "eu te amo" podia ser dito em um beijo.

Lua

A surpresa do sexo maravilhoso no chuveiro foi quase a mesma ao constatar que Yan conseguiu me levar até o local no horário certo, como se tivesse cronometrado todos os seus movimentos. Olhei-o, incrédula. Yan me encarou em resposta, com um sorriso malicioso brincando nos lábios.

— Chegamos dez minutos antes.

— Eu sei.

— Como você...

— Aceite que sou organizado demais, Lua. — Ele fez uma pausa, como se só naquele momento se desse conta de onde estávamos. — Um aquário?

— Sim.

— Você marcou o encontro com o cara num aquário?

— Acho que essa é a hora de eu te dizer que não tem cara nenhum e que isso não é um assunto profissional.

Com seu terno marrom acetinado, completamente justo no corpo em um caimento perfeito, uma blusa social nude e óculos escuros caramelo, Yan parecia ter acabado de sair de uma sessão fotográfica para alguma revista de moda.

— Não é?

— Não.

Ele varreu o local com os olhos.

— O aquário parece estar fechado.

— E está. — Sorri. — Vamos entrar?

— Não posso perguntar o que você tá aprontando?

— Dessa vez, aceite que eu estou no comando.

Demos as mãos e coloquei a chave na grande porta da entrada. Entramos no imenso cenário que fazia parecer que estávamos mesmo no oceano. O túnel de água salgada era transparente, com os peixes nadando livremente em volta. Uma imensa diversidade de cores nos arrematou. Do amarelo-ouro ao vermelho-sangue. Peixes grandes e pequenos, de todas as espécies, não se sentiram intimidados com nossa presença; era como se sequer soubessem que estávamos entrando em sua casa.

Yan admirou tudo com visível espanto, e continuei a caminhar com ele, tendo toda a calma do mundo, sentindo meu coração bater acelerado por inúmeras razões. Precisei da ajuda de uma equipe para montar o que eu queria, e Kizzie pediu para que cinco pessoas da equipe da The M's viajassem secretamente para cá, organizando o que foi pedido.

Quando chegamos em uma zona só de arraias, como no nosso primeiro beijo, Yan ficou de queixo caído.

Estava tudo exatamente como eu imaginei.

As fotos que Katherine tirou de nós naquele momento único em Salt Lake City estavam penduradas em locais estratégicos. Umas mais altas, outras mais baixas. Assim como elas, os motivos para nos amarmos estavam pendurados também, os pequenos bilhetes fazendo um carnaval verde e rosa.

Yan soltou minha mão, andando em volta, observando tudo, em choque. Não apenas fotos de Salt Lake, mas também imagens nossas ao longo do ano de namoro, foram colocadas. Todas em preto e branco, contrastando com o mar colorido. As arraias passavam por cima das nossas cabeças, despreocupadas, balançando-se com fluidez pela água.

— Como conseguiu as fotos?

— Katherine enviou para nossos e-mails.

— Meu Deus.

— Você fez um depósito para ela. Katherine me respondeu o e-mail. Ela foi tão querida e o agradeceu mil vezes pelo valor que você colocou, não escondendo que foi bem a mais do que ela esperava. — Suspirei. — Bem, sobre as fotos, foi difícil selecionar as preferidas, então pedi para imprimirem todas.

Yan virou-se para mim.

— Quando fez isso?

— Entre o Natal e o Ano-Novo. — Sorri, petulante. — Mas tive ajuda de pequenos duendes.

— Kizzie, não foi?

— Ela foi o Papai Noel — murmurei.

Ele riu.

Ficamos em silêncio, com Yan caminhando, tocando e observando cada

Aline Sant'Ana

imagem com atenção. Elas balançavam nas cordas de barbante conforme passávamos. Ele tirou um tempo também, lendo os motivos que me faziam amá-lo. Lá estavam seus sorrisos, sua personalidade, seus tiques, sua organização, seu temperamento, seu corpo. Todas as qualidades e defeitos que o tornavam um ser humano único.

Me aproximei de Yan, abraçando-o por trás. Coloquei as mãos em seu peito e senti seu coração acelerado. Sorri em suas costas, emocionada com sua reação.

Tirei uma das mãos dali e peguei o que tinha saído para comprar com mamãe naquela tarde: a aliança perfeita, misturando ouro branco e ouro amarelo. Dentro do anel, o símbolo do Sol estava gravado.

Voltei a mão para o seu peito e deslizei o anel em seu anelar.

Yan admirou a peça e ficou em silêncio por um tempo, apreciando o fato de agora nós dois estarmos de aliança. Um compromisso selado no silêncio. Seu corpo ficou tenso e percebi que ele me viraria, mas, antes disso, eu precisava dizer uma coisa.

— Você é o meu Sol, Yan. — Coloquei meu pulso na frente dos seus olhos. Mesmo que não fosse capaz de ver sua expressão, eu sabia que era do mais puro amor. Ele pegou meu braço com toda a delicadeza do mundo, observando a pulseira que minha avó me deu. — Anos atrás, vovó disse para minha mãe que meu nome me destinava a um amor impossível. Como as lendas sobre o amor da Lua com o Sol. Ela deu à mamãe essa pulseira, pedindo que me entregasse quando sentisse que eu havia superado as dificuldades que o amor verdadeiro impusesse. Mamãe me entregou e disse que não tinha dúvidas de que você era o homem que vovó queria que eu amasse.

Yan se afastou dos meus braços e, sem poder mais se conter, virou-se para mim. Seus olhos cinzentos estavam brilhantes e cintilavam em azul por causa da iluminação do aquário.

Surpresa e um pouco de choque fizeram-no arfar.

— Eu não sabia... de nada disso... quando fiz a tatuagem.

— Eu sei.

— Caralho, eu sou louco por você. E, se a gente fez o Sol se encontrar com a Lua, o impossível aconteceu. E que bom. O impossível tem o gosto do teu beijo. E eu te amo além de todas as possibilidades.

Sorri e me arrepiei quando Yan me puxou para si, beijando-me como se estivéssemos vivendo um amor que levou tempo demais para dar uma volta completa e se encaixar.

Apenas com você

Não mais o impossível, nem improvável.

Havíamos entrado um na sombra do outro para que pudéssemos nos enxergar com a verdade.

O que, por definição, era um dos encontros mais admirados pela ciência.

O eclipse.

E agora as sombras se foram.

Então, finalmente surgiu a luz.

E todo o amor que poderia vir com ela.

Continua em:

Aline Sant'Ana

Apenas com você

RECADO DA AUTORA

(Não leia antes de ter concluído Apenas Com Você).

Esse foi um livro que me rendeu noites e noites de insônia, pesquisa e dedicação. Mas, sem dúvida alguma, não teria sido capaz de criá-lo sem a ajuda profissional de médicos, pacientes e amigos que me ofereceram todo o material necessário para escrevê-lo.

Conversei com pacientes que passaram pela mesma situação que Lua enfrentou neste livro (respeitosamente, ocultarei seus nomes), que me contaram suas decisões, seus medos, seus pânicos, suas motivações, suas lutas. Na maioria dos casos, vi que o medo de envolver a família ou as pessoas que ama é real, a ponto de realmente desejarem enfrentar sozinhos. É uma questão de escolha, que demanda uma tremenda força e um altruísmo muito forte. Agradeço demais a todos que cederam um tempo para ouvirem meus questionamentos técnicos: como, quando, onde, o quê; e por me ajudarem a moldar Lua e torná-la ainda mais humana e real.

Um beijo superespecial para uma amiga muito querida da qual não direi o nome, mas ela sabe bem que é para ela. Você é uma super-heroína, uma mulher que admiro a cada dia que te conheço mais e, como eu te disse inúmeras vezes, eu adoro o seu senso de humor, a sua força, a sua convicção da vida. Tudo que você é, tudo que se tornou, depois de tudo que passou... Eu só consigo pensar em te abraçar e te dizer um imenso obrigada por lutar por si mesma. Lua Anderson terá sempre um pedaço seu.

Tive a oportunidade de me comunicar com clínicos gerais, oncologistas e mastologistas. Consegui informações que a internet não me ofereceria, e essa história não poderia ter sido tão completa sem eles. Afinal, sou apenas uma escritora. Um agradecimento especial à minha amiga, Fabiana Menezes, Médica Pediatra da UTI Neonatal, por ter buscado toda e qualquer informação técnica que necessitei, inclusive ter corrido nos plantões para conversar com outros colegas. E um outro agradecimento especial à Jamille Freitas, biomédica, que me auxiliou na parte da radioterapia que a Lua enfrenta, com todo o carinho e cuidado. Vocês foram imprescindíveis.

Aline Sant'Ana

Além dessa parte, estudei e analisei a mente humana, o comportamento perante as situações adversas, junto com a minha querida amiga e psicóloga, Paula Almeida Penha, que me ofereceu a análise comportamental de Lua Anderson, Yan Sanders, Shane D'Auvray e Scarlett Sullivan. Ela me ajudou a moldar as ações e reações em relação às adversidades deste enredo, e a atitude de cada um dos personagens, nos momentos mais cruciais do romance. Sem todo o conhecimento e estudo que ela me passou, este livro não teria sido tão completo.

Depois de tanto estudo, tanta pesquisa, tanta informação, aprendi mais sobre o que desconhecia. Descobri que a vida foge do nosso controle, dos nossos planos e, que não importa o que você esteja passando, não é necessário enfrentar só. Sempre poderá existir alguém para respeitar suas decisões e amar você no bom e no ruim.

Nem todos são capazes de ver sua força, sua coragem. Talvez, por não te amarem o suficiente; talvez, por não compreenderem.

Mas, afinal, só podemos enxergar no outro aquilo que há dentro de nós.

Que seja amor, então.

Gratidão a cada uma das almas que tornaram Apenas Com Você uma realidade.

AGRADECIMENTOS

"Um livro impossível de ser escrito." Foi isso que pensei quando a ideia do roteiro de Yan e Lua veio em minha cabeça. Eu nunca tinha me desafiado a escrever uma história tão complexa, intensa e dramática. Excluí Apenas Com Você duas vezes para, na terceira, saber o que eu queria. Exigiu uma maturidade de narrativa muito grande, em meio à insegurança de não me sentir preparada para o romance com mais reviravoltas da série Viajando com Rockstars.

Mas, então, depois de tudo... eu estava pronta.

E, chorando e sorrindo, eu o escrevi.

O apoio emocional de amigos foi o que me manteve forte e resistente. Esse livro não teria saído se as pessoas que eu amo não tirassem alguns minutos do seu dia para escutarem minhas lamúrias.

À minha família, que me viu, entre um café e outro, no desespero pelo perfeccionismo de uma escritora que não aceitaria menos para Yan Sanders. Obrigada por não se assustarem com a minha intensidade, por não me permitirem cair pelo cansaço emocional das cenas mais intensas, que me acolheram com um edredom e um copo de leite quentinho quando uma cena não fluía. E que riram quando eu não parava de contar, animadamente, uma cena linda do romance. O amor de vocês é o meu movimento.

Editora Charme, obrigada por continuar acreditando em mim e sonhando meus sonhos. No verão ou no inverno, em todas as loucuras que crio, vocês me abraçam vestidas de cor-de-rosa e transformam tudo que imagino em amor.

Ingrid, obrigada de todo o coração por você ter me ajudado com tudo nessa história. Você foi genial em cada palavra, em cada momento desse livro. Obrigada por suavizar quando ele não estava perfeito, e por pontualmente me dizer o que estava errado como só você é capaz de fazer. Você é mesmo uma bonequinha. E te agradeço de todo o coração por ter sido meu braço direito.

Veronica, chorei com você ao telefone. Eu nem sei quantas vezes me desesperei. Você sabe o quanto esse livro foi difícil para mim, mas, além de ser Charme, você foi uma amiga. Me apoiou e me ajudou em cada parágrafo dessa história. Yan e Lua têm sua alma, têm seu gostinho, têm você. Estou sem palavras

Aline Sant'Ana

para todo o apoio, carinho e paciência. Obrigada!

Raíssa, Cleidi e Fabi, vocês leram esse livro quando ele nem era um livro direito ainda. Eu nem sei como vocês não enlouqueceram e me disseram: "Aline, pelo amor de Deus, para que já tá bom!". Rs. Além de betas, foram amigas, que me aguentaram na sofrência e nas taças de vinho pós-capítulos insanos. Obrigada por serem tão maravilhosas!

A todos os meus leitores, um agradecimento do tamanho do oito deitado, porque meu amor por vocês é infinito. Vocês seguraram a ansiedade para essa história, não foi? Espero que Yan e Lua tenham aquecido o coração de vocês. Espero que o romance tenha sido suspirante! E que vocês tenham se apaixonado mais uma vez por um dos Rockstars da The M's.

E que venha "Por Causa De Você", livro 3.5 da série!

Yan e Lua novamente ao mar, mas de um jeito que vocês nunca viram.

Preparem-se!

Com mil motivos para amá-los, guardados em um potinho...

Aline.

Apenas com você

CONHEÇA A SÉRIE VIAJANDO COM RÓCKSTARS

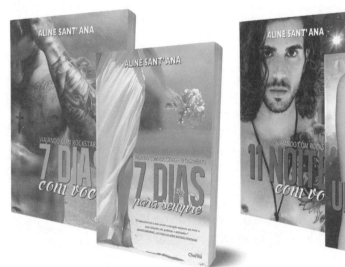

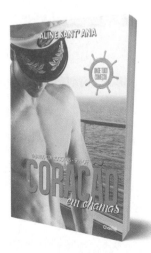

Aline Sant'Ana

Entre em nosso site e viaje no nosso mundo literário.
Lá você vai encontrar todos os nossos
títulos, autores, lançamentos e novidades.
Acesse www.editoracharme.com.br

Você pode adquirir os nossos livros na loja virtual:
loja.editoracharme.com.br

Além do site, você pode nos encontrar em nossas redes sociais.

 https://www.facebook.com/editoracharme

 https://twitter.com/editoracharme

 http://instagram.com/editoracharme